KB122401

김광일
신념의 길을
가다

김광일기념사업회 편

이지출판

김광일 변호사

김광일 신념의 길을 가다

펴낸날   초판 1쇄 2015년 5월 24일

지은이   김광일기념사업회
펴낸이   서용순
펴낸곳   이지출판

출판등록   1997년 9월 10일 제300-2005-156호
주 소   110-350 서울시 종로구 율곡로6길 36 월드오피스텔 903호
대표전화   02-743-7661 팩스 02-743-7621
이메일   easy7661@naver.com
디자인   박성현
표지사진   유승률
인 쇄   (주)꽃피는청춘

ⓒ 2015 김광일기념사업회

값 15,000원

ISBN 979-11-5555-029-8 03800

이 도서의 국립중앙도서관 출판예정도서목록(CIP)은 서지정보유통지원시스템 홈페이지(http://seoji.nl.go.kr)와
국가자료공동목록시스템(http://www.nl.go.kr/kolisnet)에서 이용하실 수 있습니다.(CIP제어번호: CIP2015013547)

좁은 문으로 들어가라

생명으로 인도하는 문은

좁고 길이 협착하여 찾는 자가 적음이라.

(마태복음 7 : 13~14)

차례

제1부
열정과 패기

제2부
참 용기 있는 변호사

제3부

정치, 또 다른 소명 召命

제4부

나를 있게 한 하나님 그리고 가족

제1부

열정과 패기

고향

가슴 뭉클한 합천 사랑

"나는 합천 사람이다."

김광일은 늘 이렇게 말했다. 고향이 합천이란 얘기다. 누가 고향을 묻지 않아도 그는 스스로 먼저 이 말을 꺼냈다. 그는 고향에 대한 자부심이 대단했다.

"나는 영원한 합천 사람으로서 합천을 사랑하고 자랑한다. 아름다운 산하와 해맑은 공기, 따뜻한 인정과 씩씩한 기상, 그 가운데서 잇달아 배출되는 훌륭한 인물들, 그것이 곧 합천의 자랑이라고 생각한다."

1981년 발간된 『합천군지』에 그가 썼던 '내 고향 합천'이란 글의 한 대목이다. 그는 합천초등학교를 졸업하고 부산에 있는 경남중학교에 진학하면서 고향을 떠난다. 그때부터 자신의 표현대로라면 부산, 서울, 대구 등지에서 '나그네 인생'을 살았다. 그래도 "마음은 항상 내 고향 합천에 붙박아 있었다"고 말하곤 했다.

김광일에게 고향은 "합천이란 말만 들어도 가슴이 뭉클하고 콧날이 찡해지며 그립기 짝이 없는 곳"이었다. 심지어 "고속도로를 지나가다가 합천 땅으로 향하는 교통 푯말만 보아도 그쪽을 향해 두 손 모아 읍(揖)하는 곳"이다. 읍은 "두 손을 맞잡아 얼굴 앞으로 들어올리고 허리를

김광일은 일본에서 태어나 광복 직전에 선친의 고향 합천으로 돌아왔다.
1967년 고향 집에서 치른 선친 김우길 옹의 회갑연.

공손하게 굽혔다가 펴면서 손을 내리는" 옛 예법이다. 그만큼 공경한
다는 뜻이다.

고향을 사랑하지 않는 사람이 어디 있으랴만 그에게 그것은 '지독한
편'이다. "아버님에 이르기까지 웃어른들이 대대로 살다가 지금은 흙
속에 누워 계시는 곳, 집안 어른들이 지금도 숨쉬며 살아 계시는 곳, 형
제와 친구들이 어제런 듯 반가이 맞아주는 곳"이었기 때문이다. 그래서
그는 생전에 "흙 한 줌, 물 한 방울, 나무 한 그루, 풀 한 포기에 이르기
까지 정들고 그립지 않은 곳이 없다"며 언제나 고향을 그리워했다.

김광일에게 합천은 분명 고향이지만 이곳에 태(胎)를 묻지는 않았다.
출생부터 우리 민족사의 고난과 함께였다. 그는 1939년 일본에서 태어
났다. 도쿄(東京) 근처였다. 아버지 김우길(金友吉), 어머니 김순복(金順福)

의 6남매 중 맏아들이었다. 부모님은 그즈음에 일본으로 건너갔다. 일제 강점기 시절 숱한 우리 민족이 먹고 살 길을 찾아 국경을 넘을 때 부모님은 일본행을 택했다. 그리고 아버지는 그곳에서 고물상을 해서 가족을 건사했다.

고향이란 태어난 곳을 가리키는 것만은 아니다. 자란 곳이기도 해야 한다. 보통은 태어난 곳에서 성장하는 경우가 일반적이어서 보통 고향이라면 태어난 곳으로 오해되기도 한다. 그는 일본에서 '조센징'이라는 말을 들으며 놀림과 따돌림을 받으며 어린 시절을 보냈다. 그러다 해방되던 해인 1945년 3월, 광복 다섯 달 전에 부모님과 함께 아버지의 고향으로 돌아왔다. 그곳이 경남 합천군 합천면 합천동 779번지였다. 그가 여섯 살 때였다. 합천면은 1979년에야 합천읍으로 승격된다.

김광일의 본관은 김녕(金寧)이다. 김녕 김씨 족보에 따르면 합천 세거(世居) 역사는 1700년 말경으로 거슬러 올라간다. 조선왕조 원사육신의 한 사람인 충의공 백촌(白村) 김문기 선생의 후손들이 당시 합천에 터를 잡으면서부터 집안의 내력이 시작된다. 작은아버지(김정치)도 합천에 살고 있었다. 그의 부모가 이렇게 뿌리가 깊은 고향으로 돌아온 것은 너무나 당연한 일이었다. 이곳에서 선친은 농사를 지었고, 자당은 시장에서 포목상을 했다.

그는 일본에서 돌아온 이듬해 합천초등학교 제40회 입학생이 되었다. 또래보다 두어 살 일렀다. 나라가 해방돼 식민지 교육을 받지 않은 첫 세대가 된 것도 행운이라면 행운이었다. 그는 초등학교 시절을 "우리글과 우리말로 열심히 공부하고 마음껏 노래 불렀다. 자유롭고 민주적인 국민이 되라는 기본교육이 거리낌 없이 베풀어지던 시절이었다"

고 회고했다.

6·25를 만난 것은 5학년 때였다. 그 바람에 집과 학교가 불타는 것을 보았고, 어린 나이에 피난살이도 경험했다. 합천읍에서 20여 리 떨어진 곳으로 피신을 했다. 전쟁이 곧 끝날 것이라는 예상이 어긋나 3개월 동안이나 숨어 있어야 했다. 당시 초등학교 선생님이 또래 아이들을 불러모아 놓고 북한 노래를 가르치기도 했다. 그 내용과 의도는 정확히 몰랐지만 마음에 들지 않아 그 자리를 빠져나온 적도 있었다.

또 합천 땅에 들어온 인민군들에게 고향 어른들이 처형되는 끔찍한 장면도 또렷이 목격했다. 철부지 시절에 겪은 6·25였지만 성인이 된 뒤에도 트라우마로 남았다. "이념은 몰랐지만 반공의식이 무의식 속에 자리 잡았다"고 나중에 말할 정도였다.

그는 초등학교 시절 또래 중에서 단연 돋보였다. 공부면 공부, 운동이면 운동, 발군의 실력을 뽐냈다. 합천에서 그와 이웃해 살던 김준길 씨는 먼 친척 아저씨뻘인 김광일에 대한 기억을 이렇게 떠올린다.

"초등학교 1학년부터 6학년까지 급장을 지냈고, 공부도 줄곧 1등을 하였다. 아저씨가 중학교에 진학할 때는 국가고시 성적으로 신입생을 선발했다. 당시에 합천에서 일류 학교라는 경북중학교나 경남중학교에 한 명씩이라도 입학하는 예가 썩 드물었다. 경제적인 사정도 여의치 않았지만 진학할 만한 실력을 함께 갖추어야 했기 때문이다. 그해에는 아저씨 혼자 경남중학교에 입학했다."

김광일에게 고향의 수려한 자연환경은 학교 이상으로 좋은 배움터였다. "합천 읍내 주변이 모두 교육장이었다"고 말했을 정도다.

"남산의 무당바위는 뒷동산이요, 읍내를 휘감아 흐르는 남정강과 영창강은 천렵장이고 수영장이요, 질펀한 백사장은 운동장이요, 강 건너 갈마봉과 대암산은 등산로요, 드넓은 정양호는 낚시터였고, 대야성과 죽죽(竹竹)장군 비각은 천년 신라의 역사 교육장이요 나라사랑의 실습장이었다."

이런 환경에서 그는 인성과 감성을 기르고, 고향 정서를 체득했다. 두 아들 성완, 성우에게도 이런 환경과 정서를 그대로 물려주고 싶은 마음이 간절했다. 그러나 그러지 못하는 현실을 매우 안타까워했다. "도시 아파트 숲 속에서 커가는 내 아이들을 생각하면 나와 같은 좋은 고장에서 자라지 못하는 것을 마음 아파하면서 할 수만 있으면 합천 갈 때마다 데리고 가곤 했다"고 말하고 있다.

김광일은 부산에서 중고등학교를, 서울에서 대학교를 다녔다. 그 시절에도 방학이 되면 남 먼저 달려가 "실력과 체력을 연마하고, 사회봉사를 실천하던 곳"이 바로 고향이었다. "가야산(가야면), 황매산(대병면), 오도산(묘산면) 등 높고 낮은 산을 모조리 오르내리며 암굴(쌍책면)과 고분(영창면)을 답사하면서 호연지기를 기르고 선인의 지혜를 배웠으며, 4·19 해(1960년) 여름에는 합천, 삼가, 쌍백, 초계 면의 시장터에서 사회정의를 외치기도 하고, 교회에서 성경학교 교사도 했다."

그런 고향이기에 그는 생전에 늘 고향을 그리워했다. 하지만 객지 생활을 하는 사람들이 다 그렇듯 생각만큼 자주 고향 땅을 찾지는 못했다. 그래도 명절이나 특별한 행사 때는 꼭 걸음을 했다. 선영에 성묘하고, 부모님을 뵙는 것이 우선 목적이었다. 그리고 동네 어른들을 찾아 큰절로 인사드리는 일을 잊지 않았다. 그 중에 한 번도 인사를 거르지 않는 집이 있었다. 이웃해 사는 부인 문수미 여사의 큰집이었다. 인사를 드리는 것은 당연한 일이었지만 숨은 욕심도 있었다.

'고향의 맛'을 잊을 수 없어서였다. 부인의 큰어머니 손맛이 담긴 토주(土酒)와 닭조림이 그것이었다. 큰어머니는 조카사위인 김광일을 "대통령 한 번 하라"고 대놓고 권유할 만큼 인물 됨됨이를 높이 평가했다. "광일이만한 사람 없다"고 그를 조카사위로 삼는 데 앞장선 열렬 팬이기도 했다. 큰어머니는 명절 때면 음식을 당신 손으로 직접 준비해 놓고 꼬박꼬박 기다렸다. 그리고 명절 때 인사를 오는 조카사위에 대한 '반갑고 고마운 마음'을 이 음식으로 표현했다.

사촌 처남인 문계성 씨는 자신의 어머니가 만든 이 음식들을 "아들들은 별로 즐겨하지 않는 것"이라면서 음식상 앞에서 벌어지던 인정 넘치는 광경을 삽화처럼 묘사했다.

"재미 있는 것은 매형이 어머니가 해 주신 음식을 아주 맛있게, 마치 이몽룡이가 사흘을 굶고 춘향이 집을 찾아가서 먹는 밥처럼 아주 달게 먹었다. '아주 맛있다'는 말을 연발하면서 말이다. 아마 노인의 노력에 대한 선량한 답례였을 것이다. 어머니는 그 모습을 보면서 아주 즐거워하셨다."

김광일의 고향과의 인연과 추억은 말년까지도 계속된다. 2008년에는 합천초등학교 개교 100주년 기념행사 추진위원장을 맡기도 한다. 투병 중이었음에도 고향의 일이었고 모교의 행사였기에 기쁜 마음으로 기꺼이 받아들인 것이다.

그의 고향집은 어머니께서 마지막까지 지켰다. 합천은 말 그대로 어머니의 땅이었던 것이다. 그런 어머니를 수시로 찾아뵙고 또 지성으로 모셨다. 2002년 7월 19일 신장수술을 한 후 어머니와 전화통화를

김광일의 성장 과정에서 어머니 김순복(오른쪽), 외숙모 이순 여사가 가장 큰 영향을 주었다.

했다. 그때 느낀 애잔한 마음을 그날의 일기에 남긴다.

"합천의 어머니께 안부 전화. 지난번의 제주도 여행이 그렇게 좋으셨는지 목소리가 맑고 기쁨에 차 있었다. 어머니를 기쁘게 할 수 있는 일이 무엇일까. 다른 일들은 다 정직하게 말씀드려 왔지만, 이번 나의 수술 건에 관하여는 말씀드리지 않는 것이 잘하는 일일 것 같다. 어머니! 사시는 날까지 건강하고 즐겁게 사십시오. 아버님이 돌아기시기 전 조금 더 잘해 드리지 못하였던 일이 깊은 회한으로 남는다."

2008년 9월 13일 김광일은 추석을 쇠러 아들과 손자들과 함께 고향집을 찾는다. 노모의 일손을 덜어 드리려 그는 합천 읍내 음식점에서 일부러 점심을 먹고 집에 들어갔다. "어머니는 여전히 건강하셨다"는 점이 무엇보다 큰 위안이었다. 이날 어머니를 뵙는 자리에서 시흥이 돌아나 '고향집'이란 제목의 자작시 한 수를 지었다.

아흔두 살 백발 어머니
소년 같은 총기로 아들을 기다리는 집
어린 날 기억이 소복한 고향집에 왔습니다.
고향 길은 길가의 꽃 예쁘고
기억의 꽃 아름다워 꽃길입니다.
꽃마다 한 송이씩 꽃다발 만듭니다.
꽃다발 받으신 어머니
주름 가득 환한 미소 번집니다.
꽃보다 어여쁜 건
엎드린 손자들 뒷머리입니다.

이 시를 다음 날인 9월 14일 추석 아침 식사 전에 어머니께서 들으시도록 직접 낭송했다. 그리고 가족 묘지에 들러 성묘를 했다. 설이나 추석 때 고향에서 보내는 일상적인 풍경이었지만 김광일에게 그날은 어머니께 헌시(獻詩)를 해서 더욱 특별한 날이 되었다.

부산

중고교 시절 삶의 틀을 제공한 원천

김광일은 부산의 경남중고등학교를 다녔다. 당시 부산에서 최고 명문 중 하나로 꼽히던 학교다. 이런 학교를 시골인 합천에서 들어가기는 '하늘의 별 따기'처럼 여겨지던 때였다.

그러나 그는 그해 합천에서는 유일하게 경남중학교에 합격했다. 그 자체만으로도 화제가 되었다. 그도 "이 고장에서, 아니 전국에서도 으뜸가는 명문 학교에 다닌다는 기쁨과 자랑이 컸다"고 말하곤 했다.

합천은 행정구역으로는 경남이지만 지리적으로는 대구가 부산보다 가까운 편이다. 그래서 합천에서는 대구에 있는 학교에 진학하는 학생들이 더 많은 편이었다. 그런데 김광일은 외가가 있던 부산에 있는 학교를 선택했다. 감수성 넘치는 청소년기에 6년 동안 부산 생활을 했던 그는 부산의 특질들을 자신도 모르는 사이에 고스란히 흡수했다. 이는 그의 삶에도 두고두고 지대한 영향을 미친다.

김광일은 경남중고교 시절을 "공부와 운동 그리고 신앙생활, 이 세 가지 일에 몰두하여 마음껏 성장했던 생애 최고의 시기"로 요약한다. 특히 경남고등학교 동대신동 교정은 교육 환경이 뛰어나 졸업 후에도 애착이 컸다.

경남중학교 시절의 김광일(앞줄 오른쪽)은 성실함과 통솔력이 친구들 사이에서 돋보였다.

"학교를 둘러싼 울창한 숲과 아름다운 수원지는 바라보기만 해도 너무 좋았다. 정서와 사색의 동산에서 우리는 참으로 다양한 고교 시절을 보낼 수 있었다."

김광일은 어떤 학생이었을까. 우선 중고등학교 학적부를 살펴보면 6년을 통틀어 결석이 단 하루도 없었다는 점이 눈에 띈다. 그의 성실함과 근면함 등을 보여 주는 중요한 사실이다. 그래서 6년 개근상을 받았다. 개근상을 받으려면 아프지 말아야 한다. 중학교 1학년 때 맹장수술을 한 것 외에는 그만큼 건강했다는 얘기이기도 하다. 또 축구 등 좋아하는 운동을 통해 평소 몸을 단련했다.

그는 중고교 시절 통솔력에서도 뛰어난 면모를 보인다. 중학교 학적부에는 '재조(才操)가 있어 신뢰를 받는다', '관용·솔선' 등의 통솔력 분야 평가가 나타나 있다. 중고등학교 시절 대부분 반장 또는 부반장을 했다.

한편 김광일은 고등학교 시절 학교 축구 선수로 활동한다. 예나 지금이나 경남고의 대표 구기는 야구다. 경남고가 축구는 잘하는 편도 아니었고, 전국적으로 인기 또한 야구에 훨씬 뒤졌다. 그런데 그즈음 학교 차원에서 축구도 살려보자고 선수 2명을 스카우트해 그들을 중심으로 축구반을 출범시켰다. 대체로 재학생들은 별반 관심을 보이지 않았다. 그런데 김광일은 축구 선수를 자원했다. 친구들이 대부분 의아해했지만 그는 축구를 좋아했다. 초등학교 때 축구 선수 경력이 이를 말해 준다.

그가 경남고 축구 선수가 되는 과정을 당시 축구반장이었던 허발 선생님(고려대 명예교수)은 이렇게 증언한다.

어느 날 퇴근길에 축구부 학생들이 운동장 한구석에서 공을 차고 있기에 그쪽으로 가 보았더니 뜻밖에도 김광일 군이 있지 않겠는가.
"자네가 왜 여기에 왔는가?"
"축구 선수로서 한 번 뛰어보고 싶습니다."
하지만 선뜻 받아들이기 어려워 처음에는 반대를 했다. 나와 마찬가지로 축구부 감독도 달갑게 생각하지 않았다.
그러나 김광일 군은 학업에서 그랬던 것처럼 운동에서도 특유의 집중력과 남다른 노력을 보여 얼마 후 그를 좋게 평가하기에 이르렀다.
"저 정도라면 수비진에서 충분히 선수로 뛸 수 있겠는데요."

김광일은 경남고 축구 선수로 이렇게 발탁됐다. 그리고 경상남도 중고축구선수권대회에 출전했다. 학교에서도 '참가에 의의가 있다'는 정도로 평가할 만큼 실력은 미지수였다. 그런데 의외로 첫 상대인 부산공고를 3대 0으로 꺾는 파란을 일으켰다.

김광일(앞줄 왼쪽)은 '정서와 사색의 동산' 경남고등학교를 1958년 2월에 졸업했다.

축구에 빠진 김광일은 3학년 2학기 때도 선수로 출전하는 '무모함'을 보인다. 대학시험을 불과 3개월 앞둔 시점이었다. 그것도 단순히 통영고와 친선 시합이었고, 충무 원정 경기였다. "나중에 생각해도 아찔했다"고 그는 고백했다.

3학년 때 담임 허발 선생님의 김광일에 대한 회고는 이렇게 이어진다.

김 군은 성적도 뛰어났다. 우리 반에서는 단연코 수위였고 전국 대학입시 모의고사에서도 상위권에서 벗어나지 않았다.

김광일 군이 반장을 맡았을 때만큼 내가 잡무에서 해방된 적은 없었다. 1학기 중반쯤부터 김군의 '치밀한 머리놀림'과 '원만한 인간관계' 그리고 '전체를 이끌어 나가는 힘'을 똑똑히 보았다. 출석 점검, 전달 사항 등은 김군을 통해서 처리했으니까 말이다.

심지어 학기 말에는 성적 일람표 정리마저 김군에게 맡길 정도였다. 성적 문제니까 신중하게 처리해야 하는데도 김군에게 그 일을 맡긴 것은 나보다 더 빠르고 정확하게 처리할 뿐만 아니라, 그의 '정직함'과 '과묵함'을 믿었기 때문이다.

'불의에 대한 저항력', '자유를 갈망하던 열정' 이러한 것들이 밑바닥에 깔려 있는 본성을 나는 그의 젊은 학생 시절부터 이미 보아왔던 것이다.

김광일은 중고교 시절 '잊을 수 없는 일'로 "내 일생 동안의 기독교 신앙이 확립되었다"는 사실을 꼽는다. 그는 중학교 다닐 때부터 부산 중앙교회를 다니기 시작했다. 그가 중고등학교를 부산 동대신동에 있는 외가에서 다녔는데 학교도 가까웠지만 이 교회도 그리 멀지 않았다. 외삼촌(김간복)을 비롯해 외가 식구들 모두 교인이어서 자연스럽게 함께 나가게 됐다.

외가의 영향으로 김광일의 어머니도 일찍부터 교인이었다. 그 덕분에 그도 합천 고향에서부터 교회를 다닌 적이 있었다. 그러나 본격적으로 교회에 나가기 시작한 것은 이때부터였다. "하나님을 사랑하고 이웃을 사랑하라"는 신앙의 핵심을 배웠고 그 이후 "이웃을 위해서 목숨을 버리는 것 이상으로 더 큰 사랑이 없다"는 믿음은 그의 일생을 규정짓는 삶의 신조가 되었다.

이와 함께 김광일은 이 시절에 신앙을 갖는 것 못지않게 "나라와 겨레, 그리고 내 이웃을 위하여 장차 어떻게 봉사할까를 깨우치는 일도 중요한 교육의 하나라고 생각했다"고 한다. 그래서 교과 수업 이외에 학교에서 '인성 함양'을 위해 마련한 교양 특강에도 관심이 많았다. 그런 특강 중에 '어리석은 사람이 되라'는 한글학자 외솔 최현배 선생의 강의를 감명 깊게 들었다.

"보통 사람들은 늘 일의 이해관계에만 얽매어 영악해지기가 쉽다. 그러나 여러분만이라도 진리를 위하여 이해관계를 초월하는 좀 어리석은 사람이 되어 달라"는 요지의 말이었다. 그 특강 내용의 울림이 얼마나 컸는지 그 후에도 "내 인생의 좌우명이 되었다"고 기회 있을 때마다 강조했다. 실제로 그는 자신의 일생을 통해 인권과 정의, 민주화 등 공동체적 가치를 열정적으로 추구했다. 범인(凡人)들이 보기에 관련된 모든 일이 자신에게 오히려 손해가 되는 '어리석은 일'이었지만 그 말을 실천한 것이다.

그런 면에서 중고등학교 시절 6년을 보낸 부산은 김광일에게 삶의 틀을 제공한 원천이었다. 그는 늘 "우리는 부산 땅이라는 자연환경 속에서 살아가는 부산 기질을 가진 부산 사람"이라는 점을 잊지 않으려 노력했다. 그리고 "부산을 모든 시민들이 긍지를 느끼는 도시로 만들어야 한다"고 호소하고 스스로 노력했다. 김광일에게 부산은 아름답고 사람 살 만한 곳으로 가꾸어야 할 '제2의 고향'이었다.

대학

열정과 패기가 넘치던 시절

김광일은 1958년 서울대 법대에 진학한다. 그런데 그가 대학에 들어간 때는 시절이 하수상했다. 바야흐로 이승만 독재가 마지막 기승을 부리던 자유당 정권 말기였다. 그도 때로는 책을 덮고 강의실 밖으로 뛰쳐나가 거리에서 투쟁하는 현실 참여를 외면할 수 없었다.

대학 재학 중에는 4·19혁명과 5·16군사쿠데타를 온몸으로 모두 겪은 격동의 시기였다. 당시 대학생 수는 극히 소수였다. 따라서 대학생이 지성인을 자처해도 이상할 게 없었다. 그런 대학생들에게 역사 발전과 사회 진보의 선두에 서 주기를 바라는 국민의 기대도 하등 이상할 것이 없었다.

대학 저학년일 때 김광일의 사회 인식은 다른 대학생들과 크게 다르지 않는 평범한 수준이었다. 법대생이었으므로 당연히 헌법을 배웠다. 헌법에서 배운 자유민주주의는 국민의 기본권 보장을 최우선으로 한다. 이를 위해 권력을 3권으로 분립하고, 그런 개념을 담고 있는 헌법은 함부로 바꾸어서는 안 되는 것이었다.

그런데 자유당 정권은 자신들이 필요할 때 헌법을 바꾸고, 국민의 기본권을 유린하는 일을 서슴없이 저질렀다. 이 기준에서 당시 현실은 정말 잘못되었다는 생각을 했다. 그렇지만 김광일은 이를 고치기 위해 직접 활동하거나 무슨 모임이나 조직에 가입하지는 않았다.

그즈음 서울에서 자주 만났던 동향 친구 조열래는 김광일의 당시 시국관과 고민을 이렇게 기억한다. 조열래는 같은 시기에 고려대 법대에 다니고 있었고, 야학 한벗학원을 같이 만들었다.

"우리는 서울에서 유학을 하는 동안 학업에 열중하는 틈틈이 고향에 같이 내려와 빈곤한 고향의 어려움을 함께 걱정했다. 그래서 농촌계몽 활동에도 나서 보았으나 가진 것이 없는 우리는 마음만 앞섰을 뿐 뾰족한 대책을 마련하기 어려웠다. 그 무렵 광일 군은 자유당 말기의 부패한 정치와 헝클어진 사회 질서에 흥분과 분노를 곧잘 터뜨리곤 했다."

김광일은 3·15부정선거를 목도하고 더 이상 참을 수가 없었다. 1960년 4월 19일, 시민혁명의 그날 서울대생 시위 대열 속에 있었다.

4월 19일 당일의 시위는 서울대생들이 주도했다. 오전에 서울대생들은 서울 동숭동 캠퍼스에서 "민주주의를 위장한 백색 전체주의에 항거한다"는 선언문을 먼저 발표했다. 그리고 2,000여 명의 서울대생들이 '누구도 신용할 수 없다', '민중의 비탄은 심화되었다'라고 쓰여진 현수막을 들고 가두 행진을 벌이면서 광화문에 있는 국회의사당 앞까지 진출했다. 이를 시작으로 중고생, 대학생들을 중심으로 10여만 명이 광화문 일대에 집결했다.

M1 소총, 카빈 소총, 최루탄 등으로 중무장한 경찰들과 반공단체 소속 깡패들이 쇠뭉치, 몽둥이 같은 흉기를 들고 광화문 일대에서 저지에 나섰다. 그러나 한 번 터져나온 시민들의 분노는 거대한 해일이 되어 서울 시내를 뒤덮었다. 당국은 서울을 비롯한 주요 도시에 계엄령을 내

1960년 4 · 19혁명 당시 김광일은 서울대 법대 3학년생으로 시위 대열의 선두에 섰다가
경무대 앞에서 경찰이 쏜 총의 유탄에 맞아 부상을 입었다.

리고, 오후 7시부터 야간 통행금지로 막아보려 했지만 소용이 없었다.
오히려 더 크게 불어난 시위대는 군경의 육탄 방어에도 아랑곳하지 않
고 경무대로 향했다.

　서울대생은 경무대로 진출하는 시위 대열의 선두에 섰다. 서울대생
바로 앞에 있던 동국대생은 시위 진압용 차량 2대를 앞세우고 경무대
정문 쪽으로 돌진해 들어갔다. 시위 도중에 발생한 동국대생 사망자 시
신을 내놓으라는 요구를 내걸고서였다. 4 · 19혁명의 분수령이 되었던
경찰의 '경무대 앞 발포 사건'은 그때 시작되었다. 무차별 사격이었다.
이날 하루에만 100여 명이 죽고 400명 이상이 부상당하는 참화가 일어
났다.

　김광일은 그 시각 서울대생 시위대와 함께 경무대 앞 현장에 있었다.

총소리가 난무하는 가운데 피를 흘리며 쓰러지는 학생들이 늘어나면서 아비규환의 상황으로 변했다. 김광일은 현장에서 급한 대로 부상당한 대학생들을 차에 태워 병원에 보내는 일에 매달렸다.

유탄을 맞은 것은 그 와중에서였다. 어느 순간에 등이 따끔했지만 경황이 없어 유탄을 맞았다는 사실을 처음에는 몰랐다. 그날 밤 동숭동 근처의 친구 하숙집으로 돌아와서 몸을 살펴본 뒤에야 유탄에 맞았다는 것을 알았다. 그는 경찰이 쏜 총알이 벽이나 길바닥에 맞아 한 번 튕긴 뒤 몸을 스친 것으로 짐작했다. 결과는 천만다행이었지만 참으로 아찔한 경험이었다.

김광일은 이날 또 다른 새 역사를 쓰는 데 앞장선다. 당시로서는 사상 처음이었던 '대법원 시위 사건'이 그것이다. 그는 이날 경무대 시위 현장에서 경찰의 발포가 있은 후 시위대에게 대법원으로 가자고 외쳤다. 대법원에는 야당인 민주당 주도로 3·15선거 무효소송이 접수되어 있는 상태였다. 그는 시위대와 함께 이 소송을 똑바로 처리하라고 대법원 앞에서 시위를 벌였다. 법대생다운 발상이었고, 김광일다운 추진력이었다.

시위대는 대법원장이 나와서 이를 약속하라고 요구하면서 몇 시간을 버텼다. 그러나 대법원장은 끝내 나타나지 않았다. 시위를 피해 뒷문으로 몰래 빠져나갔던 것이다. 다른 대법관이 등장했다. "선거무효 소송을 공정하게 처리할 테니 학생들은 염려하지 말라"는 요지의 말을 듣고 시위대는 해산했다.

그해 4월 26일 이승만 대통령이 하야 성명을 발표했다. 마침내 독재정권이 무너진 것이다. 정의가 불의를 이기는 진리를 확인하는 순간이었다. 민주주의가 회복되고 자유가 넘치리라는 기대감이 국민들 사이에서 만발했다. 4·19혁명에 성공한 학생들은 승리감에 도취해 있었다. 무슨 일에도 자신감이 넘쳤다. 학생들이 다음 단계 이슈로 제기한 것은 남북 통일문제였다.

4·19혁명 1주년을 맞을 즈음인 1961년 4월 서울대생들은 '서울대학교 민족통일연맹'을 만든다. 통일을 최우선 목적으로 내세운 진보적 학생들의 통일운동조직이었다. 그 당시 조직의 명칭을 놓고 학생들 사이에 갑론을박이 벌어졌다. 통일전선, 통일연구회 등이 유력 후보로 등장했다. 두 가지 모두 한쪽으로 치우친 듯한 인상을 준다는 의견이 많았다. 그래서 절충한 것이 통일연맹이었다.

여기에 김광일을 비롯한 법대생들도 상당수 가담했다. 통일을 추진하는 데 있어 방법과 문제점을 연구하는 학술 모임을 표방하고 있었기 때문이다. 김광일은 부장이라는 간부까지 맡았다. 일부 학생들은 금방이라도 통일이 이루어질 것처럼 각종 주장을 쏟아냈다. 그러나 그는 이에 동의하지 않았다. 냉철하게 판단해 볼 때 "북한에 김일성 정권이 있는 한 남한의 4·19혁명과 같이 간단하게 정권을 전복하고 통일할 수 없다"는 것이 당시 그의 생각이었다.

1961년 5월 16일 5·16군사쿠데타가 일어났다. 김광일은 고향 합천에서 고시공부를 하다가 좀 늦게 상경했는데, 서울에 올라온 지 이틀 만에 만난 날벼락이었다. 박정희 소장을 중심으로 한 쿠데타 세력은 이른바 '혁명공약' 제1조에서 반공을 국시(國是)로 한다고 내세웠다. 이에 따라 그들은 '용공단체'와 '용공분자' 색출에 나섰다. 그 판단 기준이 아주 애매했고 지극히 자의적이었다. 5·16군사쿠데타에 반대하거나 그들의 마음에 들지 않으면 거의 모두 '용공'으로 몰아갔다.

서울대학교 민족통일연맹도 예외 없이 그 덫에 걸려들었다. 남북학생회담 제안 등은 그들이 보기에 '용공단체'로 포장하는 데 더할 나위없이 좋은 재료였다. 쿠데타 세력은 곧바로 민족통일연맹 간부들은 물론 회원들까지 체포에 나섰다. 김광일도 이 올가미를 벗어나지 못했다. 며칠 피신해 있다가 능사가 아니다 싶어 자수를 했고, 곧바로 경찰서 유치장에 수감되었다. 그는 억울한 생각에 밥풀로 유치장 벽에 '쿠데타'라는 글자를 만들어 붙이는 것으로 불만을 삭이기도 했다.

사실 그때 마구잡이로 잡아들여 경찰서 유치장마다 학생들이 넘쳐났다. 유치장이 모자라 3평 남짓한 공간에 40~50명씩 수감을 했다. 그러다 보니 잠도 앉아서 자거나 모로 누워 이른바 칼잠을 자야 했다. 김광일은 수감 초기에 딱 한 번 조사를 받았다. 그리고 더 이상 가타부타 말이 없었다.

그런 유치장에 어느 날 검사 한 명이 감찰을 나왔다. 열악한 수감 상황을 개선할 수 있는 좋은 기회라는 생각에 김광일은 나름대로 준비를 했다. 과잉 수용으로 인해 인권이 유린되고 있고, 자신의 무기한 구금은 위법이라는 주장을 할 요량이었다. 그런데 검사는 유치장 복도를 한 바퀴 도는 것으로 감찰을 끝내 버렸다.

하다 못해 수감자 누구에게 단 한마디라도 물어보는 최소한의 감찰 시늉조차 하지 않았다. 참으로 형식적인, 말만의 감찰이었다. 자기 주장을 펼치려고 벼르고 있던 김광일은 정말이지 허탈했다. 그때 그는 앞으로 법조인이 된다면 그 검사를 반면교사로 삼겠다고 다짐했다. 적어도 자신이 다루는 사건에서 억울하다는 말을 듣지 않도록 소임을 다하겠다는 뜻이었다.

김광일은 1962년 서울대 법대를 졸업했다. 왼쪽은 당시 교제 중이던 부인 문수미 여사.

　그는 그해 6월 30일 석방됐다. 정확하게 수감 41일 만이었다. 체포된 학생 중에는 실형을 받은 사람도 있었지만, 그는 일종의 훈계방면이 된 셈이었다.

　김광일에게도 대학 생활은 열정과 패기 그리고 낭만이 넘치는 시절이었다. 2002년경 수술을 앞두고 서울대병원에 입원해 있을 때 병실에서 옛 서울대 동숭동 캠퍼스(현 한국방송통신대)를 내려다보면서 잠시나마 그 시절로 돌아간다. 2002년 5월 31일자 일기에 "병실 창문을 통하여 건너다보이는 낙산과 그 아래 법과대학 건물이 있던 자리를 바라보면서 젊고 싱싱했던 대학시절을 잠시 회상하였다"는 대목이 그것이다.

"가난한 것 이외에는 모든 것이 건강하고 정상적이었다. 대학 3학년 때의 4·19혁명과 4학년 때의 5·16군사쿠데타를 겪으면서 생명의 위협과 신체의 구금을 체험하였다. 그러나 견디기 어렵다고 생각한 일은 전혀 없었고, 신앙과 신념으로 용감한 매진만 있었다."

삭발

가시밭길이라도 그 길을 가는 용기

김광일은 대학교 3학년이던 1960년 12월 12일자 「大學新聞」에 '삭발자의 변'이라는 제목의 글을 발표한다. 「대학신문」은 서울대에서 발행하는 학내 신문이다. 제목부터 이색적이고 내용 또한 파격적이어서 대학 안팎으로 큰 화제를 모았다.

그는 삭발을 두고 "생각 없이 흘러가는 사회 조류를 거스르는 정신혁명"의 행위로 의미를 부여한다. 4·19혁명을 성공시켰던 그해, 학생들의 이상과 고뇌를 엿볼 수 있어 50년을 훌쩍 넘은 지금까지 생명력을 발한다.

편지글 형식의 이 글에 등장하는 'S님'은 김 변호사의 부인 문수미 여사다. 이름 가운데 '수'의 이니셜을 땄다. 당시 김 변호사는 문 여사와 사귀는 중이었다.

삭발자의 변(削髮者의 辨)

S님, 무척 놀라셨겠지요. 또 노하셨겠지요. 퍽 우스웠을 것입니다. 저란 인간이 밉기까지 하셨을 겁니다. 그 점 충분히 이해합니다. 저 자신 거울

에 비친 낯선 모습을 보고 어리둥절하여 마구 웃었으니까요. 밤새도록 친구와 마주보고 웃었으니까요. 물론 귀찮아서 깎아 버렸습니다.

그러나 제가 때맞추어 머리 하나 다스릴 수 없을 만큼 게으르다고 생각하십니까? 저도 하려고만 한다면 얼마든지 멋을 내어 머리, 옷차림, 신발 등을 가다듬을 수 있습니다. 생긴 바탕만은 인력으로 어쩔 수 없는 것이지만요. 그러나 그런 데에 정신을 쓸 필요성을 강하게 느껴보지 못했고 그것보다는 더 중요하다고 생각되는 속 열매를 살찌우는 데 힘을 기울여 왔습니다. 딴 건 얼마든지 할 수 있을 테이니까요.

더 깊은 이유가 있었습니다. 오늘 S님과 만날 약속을 생각하며 멋있게 이발하려고 이발값을 갖고 있었습니다. 오전 강의를 들은 후 우연히 학생회 간부실에 들어갔습니다. 회장 이하 서너 명의 친구들이 빡빡 깎은 머리를 하고 있었습니다. 저는 언뜻 어느 영화를 연상하면서 깜짝 놀라 그 이유를 물었습니다.

"후진국 대학생으로서 국토 통일, 정치적 안정, 경제부흥, 사회개혁을 위한 새생활운동 등 해야 할 중대한 일들이 너무나 많다. 우리는 그런 걸 생각만 하고 말로 하거나 거창하게 일만 벌려 놓았지 아주 조그만 일도 스스로 실천하지 못하고 있다. 한 가지 예로써 머리를 깎아 버리는 것이 여러 가지로 편하고 이로운 것을 알면서도 단지 사회관념이란 것 때문에 실천들을 못하고 있다. 우리 친구끼리 생각난 것을 행동했을 뿐이다."

그 이상 그들의 설명을 들을 필요가 없었습니다. 저 자신 어릴 때부터 쭈욱 생각해 온 바가 있었기 때문입니다. 무엇인가 뜨거운 감정이 치솟았습니다.

"이것이야말로 한 가지 혁명이다. 머리를 깎는다는 일 자체가 중요한 일이 아니다. 생각 없이 흘러가는 사회 조류에 반발하고 거슬러 오르려고 행동한 그 정신이 고귀한 것이다.”

저보다 먼저 생각하고 그것을 실천으로 옮긴 선구자인 그들에게 감사와 존경하는 마음을 가지고 즉시 달려가 오늘 보는 바와 같은 모양으로 깎아 버렸습니다. 이발사가 놀라고 모두들 놀라면서 왜 이러냐고 물었습니다.

가난한 백성은 가난하게 사는 것이지요. 우리는 후진국 백성으로 있으면서 원래가 가난했고 용기와 패기가 없었습니다. 더구나 새 나라 건설의 출발점에 서 있으면서도 구래의 인습과 사치와 허영 때문에 실속 없는 허식 때문에 부유한 사람 흉내만 내어 왔습니다. 적어도 학생인데, 남들은 다 하는데, 이런 어리석은 생각 때문에 마땅히 해야 할 일을 못한 것이 얼마나 많았습니까. 가난한 사람이면 가난한 사람답게 허리띠를 졸라매고 검소하고 검박하게 부지런히 일하는 가운데, 우리도 가난에서 벗어날 날이 올 것입니다.

머리를 깎는 일이 가난하게 산다는 것은 아닙니다. 다만 우선 머리를 깎으면 옷차림이 자연히 검소해지고 따라서 모든 허식적이고 유락적인 생각들이 없어지며 생활은 간소화됩니다. 또한 외출은 줄어들 것이고 공부에 몰두할 시간을 더 얻게 되겠지요. 또한 남들이 주목할 테니 행동은 자연 바로 잡혀질 것이고. 이 정도의 이익밖엔 없겠지요.

그러나 3년이나 고이 길러 온 머리카락이 땅바닥에 떨어지고 멋쩍은 외모를 가진 남다른 모양으로 머리를 깎는다는 데서 오는 정신혁명의 효과란 놀라운 것입니다. 이발을 끝내고 일어서는 거울 속에는 우유부단하고 무기력하여 현실과 타협하기를 좋아한 옛 모습은 사라지고 생각한 바를 그대로 실천에 옮긴 행동인의 빛나는 눈빛이 거기 있습니다.

어릴 적부터 간디를 배우고 조만식 선생의 이야기를 들으면서 나도 민족을 위해 몸 바쳐 묵묵히 일하는 그런 사람이 되어 보겠다고 어린 주먹을 고쳐 쥐어 왔습니다. 세월이 흐르고 대학에 들고 머리를 기르고 멋을 내고 속된 쾌락에 몸과 마음을 적시면서부터 어느새 저는 좁은 문을 되돌아 나와 넓은 문으로 꾸역꾸역 몰려가는 혼탁한 흐름 속에서 어린 날의 나를 잊었습니다.

교회가 썩고 학원이 썩고 사회는 역한 냄새로 가득 찼어도 저는 때때로 마음만 안타까웠지 손 하나 놀려 보질 못했습니다. 용기가 없었습니다. 흐름을 거슬러 오를 패기가 없었습니다. 결론이 이미 내려졌는데도 그것을 행동으로 옮기지 못하는 것이 우리 백성의, 특히 지식인이란 사람들의 크나큰 병폐였습니다. 남들이 한다면 나도 하고 주위의 눈치만 살펴왔습니다.

오늘 제가 친구들의 까까(중)머리를 보고 잠자던 영혼이 깨우침을 받아 저도 머리를 깎았다고 해서 즉시 간디 같은 사회개혁의 선구자가 되겠다는 그런 건방진 생각을 하는 것은 결코 아닙니다만, 주위 사람이라는 것에, 무의미한 사회 인습에 얼마만큼 반발할 수 있는가 하는 용기를 시험해 보고 싶었을 뿐입니다.

그 용기 시험의 수단으로 하필 왜 꼴사납게 머리를 깎았느냐고 나무라신다면 저의 생각이 모자랐다고밖에 답할 수 없습니다. 너무 보기가 싫거나 추우면 모자를 쓰면 되겠지요. 앞으로 이런 종류의 무모한 일들이 많을는지 모릅니다.

남들이 욕하겠지요. 고독하겠지요. 그러나 소신대로 살아가는 법을 배우고 싶습니다. 가시밭길이라도 그 길을 가는 용기를 갖고 싶습니다. 졸업하면 취직하고 돈벌이하고 예쁜 아내 맞이하여 아들 딸 낳고 편안히 살다가 죽는다, 이런 평범한 생각은 우리 백성 모두가 잘살게 될 때

저도 하지요.

그러나 이 시대에 태어난 우리에게 하나님께서 원하시는 일은 이런 안일이 아닐 것 같습니다. 가난한 동안은 가난하게 살겠습니다. 가난을 부끄럽게 여기지 않는 마음을 배우고 싶습니다. 빛 노릇은 못해도 소금 노릇은 해야겠습니다.

창피하다거나 이상해 보인다는 것은 그때 그때에 따르는 주관적인 관념이지요. 그렇다고 제가 괴팍한 인간이 되겠다는 건 아닙니다. 저의 개성대로 살아보고 싶을 뿐입니다. 적극적인 일에나 소극적인 일에나 저대로의 인간개혁을 서두를 생각입니다. 그 결과가 내가 살고 있는 사회에 조그만 보탬이라도 되었으면 하고 바랄 뿐입니다.

지금까지 머리를 깎은 열 사람가량의 친구들이 생각한 동기야 약간씩 다르겠지만 이상에 쓴 것이 제가 머리를 깎은 데 대한 변명입니다. 여기에 쓰지 않은 잡다한 이유도 많긴 하지만 이만 쓰지요. 전 내일쯤 귀향할 것 같습니다. 시골서 이 글에 대한 S님의 의견을 기다리겠습니다.

잘 쓴 글은 오래도록 남기도 하지만 그 향기도 멀리까지 퍼진다. 이글의 울림은 상상 외로 컸다. 머나먼 전라도 광주까지 전해져 한 고등학생의 마음을 '감동'으로 뒤흔든다. 당시 광주제일고등학교 2학년 김동선이 그 학생이었다.

그는 '삭발자의 변'이란 글과 첫 대면하는 장면을 1981년에 펴낸 『사랑하는 나의 대학』이란 책에서 이렇게 회고한다.

나는 무언가 결단을 해야겠다는 생각을 막연히 품기 시작했다. 이때 나에게 우연히 메시지가 하나 전달됐다. 내 앞에 앉아 있던 애가 서울대학교에서 발행하는 「대학신문」을 건네주며 한 곳을 읽어 보라고 했는데, 그 것은 서울대 법대생이 쓴 '삭발자의 변'이라는 글이었다. 나에게 자기 혁명의 영감을 넣어 줌과 동시에 결단의 용기를 준 이 글을 쓴 분은 서 울대 법대를 졸업한 뒤 매우 양심적인 법관 생활을 했고, 지금은 변호사 로 활동하고 계신다.

나는 이 글을 읽고 뜨거운 감정이 치솟았다. 그것은 내 생활에 대한 부 끄러움의 깊은 자각이었으며, 내가 선택해야 할 방향의 제시 같은 것이 내 혼 속으로 파고 들어오는 기분이었다. 나는 감정이 격앙된 채 그 글 을 읽고 또 읽었다.

김동선은 그때부터 얼굴도 모르는 그 '삭발자'를 닮기 위해 진학 목 표를 "대학 간판이 붙은 곳 중의 어느 하나"에서 서울대 법대로 바꾼다.

그는 서울대에 진학했지만 당시 우상으로 삼았던 그 '삭발자'를 생 전에 한 번도 만난 적이 없다. 그랬음에도 '삭발자의 변'이 "내 인생의 결정적인 전환점이 되었다"고 두고두고 말한다.

고시

고시 준비와 한벗 야학

김광일은 1962년 8월 제15회 고등고시 사법과에 합격했다. 당시 고등고시는 '행정과' 와 '사법과' 로 나눠서 치러졌다. 고등고시 사법과는 이듬해 1963년 5월 '사법시험' 이란 이름으로 독립한다. 그러니까 김광일은 고등고시 사법과 마지막 합격자였다.

그가 법대생이었으므로 고등고시에 도전하는 것은 자연스러운 일이었다. 그런데 행정과가 아닌 사법과를 택한 것은 그의 정의와 인권에 대한 높은 관심 때문이었다.

1961년 대학 4학년 말 김광일은 졸업을 앞두고 군대에 먼저 다녀올 생각을 했다. 사병으로였다. 그런데 서울대 법대 은사인 김도창(金道和) 교수가 그에게 "내년부터는 1년에 두 번씩 고등고시 시험이 치러진다" 는 중요한 정보를 귀띔해 주었다. 김도창 교수는 나중에 법제처장을 역임한 저명한 법학자로 당시 고등고시 위원이었다.

김 교수로부터 이 말을 듣고 김광일은 한동안 손에서 놓았던 법전을 펼쳐들었다. 당시 서울대 법대 분위기는 4학년 때 고등고시에 합격하는 것이 일종의 관행처럼 되어 있었다. 그래서 그도 4학년 합격을 목표로 1960년 3학년 겨울방학 때 고시공부를 하러 고향 합천으로 내려온다.

제15회 사법고시에 합격한 김광일은 1964년 2월 서울대 사법대학원
2기생으로 연수과정을 마쳤다.

그는 합천군 율곡면의 '옥수정'이란 재실과 대병면의 '청강사'란 절집
을 공부방으로 삼았다.

그런데 1961년 고등고시 사법과 시험 기회를 타의에 의해 놓치게 된
다. 5·16군사쿠데타 후 용공단체로 지목된 '서울대학교 민족통일연
맹' 간부로 41일간 구금되었기 때문이다. 그해 6월 30일, 그가 석방됐
을 때 제13회 고등고시 지원 마감 시한은 이미 사흘이나 지난 뒤였다.

이듬해 고등고시 사법과에 합격한 김광일은 곧바로 서울대 사법대학
원에 들어간다. 이 사법대학원은 그가 합격한 그해에 법조인 양성을

위해 설립됐다. 1970년 사법연수원이 생기기 전까지 고등고시 사법과 합격자는 의무적으로 이수해야 하는 연수과정이었다. 1964년 2월 서울대 사법대학원을 2기로 마친 그는 3월에 군 법무관으로 입대했다.

김광일은 비록 목표 시기보다 한 해 늦게 합격했지만 시험 준비 과정에서 더욱 뜻깊은 번외(番外) 사업을 한 가지 벌인다. 바로 고향 합천에 야학 '한벗학원' 설립에 앞장을 선 것이다. 한벗학원은 1961년에 개교해 1985년에 문을 닫았다. 하지만 그 뿌리는 사라지지 않고 나중에 '합천여중'의 모태가 된다.

김광일이 3학년 겨울방학을 맞아 고시공부를 하기 위해 고향에 내려올 때 동반(同伴)이 한 명 있었다. 동향 출신에다 같은 또래인 고려대 법대생 조열래였다. 한벗학원 설립 과정을 조열래는 이렇게 설명한다.

"우리도 인간인지라 때로는 잡념도 생기고 공부가 하기 싫어서 엉뚱한 짓을 하다가 광일 군의 제의로 이 지루한 시간을 유용하게 써 보자는 생각을 하게 됐다. 내용인즉 틈틈이 짬을 내 가난하여 중학교에 진학하지 못한 고향 후배들을 위해 돈을 받지 않는 야간학교를 열고 우리의 정열과 젊음을 불살라 보자고 뜻을 모았다."

뜻은 훌륭했으나 난제가 한두 가지가 아니었다. 당장 교실을 구하는 것부터 문제였다. 두 사람은 함께 합천군수와 교육장, 합천초등학교 교장 등을 찾아다니며 읍소(泣訴) 작전을 폈다. 둘의 노력은 그 취지를 이해한 고향 유지들의 찬동으로 합천초등학교 별관 교실 두 칸을 야간에만 빌려 쓰는 것으로 결실을 맺었다. 야학에서 공부하는 학생들은 가정형편이 어려워 책과 공책, 연필 등 학습 도구까지 마련해 줘야 했다.

김광일과 조열래도 어렵게 대학을 다니는 처지에 그만한 돈이 있을

리 없었다. 고민 끝에 합천에 살고 있는 사촌형 김승일에게 도움을 청했다. 당시 합천에서 정미소를 운영하여 경제적으로 넉넉하던 작은아버지의 아들이었다. 고맙게도 사촌형이 흔쾌히 승낙해 또 한 고비를 넘겼다.

강사진은 김광일과 조열래 그리고 대학에 재학 중인 고향 후배들과 고향을 지키고 있는 선후배들로 구성했다. 그때의 강사들이 얼마나 헌신적이었는지, 2회 졸업생인 전 합천읍장 이무식 씨의 추억담은 눈물샘을 자극한다.

"소나기 퍼붓는 여름밤이나 눈보라치는 겨울밤이면 멀리서 학교에 다니는 학생들을 위해 선생님들은 사생활의 불편을 감수하고 두세 명씩 맡아 집으로 데려가서 잠을 재우고 먹을 것도 챙겨 주었다. 또 추운 겨울 제대로 옷을 갖춰 입지 못한 학생들에게는 외투를 벗어 입혀 보내기도 했다."

초창기는 교실에서 쫓겨나 선생님들의 집을 전전하며 공부를 하기도 했는데, 전기가 들어오지 않아 남폿불을 켜놓고 하니 '화재 위험이 있다'는 이유였다.

한벗학원은 설립 초기에는 강사들의 방학기간 동안에만 운영되는 2년제 비정규 야학이었다. 따라서 졸업생들도 상급학교에 진학하려면 학력 인정 검정고시를 별도로 치러야 했다. 이를 가슴 아프게 생각한 김광일은 또다시 나섰다. 그는 고등공민학교로의 전환을 구상하고, 이를 실현하기 위해 무서운 추진력을 발휘했다.

인가받는 것을 비롯해 어려운 일이 한두 가지가 아니었다. 인가 요건을 갖추려 강사진들은 달랑거리는 호주머니를 탈탈 털었다. 학생들도 쌀 한 홉씩이라도 보태는 식으로 동참했다. 어렵게 쌀 두 가마니를 모아 재정 문제를 간신히 해결했다.

숱한 우여곡절 끝에 한벗고등공민학교는 1973년 4월 드디어 문교부로부터 인가를 받는다. 정식으로 학력 인정을 받아 검정고시를 치러야 하는 졸업생들의 고충을 덜어준 것이다.

한벗학원 아니 한벗고등공민학교는 25년의 역사를 기록하며 도합 800여 명에게 배움의 길을 열어 주었다. 이무식 씨는 1964년 새해 초에 열린 한벗학원 졸업식을 지금도 생생히 기억한다.

"우리는 난로도 없이, 찾아주는 이도 없는 춥고 쓸쓸한 교실에서 청년 선생님들과 일부 학부모, 졸업생, 1학년 후배들이 모여 교가와 졸업가를 부르며 눈물 어린 졸업식을 가졌다."

이들이 불렀다는 교가 가사는 "가야산 정기 받아 태어난 우리 / 설움과 고생되도 우리는 웃는다 / 호랑이는 굶주려도 풀을 먹지 않나니 / 힘차게 배우세 우리 한벗 / 뭉쳐서 하나 되세 우리 한벗"이다.

'한벗'의 시작부터 끝까지 그 맨 앞에는 김광일이 있었다.

제2부

참 용기 있는
변호사

정의

엄격한 계급사회인 군에서 군량미 횡령 사건을 파헤치다

"다이아몬드 두 개와 쓰리 스타가 '맞짱'을 떴다는데 누가 이기나 보자!"

1964년 10월경 중부전선 최전방에 자리잡은 육군 제5군단에서 실제로 벌어진 일이다. 부대 내에서 소문은 무성했다. 군대 특성대로 큰 소리가 부대 울타리를 넘지 않았을 뿐이다. 특히 장교들 사이에서는 전례 없는 사태 전개 과정을 조마조마한 심정으로 촉각을 곤두세우고 지켜보았다.

다이아몬드 두 개는 곧 중위를 말한다. 초급 장교가 3성 장군, 그것도 군단의 제왕격인 군단장과 정면 대결하는 상황이 벌어진 것이다. 굳이 비유한다면 다윗과 골리앗의 겨루기와 같았다. 다윗은 정당성을 무기로 앞세웠고, 골리앗은 계급으로 밀어붙였다. 상식대로라면 승패는 처음부터 정해진 것이나 다름없다고 다들 여겼다. 그런데 의외로 팽팽한 접전 양상이 펼쳐졌다.

'다이아몬드 두 개'는 김광일 중위였다. 군단장인 김 모 중장이 상대였다. 김 중위는 사법대학원 연수를 마치고 1964년 3월 군 법무관으로 입대했다. 예나 지금이나 군 법무관은 중위 계급으로 시작한다. 2개월여 동안의 군 법무관 교육을 마치고 받은 첫 보직이 제5군단 법무참모부 검찰관이다. 군단장과의 맞짱 사건은 김 중위가 부임한 뒤 5개월여 만에 터졌다.

사건의 시발은 김 중위가 제5군단 본부 사령실 선임 하사관인 아무개 상사를 구속한 사건에서 비롯되었다. 구속 사유는 양곡 횡령 혐의였다. 본부 사령실은 경비, 시설, 행정 등 부대의 살림살이를 맡는 곳이다. 사령관 직할 부대로 해당 부대원은 군단장 직속 부하들이었다. 당시 본부 사령실의 책임자는 아무개 중령이었고, 실무 담당자가 그 상사였다. 그는 군단 곳간 열쇠지기인 셈이었다.

그 상사를 구속하게 된 사연은 이랬다. 제5군단 본부 사령실은 장교 식당을 직접 운영하고 있었다. 그런데 무료 급식이 아니고 일반 식당처럼 식대를 받고 파는 식이었다. 따라서 식당 운영에 필요한 식자재도 외부에서 사다 써야 옳았다. 그런데 이 식당은 쌀을 부대 내 창고에서 마음대로 퍼다 쓰고 있었다. 그 쌀은 엄격히 따지면 장교 아닌 사병들이 먹어야 할 보급품이었다. 이런 잘못된 행태가 당시 군부대에서는 일종의 관행처럼 통용되었고 대부분 묵인되고 있었다.

이에 대해 김 중위가 용감하게 문제 제기를 하고 나선 것이다. 이런 내용의 제보를 받자마자 김 중위는 은밀하게 내사에 나섰다. 해당 창고장들을 조사하고 양곡 불출대장(拂出臺帳)을 점검했다. 불출대장이란 들고 나는 물건과 관련된 모든 것을 기록한 문서를 말한다. 그 결과 사병 급식용 쌀이 매달 수십 가마니씩 장교 식당으로 빠져나가고 있는 사실을 확인했다. 명백히 불법이었다.

사병들 숫자에 맞춰 보급된 쌀이 이처럼 빼돌려지니 그 양이 적정량에서 부족한 것은 당연한 일이었다. 이를 메우기 위해 군부대에서는 사병들을 외출시키거나 휴가를 보내는 편법이 만연해 있었다. 더구나 장교 식당에서 얻어진 수익금은 본부 사령인 아무개 중령에게 건네지고 있다는 점도 조사 과정에서 포착됐다. 양곡 횡령의 뒤안에서는 일련의 비리 사슬이 구축되어 있었던 것이다.

김 중위는 머릿속에 중국 장제스(蔣介石)의 국민당 군대를 떠올렸다. 장제스가 마오쩌둥(毛澤東)의 홍군에게 패해 중국 본토에서 타이완으로 쫓겨간 결정적인 이유가 바로 이런 부정부패였다. 곧 군의 부정부패는 나라를 망하게 하는 짓이라는 데 생각이 미친 것이다. 그래서 차제에 이를 바로잡아야겠다고 마음을 굳게 먹었다. 그리고 첫 번째 순서로 아무개 상사를 긴급체포했다.

당연한 일이지만 군단 사령부가 발칵 뒤집혔다. 화가 잔뜩 난 군단장은 아무개 상사를 당장 석방하라고 명령했다. 김 중위의 직속 상관인 법무 참모가 군단장에게 먼저 불려갔다. 법무 참모는 나름대로 아무개 상사 구속의 불가피성을 해명하면서 김 중위 편을 들었지만 군단장의 호통만 들어야 했다. 김 중위는 이를 모른 척하고 아무개 상사를 상대로 조서를 작성하는 일에만 열중할 뿐이었다.

요지부동인 김 중위의 태도에 본부 사령인 아무개 중령이 김 중위를 찾아왔다. 그리고 체포된 아무개 상사를 석방해 달라고 간청하기에 이르렀다. 하지만 거절했다. 구속자의 석방 여부는 군단장이 구속영장을 발부할 때 판단할 문제라는 것이 김 중위의 답변이었다. 일이 다급해지자 본부 사령은 김 중위가 조사 중인 아무개 상사를 일방적으로 끌고 나가 잠적해 버렸다.

사태가 이쯤 되면 웬만하면 포기할 법도 했다. 그런데 김 중위는

군 법무관 시절 '군 양곡 횡령 사건' 수사 과정에서 군단장과 맞서는 용기를 발휘한다.

여기서 한술 더 뜬다. 본부 사령의 행위를 범인은닉죄로 규정하고, 사건 인지보고서를 작성해 군단장에게 공식 제출했다. 뿐만 아니라 본부 사령을 입건한 사실도 적시했다. 이때 아무개 상사에 대한 구속영장도 함께 올렸다.

사실 김 중위는 아무개 상사의 구속을 앞두고 고민에 빠졌다. 정상적인 절차라면 군단 지휘부에 이 사건을 보고하고 군단장에게 아무개 상사의 구속영장 청구를 해야 했다. 그런데 이 사실을 군단 참모장 등 주요 간부는 물론 군단장까지 모두 알고 있을 것으로 추정할 만한 정황이 아무개 상사 조사 과정에서 드러났다. 군단 지휘부까지 직·간접으로 연루된 사건이라면 아무개 상사에 대한 구속영장을 청구한들 사령관이 발부해 주지 않을 것으로 판단했다.

김 중위는 결국 군단 지휘부에 사전 보고 없이 직권으로 아무개 상사를 긴급체포하는 결단을 내렸다. 군법회의법 규정에 따른 합법적 권한 행사였다. 그렇지만 김 중위도 아무개 상사를 구속하는 데 마음의 부담이 컸다. 우선 군단장이 모르고 있는 상태에서 직속 부하를 구속하는 일이었다. 또 김 중위가 계급상으로는 상관이지만 구속 당사자가 산전수전 다 겪은 백전노장이었다. 군대 '짬밥'으로는 비교하기도 까마득한 연장자였다.

예정된 순서였지만 마침내 군단장에게 불려갔다. 김 중위는 군단장실로 향하면서 육법전서를 들고 갔다. 군단장실에 들어서니 다섯 개의 별이 눈앞에서 번쩍거렸다. 군단장 세 개, 부군단장 하나, 참모장 하나였다. 헌병 참모, 감찰 참모 등 대령급 참모들도 배석해 있었다. 갓 임관한 '새까만 중위'에게 어깨에 별 셋을 단 군단장은 똑바로 쳐다보기도 어려운 존재였고, 사무실 분위기는 공포스럽기까지 했다.

군단장으로부터 "직속 부하를 구속하면서 왜 군단장인 나에게 보고를 하지 않았느냐"는 요지의 질책이 쏟아졌다. 김 중위가 군의 명령 체계를 어겼다는 지적이었다. 그럼에도 김 중위는 전혀 주눅 든 모습이 아니었다. 가져간 육법전서를 펼쳐 보이면서 긴급체포를 할 수 있는 군 관련 법조항을 하나 하나 짚어가면서 적법한 조치임을 강조했다.

군단장은 때로는 역정을 내면서 협박조의 언사도 내비쳤다. 심지어 "김 중위가 고시공부를 너무 많이 해 머리가 굳어서 그런 것 같다"면서 배석자들에게 김 중위의 머리를 흔들어 보라는 얘기도 했다. 그래도 김 중위는 자신의 뜻을 꺾을 기미를 보이지 않았다.

군단장이 김 중위를 상대로 사건을 적당히 무마하려다 보기좋게 실패를 한 것이다. 그러자 그때까지 서 있던 김 중위를 자리에 앉게 했다.

별 셋 군단장과 신참 중위가 마주 앉았다는 자체가 군에서는 보기 드문 파격이었다. 군단장은 다시 입을 열었다. 이번에는 달래는 말투였다.

"김 중위, 그건 말이야. 하나의 첩보야, 첩보. 군대 생활을 오래 안 해서 잘 모르는 모양인데 첩보가 있으면 지휘관한테 보고를 하고 그리고 처리를 해야 되는 거야."

김 중위가 군대 경험이 짧아서 내린 '순진한 결정'인 것처럼 말하면서 군 조직 특성과 지휘 관계를 새삼스럽게 다시 설명했다. 그런데 돌아오는 김 중위의 대답은 또 한 번 군단장의 기대에서 벗어났다.

"만약에 제가 잘못한 일이 있으면 법에 따라 처벌을 받겠습니다. 그렇지 않고 제가 정당한 업무 처리를 했다면 법 위반자들을 처벌할 수 있도록 해 주십시오. 군단장님께서 그렇게 해 주시지 않는다면 저는 육군본부 법무감실에 호소하겠습니다."

"자신의 뜻대로 되지 않으면 상부에 보고하겠다"는 김 중위의 말은 군단장에게는 위협이나 마찬가지였다. 김 중위가 끝까지 자신의 뜻을 꺾지 않자 군단장으로서도 더 이상 어찌할 방법이 없었다. 군단장이 "일단 나가 있으라"며 화를 내자 김 중위는 사건 처리에 관한 지휘관의 결론을 듣지 못한 채 그 자리를 물러났다.

김 중위를 기다리고 있는 것은 감찰 참모실의 호출이었다. 군단장이 김 중위의 행위를 항명 사건으로 즉각 조사하라고 감찰 참모에게 지시했기 때문이었다. 김 중위는 실제로 감찰 참모실에 몇 번 불려가 조사를 받았다. 그러나 김 중위의 행위는 법에 따른 정당한 조치였고, 군단장의 지시는 이를 방해한 것이었기 때문에 항명죄는 애초부터 성립할 수가 없었다. 그렇다 하더라도 코에 걸면 코걸이, 귀에 걸면 귀걸이 식이

군 법무관 시절. 왼쪽부터 아버지 김우길 옹, 김 중위, 문수미 여사, 누나 김정자 여사.

었던 당시 군대의 법 운용 실정을 감안하면 김 중위에게는 위기의 순간
이 틀림없었다.

　꼬일대로 꼬여 버린 이 사건은 전혀 예상하지 못한 방법으로 탈출구
가 열렸다. 군단 사령부에서 김 중위가 범법자로 처벌하려던 아무개 상
사와 본부 사령을 다른 부대로 전속시켜 버린 것이다. 김 중위로서도
더는 조사를 진행할 수가 없었다. 더불어 김 중위의 항명 혐의도 부대
에서 더 이상 문제 삼지 않아 함께 묻혔다. 말하자면 김 중위와 군단장
이 맞짱을 뜬 사건은 사실상 무승부로 끝난 셈이다.

　그렇다고 김 중위가 문제를 삼았던 양곡 횡령 사건이 의미가 없지는
않았다. 적어도 제5군단 내에서 같은 사건은 재발되지 않았기 때문이
다. 의도한 바는 아니지만 이 사건으로 김 중위는 부대에서 일약 유명
인사로 떠올랐다.

그 후로 김 중위는 군단장과 한동안 불편한 관계일 수밖에 없었다. 서로 얼굴을 마주쳐도 군단장이 쳐다보지 않을 때도 있었다. 김 중위의 사적인 감정에 의해서가 아니라 원칙에 바탕한 철두철미한 일 처리 과정에서 빚어진 갈등이었다. 이 사실을 군단장도 잘 알고 있었다. 김 중위와 군단장은 그리 오랜 시간이 걸리지 않아 화해를 하게 된다.

어느 날 군단장이 갑자기 부대 영창 순시에 나선 현장에서 그런 계기가 마련된다. 군단장이 수감자들에게 죄명과 생활 형편 등을 묻곤 했는데 영창 담당 헌병대장이 제대로 답변을 하지 못하는 난감한 상황이 벌어졌다.

헌병대장이 급하게 부탁해 김 중위가 이 자리에 대신 나섰다. 김 중위는 수십 명에 달하는 수감자들의 이름과 계급, 사건 개요, 처리 상황 등을 서류 한 장 없이 일목요연하게 설명해 군단장을 감탄시켰다. 이때 군단장이 김 중위의 일에 대한 성실성과 책임감을 다시 평가하게 된 것이다.

김 중위는 나중에 헌병학교 군법교관 보직을 받아 후방으로 전출을 간다. 이때 군단장은 특별 지시를 통해 김 중위에게 공로표창장을 주는 것으로 자신의 속마음을 전달했다.

소신

반공법위반 사건 무죄판결 등 판사로서 보여 준 소신

"피고인은 무죄."

1973년 12월 14일 대구지방법원의 한 법정. 김광일 판사의 이같은 판결이 내려지자 법정 안은 "와!" 하는 함성과 우레와 같은 박수가 일시에 터져 나왔다. 방청석을 가득 메우고 있던 학생들은 감격하는 표정으로 이렇게 환호했다.

그들은 법원 청사를 빠져나오면서 "김광일 만세! 박준성 만세!"를 외치기도 했다. 서슬 퍼런 유신 시절 그것도 긴급조치가 남발되던 엄혹한 초창기에 반공법위반 사건에 대해서는 예외 없이 무겁게 처벌하던 때였다.

그런데 전혀 기대하지 않았던 무죄판결이 내려지자 피고인이었던 영남대생 박준성(현 성신여대 교수)과 그 가족들은 거의 넋이 나간 표정이었다. 법정 안에서 숨 죽여 유죄판결을 기다리던 정보기관원들도 마찬가지였다.

김광일 판사의 소신에 찬 이날의 판결은 국내 언론은 물론 외신에까지 대대적으로 보도됐다. 그만큼 국내외적으로 관심이 높았고, 또 당시로서는 뉴스가 될 만큼 보기 드문 판결이었던 것이다.

사건의 발단은 1973년 9월로 거슬러 올라간다. 당시 피고인 박준성은 영남대 경영학과 1학년생이었다. 박준성이 모두 세 차례에 걸쳐 북한방송을 듣고 이를 기록한 삐라를 만들어 '반국가단체의 활동에 동조·찬양하고, 반국가단체를 이롭게 했다'는 혐의로 구속된 반공법위반 사건이었다. 공소장에 따르면 박준성은 대구 남구 대봉동 자신의 집에서 그해 9월 4일, 9월 13일, 10월 6일 세 차례에 걸쳐 북한방송을 들었다는 것이다. 북한방송을 듣는 것은 실정법 위반에 해당된다. 특히 1970년대에는 이를 금기시하는 정도가 훨씬 심했다.

하지만 박준성은 당시 간첩들이 사용했다는 단파 라디오 같은 무슨 특수 장비를 사용한 것도 아니었다. 가정집에 흔히 있던 '소형 트랜지스터 라디오'였다. 라디오 다이얼을 돌리다 보면 북한방송 주파수가 잡혀 본의 아니게 잠깐이라도 듣게 되는 경우가 예사였다. 박준성이 반공법위반 혐의를 뒤집어쓴 것은 "의도적으로 다이얼을 630킬로사이클 북한방송에 맞추었다"는 것, 또 "이를 일제 도시바 녹음기로 녹음하고 그 요지를 청후감(聽後感) 노트에 기록했다"는 것이었다.

박준성의 핵심 혐의 사항은 10월 6일 세 번째 북한방송 청취 내용 일부를 '불온 삐라'로 만들어 영남대 캠퍼스 내에 붙인 점이었다. 공소장은 '삐라'로 표현하고 있지만 정확하게 표현하면 자그마한 벽보였다. 당시 흔히 보던 '가리방(등사판)'으로 긁은 것도 아니고 싸인펜 등으로 16절 갱지에 총 15장을 필사한 것이다. 이 중 13장을 '영남대 제4강의실 뒤편, 교양학부 현관 기둥, 정문 부근' 등에 붙인 것이 박준성이 했다는 반공법위반 행위의 전말이었다.

박준성이 삐라에 기록했다는 내용도 북한의 체제 선전이 아니라 남한 소식이었다. 서울대 문리대 학생들이 시위를 했다는 사실과 그들이 발표했다는 선언문, 결의문 내용을 옮겨 적은 것이 전부였다. 물론 선언문, 결의문 내용은 반정부 시위에서 나온 것이므로 당연히 정부 눈에는 거슬리는 것이었다. "누구를 위한 10월유신이냐"고 반문하는 내용이 선언문이었고, 결의문은 "정보 파쇼 통치를 즉각 그만두고 국민의 기본권을 보장하는 자유민주체제를 확립하라", "정보 파쇼 통치의 원흉인 중앙정보부를 즉각 해체하고 김대중(납치) 사건의 진상을 당장 밝혀라" 등 6가지 요구 사항을 담고 있었다.

다만 박준성은 이 내용을 옮겨 적은 삐라 끄트머리에 "두 개의 한국으로 고정시키려는 일체의 행동을 즉각 중지하라"는 내용의 자신의 통일관을 한마디 덧붙였다. 이를 두고 검찰은 "북한 선전 내용을 첨가했다"고 박준성의 반공법위반 혐의를 증명하는 데 적극 활용했다.

박준성 사건은 박정희 대통령에게도 보고되었다. 당시 시국은 1972년 이른바 '10월유신' 이후 대학생 중심의 반정부 시위가 전국적으로 이어지고 있던 상황이었다. 이 때문에 1년여가 지난 1973년 가을경에는 구속된 학생이 400~500명에 이를 정도로 시국사범으로 감옥이 넘쳐났다.

이에 부담을 느낀 정부는 그해 가을 이들을 모두 석방하기로 국무회의에서 결의했다. 이 방침에 따라서 수감 중인 학생들을 석방한 것은 물론 재판 중인 학생들도 모두 공소취소를 하는 방식으로 방면했다. 그런데 그 국무회의에서 유일하게 반공법위반 사건이란 이유로 박준성만을 석방 대상에서 제외하기로 결정했다. 그 자체가 뉴스거리여서 언론에 제목으로 뽑힐 정도였다.

바로 그 사건 1심 재판을 대구지법의 김광일 판사가 형사단독으로

김광일은 1967년부터 1974년까지 대구지방법원 본원과 지원에서 판사로 근무했다.

맡게 된 것이다. 반공을 국시로 내세우며 5·16군사쿠데타로 집권한 박정희 대통령은 반공법위반 사건에 대해서만큼은 유난히 가혹하게 처벌해야 한다는 뜻이 강했다. 대통령에게까지 보고된 그런 사건이므로 김 판사가 느끼는 중압감은 클 수밖에 없었다.

"소년보호 사건으로 송치해서 적당히 처리하라"는 식으로 조언하는 동료 판사도 있었다. 당시 박준성은 대학에 입학했지만 만 19세로 소년보호 송치가 가능한 나이였다. 혹시 이 사건 재판을 통해 김 판사의 안위에 영향을 미칠까 싶어 걱정하는 차원이었다.

그러나 김 판사의 생각은 달랐다. "우리나라에서 반공법이나 국가보안법으로 한 번 유죄판결을 받으면 자신은 물론 가족들까지 사상범으로 몰려 불이익을 받게 된다. 유·무죄 여부를 판사가 올바로 판단해서 제대로 밝혀 줘야 한다"는 것이 그의 소신이었다.

실제로 당시에는 반공법이나 국가보안법 위반자는 단순한 시국사범이 아니라 사상범으로 거의 간첩 수준의 취급을 받았다. "호적에 빨간 줄이 한 번 그어지면 온 집안이 패가망신한다"는 것이 상식처럼 통용되던 때였다. 이 말대로 가족이나 친족에게까지 피해를 연결시키는 연좌제가 버젓이 살아 있었다.

이 사건의 주심 판사를 맡은 뒤 재판 때마다 법정은 방청하러 온 학생들로 늘 북적였다. 이 광경을 주시하던 중앙정보부(국정원의 전신)에서는 또 다른 시위 사태로 연결될 것을 우려해 겨울방학 뒤로 재판을 연기해 달라는 요청을 했다. 그러나 김 판사는 오히려 2주에 한 번 열리는 재판을 1주에 두 번 하는 것으로 대응했다. "나도 이런 골치 아픈 사건은 오래 끌기 싫다"는 이유를 들어서였다.

법원 윗선에서는 이 사건은 무죄판결을 내려서는 안 될 것이라는 권고를 하기도 했다. 말이 권고이지 사실상의 압력이나 다름없었다. 그러나 김 판사는 초심(初心)을 상기했다.

판사를 하는 동안 자신으로부터 재판을 받는 누구도 억울한 사람이 없도록 하겠다는 생각이었다. 그렇다고 무슨 예단을 갖고 판결에 임한 것은 아니었다.

평소 그의 성격대로 공소장부터 치밀하게 검토했다. 그 결과 김 판사가 보기에는 박준성이 동조하고 찬양할 만큼 북한에 관심이 있는 것이 아니었다. 나아가 박준성이 사상적으로 좌익에 물들어 있다는 점도 발견하지 못했다. 김 판사는 박준성의 1심 선고 공판 때 무죄판결을 내리는 근거로 모두 7가지를 들었다. "우리나라에서는 라디오를 가진 사람이면 언제 어디서나 북한방송의 청취가 가능한 상태에 있고, 대한민국

국민에게는 누구나 생각하는 바를 자유로이 발표할 권리가 있다는 점을 감안해야 한다"는 점을 전제 사실로 먼저 상기시켰다.

피고인의 북한방송 청취 동기도 단순했다. 당시 서울대 문리대생 시위 사건은 국내 신문·방송 어디에도 단 한 줄도 보도되지 않고 있었다. 혹시 "북한방송에 나올지 모른다"는 생각에서 주파수를 맞추었는데 예상대로 앞서 말한 내용이 흘러나와 듣고 녹음을 하게 된 것이다.

학생들의 시위 동향 파악이 주된 임무였던 영남대 학생지도과장 최 모 씨의 증언도 주요한 무죄 선고의 근거로 삼았다. 최씨는 그 벽보를 처음 보았을 때 "다른 대학교 학생들의 움직임이 우리 학교에도 파급되었구나 하는 생각이 들었고, 그 내용을 볼 때 공산주의자나 북한의 선전 활동을 찬양·동조하거나 그러한 생각을 가진다는 행위로는 느껴지지 아니하였다"고 법정에서 증언했다.

김 판사는 앞에 열거한 근거를 종합해 박준성의 반공법위반 사건에 대해 이런 판단을 내린다.

"피고인이 그날 북한방송을 청취하게 된 것은 서울대학교 학생들의 시위 내용 및 동료 친구들의 안위를 알고자 하는 궁금증 및 호기심은 강한데 국내의 신문·방송 등에 의하여는 그러한 사실을 알 길이 없다고 생각한 나머지 행해진 것으로 보여지고, 그렇게 하여 듣게 된 서울대학교 학생들이 채택하였다는 선언문과 결의문의 내용이 평소에 피고인이 품고 있던 국내의 통일, 정치, 경제, 언론 등에 대한 비판 내용과 일치한다고 생각한 끝에 그 나름대로 현실 비판을 다른 학생들에게도 알려서 공감을 얻고 시정을 촉구하는 뜻에서 전술한 벽보 작성과 첨부 행위에까지 나아간 것으로 짐작된다."

그리고 김 판사는 "그와 같은 피고인의 일련의 행위가 북한 집단의

법정의 김광일 판사는 항상 정의의 편에서 올바른 판단을 하길 기도했다.

선전 활동을 동조·찬양하려는 의도에서 행해진 것이라고는 보기 어렵고, 달리 피고인에게 그러한 범의가 있었다고 인정하기에 족한 증거가 없다"는 이유를 들어 무죄판결을 내린다.

이 판결은 김 판사 본인은 물론 박준성까지 두 사람의 운명을 바꿔 놓는다.

박준성은 그날로 '지옥 같은' 대구 화원교도소에서 석방되어 수의번호 3210번이 달린 푸른 죄수복을 벗게 된다. 박준성은 그 후 영남대를 무사히 졸업하고 서울대에서 경영학 석박사 학위를 받아 학자의 길을 걷는다.

박준성은 이때 김광일 판사에게 평생 빚을 졌다고 생각한다. "빚진 기분은 아마 평생 지울 수 없을 것"이라면서 "덕분에 나름대로 학문의 틀을 쌓고 있으며, 건강이 허락하는 한 연구와 교육이라는 직분에 전념할 수 있는 안정되고 보람 있는 삶을 살고 있다"면서 특별한 고마움을 표시했다.

그러나 김광일 판사는 이 판결로 여러 가지 수난을 당하고 끝내는 법복까지 벗게 된다.

결단
'재조(在朝)'를 떠나 '재야(在野)'로 가다

박준성의 반공법위반 사건에 대한 김광일 판사의 1심 판결 후 검찰은 당연한 순서처럼 항소를 제기했다. 김 판사는 항소심 재판부가 재판 도중에 여러 차례 중앙정보부에 초치됐었다는 사실을 나중에 전해 들었다. 말이 초치이지 호출이나 다름없었다.

항소심 재판부는 중앙정보부로부터 "만약 북한방송을 들어도 처벌되지 않는다면 그로 인한 혼란은 걷잡을 수 없게 될 것이라는 설명을 많이 들었다"는 것이었다. 그리고 항소심 재판부는 그 사건에 대해 '선고유예' 판결을 내린다. 중앙정보부의 위세는 무소불위여서 항소심 판결에 그만한 영향력을 미쳤을 개연성은 충분히 있었다.

선고유예란 범죄자의 정상을 참작해 판결 선고를 일정 기간 미루는 제도다. 하지만 '유죄'를 인정하는 판결이다. 이는 무죄를 선고한 김 판사의 1심 판결과 뚜렷하게 대비된다. 검찰은 이를 빌미로 김 판사를 궁지로 몰아넣었다.

검찰은 대구 고검의 검사 한 명을 특별히 지명해 김 판사의 뒷조사에 나섰다. '불온한 사상'의 소유자가 아닌지 검증도 하고, 과거부터 그때까지 무슨 부정이나 비리가 없는지 샅샅이 뒤졌다는 것이다. "왜 유

김광일(앞줄 왼쪽에서 두 번째)은 1970년 대구지방법원 영덕지원장을 역임했다.

죄가 될 사건을 무죄판결을 하여 세상을 시끄럽게 했는가"라는 책임
추궁의 성격이었다. 김 판사는 "생각의 차이일 뿐"이라고 항변했지만
소용이 없었다.

당국은 김 판사에게 어떤 약점이라도 있으면 사표를 받아 낼 의도였
다. 그런데 아무리 털어도 김 판사에게 사표를 강요할 만한 '먼지'는
발견되지 않는지 당국은 그런 뜻을 직접 내비치지는 않았다. 대신 김
판사에게 1심 판결 이듬해인 1974년 8월 전주지법으로 전보 발령이
났다.

당시 법원 인사 원칙은 본원과 지원 교류 외에 본인의 의사에 반해서
다른 지역 법원으로 보내는 일은 드물었다. 김 판사는 1967년 5월
대구지법 판사로 임용됐다. 1969년 상주지원 판사, 1970년 영덕지원
장 등을 거친 뒤 1971년 다시 대구지법 판사로 되돌아왔다. 김 판사는

앞서 말한 대구지법의 본원과 지원을 순환하며 근무하고 있었다.

그때까지 김 판사에게 누구도 호남 지역으로의 전출 의사를 타진해온 적도, 본인 또한 그런 내색조차 한 적이 없었다. 그럼에도 전주지법으로 인사 발령을 낸 것은 누가 봐도 보복 성격이 짙었고, 좌천으로 여겼다.

김 판사는 인사 발령을 받은 다음 날인 그해 9월 1일 법관직 사임서를 제출했다. 김 판사가 그 일을 싫어했거나 적응하지 못해서가 아니었다. 같은 부대에서 군 법무관 상관으로 근무했고, 대구지법에서 판사 생활을 함께 했던 이민수 변호사는 "김 중위는 판사로서도 열심히 일했다"고 회고한다. "정확한 판결을 위한 열성적인 연구도 대단했고, 무엇보다 정의감에 충만했다"는 것이다.

그럼에도 김 판사가 비교적 일찌감치 벼슬을 사는 '재조(在朝)'를 박차고 황량한 '재야(在野)'로 뛰쳐나온 데는 그만한 이유가 있었다. 그는 무엇보다 자기 소신대로 재판을 하지 못한다면 판사의 직무를 제대로 수행할 수 없다는 생각이 들어서였다. 나아가 판사가 판결로 인해 당하는 이런 식의 불이익은 유신체제가 지속되는 한 계속될 것이 불을 보듯 뻔했기 때문이기도 했다.

김 판사는 처음 법관에 임용됐을 때 스스로 두 가지 다짐을 했었다. '소신껏 재판에 임할 것'과 '만약 여의치 못할 때는 언제든 물러난다'는 것이었다. 김 판사는 첫 번째 다짐에 대해서는 나름대로 노력을 기울였다. 바로 박준성 사건의 무죄판결이 대표적인 경우다. 그런데 바로 그 때문에 김 판사에게 '여의치 못할 때'가 찾아온 것이다. 예상보다 그런 계기가 빨리 찾아오긴 했지만 그는 고민 끝에 결단을 내렸다. 현직을

1974년 9월 변호사 개업 직후 두 아들 성완, 성우와 함께.

떠난다는 아쉬움도 고민만큼 컸지만 이는 스스로와의 약속을 지키는
일이기도 했다.

법복을 벗은 김 판사는 1974년 9월 14일 부산에서 변호사 사무실을
열었다. 그리고 다른 변호사들처럼 개업 인사장을 돌렸다. 변호사 개업
인사장은 대부분 "정든 법원이나 검찰을 떠나 개업한다. 믿고 많이 찾
아달라"는 내용이 일반적이었다.

그런데 김 변호사는 인사말부터 남달랐다. "억눌리고 빼앗긴 사람들
을 위한 억센 투사가 되고, 억울하고 답답한 사람들을 위해 참된 상담
자가 되겠다"는 것이었다.

이런 변호사 개업 인사는 이전에도 없었고 그 후에도 볼 수 없었다는
것이 업계의 정설이다. 김 변호사가 굳이 이런 개업 인사를 하게 된 것

은 변호사로서 남다른 사명감을 느꼈기 때문이다.

그런데 변호사법은 제1조 제1항에 "변호사는 기본적 인권을 옹호하고 사회정의를 실현함을 사명으로 한다"고 '변호사의 사명'을 규정하고 있다. 제2항에는 "변호사는 그 사명에 따라 성실히 직무를 수행하고 사회질서 유지와 법률제도 개선에 노력하여야 한다"고 되어 있다.

김 변호사는 변호사법 제1조 규정을 누구보다 무겁게 받아들이고 잊지 않으려 노력했다. 그래선지 김 변호사는 억울한 사람, 힘든 사람, 약한 사람 변론에 열성적으로 나섰다.

감시

14년 동안 중앙정보부, 경찰 등 정보 당국의 감시를 받다

김 변호사에 대한 당국의 감시는 사실상 1974년 9월 사무실 개업과 함께 시작되었다. 김 변호사의 개업 인사말부터 당국의 심기를 불편하게 만들었다. 그들이 보기에 지극히 '체제 도전적'인 것으로 판단했던 모양이다.

중앙정보부와 경찰 등 관계 당국은 김 변호사의 그때까지 주요 행적과 활동에 대해 기초 조사를 진행했다. 대학생 때 삭발, 4·19혁명 당시 경무대 앞 시위 가담, 5·16군사쿠데타 직후 서울대 민족통일연맹 가입과 체포, 판사 시절 반공법위반 사건 무죄판결 등 '만만치 않은 이력'이 드러났다.

이를 근거로 김 변호사는 문제 인물 A등급으로 분류되었다. 당시 당국에서는 반체제 인사들을 활동 정도와 영향력에 따라 A, B, C 등급을 매기고 있었다. 당국에서 썼던 용어대로라면 김 변호사는 '요주의 인물'이었던 것이다. 이 대상에 포함되면 거주지 경찰서 정보과 형사를 담당자로 정해 24시간 1대 1로 밀착 감시를 하고, 그 결과를 매일 서면으로 상부에 보고하던 때였다.

이에 따라 김 변호사 담당자로 정해진 형사는 부산 서부경찰서 정보

과 소속 윤수영이었다. 그 형사가 어느 날 김 변호사 사무실로 찾아왔다. '한 건' 잘 해보겠다는 출세욕에 불타 있던 그는 들어올 때만 하더라도 자신감에 차 있었다.

사무원이 전해 주는 명함을 받고 김 변호사는 잠시 고민에 빠졌다. 김 변호사 입장에서는 자신을 감시할 목적이 분명해 보이는 형사의 방문이 달가울 리 없었다. 그래서 들어오라는 말도 하지 않고 주저하고 있었다. 그 사이에 그 형사가 참다 못했는지 용기를 냈는지 문을 노크하고는 다짜고짜 집무실로 들어섰다.

김 변호사는 자신의 허락도 없이 사무실에 발을 들여놓은 형사에게 노골적으로 반감을 드러냈다. 어쩌면 당연한 일이었다. 김 변호사는 펜을 들고 있던 오른팔을 책상 앞에 서 있는 형사를 향해 찌를 듯이 쭉 뻗었다. 그리고 동시에 고함소리가 터져 나왔다.

"나는 정보 형사와 한가롭게 주고받을 말이 없으니 당장 나가시오."

그 형사는 나중에 "평소 그가 다른 사람들을 만날 때 보여 주던 따스한 미소는 온데간데없고 먹이를 발견하고 일격에 공격할 듯한 성난 사자처럼 돌변했다"고 그 순간을 기억했다. 김 변호사의 단호한 반응은 그 형사의 예상을 뛰어넘는 것이었다. 물론 그 형사도 환영받지 못하리라는 생각은 얼마간 하고 있었지만 거의 얼이 빠질 지경이었다.

그 형사는 잔뜩 주눅 든 목소리로 겨우 입을 뗐다.

"오늘은 심기가 불편하신 것 같으니 편안한 때를 봐서 다시 찾아 뵙겠습니다."

윤 형사가 꽤 오랫동안 '악몽'으로 기억했다는 김 변호사와의 첫 대면 장면이다.

그랬음에도 그는 끈질기게 김 변호사 사무실 문을 두드렸다. 심지어 자택인 서구 동대신동에 있는 아파트를 찾아오기도 했다. 그렇지만 김 변호사는 한동안 문전박대를 거듭했고, 아예 말대꾸는커녕 상대를 하지 않으려 했다.

그러던 어느 날 김 변호사는 그 형사와 사무실에서 마주앉게 되었다. 김 변호사로서도 "잠깐이면 된다"는 그의 말을 듣고 인정상 어쩔 도리가 없었다. 말할 기회가 주어지자 그 형사는 '읍소(泣訴)'로 작전을 바꾼 듯했다.

김 변호사의 동향을 꼼꼼히 파악하지 못해 "감시 보고서에 펑크가 나기 일쑤였다"는 말부터 꺼냈다. 미행을 하다 놓치면 적당히 둘러대는 식으로 "허위 보고를 하기도 했다"는 고백도 곁들였다. 그때마다 "상사로부터 적지않은 질책을 받았다"면서 "고달파서 못살겠다"고 하소연을 했다. 그러고는 무슨 결론이나 되는 것처럼 "공개 행사 참석이나 지방 출장 정도라도 사전에 알려 달라"고 숫제 통사정을 했다.

김 변호사는 형사의 말을 그 자리에서 받아들이지는 않았다. 그러나 전화를 하거나 찾아오면 대체적인 일정은 알려 주었다. 사실 그 형사가 사전에 알려 달라는 내용은 어차피 알려질 것이었다. 예를 들면 수임 사건 재판 일정 등은 그들도 미리 파악해 일일이 참관하고 있었다.

또 강연회나 토론회, 세미나 참석 일정과 발언 내용은 대부분 언론에도 보도되는 것이어서 비밀이랄 것도 없었다. 이런 일로 형사와 실랑이를 벌여 스트레스를 받을 필요도 없고, 또 시간 낭비이기도 했다. 말하자면 김 변호사도 작전을 바꾼 것이다.

그런데 그것은 기본 메뉴에 불과했다. 그가 정작 알고자 하는 내용은 민주화운동과 관련한 김 변호사의 동향이었다. 또 다른 '요주의 인물'

누구와 언제, 어디서 만나 무슨 얘기를 주고받느냐는 것이 핵심 감시 대상이었다. 민주화운동 관련 집회나 행사도 마찬가지였다. 그러나 김 변호사는 이와 관련된 내용은 단호하게 선을 긋고 굳게 입을 다물었다.

김 변호사가 변호인으로 나서는 재판 과정도 모두 감시 대상이었다. 방청객의 숫자, 법정 분위기, 김 변호사의 태도 등이 형사의 눈과 손을 거쳐 그날 그날 낱낱이 보고됐다. 그 형사가 쓴 '내가 사랑했던 갈매기 1호'라는 글에는 이렇게 기록되어 있다.

"재판이 시작되어 김 변호사가 변론을 시작하면 주요한 대목마다 방청객들의 박수와 환호가 터져 나왔다. 정숙해야 할 법정이 민주화 시위 현장으로 돌변하기 일쑤였다. 판사로부터 '정숙하라'는 경고 소리가 여러 차례 나오는 것은 당연한 수순이었다."

이쯤 되자 당국에서도 김 변호사는 '통제 불능'이라는 판단을 하기에 이르렀다. 그렇다고 어떤 식으로든 김 변호사를 제압할 수 있는 방안을 찾아내라는 위로부터 닦달이 심해졌다. 그래서 김 변호사를 향해 당국이 빼든 칼이 전방위 뒷조사였다.

그 중에서도 수입금 신고 누락이나 탈세 여부 같은 세무 관련 내용이 1차 대상이었다. 당국이 파악한 바로는 김 변호사가 새로 개업한 변호사치고는 수임 사건 수가 상대적으로 많은 편이었다. 그런데도 세무서에 신고한 금액은 예상치에 훨씬 못 미쳤다. 당국은 "털면 뭐든 나올 것"이란 생각으로 샅샅이 뒤졌다. 그런데 결과는 당국을 심히 실망시켰다.

그 형사에 따르면 "알고 보니 사건의 90%가 무료 변론 시국사건이었다. 사무장, 사무원, 기사 등의 월급과 사무실 관리비 등을 빼고 나면

생활비가 제대로 나올지 염려될 정도였다"는 것이다.

세무 관련 뒷조사에서 성과를 올리지 못하자 당국은 김 변호사의 개인 비리를 뒤지기 시작했다. 예를 들면 수임 사건 승소율이 다른 변호사들에 비해 유난히 높은 것에 착안해 혹시 판사에게 뇌물을 주지 않았을까 탐문해 보는 식이었다. 또 부산중앙교회 장로로서 무슨 부적절한 언행이 있었는지도 조사 대상이 됐다. 그러나 이마저도 그 형사의 말을 빌리면 "약점과 꼬투리를 잡기 위해 혈안이 되었던 우리는 허망하게도 빈손으로 돌아와야 했다"고 한다.

당국의 입장에서 김 변호사는 이래저래 부산에서는 가장 골치 아픈 재야 인사 중 한 명이었다. 그는 변호사 개업 이후 1988년 13대 국회의원 당선 때까지 무려 14년 동안 그 형사로부터 일거수일투족을 감시당해야 했다. 집이나 사무실 전화 또한 늘 그들의 도청망 속에 노출되어 있었다.

김 변호사가 자신의 사명으로 여겼던 인권변호사로서의 삶은 이렇게 시작부터 가시밭길이었다. 하지만 김 변호사는 이를 별로 개의치 않고 자신의 소신대로 민주화운동의 한 길을 묵묵히 걸었다. 당국은 그에게 압박 수위를 점점 더 높이기 시작한다.

요산

김정한 선생과의 인연

"이봐라, 내 오늘 참 멋진 놈 하나 만났디라."

여기서 '내'는 저명한 작가 요산(樂山) 김정한이다. 요산의 후배 작가인 윤정규가 '이봐라'라고 불린 요산의 대화 상대였다. 윤정규는 이날 전화를 받고 부산 서구 대신동 요산의 자택을 찾아온 길이었다. 밑도 끝도 없이 요산이 '멋진 놈' 얘기를 꺼내니 윤정규로서는 "무슨 말씀이냐?"고 되물을 수밖에 없었다.

"니 오늘 아침 동아일보 광고 봤나! 여 있다, 한번 보거라. 거기 있제? 변호사 김광일이라고! 이만한 광고를 할라면 몇십만 원은 들었을 끼다. 부산에도 하고 많은 변호사가 있지마는 변호사가 동아일보에 격려 광고를 낸 거는 이기 처음인 기라. 그래서…."

당시 폐기종 증세로 숨이 찬 요산이 잠시 쉬었다가 말을 이었다.

"그래서 내가 김광일이란 사람을 안 찾아갔더나. 부민동이가, 거어 사무실이 있더구만."

그러니까 요산이 말한 '멋진 놈'은 바로 김광일 변호사였다. 그 계기는 김 변호사가 당시 '광고 탄압'이란 초유의 위기를 겪고 있던 「동아일보」에 낸 격려 광고였다. 1975년 1월 15일자 「동아일보」에는 "동아

죽으면 나라 죽고, 동아 살면 나라 산다"는 의견과 함께 '부산지방변호사회 변호사 김광일'이라는 광고가 실렸다. 그때 요산이 '몇십만 원'이라고 짐작했던 광고료는 실제로는 '10만 원'이었다. 이 또한 당시로서는 적은 돈이 아니었다.

김 변호사가 격려 광고를 냈던 「동아일보」 광고 탄압 사태는 1970년대 한국 민주화운동사에서 매우 특이한 사건으로 기록되어 있다. 1974년 12월 26일부터 「동아일보」에 갑자기 광고가 사라졌다. 신문 하단을 채우고 있던 광고란은 거의 백지 상태였다. 예나 지금이나 광고는 신문의 주 수입원이다. 따라서 신문이 자발적으로 광고를 싣지 않는 경우란 거의 없다. 하다 못해 이른바 속칭 '뎃포'라 불리는 무료광고라도 싣는다. 당시 「동아일보」 백지 광고는 전적으로 타의에 의한 것이었다. 그것도 만 7개월 가까이 이런 일이 계속되었다.

현란한 색깔에 다양한 모양, 한 발 앞서가는 이미지로 독자들의 눈길을 사로잡는 요즘의 신문 광고를 생각하면 상상이 안 되는 일이다. 신문 역사상 유례 없는 초유의 사태였다. 이런 전대미문의 일이 이 땅에서 실제로 벌어진 것이다. 전 세계도 이 사태를 주목했다. 단순히 한 신문사의 문제가 아니었다. 박정희 전 대통령의 독재가 극에 달하면서 한국의 민주주의가 죽느냐 사느냐는 갈림길에서 필연적으로 벌어진 비극이자 희극이었다.

1972년 10월 박정희 대통령은 영구집권을 꿈꾸며 일방적으로 선포한 유신체제와 독재를 강화하기 위해 긴급조치 등을 남발하며 사실상의 '공포정치'를 이어갔다. 이 시기에 언론 또한 재갈이 물려 대표적 야당지를 자처했던 「동아일보」조차 반유신, 반박정희 관련 기사는 한 줄도 제대로 쓰지 못했다. 「동아일보」 기자들이 1974년 10월 24일 '자유언론수호대회'를 열고, 기사 사전 검열과 같은 '외부 간섭'을 거부하는 내용의 결의문을 채택한다.

그 이후 「동아일보」는 학생 시위나 인권 탄압, 야당 관련 기사를 다시 내보내게 되었다. 박정희 정권의 「동아일보」 광고 탄압은 1974년 12월 20일부터 본격화된다. 당국이 기업과 같은 대(大) 광고주들을 호출해 「동아일보」에 광고를 내지 못하도록 협박하고 회유하는 공작을 한 것이다.

「동아일보」는 광고란을 백지로 비운 채로 신문을 발행했다. 많은 시민들이 「동아일보」를 응원하는 쪽광고로 백지 광고란을 메우는 방식으로 권력의 횡포에 맞섰다. 관련 통계에 의하면 1975년 5월에 「동아일보」 격려 광고가 이미 1만여 건을 넘었을 만큼 길게 이어졌다. 김 변호사의 광고도 그 중 하나였다.

김 변호사가 이 격려 광고를 낸 것은 「동아일보」가 사고를 낸 지 보름쯤 지난 뒤였다. 상대적으로 대단히 발빠른 움직임이었다. 당시 격려 광고는 어떤 불이익을 당할지 몰라 대체로 광고를 내는 이의 이름을 밝히지 않는 '익명'이 많았다. 그런데 김 변호사는 '변호사'와 '김광일'이라는 직함과 이름을 당당히 밝혀 더 눈길을 끌었다. 이 광고는 김 변호사가 부산의 인권, 민주화운동의 광장에 얼굴을 드러내고 이름을 올리는 전기가 되었다는 점에서 큰 의미를 갖는다.

당시 부산이라고 독재에 저항하고 나라의 민주화를 열망하는 인사들이 없을 리 없었다. 하지만 소수였다. 더구나 본격적인 조직 운동은 아직 나타나지 않은 시절이었다. 개인적 차원의 관심과 소극적 활동에

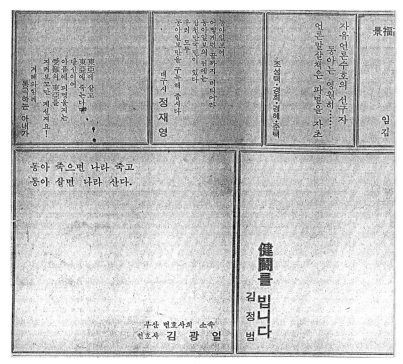

1975년 1월 15일자 「동아일보」에 광고 탄압을 항의하는 격려 광고를 실명으로 게재했다.

머무르고 있었다. 이런 상황에서 김 변호사의 「동아일보」 격려 광고를 눈여겨본 사람들이 있었다. 그 대표적인 인사가 요산 김정한 선생이다. 요산을 비롯한 부산의 인권, 민주화운동 진영에서는 척박한 환경을 타개할 수 있는 '대어'를 발견한 분위기였다.

요산은 부산 민주화운동사에서 '큰어른'에 해당한다. 그는 1908년 경남 동래 출신으로 동래고보 졸업 후 대원보통학교 교원으로 근무할 때 조선인 교원동맹을 조직하려다 체포되어 그만둔다. 일본 와세다(早稻田) 대학 부속 제일고등학원 유학 중인 1932년 발생한 양산농민봉기사건으로 검거되어 더 이상 학업을 잇지 못했다.

요산은 1936년 「조선일보」 신춘문예에 단편 '사하촌(寺下村)'이 당선되어 등단하였다. 그는 일본에 항거하는 뜻으로 1941년부터 스스로 절필하고 반일 민족운동에 뛰어들어 치안유지법 위반으로 수차례 옥고를 치렀을 만큼 의기(義氣)가 넘쳤다.

1949년부터 부산대 교수로 재직하면서 자유당 시절부터 반독재 투쟁에 헌신하는 등 평생을 '반골(反骨)'로 산 인사였다.

요산은 부산대 제자인 노경규를 불러 김 변호사가 어떤 사람인지 알아봐 달라고 했다. 부산대 법대를 졸업한 노경규는 당시 야당 당원이었을 뿐만 아니라 부산에서 요산과 함께 단 둘뿐인 엠네스티 회원이기도 했다.

1988년 4월 13대 총선에 앞서 『선서와 거짓말 대회』 출판기념회에서 축사를 하고 있는 요산 김정한 선생.

김 변호사는 사적으로 노경규의 경남고 선배이기도 했다. 노경규로부터 민주회복국민회의 설명을 들은 김 변호사는 부산지부 결성에 흔쾌히 서명했다. 노경규는 요산에게 김 변호사를 자신 있게 소개했고, 만나고 싶다는 요산의 뜻을 김 변호사에게 전했다.

김 변호사도 요산의 명성을 익히 듣고 있던 터에 거절할 이유가 없었다. 요산과 김 변호사는 당국의 눈을 피해 은밀히 회동했다. 부산 중심가인 중구 광복동에 있는 한 중국집에서였다. 당시 기독교부산방송 맞은편 조용한 골목 안에 있는 그 음식점 2층 방이었다.

요산의 기억에 남아 있는 김 변호사의 첫인상은 "몸집이 믿음직하게 큰 젊은이"였다. 나중에 윤정규에게는 "덩치는 남산만 하고 목소리는 우렁우렁한 것이 마치 거인을 만난 느낌이었다"고 털어놓기도 했다.

그 자리에서 두 사람의 대화는 그리 길지 않았다고 노경규는 기억한다. 요산은 자리에 앉자마자 대뜸 본론을 꺼냈다.

"이보게, 김 변호사! 나하고 엠네스티 활동 좀 하셔야겠네. 앞으로 구치소나 교도소 면회 가는 것은 자네가 맡게. 자네는 변호사니까 괜찮을 거 아니가. 이 늙은 것은 좀 쉬게 해 달라는 말일세."

엠네스티 회원이었던 요산과 노경규는 부산 주례교도소에 있는 양심수들에게 영치금은 물론 옷가지나 책 등을 전달하는 활동을 하고 있었다. 요산은 노구에도 불구하고 이런 일을 기꺼이 맡았다. 가볍지 않은 그 짐을 김 변호사에게 부탁한 것이다.

"미력이지만 힘을 보태겠습니다."

김 변호사도 머뭇거림 없이 동의했다. '큰어른'과 '젊은이'가 몇 마디 말로 의기투합한 것이다.

요산은 엠네스티 회원으로서 활동은 열성적이었지만 조직 원칙에서는 벗어나 있었다. 엠네스티는 국제적인 인권 보호 품앗이 성격의 단체로 다른 나라의 정치범 지원을 원칙으로 하고 있다. 자국의 정치범 지원은 원칙적으로 금지하고 있지만 요산은 "우리 발등의 불부터 끄자"는 주의였다. 시국사범이 양산되던 1970~1980년대 우리 상황을 돌이켜보면 요산의 주장도 일리가 있었다.

요산은 사회적 약자와 소외된 자에 대한 애정이 유별날 정도였다. 그중에서도 시국사범들을 가장 가슴 아파했다. 그래선지 감옥에 갇혀 있는 시국사범들을 챙기는 데 우선 순위를 두었다. 다행히 국내 정치범들을 위한 구호기금 설치와 운용은 엠네스티 본부에서 예외적으로 허용하고 있었다.

이를 근거로 요산은 시국사범 수감자들에게 내의 같은 옷가지를 차입하고 영치금을 전달하는 일에 많은 노력을 기울였다. 그 짐을 김 변호사에게 넘긴 것이다. 그리고 김 변호사도 기꺼이 무거운 짐을 지겠다고 나섰다.

김 변호사는 다음 날 아침 다시 요산 자택을 찾았다. 요산에게는 김 변호사가 이날 인사하는 모습이 무척 인상적이었던 모양이다.

"중국 음식점에서 만났을 때와는 달리 수인사 태도가 지나치게 정중해 보였다. 우리 구식 절을 하는 것을 보고 내림이 있는 가정에서 자란 사람이구나 싶었다."

'우리 식의 구식 절'이란 양 무릎을 꿇고 두 손을 짚은 다음 고개를 깊이 숙이는 이른바 '큰절'을 말하는 듯싶다. 이런 김 변호사의 모습에 더욱 흡족했던지 요산은 "믿음직하게 느껴졌다"는 것이다. 그제서야 요산은 김 변호사에게 판사를 그만두고 변호사를 하게 된 경위를 물었다. 김 변호사가 저간의 사정을 설명한 뒤에 이내 엠네스티 활동으로 화제가 바뀌었다. 김 변호사는 이 자리에서 엠네스티와 관련해 할 일을 스스로 다짐하듯 요산에게 설명했다.

"저는 재판 일로 자주 교도소에 가게 되니까 민주인사와 학생들에게 들여보낼 옷과 영치금 같은 건 제가 전달하겠습니다."

이 말을 마치고 김 변호사는 그날로 요산의 집에 쌓여 있던 차입할 옷가지 등을 모두 챙겨 왔다. 그후 변호사의 지위를 한껏 활용하여 요산과의 약속을 충실히 지킨다. 요산이 관여했고 노경규가 앞장섰던 민주회복국민회의 부산지부 결성 추진에도 김 변호사는 힘을 보탰다.

요산은 나중에 김 변호사에 대해 이렇게 말한다.

"역시 내 가늠이 어긋나지 않았구나! 김광일은 그 믿음직한 체구와 함께 정의를 위한 투지가 굳센 친구였다."

양심

한국엠네스티 부산지부는 부산 민주화운동의 총본부였다

김광일 변호사가 엠네스티(Amnesty, '사면' 이란 뜻) 활동을 시작한 것은 1975년 1월 요산 김정한 선생을 만나면서부터다.

김 변호사도 요산의 거의 명령에 가까운 부탁으로 엠네스티 회원으로 가입하고 활동을 시작한다. 지금은 국제 공용어가 된 '양심수(Prisoner of conscience)' 라는 표현도 엠네스티 활동의 산물이다.

지금은 잘 알려진 대로 범세계적인 민간 인권운동단체로 성장한 엠네스티는 1961년 시작되었다. 영국의 변호사 피터 베넨슨에 의해 '사면을 위한 탄원활동(Appeal for Amnesty) 1961'을 벌인 것이 효시다. 이어 1962년 7월 벨기에에서 열린 국제회의에서 국제사면위원회(Amnesty Internatoinal, 통칭 국제엠네스티)란 이름의 공식 기구가 탄생했다.

국제엠네스티는 설립 10년 만에 18개국에 지부가 설치되고, 이를 포함한 27개국에서 850여 개의 자원 활동가 그룹이 결성될 만큼 전 세계적으로 확산된다. 국제엠네스티는 자체 기준에 따라 선정한 양심수와 정치범을 중심으로 1965년부터 석방을 촉구하는 편지 보내기 캠페인을 시작했다. 1970년대 들어서는 사형제도 폐지, 고문 · 가혹 행위 근절, 공정한 재판 및 인도적 행형제도의 보장, 긴급 구명 등 활동 영역을 더욱 넓힌다.

　엠네스티가 한국에 처음 소개된 것은 1970년 여름 서울에서 열린 '국제펜클럽대회'를 통해서였다. 국제엠네스티가 한국위원회를 승인한 것은 1972년 2월 6일이고, 3월 28일 국제엠네스티 29번째 정회원 조직으로 창립됐다.

　김 변호사가 엠네스티 활동에 뛰어든 것은 한국위원회가 출범한 뒤 대략 2년쯤 지난 뒤였다. 김 변호사는 그 뒤로 약자의 인권을 옹호하는 호민관(護民官)으로서 그 활동에 더욱 진력하게 된다.

　1976년에 이른바 '명동사건'으로 구속 또는 기소된 윤보선, 김대중 전 대통령, 함석헌 옹, 문익환 목사 등에 대한 변론, 부산에서 첫 긴급조치 9호 위반 사건으로 기록된 중부교회 대학생회 회지 「책방골목」 사건 변론 등에 무료로 적극적으로 나선 것도 그 일환이었다. 이런 노력을 평가받아 그해 김 변호사는 국제엠네스티 한국위원회 이사로 선임된다.

　1977년은 엠네스티 운동사에 획기적인 전환점을 이루는 해였다. 그해 10월 노벨상위원회는 민간단체로는 이례적으로 국제엠네스티를 노벨평화상 수상자로 결정한다. 국제엠네스티의 노벨평화상 수상은 세계적으로도 큰 경사였지만, 국내 엠네스티운동 확산에 결정적 기여를 하게 된다. 특히 당시 당국의 감시 아래 놓여 있던 국내 엠네스티 활동가들에게도 그것은 천군만마를 얻은 것처럼 용기를 북돋아 주는 일이었다.

　부산에서도 국제엠네스티 노벨평화상 수상 결정 직후 축하행사가 열렸다. 이 행사는 국제엠네스티 한국위원회 이사인 김 변호사가 주도할

1975년 엠네스티 활동을 시작해 1978년 부산지부장을 맡아 본격적으로 민주화운동을 시작했다.

수밖에 없었다. 행사장에서는 더 놀라운 일이 벌어졌다. 무려 300여 명의 축하 인파가 몰려든 것이다. 그 시절 부산에서 민주화운동에 참여하고 있는 어른들은 물론, 청년·학생들 대부분이 참석한 셈이었다. 유신 치하라는 그 엄혹한 시국 상황에다 엠네스티와 관련해 공식 조직도 없던 부산에서 일어난 예상 밖의 대성황이었다.

김 변호사는 이때 확인한 부산 민주화운동의 자원과 에너지를 일회성 행사로 무심히 흘려보내지 않으려고 고심했다. 김 변호사는 그 자리에서 국제엠네스티 한국위원회(약칭 한국엠네스티) 부산지부 결성 결의를 이끌어 냈다. 추진력 면에서 둘째가라면 서러워할 김 변호사는 열기가 식지 않도록 부산지부 결성에 박차를 가하는 노력을 기울였다.

3개월쯤 후인 1978년 1월 12일 마침내 부산지부가 결성되었다. 첫 지부장은 김 변호사가 맡았다. 부산 민주화운동의 원로인 부산대 김정한 교수와 부산제일감리교회 임기윤 목사, 천주교 송기인 신부 등이 고문으로 추대되었다.

당시 참여자 중에는 이 외에도 개신교에서는 심응섭, 조창연, 최성묵 목사, 법조계에서는 이흥록 변호사, 언론계에서는 조갑제, 임현모 기자, 문화계에서는 윤정규 작가 등을 대표적으로 꼽을 수 있다. 그 시절 부산의 민주화운동 청년 활동가라고 할 수 있는 이길웅, 박상도, 김희욱, 김재규, 조태원, 박점용 등과 여성계의 정은희, 박홍숙도 대거 동참했다. 부산의 민주화 인사들과 청년 활동가 대부분이 한국엠네스티 부산지부에 모인 셈이었다. 그 중 박홍숙은 부마민주항쟁 이후 1980년 2월경부터 부산지부 간사를 맡았다.

한국엠네스티 부산지부는 부산 민주화운동의 공개적이고 합법적인 사실상의 첫 대중조직이라 할 수 있었다. 그야말로 민주인사들의 결집처였고 청년·학생들에게는 민주화운동의 훈련장이었다. 그 이후에 부산에서 탄생하는 민주화운동 단체 결성을 지원하는 등 저수지 같은 역할을 했다.

한국엠네스티 부산지부 이름으로 연 월례 강연회가 대표적이다. 당시 초청 연사 중에는 함석헌 옹, 송건호 전 동아일보 편집국장, 김동길 전 연세대 교수, 한신대 교수였던 문익환 목사와 같은 저명한 민주화 인사들이 많았다.

김 변호사는 그런 한국엠네스티 부산지부를 당시 부산 민주화운동의 총본부로 여기고 열정을 쏟았다. 김 변호사의 사무실이 한국엠네스티 부산지부 사무실을 겸했다. 박점용을 실무 총괄 간사로 두고 소식지를 겸한 회보도 발행했다. 수감 중인 시국사범들을 돕기 위한 바자회를 여는 등 다양한 행사도 개최했다.

그 시절 엠네스티 회원이라는 이유만으로 늘 당국의 감시망에서 자유롭지 못했다. 1979년 4월 노경규 전무이사와 조태원 간사는 '민주구국선언문 살포 및 불온단체 조직'이라는 긴급조치 9호 위반 혐의로 구속되는 등의 수난을 겪었다.

한국엠네스티 부산지부 출범 두어 달 후인 3월 14일자로 발행된 회지에 김 변호사는 '부산 엠네스티를 시작하면서'라는 제하의 글을 남긴다. 엠네스티 운동에 대한 김 변호사의 신념은 물론 부산지부에 대한 애정도 잘 드러나 있다.

사람은 절대자가 아니다.

절대자가 아닌 사람이 마치 절대자이거나 한 것처럼 다른 사람을 절대적으로 지배할 수는 없다.

사람이 참 절대자인 신을 받들어 섬기는 방법이나 이웃인 사람끼리 어울려 사는 방법에 있어서 사람마다 생각이 다를 수 있고, 그렇기 때문에 그것을 표현하고 주장하는 것은 자유로워야 한다. 그 표현과 주장을 폭력이라는 수단을 통하여 관철하려고 하지 아니하는 이상 그것이 범죄로 다루어져서는 안 될 것이다.

어떤 사람의 생각이 다른 사람의 것과 다르다는 이유 때문에 폭력으로 그 사회 질서를 깨뜨린 일도 없는데 함께 사는 사회에서 격리 배제될 수는 없다. 그러나 오늘날 세계 도처에서는 국가 권력을 잡은 사람들에 의하여 위와 같은 이유로 많은 사람들이 범죄인으로 다루어져 수감되고, 심지어는 생명이 끊기우기도 한다. 사람이 사람의 존엄성을 무시하는 일이요, 스스로 신의 권위를 잠탈하는 짓이라 할 것이다.

사람의 양심이 살아 있는 사회에서 그런 일이 용납되어서야 되겠는가?

그러기에 우리는 그런 일을 계속하여 규탄하고, 그 시정을 호소하는 것이다. 남을 돕는다는 생각에서보다도 나 자신을 지키며 자유롭게 살기 위하여 힘을 합하여 싸워 나가는 것이다.

그래서 우리는 남이 우리에게 상을 주든 벌을 주든 상관하지 않고 우리의 신념을 펴나가려고 한다. 그런 뜻에서 국제엠네스티 한국위원회 부산지부를 결성하고, 이 일을 널리 알리고 힘을 모으기 위하여 이 책자도 펴낸다.

사람이 사람답게 자유로이 사는 세계, 그러한 나라가 이 땅에 실현되기를 신앙하는 마음으로 우리는 이 일에 헌신하려고 한다.

봄은 저절로 오는 것이 아니다. 우리 손으로 만드는 것이다.

호민

시국사건 변론 등 인권운동가로서의 역정

김 변호사의 무료 변론 활동은 1974년 변호사 개업 첫해부터 시작됐다. 특히 사회적 약자에 대한 무료 변론은 말 그대로 호민관의 역할 그것이었다.

그해 언론에서 '울산현대조선소 난동사건'이라고 부르던 일이 있었다. 변상윤 씨 등 현대조선소(지금의 현대중공업) 근로자 16명이 근로조건 개선을 요구하며 시위를 벌인 사건이었다. 당시 현대조선소는 완공된 지 채 1년도 되지 않은 신생 기업이었다.

그 사건 관할 법원이 부산지방법원이어서 그곳에서 1심 재판이 열렸다. 그런데 그들은 변호사를 선임할 돈이 없었다. 이 사건은 다른 변호사들이 별반 관심을 두지 않았다. 하지만 김 변호사는 무료 변론을 자청했다.

"당연히 변호사의 조력(助力)을 얻어야 함에도 경제적인 이유 때문에 조력을 청해 오지 않을 때는 무엇보다 안타까움을 느낀다"는 이유에서였다. "나의 힘이 미치는 한도 내에서 그들을 도울 작정"이라는 것이 당시 변론에 임하는 김 변호사의 각오였다. 그랬기에 그는 무료 변론이었지만 최선을 다했다. 기나긴 무료 변론 대장정의 시작이었다.

이듬해인 1975년에는 부산에서 가슴 아픈 사건이 일어났다. 영도구에서 연탄장수 오경술 씨 등 3명의 '아지매'들이 연탄 수레를 끌고 비탈길을 오르다 미끄러져 행인이 목숨을 잃은 비극이었다. 고의는 아니었지만 세 여인은 중과실치사 혐의로 구속되어 재판을 받게 됐다. 그들 또한 현대조선소 근로자와 똑같은 사회적 약자였다. 김 변호사는 또한 그들의 변론에 나섰다.

이런 일은 누가 시켜서 할 수 있는 일이 아니다. 김 변호사가 이런 사건의 변론을 외면하지 못하는 데는 앞서 말했던 변호사로서 느끼는 기본적 사명감도 물론 작용했을 것이다. 그러나 그의 지인들은 김 변호사의 독실한 신앙심의 발로로 이해하고 있었다. 김 변호사는 가족과 주변 사람들에게 "사람이 친구를 위하여 목숨을 버리면 이보다 더 큰 사랑이 없다"는 말을 자주 입에 올렸다. 요한복음 15장 13절의 말씀이다. 김 변호사는 이런 일에 나서는 것을 하나님 말씀의 실천으로 여겼다.

1976년 부산에서는 '「책방골목」 회지 사건'이란 시국사건이 터졌다. 부산 최초의 긴급조치 9호 위반 사건이었다. 책방골목은 부산 중구 보수동에 있는 실제 지명이다. 부산지하철 1호선 자갈치역에서 국제시장 출구로 나와 똑바로 오르다 보면 나오는 골목이다. 한국전쟁 시절 헌책 노점상으로 시작된 책방골목은 1970년대에는 이름 그대로 헌책방 위주로 50여 곳의 서점이 밀집해 있었다. 요즘은 새 책방까지 뒤섞이고 맛집과 카페 등이 어우러져 옛날과 현재가 공존하는 독특한 분위기를 자랑한다. 이 책방골목이 1970~1980년대는 지금과 같은 '낭만'보다는 늘 '긴장'이 넘치는 골목이었다.

긴장감을 불러일으킨 진원지는 책방골목 한복판에 있던 부산중부교회였다. 한국전쟁 시기 남하한 피난민들이 세운 교회였다. 당시 소속 교단이 진보적 성향으로 사회참여에 적극적이었던 한국기독교장로회(약칭 기장)였다. 그 시기 부산 민주화운동의 구심점 같은 곳이었다. 이 교회 담임을 맡았던 심응섭 목사, 1977년 4월 그 뒤를 이은 최성묵 목사 모두 부산 민주화운동의 대들보 같은 존재였다. 이 교회는 두 목사의 설교부터 강연, 집회 등에 이르기까지 유신체제에 저항하는 등 1980년대까지 민주화운동이 일상적으로 벌어졌다.

이런 분위기 때문에 신자든 아니든 부산에서 민주화운동에 뜻을 둔 청년·학생들이 이 교회를 중심으로 활동했다. 시국강연회나 인권기도회라도 열리는 날은 교회 주변 책방골목에 정보과 형사들이 눈을 번뜩이고 경찰들이 진을 쳤다. 그 때문에 책방골목은 늘 긴장감이 흘렀고, 그 분위기는 전두환, 노태우 정권 때까지 이어졌다.

「책방골목」은 부산중부교회 대학생부가 발간하는 회지의 제호이기도 했다. 경찰은 1976년 2월 「책방골목」에 실린 인사말을 문제 삼았다. 그중에서도 "…힘써 이 땅에 진정한 자유와 민주주의를 실현시키자. 한국적이니 유신이니 따위는 말고 좀 더 거시적인 안목으로 세계적이고 우주적인 눈으로써 이 땅의 인류를 위해서 우리를 사랑하시는 그리스도를 따라서 십자가를 짊어지자…"는 대목을 시비의 초점으로 지목했다.

한마디로 언급 자체를 금기시했던 유신체제를 비판해 긴급조치를 위반했다는 얘기였다. 이 사건으로 중부교회 대학생회 회장인 김영일(부산대생), 회원 이태성(동아대생), 인사말을 쓴 조태원(부산대생) 등 3명이 구속됐다.

중앙정보부 부산지부로부터 이들의 신병을 인계받은 경찰은 며칠 만에

부산 책방골목에 있는 중부교회는 1970~1980년대 민주화운동의 산실이었다.

그럴듯한 조서를 꾸며 구속하고 부산구치소로 넘겼다는 사실이 나중에
확인됐다. 이 사건의 변론도 당연한 것처럼 김 변호사가 맡았다. 당시
부산변호사회에서 김 변호사 말고는 딱히 나설 사람도 없었다.

김 변호사는 그들의 마지막 재판 과정에서 예상하지 못한 곤혹스런 상황과 맞닥뜨렸다. 그는 3명의 구속자를 석방시키기 위해 재판부에 그들이 반성하고 있다는 점을 강조했다. 그런데 그들이 재판부에 반성 의사 표명을 못하겠다고 나섰기 때문이다. 김 변호사는 "반성의 뜻을 표하면 집행유예로 나올 수 있으니 그렇게 하라. 나와서 또 민주화운동을 하면 될 것 아니냐"면서 이들을 설득해야만 했다.

재판정에서의 '반성'은 이들을 석방시키기 위한 판사 출신인 김 변호사의 경험에 바탕한 치밀한 전략이었다. 그 진심을 몰라줘 야속하기도 했지만 끝까지 진지하게 설득에 나섰고, 결국 김 변호사의 뜻에 따라 주었다. 어쨌든 그 덕분인지는 몰라도 모두 집행유예를 받아 세상 밖으로 나올 수 있었다.

이 사건은 결과적으로 부산의 민주화운동 지도자들을 '의식 있는' 청년·학생들과 연결하는 첫 가교 역할을 했다. 이 사건 재판 과정에서 구속자들의 동료 학생들이 부산에서는 처음으로 단체 방청에 나서는 일이 벌어졌다. 뿐만 아니라 학생들 사이에서 면회가기, 편지쓰기운동까지 일어났다. 이는 부산 민주화운동의 역량이 확산되는 하나의 계기였다.

김 변호사로서도 이 사건의 변론은 큰 의미를 갖는다. 이를 통해 인권변호사로서 진가를 본격적으로 선보였기 때문이다. 부산 민주화운동권에서 없어서는 안 될 인사로 부상한 첫걸음에 해당한다.

부산도시산업선교회 총무 박상도는 나중에 「책방골목」 필화사건과 김 변호사의 변론이 부산 민주화운동에 미친 영향을 "김 변호사의 소신 있는 변론과 용기 있는 법정 투쟁을 통하여 부산의 미미한 민주화 세력들이 한데 모이는 계기가 마련되었다"고 정리한다.

김 변호사의 호민 활동은 지역적으로 부산에 국한된 것도 아니었다. 1978년 대구지법에서는 '경북대 정진회 필화사건' 1심 재판이 열렸다. 그 사건 변론도 외면할 수 있었지만 대구지방 변호사들의 도움을 제대로 받지 못하는 상황을 알고 부산에 있는 김 변호사가 굳이 나섰다.

　'정진회'는 1970년대 초 경북대에 있었던 '이념서클(동아리)'이었다. 정진회 주최로 1971년 4월 4·19혁명 11주년을 기념하는 학술토론회 행사를 열었다. 그 자리에서 정진회 회원 학생들은 '반독재구국선언문'을 발표하고 학생들과 언론 등에 배포했다. 그 선언문에는 '월남파병 반대', '한미방위조약 폐기' 등의 내용이 담겨 있었다.

　이를 두고 당국은 "북한의 지령을 받아 대한민국의 존립을 위태롭게 할 목적으로 활동을 했다"고 반공법위반 혐의로 학생 4명을 구속했다. 1978년에 열린 1심 재판에서 김 변호사가 무료 변론에 나서 구속이 불법이고 수사과정에서 고문이 있었다고 하면서 무죄를 주장했지만 무위에 그쳐 이들은 모두 실형을 선고받았다. 이후 1983년 8월 대법원 판결로 이들의 형이 확정되었다.

　이들은 2013년 재심을 통해 무죄판결을 받았다. 당사자들이 "당시 수사기관에 불법구금을 당한 상태였고, 혹독한 고문을 견디지 못해 허위자백을 했다"는 이유를 들어 재심을 청구했었다. 1심 재판에서 김 변호사가 주장했던 무죄가 무려 35년 만에 입증된 것이다.

　김 변호사의 시국사건 변론 대상은 주로 대학가 시위와 관련된 대학생들이 많은 편이었다. 이즈음 김 변호사가 맡았던 것 중에는 1978년 4월에 있었던 부산대생 4·19선언문 살포 긴급조치 위반 사건이 그 전형이었다. 이 사건 재판 때 구속자들과 아무 관련이 없는 부산대생이

200~300명씩 법정에 모여들어 방청했다.

재판이 진행되는 동안 시민들의 관심을 호소하는 유인물이 시내 다방이나 심지어 버스 안에까지 뿌려졌다. 부산에서 이런 반체제 유인물이 대학 캠퍼스나 교회, 성당 울타리를 벗어나 길거리에 나돈 것은 이때가 처음이었다. 이는 학생과 일반 시민이 민주화라는 목표를 향해 손을 잡는 첫 시도였다. 부산 민주화운동권으로서는 체계화된 지도부 출현, 대학생들의 자발적 각성 등 유무형의 소득이 컸다. 부산 민주화운동사에서 이듬해 일어난 10·16부마민주항쟁의 씨앗을 뿌린 사건으로 평가하는 것은 이 때문이다.

부산에서 일어난 이런 류의 대학생 관련 시국사건에는 김 변호사의 이름이 이후에도 헤아리기 힘들 만큼 자주 등장한다. 그렇다고 김 변호사의 무료 변론 대상이 상대적으로 생색이 나는 대학생에게만 국한된 것은 아니었다. 그는 '힘없고, 약하고, 억울한 사회적 약자'인 노동자 관련 사건에도 자신의 역할이 필요하다고 판단되면 어김없이 나섰다.

김 변호사는 법의 테두리 안에서 관련 법을 최대한 활용하는 특기가 있었다. 김 변호사만의 '준법' 투쟁 방식이었다.

시국 관련 사사건건 변호사로 등장하는 김 변호사가 당국으로서는 달가울 리 없었다. 사소한 변호사법 위반 사실을 들춰 구속하겠다고 위협하면서 관련 변론을 맡지 말 것을 종용했다. 이에 굴복할 김 변호사가 아니었다. 오히려 투쟁 강도를 높여 이후 법정이 아닌 길거리에서 만날 기회가 점점 더 많아진다.

접견

진주교도소 DJ 접견 투쟁

변호사가 변론을 맡은 피의자를 접견하는 것은 법적 의무이자 권리이기도 하다. 그런데 때로는 그런 접견 자체가 투쟁이 되는 경우도 있었다. 당국에서 접견을 제한하거나 원천봉쇄를 할 때다. 1970~1980년대 어지러운 시국 상황에서 양산되었던 정치범에게는 종종 있는 일이었다. 1976년부터 3·1민주구국선언문 사건으로 수감 생활을 했던 김대중 전 대통령에게도 그런 일이 있었다.

DJ는 당시 아무런 직함도 없는 거물 '재야 인사'였을 뿐이다. 1971년 신민당 대통령 후보를 역임했다는 경력이 늘 따라붙는 사실상 '연금된 정치인'이었다.

김 변호사가 DJ를 위한 '접견 투쟁'을 벌인 것이 그 기간이다. 김 변호사는 이 사건의 공동 변호인단의 일원으로 참여했다. 이돈명 변호사 등 모두 27명의 대규모 변호인단이었다. 그 중에 영남 지역 변호사는 아무도 없어 김 변호사가 자청한 것이다.

하루는 DJ 부인 이희호 여사와 김옥두 비서가 부산으로 김 변호사를 찾아왔다. "진주(교도소)로 이감된 뒤 면회를 잘 시켜주지 않는다. 죽었는지 살았는지도 모르겠다. 죄송하지만 김 변호사가 함께 가서 접견 신청을 해 주었으면 좋겠다"는 요청을 했다.

이희호 여사는 그해 4월 20일 첫 면회 말고는 더 이상 못하고 있다는 것이었다.

"뭐, 가시죠."

김 변호사는 흔쾌히 응했다. 그리고 그 길로 자신의 승용차로 이 여사 일행과 함께 진주교도소로 향했다. 김 변호사가 DJ 접견 신청을 했지만 안 된다는 것이었다. 그때부터 김 변호사는 교도관과 꽤 긴 말싸움을 해야 했다.

"왜 안 된다는 겁니까?"

"그건 저희도 모르겠습니다."

"당신들이 이유를 모른다니 말이 됩니까? 법대로 변호인으로서 접견 신청을 하는 겁니다."

"법은 변호사님이 더 잘 아시지 않습니까?"

"진짜 누가 왜 그러는지 알려 주세요. 그렇지 않으면 저는 돌아가지 않습니다."

김 변호사의 강력한 접견 의지를 파악했는지 교도관들끼리 잠시 얘기를 나누더니 드디어 답변을 했다.

"중앙정보부에서 일체 면회를 못하게 합니다. 그리고 이론적으로도 기결수에게 변호사가 왜 필요합니까?"

"기결수라 하더라도 재심 청구를 하기 위해 필요합니다."

"재심 청구를 한 적이 없는데 변호사가 왜 필요합니까?"

"변호인이 되려는 자는 수인(囚人)을 접견할 수 있도록 법에 정해져 있지 않습니까? 나는 김대중 씨를 만나서 그렇게 하려고 합니다."

"그래도 안 됩니다."

DJ를 '접견시키지 않겠다'는 교도관들의 태도는 단호했고 완강했다. 변호인이 수인을 접견하지 못하는 일은 김 변호사가 변호사 활동을 시작한 이래 처음이었다. 아마 한국에서도 전례가 없는 초유의 일이었을 것이다. 이런 방식으로는 접견이라는 목적 달성은 거의 불가능해 보였다.

이때 김 변호사의 머릿속에 아이디어가 떠올랐다. DJ가 1971년 대통령 후보로 출마했을 때 선거법위반 사건으로 재판을 받은 적이 있었다. 그런데 그 사건은 그때까지 미결로 서울고등법원에 계류 중이었다. 김 변호사가 3·1명동사건 공동 변호인단으로 참여하면서 이 사건도 병합해서 처리해 달라는 요구를 했지만 재판부에서 거절했던 기억이 떠오른 것이다.

"수인의 선거법위반 사건 변호인이 되려고 합니다."

"그럼 그 사건의 변호사라는 증명서를 떼오십시오."

"변호사 증명서가 어디 있습니까? 내가 선임계를 내는 자체로 변호사가 되는 것입니다. 그럼 내가 서울고법에 변호사 선임계를 낼 테니까 피고인으로부터 변호사 선임 위임장을 받아 주세요."

몇 시간을 다툰 끝에 겨우 DJ의 무인이 찍힌 변호사 선임장 위임 서류를 교도소로부터 받아 냈다. '김대중 피고인의 변호인임을 증명해 달라'는 내용의 서류를 서울고법에 보냈다.

이 서류를 받은 서울고법도 이런 전례가 없어 처음에는 난감한 태도를 보였다. 김 변호사는 "이는 진주교도소에서 김대중 피고인을 접견하려는 데 필요하다고 해서 부득이하게 신청하는 것"이라고 설득해 어렵게 변호인 증명서를 받아 낼 수 있었다. 말하자면 '접견 투쟁'에서 김 변호사가 승리한 것이다.

이렇게 해서 DJ를 처음으로 접견할 수 있었다. 같이 간 가족도 동반할 수 없다고 해서 변호인 자격으로 혼자 만났다. DJ와는 첫 대면이었다. 김 변호사는 DJ를 법정에서 얼굴만 봤을 뿐 정치적으로든 개인적으로든 만날 일이 없었다. 그때까지만 해도 김 변호사는 정치와 거리를 두고 있었다.

교도소 접견실에서 만난 DJ는 기결수라는 이유로 머리를 빡빡 깎은 상태였다. 예상대로 독방에 수감 중이었다. 그리고 좌우 옆 방과 맞은 편 방까지 모두 비워 놓았다. 이웃 방 수인들과 은밀히 의사 소통을 하는 '통방(通房)'조차 못하도록 완벽하게 격리조치를 해놓은 것이다. 그러고도 모자라 간수 몇 명이 교대해 가면서 밤낮으로 감시했다. 김 변호사가 DJ를 접견할 때도 필요 이상으로 간섭을 많이 했다. 그래도 DJ에게 김 변호사는 세상과 소통하는 없어서는 안 될 메신저였다.

DJ의 첫인상을 김 변호사는 "마치 맹수가 사냥꾼한테 치명상을 입고 동굴 속에서 마지막 숨을 쉬고 있는 것 같은 느낌이었다"고 나중에 술회했다.

"단지 민주주의를 위해서 목숨 걸고 투쟁하는 분이니까 변론에 나선 것이다. 이런 사람을 살려내는 게 변호인의 임무다. 내 자신이 어떤 희생을 당하더라도 이 사람을 살리기 위해서는 최선을 다해야 한다. 그때 그렇게 결심했다."

김 변호사의 DJ 접견은 한 달에 두 번씩 어김없이 이루어졌다. 당시 DJ에게 가족 면회는 따로 한 달에 한 번밖에 주어지지 않았다. 나중에 이 여사는 아예 진주에 거처를 정해 놓고 서울과 번갈아가며 일주일씩 머물곤 했다. 변호인으로서 접견은 가족 면회와 달리 시간도 긴 편이었다.

김 변호사는 접견을 할 때마다 누가 면회를 함께 왔는지부터 중요한 바깥 소식까지 아는 대로 전해 주었다. 이희호 여사가 건네 준 가족 근황이나 진주로 찾아온 사람들의 이름 등을 기록한 짤막한 메모 쪽지 등도 전달했다. 그리고 DJ와 주고받은 말은 직접 메모를 하거나 머릿속에 기억해 두었다가 변호사 사무실에서 다시 정리해 타자를 쳐서 가족 편에 보냈다.

그 문서는 DJ의 근황을 궁금해하는 국내외 언론에서 세상에 알리는 중요한 보도자료 역할도 했다. 늘 "DJ는 최근 접견한 김광일 변호사에 따르면… 현재 진주교도소에서 이렇게 지내고 있다"는 식으로 기사가 나갔다.

일본 언론은 김대중 납치사건이 발생한 8월이 돌아오자 비상한 관심을 쏟았다. 이 납치사건은 DJ가 일본 도쿄에서 중앙정보부 요원으로 추정되는 사람들에 의해 1973년 8월 8일 납치돼 8월 13일 서울 동교동 자택 앞에서 발견된 일을 말한다. 당시 일본 언론에 보도된 DJ 관련 기사도 거의 '김 변호사 발(發)'이었다.

DJ는 바깥에서 그를 걱정하는 목사나 신부들이 써준 기도문을 전달하면 김 변호사에게 대신 기도해 달라고 부탁하곤 했다. 나중에 김 변호사 역시 돈독한 신앙심을 가진 크리스천임을 알고 한동안 접견할 때마다 꼭 기도해 주기를 요청해 그대로 응했다. 언젠가 "김 선생님도 기도 한 번 해 주십시오" 했더니 "나는(DJ) 나가서 하겠다"는 답변이 돌아왔다.

한 번은 이희호 여사와 비서를 포함해 세 명이 DJ 면회를 하러 부산에 내려온 일이 있었다. 그날따라 폭우가 심하게 쏟아졌다. 하필 운전 기사도 예비군 훈련으로 자리를 비운 날이었다. 그렇다고 한 달에 두 번밖에 없는 면회를 거를 수 없었다. 더구나 가족과 비서진까지 내려왔으니 더욱 그랬다. 김 변호사는 "제가 하죠" 하면서 자청해 운전대를 잡았다. 그렇게 김 변호사는 DJ와 인간적으로 많이 가까워졌고 접견에도 열성적이었다.

김 변호사가 면회를 가는 날이면 경찰에도 비상이 걸렸다. DJ 접견 날짜와 시간, 동선, 동행자를 제대로 파악하지 못해 담당 형사 윤수영은 '죽을 맛'이었다고 토로했다. 하루는 김 변호사의 거주지 관할인 부산 서부경찰서장이 찾아와 통사정을 하다시피 했다.

"김 변호사님이 진주교도소에 가시는 것을 우리가 막을 수는 없죠. 그래도 가시는 것만이라도 사전에 알아야지 몰랐다가는 우리 모가지가 날아갑니다. 제발 가시기 전에 좀 알려 주십시오."

서부경찰서장의 얘기를 듣고 김 변호사는 무엇이 DJ를 위한 일인지 곰곰이 따져 보았다. 그때 DJ 면회나 접견을 제한하는 등 DJ를 대하는 박정희 정권의 모든 태도를 종합해 볼 때 무슨 사고를 저지를지 모른다는 생각이 들었다. 김 변호사는 서부경찰서장과 헤어지는 순간에 이렇게 말했다.

"좋습니다. 내가 접견 가는 날짜 등을 미리 말해 주겠소. 대신 나는 유서를 써놓고 가겠습니다. 만약 제가 접견을 가는 도중에 남해고속도로에서 차 사고라도 난다면 그건 당신들이 일으킨 것으로 알겠소."

그 이후 김 변호사가 DJ 접견을 갈 때마다 차량이 따라붙었다. 부산 관내에서는 서부경찰서 차량이, 경남 도계를 넘으면 진주경찰서 차량이 에스코트를 핑계로 감시의 눈을 멈추지 않았다.

나중에는 김 변호사를 DJ 접견 일에서 손을 떼게 하려고 갖은 압력을 넣었다. 첫 번째는 친척을 이용한 치사한 방법이었다. 당시 김 변호사의 자형(姊兄)이 중앙정보부에 근무하고 있었다. 그러나 자형은 순전히 대북 관계 부서에 있어 국내 업무와는 상관없는 분이었다. 그 자형을 통해 "그 일에서 손을 떼지 않으면 불이익을 주겠다"는 뜻을 전해왔다. 자형에게 중앙정보부가 차마 못할 짓을 시킨 것이다.

이것이 통하지 않자 이번에는 중앙정보부가 나섰다. 담당 조직 책임자가 김 변호사의 친구였다. 김 변호사가 DJ 지원하는 일에서 손을 떼도록 1차로 협박을 가했다. 김 변호사는 꿈쩍도 하지 않았다. 그러자 대공수사국은 마치 기다렸다는 듯이 공작의 칼을 빼들었다. 김 변호사를 엮기 위해 모종의 사건 하나를 조작한 것이다. 그리고 김 변호사에 대한 조사 한 번 없이 비밀리에 구속영장을 청구했으나 기각되는 바람에 그 공작도 실패로 돌아갔다.

그 무렵 김 변호사는 검찰 고위직으로 부산지검에서 근무하던 경남고 선배를 만났다. 그 자리에서 김 변호사는 중앙정보부로부터 당하고 있는 일을 분통을 터뜨리며 하소연했다. 그 말을 듣고 난 선배가 넌지시 조언을 했다. 앞서 말한 친구를 만나보라는 것이었다.

김 변호사는 친구와 그의 처남을 함께 만났다. 셋 모두 서울대 법대 동기였다.

김 변호사는 부산대 임정명 교수에게 그 자리에서 주고받았던 대화 내용을 나중에 털어놓았다. 그 친구가 "김광일, 우리는 너를 쥐도 새도 모르게 고속도로에서 차로 치어 죽일 수 있다. 제발 김대중 앞잡이 노릇을 집어치워라" 했다는 것이다. 김 변호사가 이에 "내가 변호사를 하는 한 이 일을 그만둘 수 없다"고 맞받았다. 당시 김 변호사의 DJ 접견은 이처럼 비장한 각오로 임하고 있었다.

이희호 여사는 2008년 11월에 펴낸 자서전 『동행 : 고난과 영광의 회전무대』에서 김 변호사에게 짤막하게나마 고마운 마음을 전한다.

"그 중에도 특히 부산의 김광일 변호사는 남편과의 면접 내용을 꼼꼼히 기록해서 나에게 건네주었다. 보통 정성으로는 하기 힘든 일이었다. 후에 정치적으로 가는 길이 달라졌지만 그때의 성의와 고마움을 지금도 간직하고 있다."

필화

'가룟 유다 예찬론' 필화 사건

1976년 4월 10일자 「국제신문」 5면 '국제춘추'라는 칼럼 란에 '가룟 유다 예찬론'이라는 글이 실렸다. 「국제신문」은 당시 부산에서 발행 부수가 가장 많은 유력지였다. 단순한 지방지 수준을 넘어 전국적 영향력을 가진 야당 성향의 신문이었다. 필자는 김광일, 직함은 변호사로 나와 있었다.

변호사를 개업한 지 만 2년도 채 되지 않았던 때다. 그의 변호사 경력은 당시로는 짧은 편이었지만 타고난 변론 솜씨로 '명 변호사' 소리를 들으며 차츰 명성을 쌓아가는 중이었다.

길지 않은 이 칼럼은 풍자적이고 역설적인 분위기가 물씬하다.

예수의 제자이던 가룟 유다는 스승을 팔아 십자가에 못박혀 죽게 했다. 세상 사람들은 가룟 유다의 배신 행위를 악덕 중 악덕으로 치고, 그의 이름은 배신자의 대명사가 되고 있다. 그러나 오늘날의 세태에 비추어 볼 때 유다만큼 위대한 사람도 드물다는 것이 나의 견해다. 나는 그를 예찬한다.

유다는 현실에 충실한 사람이었다. 왼쪽 뺨을 맞거든 오른쪽 뺨까지 내어 주고 원수를 내 몸과 같이 사랑하라고 가르치며, 언제 임할지도 모르는 하늘나라 이야기나 하는 환상적 이상주의자인 예수는 현실 세계에 얼마나 못마땅한 자인가. 그러나 가롯 유다는 그 시대의 권력자, 지배층만을 따르는 길이 나라 살리고 자기 사는 길이라고 판단했던 것이다.

둘째로 그는 소신대로 행동한 사람이다. 3년간 그의 제자 노릇을 했지만 스승이 자기 비위에 맞지 않다고 판단했을 때 그는 거침없이 행동에 옮겼다. 무엇이 옳은가를 회의하며 고민하고 이른바 지성인이란 사람들의 우유부단과 고답적 정신 상태를 멋지게 비웃고 변신에 재빠른 오늘날 수많은 행동인들의 사표가 되고 있는 것이다.

셋째로 그는 경제에 밝은 사람이었다. 원래가 회계직을 맡았던 자이지만 그에게 돈이 생기면 주저할 필요가 없었다. 금강산도 식후경이고 항산이 있어야 항심이 있다는데, 소비가 미덕이 되는 시대에 경제 이상 귀한 것이 있을 수 있는가.

넷째로 그는 민주주의자였다. 민주주의는 다수자 지배의 원리이다. 그가 예수를 배반한 것이 다수자의 뜻에 합치하였다는 것은 빌라도의 재판에서 다수 백성의 함성에 의하여 증명되었다. 그 다수가 금전에 매수된 여부는 문제되지 않는 것이다.

마지막으로 그는 자기를 희생한 자다. 십자가는 하나님의 예정된 섭리라면 누군가가 예수를 파는 행위를 담당했어야 했다. 그가 없었더면 인류 구원의 대사업도 이루어질 수가 있었겠는가. 그 어려운 일을 맡아 자신을 희생한 자를 그 덕을 본 당신들이 칭찬은커녕 비난하다니 말이 되는가.

기독교인이라면 누구나 예수를 은 30냥에 팔아 십자가에 못박히게 한 가롯 유다를 악한 사람의 상징으로 알고 비판하고 있다. 가롯 유다가 예수를 팔았기 때문에 십자가에 달려 돌아가시게 되었고, 인류 구속의 사업을 할 수 있게 되었다. 그런데 오늘날 기독교인들 중 많은 사람들이 가롯 유다보다 못한 행동을 하며 살아간다.

이 칼럼 내용은 처음부터 끝까지 일반인이 보기에도 오해의 소지가 다분해 보인다. 제목부터 무척 도발적이고, '위대한 사람'이란 단어가 글머리에 튀어나와 읽는 사람들을 깜짝 놀라게 만든다. 가롯 유다 예찬의 근거로 든 '현실적'이고 '소신파'이며 '경제에 밝고' 한 걸음 더 나아가 '민주주의자'라는 표현에 이르러서는 당황스럽기까지 하다.

예수가 사람의 죄를 대신 속죄(代贖)함으로써 인류를 구원한다는 뜻의 구속(救贖)은 기독교 신앙의 핵심 중 하나다. 가롯 유다의 배신은 '자기희생'이었고, 그 결과로 예수의 구속을 가져왔으므로 그 공로를 인정해야 한다는 취지로 해석될 여지가 충분한 '마지막' 다섯 번째 근거는 예찬의 절정이다.

가롯 유다는 무릇 기독교 신자라면 모두가 싫어한다. 하나님을 배반하고 그 말씀을 거역했으니 결코 용서할 수 없는 인물이다. 그런 가롯 유다를 문외한이 칭찬해도 기독교 신자들은 용납하지 않을 것이다.

더구나 김 변호사는 부산중앙교회 집사(執事) 직분을 갖고 있었다. 그는 이미 대구서현교회에서 안수집사로 피택받았으나 부산으로 오게 돼 1975년 이 교회에서 서리집사가 되었다.

김 집사의 칼럼이 발표되었을 때 일부 개신교 신자들은 "신학 공부를 제대로 하지도 않은 일개 집사가 이런 글을 쓸 수 있느냐"는 식으로 '무지의 소치'로 치부하는 시각도 있었다. 그러나 김 집사가 돈독한 신앙인으로 해박한 성경 지식을 갖고 있다는 것은 그 교회, 나아가 부산의 교인들 사이에서는 웬만한 사람은 다 아는 사실이었다.

또 김 집사는 경남중학교 다닐 때부터 교회를 다닌 충성스런 교인이기도 했다. 그렇게 '알 만한' 김 집사가 이런 파격적인 내용의 칼럼을 공개적으로 발표했으니 조용할 리가 없었다.

당장 김 집사가 다니는 부산중앙교회부터 발칵 뒤집혔다. 김 집사가 거의 평생 교적을 두었던 이 교회는 한국 개신교단 중에서도 가장 보수적으로 평가받는 대한예수교장로회 합동측 소속이었다. 이런 파격적인 주장을 이해하고 넘어갈 분위기의 교회가 아니었다.

김 집사가 이 칼럼에서 정작 하고자 했던 말은 마지막 문장이다. 가룟 유다에게 온갖 죄를 뒤집어씌우고 그 뒤에서 가룟 유다보다 더한 죄를 짓는 사람들을 향한 통렬한 화살이다. 잘못된 길을 걷고 있는 사람들, 특히 교회와 교인들에게 회개를 촉구하고 정화와 개혁이 필요하다고 문제 제기를 하는 차원의 글이었다.

이 칼럼은 비록 나쁜 짓을 했더라도 가룟 유다는 역설적으로 생각해 보면 달리 볼 측면이 있다는 전제를 깔고 있다. 가룟 유다에 대한 재해석이나 '다시 보기' 같은 시도가 교계에서 전혀 없었던 것은 아니다. 전 세계적으로 이런 시도가 심심찮게 등장했던 것도 사실이다.

김 집사가 이 시기에 이런 글을 발표하게 된 데에는 다른 배경이 있었다. 당시 부산중앙교회는 내분 사태가 한창 진행 중이었다. 내분은 당회장이자 초대(初代) 목사였던 노진현 목사의 은퇴 시기 문제에서 비롯되었다. 정년 은퇴를 주장하는 측과 이를 반대하는 의견으로 나뉜 것이다.

개신교에서는 목회자 만 70세 정년이 관행처럼 돼 있다. 노 목사의 나이가 이에 가까워지는 5년여 전부터 은퇴를 둘러싼 교회 내 진통은 시작됐다. 이는 나중에 노 목사의 원로목사 추대를 놓고서도 대립한다. 교회 당회는 결국 1975년 3월 만 71세였던 노 목사의 사표를 수리하고, 원로목사로 추대한다. 이어 다음 달인 1975년 4월 부산노회에서 공로목사로 추대되었다.

그런데 원로목사 추대 과정이 교회의 관행이었던 만장일치 형식으로 이루어지지 않았다. 교회 신자들이 안타까운 심경을 나타냈지만 당시 교회 사정으로서는 어쩔 수 없는 측면이 있었다. 노 목사의 은퇴 문제는 어쨌든 이런 식으로 일단락되었다. 그러나 이 과정에서 한번 갈린 양편의 갈등은 해소되지 않았다. 감정이 상할 대로 상한 양편의 대립은 오히려 격화되는 양상이었다.

이번에는 후임 목사를 청빙(請聘)하는 문제를 놓고 다시 맞섰다. 예상치 못한 일이 발생하자 부산노회는 급히 중앙교회 임시 당회장 후임으로 이미 은퇴한 노진현 원로목사를 선임한다. 노 목사가 임시 당회장을 맡자 교회 불화는 더 심각해졌다. 후임 담임목사를 청빙하기 위해 3명을 후보로 내세웠으나 번번이 무산되었다.

후임 담임목사를 청빙하지 못하는 이런 교회 파행은 6개월여 만에 마침내 끝이 난다. 1975년 12월 열린 공동의회에서 서울 성일교회 강귀봉 목사를 제2대 담임목사로 청빙하기로 결정되면서다. 총 투표자 150명 중 만장일치 형식이어서 교회는 모처럼 화해 분위기가 조성되는 듯했다. 하지만 중앙교회 당회의 분열상은 여전했다.

부산중앙교회의 이런 분열과 대립을 보다 못한 김광일 집사가 화해를 도모하는 차원에서 '가룟 유다 예찬론'이라는 역설(逆說)을 펴게 된

1975년 5월 부산중앙교회 노진현 목사 은퇴 및 원로목사 추대 기념예배.

것이다. 그런데 이 칼럼의 파문은 김 집사의 의도와 반대 방향으로 흘러갔다. 교회 당회 내 한편이었던 장로 3명이 부산노회에 고소를 한 것이다. '칼빈주의 전통신앙 교회에 도전하는 이단설'이란 이유를 들어서였다. 개신교에서 칼빈주의는 '예정설'에 바탕한 예수의 신성(神聖)을 유일한 구원의 전제로 삼고 있는 것이 교리의 특징이다.

김광일 집사는 교회 밖에서도 그랬듯 교회 안에서도 변화와 개혁에 관심이 많았고 이를 추구했다. 이를 통해 부산중앙교회의 진정한 부흥을 늘 희망했고 그것이 집사라는 직분자로서 마땅히 해야 할 역할로 생각했다. 부산중앙교회 내에서 노 목사의 정년 은퇴를 부흥을 위한 개혁과 직결된 사안으로 판단하고 김 집사도 이를 찬성하는 편에 섰다.

이 때문에 빚어진 교회의 불화와 대립을 두고 '가룟 유다보다 못한 짓'으로 비유해 자성(自省)하는 '수준 높은 칼럼'이었다. 이런 속사정이 있었기에 노 목사와 그 뜻을 따르는 장로와 교인들은 '가룟 유다 예찬론'을 자신들에 대한 도전과 공격으로 받아들였다.

이 문제를 처리하기 위해 부산중앙교회 당회가 긴급하게 열렸다. 인용문의 앞부문만 떼어서 "배신자를 칭찬했다"는 이유를 들어 징계하자는 일부 장로들의 주장도 나왔다.

그리고 이를 요청하는 고소장을 관할인 대한예수교장로회 부산노회에 제출한다. 노회는 장로교의 특징을 보여 주는 조직 중 하나로 입법과 사법 기능을 담당하는 중추적 기구다. 한정된 지역을 담당하는 단위기구로 그 지역의 각 교회에서 파견된 목사와 장로들로 구성된다.

부산노회도 격앙된 분위기이긴 마찬가지였다. 이 칼럼 문제는 대한예수교장로회 부산노회 차원을 넘어 총회로까지 비화된다. 총회에서도 이를 외면할 수 없었던 게 보수교단인 고신측 등 다른 교단 목사들까지 들고 일어났기 때문이다.

우선 부산중앙교회 당회에서 김 집사 징계를 두고 논란이 일어났다. 부산대 교수였던 이현기 장로 등 그를 지지하는 장로들도 있어 의견이 쉽게 모아지지 않았다. 당회의 결론은 김 집사의 소명을 듣고 처리하자는 것이었다. 김 집사는 당회에 출석해 자신의 진의를 설명했다.

한편 총회에서는 필자를 밝히지 않은 채 국문학자 등 관련 대학교수 7명에게 칼럼 내용 검토를 의뢰했다. 이 칼럼의 문맥과 논리가 가룟 유다를 비판하는 것인지 칭찬하는 것인지 제3자의 입장에서 분석해 달라는 요청이었다. 이를 의뢰받은 7명의 교수 전원이 가룟 유다를 칭찬하려는 의도가 아니라 가룟 유다처럼 행세하는 일부 기독교인들의 잘못을 지적하는 글이라는 결론을 내렸다.

김광일 집사는 이와는 별도로 해명서를 작성해 「크리스챤신문」에 전면광고로 게재한다. "본인은 가롯 유다를 예찬하고 싶어 글을 쓴 것이 아니라, 예수님의 제자였던 가롯 유다처럼 군부에 밀착하여 아부하고, 협력하는 한국교회 지도자들을 역설적이면서 비유적으로 비판하는 글을 쓰게 됐다"는 요지였다. 그때나 지금이나 권력자나 부자에게 빌붙어 예수를 팔아 자기 이득을 취하는 기회주의적 무리들은 늘 있기 마련이어서 그 해명은 설득력이 있었다.

당시 「크리스챤신문」은 「기독교신문」과 함께 개신교계를 대표하는 양대 신문 중 하나로 범교단 뉴스를 다뤄 영향력이 컸다. 많은 개신교 신자들이 두루 이 해명서를 읽었다는 뜻이다. 이 해명서가 나온 후 총회와 노회, 중앙교회 등 관계자들은 이를 둘러싼 개신교계의 여론 동향을 면밀히 주시했다. 그리고 다행히 김 집사의 해명을 사과의 뜻으로 받아들였다.

이로써 김 집사는 치리(治理)의 위기를 모면한다. 대신 스스로 근신을 하기로 함으로써 사건은 어렵게 마무리된다. 그러나 부산중앙교회는 이 문제를 두고 나뉘었던 양편 모두 상처가 작지 않았고, 그 여진은 계속 이어진다.

여기에 엎친 데 덮친 격으로 일부 장로와 권사의 복직 문제까지 불거져 결국 부산중앙교회가 둘로 갈라지는 분립(分立)으로 치닫는다. 1977년 6월 12일 분립이 공식화되었다.

노 목사 측은 부산중앙교회에서 인접한 대청동의 한 건물에 가칭 새 중앙교회란 이름을 내걸었다. 첫 예배 때 노 목사는 축도를 했다. 이로 인해 노 목사는 나중에 교회 분립에 깊이 관여했다는 책임을 면할 수 없게 되었다.

부산중앙교회의 분열을 막고자 했던 교인들은 이를 교회법을 무시한 '불법 이탈'로 규정하고 부산노회를 상대로 총회에 즉각 소원을 제기했다. 그러나 일단 터져버린 둑은 막을 길이 없었다. 새중앙교회는 나중에 뿌리에 해당하는 부산중앙교회와 소속 교단도 바꾸고 각자 다른 길을 가게 된다.

김 집사는 물론 중앙교회를 지키는 편에 섰다. 그를 비롯한 교인들은 교회 분열이란 큰 태풍이 지나간 뒤 심기일전의 자세로 원상복원 작업에 함께 나선다. 그 일환으로 중앙교회는 1977년 11월 27일 공동의회를 열었다.

그 자리에서 김광일 집사는 장로로 피택된다. 이로써 김광일 장로는 부산중앙교회 장로로서 상처 입은 교회의 새로운 부흥이라는 더 무거운 책임을 지게 된다.

당시 부산중앙교회의 분립은 당사자들뿐 아니라 개신교계 안팎에서 '불행하고 안타까운 일'로 받아들여졌다. 그러나 먼 훗날 결과적으로는 '해피 엔딩'의 결실을 맺는다. 부산중앙교회는 현재 출석 교인이 1천 명 안팎을 헤아리는 중견 교회로 성장했다. 1995년 수영구 남천동으로 교회를 더 크게 신축해 이전했다.

새중앙교회는 2000년 1월 '호산나교회'로 이름을 바꾼다. 지금은 1만여 명의 교인이 모이는 부산에서 손꼽히는 대형 교회가 되었다. 한때의 불행이 행복으로 귀결되는 일종의 '가룟 유다의 역설' 같은 역사가 두 교회에서 일어난 것이다.

항쟁

부마민주항쟁 등 부산 운동권에서의 역할

1979년 10월 16일, 부산으로서는 역사적인 날이 밝았다.

10·26 박정희 대통령 시해사건을 부른 '부마(釜馬)민주항쟁'이 막을 올린 날이다.

그해 10월 16일 '유신철폐', '독재타도' 등을 구호로 삼은 대규모 반정부 시위가 부산에서 일어났다. 발원지는 부산대였고, 부산대생들이 캠퍼스 밖으로 진출하면서 거대한 항쟁으로 확산됐다. 대학생은 물론이고 회사원, 노동자 심지어 고교생까지 대거 합세한 전례 없는 시위였다.

시내 중심가 일대에서 시위대의 치열한 시위와 경찰과 공수부대의 무자비한 진압 공방이 10월 18일까지 사흘 밤낮을 가리지 않고 계속됐다. 급기야 박정희 정권은 10월 18일 자정을 기해 부산에 비상계엄령을 내리는 것으로 겨우 사태를 틀어막는다.

부산의 항쟁을 권력이 무력으로 억누르자 마치 풍선 효과처럼 똑같은 시위 양상이 10월 18일부터 마산과 창원으로 번진다. 마산에서는 경남대 학생들이 10월 18일 오전부터 시국토론회를 벌이던 중 휴교령에 반발하여 대학생들이 교내 시위를 시작한 것으로 불이 붙었다. 이날 오후 5시경 마산의 '3·15의거 기념탑'에서 다시 시위가 시작됐고, 부산과 마찬가지로 많은 시민들이 학생들의 시위 대열에 합류했다. 마산의 군중들은 '박정희 물러가라', '언론 자유 보장' 등의 구호를 외치며 10월 20일 정오 위수령이 발동될 때까지 새벽녘도 마다하지 않고 연속 시위를 벌였다.

이것이 우리 역사에 기록된 '부마민주항쟁'의 개요다. 그러나 당시 정부와 언론에서는 '부마사태'라고 불렀고 그 호칭은 한동안 계속 이어졌다. 부마민주항쟁은 10월 16일 오전 10시 부산대 도서관 앞에서 시작되었다.

부마민주항쟁이 시작된 10월 16일, 김 변호사는 부산대에서 대규모 시위가 일어난 사실을 몰랐다. 그도 그럴 것이 부산대 시위는 학생들이 극비리에 자체적으로 계획한 일이었다. 따라서 김 변호사를 비롯한 부산의 재야 인사들 모두 사전에 이와 관련한 아무런 정보도 없는 상태였다. 김 변호사는 서구 부민동에 있는 변호사 사무실에서 가까운 법원에 들른 것 말고는 평소처럼 일을 하면서 낮시간을 보내고 있었다.

부산대에서 시위를 벌인 학생들이 광복동 일대 시내에서 다시 집결한 것은 이날 오후 4시경이었다. 광복동 일대는 부마민주항쟁 시위 중심지로서 역할을 톡톡히 했다.

학생들은 원래 집결지로 정했던 서면, 부산역을 버스가 무정차로 통과해 어쩔 수 없이 이 일대에서 모일 수밖에 없었다. 그런데 이곳이 '가투(街鬪, 거리투쟁)'를 하기에 여러 가지 유리한 점도 있었다.

광복동 일대는 시위대에겐 모였다가 흩어지기 쉬운 곳이었지만 진압하는 입장에서는 포위작전이 거의 불가능한 고약한 곳이었다. 시위대가 근처 건물에 숨어들면 찾아내기도 힘들었다. 그래서 부산에서는

김광일 변호사가 고초를 겪었던 1979년 10월 부마민주항쟁은 한국 현대사의 큰 분수령이었다.

광복동 일대를 두고 시위대에게는 천국, 경찰에게는 지옥이라는 말이 있을 정도였다.

김 변호사는 시위대가 법원과 변호사 사무실이 있는 부민동 일대까지 진출했다 돌아가곤 하는 것을 몇 번 목격했다. 중부경찰서 상황실에서 파악한 여러 시위대 중 한 무리였을 것이다. 그때서야 김 변호사는 부산에 뭔가 일이 터졌다는 것을 직감했다. 부산에서 변호사 사무실을 시작한 뒤로 실내나 대학 캠퍼스가 아닌 거리에서 벌어진 시위를 목격한 것은 거의 처음이었다. 오후 5시를 전후해 시위가 좀 잠잠해지는 분위기였다. 김 변호사는 시내에서 무슨 일이 벌어졌는지 궁금해서 견딜 수가 없었다.

자리에서 일어나 곧장 대청동 양서조합으로 향했다. 양서조합은 사무실에서 가까운 거리에 있을 뿐 아니라 민주화운동과 관련한 전국의 모든 소식이 모이고 배포되는 '정보 복덕방' 역할도 하고 있었다. 전체적인 상황 파악을 위해서는 그보다 더 나은 곳도 없었다.

1970년대 말 부산에는 '부산양서판매이용협동조합(약칭 양서조합)'이라는 이름의 독특한 민주화운동 조직이 있었다. 1978년 4월 탄생했고 1979년 11월 19일 강제 해산됐다. 내건 간판은 평범해 보이지만 부산 민주화운동사에서 조직 형태나 의미, 역할은 아주 특별했다.

양서조합은 부산 민주화운동의 취약했던 기반을 튼튼히 다지고, 일회성 이벤트가 아니라 민주화운동의 재생산 구조를 체계적으로 확립했다는 점에서 많은 공헌을 했다는 것이 일반적인 평가다. 1979년 10·16 부마항쟁을 이끄는 부산 민주화운동권의 핵심 조직이자 구심점이 바로 이 양서조합이었다.

마침 조합에는 김형기가 자리에 있었고, 조합원 몇 사람과 그날 시위에 관한 얘기를 나누는 중이었다. 부산대 시위에서부터 시내 진출, 시민들의 합세 같은 중요한 몇 가지 사실만 종합해 봐도 예전의 일회성 시위와는 전혀 다른 양상이었다. 민주화운동의 불모지 같았던 부산에서 그 씨를 뿌리고 가꾸기 위해 나름대로 애를 썼던 김 변호사 입장에서는 가슴이 쿵쾅거리는 일이었다.

그때 윤연희(부산대)가 조합 사무실로 들어왔다. 윤연희는 1981년에 발생한 '부림사건'에 연루되어 그해 10월 15일 2차로 구속된 8명 중 한 명이지만 그것은 뒤의 일이다. 김 변호사도 안면이 있는 학생이었다. 거리 시위를 하던 중이었는지 지친 기색이 역력했다.

윤연희가 잠시 숨을 돌린 뒤에 궁금했던 거리 시위 현장 상황을 물어보았다. 윤연희는 자신이 보고 들은 상황과 시민들의 반응을 전해 주었다. 특히 광복동 일대에서 가장 큰 국제시장 상인들이 학생들에게 먹을 것과 마실 것을 주고, 경찰에 쫓긴 학생들을 가게 안에 숨겨주고 있다는 얘기도 했다.

그가 전하는 시위 현장담은 예상보다 훨씬 심각한 상황이었다. 양서조합이 있는 대청동 큰길가에도 시위대로 보이는 학생들이 꽤 많이 눈에 띄었다. 김 변호사가 혼잣말처럼 물었다.

"쟤들 아침부터 나와서 저녁까지 아무것도 못 먹은 거 아냐?"

"아마 그랬을 겁니다."

윤연희의 대답이었다.

김 변호사는 주머니를 뒤졌다. 지갑에 5만 원이 있었다. 당시로서는 꽤 큰 돈이었다. 이 돈을 김형기에 건네주었다.

"빵이라도 사서 너네들도 먹고 학생들에게도 좀 나눠 주지 그래."

『최성묵 평전』에는 그날 그 순간의 광경이 이렇게 묘사되어 있다.

"김형기는 빵 5만 원어치를 샀다. 굉장히 많은 양이었다. 이 빵을 들고 학생들에게 나눠 주려고 김형기와 윤연희는 택시를 타고 시위 현장으로 갔다. 도중에 택시를 합승한 중년 남자가 국회에서 김영삼(신민당) 총재를 제명한 박정희 대통령을 비난하면서 학생들이 장하다고 칭찬하는 말도 들었다."

이 '중년 남자'의 말처럼 1979년 10월 4일 당시 신민당 김영삼 총재의 국회의원 제명은 부마민주항쟁을 촉발시킨 중요한 배경 중 하나였다. 꼭 그 사건 때문만은 아니었지만 부산 출신인 김 총재의 제명이 부산 시민의 정서를 직접 자극한 것만은 틀림없는 사실이었다.

10월 16일 저녁이 가까워지면서 모여든 학생과 시민들의 숫자는 점점 늘어났다. 금세 거리가 사람들로 꽉 차 보였다. 잠깐 쉬면서 저녁을 먹고 기운을 차렸는지 시위는 무서운 기세로 점점 격렬해지는 모습이었다. 광복동과 남포동 등 중심지 상가는 음식점과 술집을 빼고는 모두 문을 닫아 평소보다 어두운 편이었다. 김 변호사도 이 어둠을 뚫고 밤늦게까지 광복동 일대를 이리저리 돌아다녔다. 현장 상황을 알아보려는 목적도 있었지만 '신이 난' 기분도 함께 작용했다. 유리창이 박살난 파출소도 눈에 띄었다.

이런 상황은 다음 날인 10월 17일에도 낮과 밤을 가리지 않고 계속되었다. 이날부터 전날과 달라진 모습은 우선 시위 거점이 광복동, 남포동에서 국제시장과 서구, 동구 쪽으로 옮겨졌다는 점이다. 그리고 합세한 시민들이 믿기지 않을 정도로 점점 늘어났다.

부산 시내에서는 17일부터 "사람이 죽었다", "사망자가 수십 명이다"는 흉흉한 소문이 나돌기 시작했다. 시민들은 저마다 체험과 목격담을 근거로 삼아 밑도 끝도 없이 떠다니는 소문을 믿는 분위기였다. 그대로 두었다간 부산에서 무슨 일이 어떻게 벌어질지 아무도 예측할 수 없는 '무서운 상황'이었다.

그즈음 여러 재야단체와 시민단체에서 부산의 상황을 파악하기 위해 부산하게 움직였다. 김 변호사도 떠도는 얘기 중에 무엇이 사실이고 무엇이 유언비어인지 정확히 알 수 없었다. 사실 시위가 벌어지고 있는 당시 상황에서 진상 파악이란 거의 불가능했다.

김 변호사도 사망자가 있는지 여부가 몹시 궁금했다. 그래서 한국엠네스티 부산지부장인 송기인 신부와 함께 김영일 간사에게 진상조사를 부탁했다.

김 변호사는 10월 20일 오후 1시 보수동 유기선 내과의원으로 갔다. 이곳 2층 응접실은 1970~1980년대 부산 민주화운동 인사들의 비밀 아지트 격이었다. 하루 전날 김영일로부터 이 시간에 이곳으로 와 달라는 연락을 받았었다. 최성묵 목사는 10월 19일 한국기독교교회협의회(KNCC)로부터 사태 진상 파악을 위해 사람을 보낸다는 전갈을 받았는데, 내려온 사람은 당시 KNCC 인권위원회 손학규 간사(후에 민주당 대표)였다.

KNCC에 이번 사태의 진상을 어느 정도까지 알려주어야 할 것인지가 우선 현안이었다. 이게 아니더라도 사흘 동안 벌어진 '엄청난 사태'에 대해 대강이라도 진상 파악과 함께 입장을 정리할 필요가 있었다. 또 비상계엄령이 내려진 상황이지만 향후 사태 진행 과정에 부산의 민주화운동 세력, 특히 '어른'들이 어떻게 대응해야 할지 논의도 중요했다. 김 변호사도 그 취지에 적극 공감했다.

병원 2층 응접실에서 박상도 부산도시산업선교회 총무, 김형기 양서조합 이사, 김영일 한국엠네스티 부산지부 간사 등이 모여 있었다. 새벽 기차를 타고 부산에 내려온 손학규 간사는 최성묵 목사와 함께 나중에 들어왔다. 손 간사에게 모인 사람들이 저마다 보고 들은 얘기를 하고, 나도는 소문을 전했다. 손 간사는 KNCC 보고용으로 열심히 메모를 했다.

이 모임이 진행되고 있는 사이 병원 주변에는 형사들이 잠복한 상태로 건물을 주시하고 있었다. 병원을 나온 김 변호사는 그 길로 부민동 변호사 사무실로 돌아갔다. 최성묵과 김영일, 박상도는 태양다방에 들렀다. 이들을 뒤쫓던 형사들이 다방을 덮쳐 한꺼번에 체포했다. 그래서 끌려간 곳이 계엄사령부 합동수사본부였다.

이처럼 김 변호사는 부마민주항쟁을 주체가 아닌 객체로서 지켜본 입장이었다. 그러나 그 후폭풍은 주체 중에서도 핵심이 되어 온몸으로 겪어야 했다.

고난

부마민주항쟁 최고지령자로 체포되어 고문을 받다

김광일 변호사는 1979년 10월 20일 1차로 계엄사령부 합동수사본부로 연행됐다. 유기선 내과의원 2층 응접실에서 부마민주항쟁 진상 파악과 대책을 논의하기 위해 회동했던 최성묵 목사 등과 함께였다.

이날 조사는 10월 16일 양서조합에 들렀다가 내놓은 빵값 5만 원에 집중되었다. 먼저 빵값을 내놓게 된 경위부터 조사했다. 숨기고 말 것도 없어 사실 그대로 설명했다. 다음에는 그 돈을 '거액'으로 규정하고 출처를 캐물었다. 이를 증명하지 못하면 그 돈의 출처가 어떻게 조작될지 모르는 순간이었다.

당시 공안 사건을 일으킬 때 당국은 유력한 증거로 자금 출처를 북한이나 야당 유력 정치인 등으로 꾸며 터무니없는 죄를 만들어 내는 수법을 흔히 쓰고 있었다. 변호사로서 사건 수임료 중 일부임을 확인해 주는 것으로 김 변호사는 석방됐다.

당국에서는 부마민주항쟁의 '수괴'로 조작할 목적으로 김 변호사를 2차로 연행한다. 1차 연행에서 석방된 지 이틀 후인 10월 23일이었다. 체포자도 경찰이 아니라 현역 군인들이었다. 김 변호사가 체포당할 때 담당 형사였던 서부경찰서 정보과 윤수영이 안내를 맡았다.

출근하자마자 계엄사에서 나왔다는 중위 한 명이 사무실로 찾아왔다. "간단히 조사할 일이 있으니 잠깐 가 주셔야겠다"는 말을 꺼냈다. 김 변호사는 법조인답게 "체포영장 없이는 갈 수 없다"고 일단 버텼으나 통할 리가 없었다.

1차 체포 때와 달리 살벌한 분위기를 연출됐다. 지휘자인 중위는 허리에 찬 권총을 김 변호사 눈에 띄도록 제스처를 취했다. 헌병들이 들고 있는 총에는 대검까지 꽂혀 있었다. 김 변호사에게 겁을 주려는 의도였다.

윤수영은 김 변호사 2차 체포 순간을 이렇게 증언했다.

부산에 계엄령이 선포되고 얼마 지나지 않은 어느 날 아침 9시경, 보안사 중위가 지휘하는 전투복 차림의 군인 네 명이 지프를 타고 서부경찰서로 들이닥쳤다.

"김광일 담당이 누구야? 빨리 나와. 사무실로 안내해."

나는 창졸간에 그들에게 떠밀리다시피 김 변호사의 사무실로 향했다. 일이 터져도 보통 일이 아닌 게 분명한데 워낙 순식간에 벌어진 일이라 김 변호사 쪽에 무슨 언질을 줄 경황이 전혀 없었다. 내가 고스란히 밀고자로 내몰릴 것이라고 생각하니 갑자기 눈앞이 캄캄해졌다.

변호사 사무실에 무장 군인들이 들이닥쳤다. 중위가 다시 군인들을 향해 명령했다.

"착검! 연행해."

차마 김 변호사가 연행되는 모습을 지켜보지 못해 도망치다시피 화장실로 숨어 버렸다. 나의 눈에서는 어느새 눈물이 흐르고 있었다. 문틈으로 내다보이는 김 변호사는 양쪽에 총검을 겨눈 군인들에게 팔짱을 빼앗긴 채로 끌려 나왔지만 저항하는 모습은 아니었다. 그러나 그는 사지로 끌려가는 상황에서도 전혀 주눅 들지 않고 당당하게 걸어 나갔다. 나는 화장실 바닥에 주저앉아 펑펑 눈물을 쏟고 말았다.

윤수영은 김 변호사 연행 사실을 집에는 알려야겠다 싶어 전화를 했다. 부인 문수미 여사가 받았다.

"아침부터 무슨 일입니꺼?"

김 변호사가 군인들에게 연행된 자초지종을 간단하게 설명했다.

"아제요! 와 사전에 안 알려 줬노?"

전화기를 타고 들려오는 목소리엔 원망이 담겨 있었다. 윤수영은 그렇지 않아도 '언질'을 주지 못한 것을 안타깝게 여기고 있던 참인데 아픈 데를 찌른 것이다.

"사전에 알았으면 귀띔이라도 했을 낀데요, 군에서 하는 일이나놔서 알 도리가 있어야지요."

"그래, 어데로 갔노?"

"글쎄, 모르겠십니더."

윤수영이 제대로 답변을 못했다. 군에서 끌고 갔으니 대략 보안사 사무실일 것이라고 짐작은 했다. 김 변호사가 끌려간 곳은 부산시 수영구 망미동 계엄사령부 합동수사부였다. 도착하자마자 지하실로 끌고 내려갔다. 조사실 모습은 TV에서 보던 모습과 비슷했다.

취조실에 들어가자마자 옷부터 벗으라고 명령했다. 팬티를 입는 것조차 허락하지 않고 정말로 발가벗겼다. 그리고 작업복을 던져줬다. 말이 작업복이지 낡고 냄새나는 군복으로 옷이라고 부르기에도 민망한 걸레쪽 같았다. 모든 것이 피조사자의 기를 꺾고 자존심을 깔아뭉개려는 이곳의 오랜 관행이었다. 이런 절망적인 상황에서 "아내가 끼워 준 가느다란 은가락지 하나가 유일한 위안이었다"고 김 변호사는 나중에 술회한 적이 있다.

수사관이라는 자가 조용히 말문을 열었다.

"조용하던 항도 부산에 김광일이라는 자가 나타나면서 시끄러워졌다. 이번 일은 니가 다 지령해서 한 거지? '와꾸' 가 잡혀 있어서 빠져나가지 못한다. 어렵게 하지 말고 다 불어라."

'와꾸' 란 일본어로 우리말의 '틀' 에 해당한다. 앞서 언급한 사건의 전모를 나타내는 조직의 도표가 다 그려져 있다는 뜻이었다.

그들이 말하는 '와꾸' 의 요지는 부마민주항쟁을 '정부 전복을 기도해 일으킨 소요 사태' 로 규정하고, 김 변호사가 그 사태의 '최고지령자' 임을 인정하라는 것이었다. 김형기 등을 통해 평소 반정부 활동가로 양성한 청년·학생들을 동원해 부마민주항쟁을 일으켰다는 내용이었다.

부마민주항쟁에 북한을 억지로 끌어들이는 것도 당국의 고전적 수법이었다. 당국은 공안 관련 조직 사건을 발표할 때마다 그럴듯한 도표, 통칭 '족보' 를 만들어 제시한다. 김 변호사에게도 맨 위에 김일성을 집어넣은 도표를 제시하며 연계성을 추궁했다. 그리고 당국은 부마민주항쟁을 일으킨 핵심 조직으로 김 변호사가 관여하고 있는 한국엠네스티 부산지부와 양서조합을 지목했다.

김 변호사에게는 부마민주항쟁의 '최고지령자' 이자 '자금책' 으로 몰아갔다. 김 변호사는 "그런 사실이 없다"고 끝까지 부인했다. 실제로 그랬다. 그는 부산대 학생들 중심으로 데모가 일어났고, 그 불꽃이 시내로 튀겨 시민들이 합세하면서 타오른 것이라고 저간의 사정을 설명했다. "누가 누구에게 지시를 하고 자금을 줘서 시킬 일이 아니었다"는 항변이었다.

그러자 군인들은 김 변호사를 부산 중구 영주동에 있는 합수부의 또 다른 분실로 옮겼다. 이곳에는 망미동 보안사와는 달리 '진짜 고문실'이라는 새끼방이 딸려 있었다. 그래서 서울의 '빙고 호텔(보안사 서빙고 분실)' 만큼이나 부산에서는 악명 높은 곳이었다. 영화나 TV에서 보던 대로 방에는 빨간 전등이 켜져 있고, 철제 의자에 앉혔다. 집총을 한 군인이 24시간 지키고 있어 공포 분위기가 물씬했다. 화장실을 가는 것 외에는 꼼짝도 하지 못하게 했다.

무엇보다 괴로운 것은 잠을 재우지 않는 것이었다. 사나흘 동안 잠을 못 자면 몸이 말을 안 듣는 것은 물론 정신까지 몽롱해지기 마련이다. 그래서 '잠 안 재우기'가 고전적이지만 극심한 고문 방법으로 이용되고 있었던 것이다. 김 변호사도 23일 2차로 연행해 10·26이 일어날 때까지 잠을 재우지 않았다. 그리고는 자기들의 각본대로 무조건 시인할 것을 집요하게 강요했다.

이때 보안사가 김 변호사에게 '최고지령자의 결정적 증거'인 양 들이댄 것이 부산 운동권에 대한 자금 지원이었다. 1979년 1년 동안 김 변호사가 부산 운동권에 지원한 자금액이 500만 원을 넘는다는 것이었다. 부마민주항쟁 때 함께 끌려갔던 운동권 인사들을 조사하여 보안사 나름대로 종합한 결과였다.

당시 보안사는 같이 체포된 부산 민주화운동의 또 한 명의 지도자였던 최성묵 목사(당시 중부교회 담임목사), 핵심적인 활동가였던 김형기(현 경주제일교회 담임목사)에 대한 자금 지원 사실을 끈질기게 물고 늘어졌다. 김 변호사가 수시로 두 사람에게 자금 지원을 한 것은 사실이어서 말문이 막혔다.

이 돈을 조사 과정에서 부마민주항쟁을 위한 공작금으로 둔갑시키고 이를 시인하라며 닦달을 했던 것이다. 같은 시기에 연행한 다른 피의자들로부터 자금 지원 진술을 받아냈다면서 김 변호사에게도 사실대로 시인하라고 강요했다. 모든 것을 비밀리에 한다고 했지만 나름대로 노회한 그들의 조사 기법에 의해 들통이 난 것이다.

사람이 오랫동안 잠을 못 자면 심신이 허약해져 '될 대로 되라'는 식의 자포자기 상태로 빠져들기 십상이다. 처음에는 마음을 다부지게 먹고 버티다가도 어느 순간에 이르면 굴복할 수밖에 없는 것이 인간이다. 진술 강요에 견디다 못해 김 변호사도 결국은 그런 곤경에 처하게 됐다.

"어차피 당신들 각본대로 하겠지만 그래도 내가 시위를 지령했다고 덮어씌우려면 재판은 해야 할 것 아니오? 남의 사건도 고문당한 일이 있으면 목숨 걸고 변론하는 내가 이렇게 당하고 가만히 있을 것 같소? 그래, 당신들이 원하는 대로 불러 보시오. 내가 그대로 쓸 테니까."

김 변호사는 이 순간에도 침착함을 유지하려 애썼다. 자필 진술서를 작성하면서 본인 얘기를 쓸 때는 정상적인 필체로 썼다. 그러나 그들이 불러주는 것은 그들만의 용어를 그대로 쓰고, 아주 엉뚱한 소리를 하면 그 내용은 일부러 글자의 끝을 삐쳐 올렸다. 김 변호사의 변론 경험에 비추어 나중에 법정에서 "강압에 의한 진술이라고 주장하려면 그것을 증명할 수 있는 근거가 있어야 할 것 같다"는 생각에서 수사관이 눈치 채지 못하게 표시를 해 둔 것이다.

뿐만 아니라 김 변호사는 조서를 받는 군인의 이름과 군번까지 외워서 머릿속에 넣어 두었다. 김 변호사는 법조인답게 법정 투쟁을 나름대로 치밀하게 준비했던 것이다.

그런데 이 모든 것이 쓸모가 없게 되었다. 10·26사건으로 당시 중앙정보부장이던 김재규에게 박정희 대통령이 시해를 당한 것이다. 김 변호사는 그 다음 날인 10월 27일 아침까지도 잠을 제대로 자지 못한 채 철제 의자에 앉아 있었다. 그런데 누군가 등 뒤에서 조사실 문을 열더니 "박정희가 죽었어"라는 한마디를 던져놓고는 문을 닫아 버렸다.

김 변호사는 도저히 믿기지 않는 말에 처음에는 "비몽사몽간에 잠꼬대 같은 소리를 들었나" 싶었다. 그래서 자신을 지키고 있던 보초병에게 "사실이냐?"고 물었더니 입을 다물고 가만히 있었다. 사실이라는 짐작이 그때서야 들었다.

10·26이 일어난 지 6일째 되던 10월 31일, 김 변호사는 군인들의 안내로 조사실을 나왔다. 그리고 군용 지프에 올랐다. 최성묵 목사, 박상도, 김형기와 함께였다. 호송차에 오른 군인들이 예의를 갖추어 깍듯하게 대했다. 조사실에서 그렇게 무섭게 보이던 군인들이 이렇게 나오자 오히려 낯설게 느껴질 정도였다.

"오늘 법무관실에서 선생님들을 모셔 오라고 했습니다. 아마 좋은 일이 있을 겁니다."

지프가 멈춘 곳은 부산진구 양정동에 있는 군 헌병대였다. 법무관실이 있는 건물 앞에 도착하자 무궁화 계급장을 단 장교가 정복 차림으로 기다리고 있었다. 나중에 알고 보니 그가 법무관이었다. 김 변호사 일행이 지프에서 내리자 법무관이 거수경례를 했다. 그리고 김 변호사를 향해 입을 열었다.

부마민주항쟁의 '최고지령자'로 체포되었다가 10 · 26사건으로 풀려난 직후의 김 변호사.

"선배님, 고생하셨지요? 저는 서울대 법대 후배입니다. 제가 모실 테니 안으로 들어가시지요."

김 변호사는 뜻밖의 후배를 만났다는 반가움에 앞서 '이제 살았다'는 생각이 먼저 들었다. 법무관은 김 변호사 일행을 사무실로 안내하고 소파에 앉혔다. 차도 권했다. 그리고 석방에 앞서 이런 절차를 거쳐야 한다는 점을 꽤 길게 설명했다. 요지는 이런 것이었다.

"그동안 여러분이 맞서 싸우셨던 대통령 각하가 돌아가셨습니다. 이제 여러분이 원하던 민주주의가 오지 않겠습니까? 유신체제라는 것이 남북 대결 상태에서 부득이하게 취했던 체제인데 이제 절대 권력자가 쓰러지셨으니까 나라가 매우 혼란스러울 것입니다. 여러분이 그토록 염원하던 민주주의가 이루어지려면 혼란을 최소한으로 줄여야 할 것입니다. 이제 여러분이 나서서 민심을 수습해 주셔야 혼란을 막고 나라를 지킬 수 있지 않겠습니까? 그 약속만 해 주신다면 오늘 훈방 조치를 하겠습니다. 우리 군은 정치적 중립을 엄정하게 지킬 것이고 그러면 민주주의는 절차에 따라 순조롭게 이루어질 것입니다."

김 변호사에게 다른 말은 별로 귀에 들어오지 않았다. '훈방' 이라는 단어만 유난히 크게 들렸다. 몇 마디 덕담 수준의 말을 주고받았다. 법무관은 훈방되는 김 변호사 일행을 밖에 나와 전송까지 해 주었다.

김 변호사는 10 · 26으로 이렇게 석방되지 않았다면 꼼짝없이 부마민주항쟁의 최고지령자라는 혐의를 뒤집어쓸 뻔했다. 김 변호사의 판단에 당시 무소불위의 권력을 휘두르던 군법회의에서 법정 최고형까지도 예상할 수 있는 위기의 순간이었다.

김 변호사는 훗날 "살아 있는 박정희 때문에 들어갔지만 죽은 박정희 덕분에 살아 나왔다"고 고백한다.

피신

10 · 26 이후 합수부 체포조를 따돌리다

1980년 5월 17일 밤 11시 40분경, 정부는 5월 18일 자정을 기해 비상계엄령을 전국으로 확대하는 조치를 취했다. 비상계엄령 대상 지역에서 당시 제외되어 있던 제주도를 포함한다는 비교적 단순한 내용이었다. 그러나 이 조치가 갖는 의미는 어마어마했다.

10 · 26 이후 내려졌던 비상계엄령에 대해 '서울의 봄' 기간 동안 국민들은 지속적으로 해제를 요구했었다. 그러던 차에 내려진 이 조치는 비상계엄령을 더욱 강화시키는 것으로 국민의 뜻을 짓밟는 행위였다. 정권을 탈취하려는 신군부의 짓이었다.

다음 날 5 · 18광주민주화운동이 발생했다. 당시 '광주사태'로 불렸던 이 운동은 5월 27일 끝날 때까지 국군에 의해 국민이 살상당하는 전대미문의 참상이 빚어졌다. 2001년 당시 정부의 공식 조사 결과로도 사망 218명, 행방불명 363명, 상이자 5,088명 등 피해자가 총 7,200여 명에 이르렀다.

5 · 18 하루 전인 5월 17일 신군부는 이른바 '김대중 내란음모사건'을 조작해 김대중과 그 지지자 24명을 구속, 기소한다. 그리고 5일 만에 "김대중이 대중을 선동해 민중봉기와 정부 전복을 획책했다"면서

5·18의 책임을 뒤집어씌운다.

이를 기화로 전국적으로 검거 열풍이 불어닥쳤다. 부산에서도 50여 명의 학생이 5월 17일 밤 보안사 망미동 분실로 강제 연행되었다. 특히 DJ와 연결된 작은 꼬투리라도 발견되면 조사 대상이 되었다.

김광일 변호사도 예외가 아니었다. 그는 1970년대 중반 DJ가 진주교 도소에 있을 때 8개월여 동안 지속적으로 면회를 한 적이 있었다. 이를 'DJ맨'의 근거로 들어 '김대중 내란음모사건'에 연루시킨다면 꼼짝없 이 당할 수밖에 없는 처지였다. 김 변호사에게도 결국 체포의 마수가 뻗쳐 온다.

1980년 7월 하순 어느 날 김 변호사는 부산지법 2호 법정 변호사석 에 앉아 있었다. 물론 변론을 위해 법정에 나온 것이었다. 변론 도중에 한 장의 쪽지를 건네받았다. 거기에는 "긴급한 일이 발생했으니 뒷문 으로 나오세요"라고 적혀 있었다. 서둘러 변론을 마치고 쪽지에 적힌 장소로 가니 낯익은 승용차 한 대가 대기하고 있었다. 임정명 교수가 타고 다니던 차였다.

김 변호사가 승용차에 오르자 곧바로 출발했다. 뜻밖에도 차 안에는 임 교수와 「교회연합신보」 신이건 기자가 타고 있었다. 김 변호사는 1976년 4월 「국제신문」에 실린 칼럼 '가롯 유다 예찬론' 필화사건 당시 에 인연을 맺었던 신 기자를 잘 알고 있었다. "김 변호사를 연행하려고 합수부 요원들이 사무실에 대기하고 있으니 그리로 가면 안 된다"는 것 이었다. 김 변호사도 1980년 10월 16일 부마민주항쟁 직후 연행되어 죽을 고생을 한 경험이 있어 '붙잡히면 안 된다'는 생각부터 들었다.

체포를 피하기 위해서는 일단 부산을 벗어나는 것이 상책이라고 생각한 김 변호사 일행은 급하게 마산으로 피했다. 임 교수가 마산까지 기꺼이 동행해 주었다. 임 교수는 김 변호사와 경남중고등학교 동기동창이자 같은 부산중앙교회 교인으로 둘도 없이 가까운 사이였다. 마산에서 부산의 사무실과 주요 재야인사들의 집에 전화를 해 은밀히 동향을 탐문했다. 임기윤 목사, 이흥록 변호사가 합수부의 출두명령서를 받고 '삼일공사'로 불리던 부산 망미동 보안사 분실로 불려갔다는 소식이었다.

김 변호사가 피신해 있던 그 시각 합수부 검거반은 변호사 사무실로 들이닥쳤다. "법원에 가셨다"는 사무원의 말에 사무실로 돌아올 때 연행할 계획으로 대기하고 있었다. 그런데 김 변호사가 끝내 나타나지 않았다. 검거반 팀장은 낭패스런 표정을 지으며 "정보가 샌 것 같다"며 사무실에서 철수했다. 위험한 고비는 일단 넘긴 것이다.

김 변호사가 이렇게 미리 피신할 수 있었던 데는 당사자들 외에는 몰랐던 사연이 있다. 이날 아침 「교회연합신보」 부산지사 사무실로 전화한 통이 걸려 왔다. "신 기자! 나 좀 만나세" 전화선을 타고 낯익은 목소리가 들려왔다. 안면이 있는 서부경찰서 정보과 김 변호사 담당 윤수영 형사였다. "급한 일인데 전화로는 말할 수 없다"면서 아래 Y-다방으로 나오라는 것이었다. 당시 「교회연합신보」 사무실은 부산YMCA 건물에 있었다.

윤 형사의 얼굴에는 다급한 표정이 역력했다. 신 기자를 만나자마자 "김 변호사 빨리 피해야 해. 검속령이 내렸어"라는 말부터 꺼냈다. 그리고 "이유는 묻지 말고 빨리 연락하라"고 재촉했다. 윤 형사가 김 변호사 연행 계획을 미리 귀띔해 준 것이다. 자기가 이 사실을 알려줬다는 걸

비밀을 해 달라고 신신당부했다. 윤 형사는 1979년 10·16 부마민주항 쟁 후 합수부가 김 변호사를 체포할 때 자신의 뜻과 상관없이 '앞잡이' 역할을 한 적이 있었다. 어쩔 수 없었다 하더라도 당시 김 변호사를 '보호' 하지 못한 데 대한 부담을 늘 안고 있었다.

그런데 1980년 5월 17일 이후 합수부는 특정 사건에 연루되었거나 구체적 혐의가 있어서가 아니라 평소 '위험 인물' 로 분류된 재야 인사를 겁을 주는 차원에서 닥치는 대로 연행하고 있었다. 연행자에 대한 먼지털이식 조사를 통해 꼬투리가 잡히면 사법처리를 하고 별게 없다 싶으면 석방하는 식이었다. 마구잡이 연행 대상에서 특정인이 빠지더라도 합수부의 목적 달성에는 별다른 차이가 없었다. 합수부가 김 변호사 체포에 목을 매고 있는 상황은 아니라고 판단한 윤 형사가 본분을 벗어나는 일이었지만 나름대로 '의리' 를 지킨 것이다.

신 기자는 윤 형사의 말을 듣고 차를 마시다 말고 일어섰다. 급히 택시를 잡아타고 곧장 김 변호사 사무실로 내달렸다. 김 변호사는 사무실에 없었다. "지금 법정에 변론하러 가셨다"는 여직원의 대답이었다. 신기자는 김 변호사의 친구 부산대 임정명 교수에게 급히 연락을 취했다. 김 변호사에게 닥친 긴급 상황을 전해 듣고 임 교수는 자신의 승용차를 몰고 신 기자와 함께 부산 법원으로 갔던 것이다.

김 변호사가 일단 소나기를 피하듯 마산으로 피신은 했지만 아무 연고도 없는 그곳에서 오래 머물 수는 없었다. 언제 체포될지 몰라 늘 불안하기도 했고, 먹고 자는 것을 비롯해 모든 게 불편할 수밖에 없었다. 그런 상황이 언제쯤 진정될지, 또 도피 생활을 얼마나 계속해야 할지 당시로서는 짐작조차 어려웠다. 그때 곁에 있던 임 교수가 좋은 제안을 했다. 부산의 임 교수 자택 가까운 곳에 어머니가 따로 살고 계시는데 그곳으로 옮기자는 것이었다.

졸지에 도피자 신세가 된 김 변호사가 마다할 이유가 없었다. 다행히 자주 뵈었던 임 교수 어머니도 흔쾌히 받아 주었다.

김 변호사는 이곳에서 한 달 가까이 숨어 지내야 했다. 이 사실을 아는 사람은 임 교수와 어머니 그리고 부인 문수미 여사 말고는 없었다. 부인만 김 변호사의 수발을 들기 위해 은밀히 드나들고 있었을 뿐이다. 다행히 당국에서도 눈치를 채지 못한 것 같아 불안하지만 비교적 '안전한 도피 생활'을 할 수 있었다.

그러는 한편 김 변호사는 계속 바깥의 동향과 당국의 움직임을 간접적으로나마 면밀히 살피고 있었다. 이 역할은 신이건 기자가 도맡아 주었다. 주변 상황을 종합해 내린 결론은 당국이 김 변호사를 특정해 강제 연행할 의지는 강한 편이 아니라는 것이었다. 다만 어떤 식으로든 조사는 해야 한다는 태도를 보였다.

신 기자는 김 변호사 사무실에 매일같이 나와 진을 치고 있던 합수부 검거반의 속마음을 한번 떠보았다.

"조사가 목적이라면 굳이 연행을 하지 않아도 되지 않느냐? 연행하지 않는다고 믿을 수 있도록 약속을 해 준다면 김 변호사와 어떻게든 연락을 할 방법을 찾아보겠다." 그러자 검거반은 "어떻게 하면 믿을 수 있겠느냐?"고 되물었다. 이때다 싶어 신 기자는 "조사 장소와 시간을 우리가 정하도록 해 달라"고 요구했다.

검거반은 의외로 이 요구를 선선히 받아들이는 듯했다. 그리고 상부에 보고한 뒤 허락을 받은 듯 그 약속을 받아들이겠다고 확인해 주었다. 신 기자는 내친 김에 이 약속을 어기면 언론에 공개하고 인권단체에도 알리겠다고 반협박을 했더니 검거반은 "약속을 지키겠다"고 했다. 신 기자는 "김 변호사와 연락을 해 보겠다. 하루 말미를 달라"는 말을 남기고 일종의 '시간 끌기'를 했다. 김 변호사가 조사를 앞두고 몇 가지 사전 준비가 필요하니 시간을 끌어 달라고 부탁했기 때문이다.

김 변호사는 그즈음 안타깝고 슬픈 소식을 전해 들었다. 부산 제일감리교회 임기윤 목사가 합수부에서 조사 사흘 만에 뇌졸중으로 쓰러졌고, 사나흘 뒤 병원 응급실에서 소천(召天)했다는 것이었다. 고문에 의한 의문사 의혹이 일었고 그것은 나중에 사실로 밝혀졌다. 임 목사는 김 변호사를 강제 연행하려던 같은 시점에, 같은 이유로 이흥록 변호사와 함께 출두명령서를 받고 합수부에 제 발로 걸어들어 갔었다.

김 변호사에 대한 합수부의 조사는 부민동 변호사 사무실 근처 여관방에서 이루어졌다. 합수부는 임 목사 사망 사건이 발생하자 당황한 기색으로 부산 교계와 민주화운동권의 반응을 예의 주시하고 있던 참이었다. 그래서인지 김 변호사에 대한 합수부 요원들의 조사 태도는 예상보다 강압적이지 않았다. 조사 시간도 서너 시간을 예상했으나 2시간 30분 만에 끝났다. 그리고 국가안전기획부(약칭 안기부, 중앙정보부 후신)의 조사를 한 차례 더 받고 '혐의 없음'으로 끝이 났다.

김 변호사는 자유의 몸이 된 후 신 기자에게 '생명의 은인'이라며 고마운 마음을 전했다. 그리고 신 기자에 대한 사례의 뜻도 겸해 그가 일하고 있는 「교회연합신보」를 돕고 싶다고 말했다. 당시 교계 신문들은 열악한 재정 형편으로 많은 어려움을 겪고 있던 때였다. 그런 「교회연합신보」 부산지사장을 김 변호사가 기꺼이 맡게 된 계기였다. 김 변호사가 '팔자에 없는' 언론인을 겸하게 된 것이다.

1976년 9월 「교회연합신보」 부산지사장 취임예배

취임예배 자리에서 김 변호사는 "나는 평소 미국의 「크리스천 사이언스 모니터」 같은 권위 있는 교계 신문을 만들고 싶은 소망이 있었다"는 인사말을 했다. 그 소망은 이루어지지 않았지만 언론에도 관심이 많았다는 것은 김 변호사의 또 다른 일면이다. 김 변호사는 5년여 남짓 그 직함을 유지했지만 취재, 편집이나 운영에는 관여하지 않고 주로 재정적 기여를 하는 데 주력했다.

부산 기독교 언론인 모임에도 참여해 '왼손도 모르게' 회원들을 격려하고 지원하기도 했다. 「교회연합신보」 부산지사장을 맡았던 것은 돈독한 신앙심의 발로이기도 했던 것이다.

부림

부림사건에 변호인으로 나서지 못한 이유

1970년대 대한민국을 암울하게 물들였던 유신체제는 1979년 10·26사건으로 인해 막을 내렸다. 1980년대로 넘어오면서 봄이 오는 듯싶었지만 봄이 아니었다. 춘래불사춘(春來不似春)이라는 말 그대로였다.

제12대 전두환 대통령이 취임한 것은 1981년 3월 3일이었다. 철권 통치라는 측면에서 5공 시절은 사실상 유신체제의 연장과 같았다. 민주화운동을 해 온 김광일 변호사의 역할도 달라지지 않았다. 아니 민주화운동과 관련해 할 일도 훨씬 늘어났고, 투쟁의 강도도 더 높여야 할 만큼 시국은 점점 엄혹해졌다.

1981년에 들어서면서 전국 각 지역별로 공안 관련 조직 사건이 줄을 잇는다. 1981년 대전 한울회 사건, 8월 서울 전국민주학생연맹(학림) 사건, 충남 금산 아람회 사건, 9월 서울 전국민주노동연맹 사건, 10월 충남 공주 금강회 사건 등이 그것이다. 그야말로 '공안 통치의 전성기'였다.

이런 일련의 공안 사건이 터지는 가운데 유독 영남 지역에서는 그때까지 큰 조직 사건이 일어나지 않고 있었다. 부산 민주화운동권에서는 오히려 이를 태풍전야처럼 불안하게 여기고 있었다. 영남 지역에서 민주화운동이 가장 활발하던 곳은 부산이었다.

1970년대 중반부터 부산에서는 민주화운동 관련 신생 단체도 속속 탄생했다. 부산인권선교협의회, 한국엠네스티 부산지부, 양서조합 등이 그것이다. 그만큼 민주화운동의 저변이 넓어졌다는 뜻이다. 이런 부산 민주화운동 세력은 1979년 10·16부마민주항쟁, 10·26을 거치면서 어느 정도 드러나 있었다.

당국이 부산 민주화운동권의 탄압을 '기획'하면 언제든 수사가 가능한 상황이었다. 당국의 입장에서 부산의 민주화운동권을 '일망타진'할 좋은 기회가 이전에 두 번 있었다. 1979년 10·16부마민주항쟁 직후와 1980년 5·17비상계엄령 전국 확대조치 이후였다. 그러나 부마민주항쟁과 관련해서는 김광일 변호사 등을 지도부로 한 조직 도표를 만드는 중에 10·26으로 무산됐었다. 1980년 5·17 이후에는 일부 재야 인사와 청년·학생들 50여 명을 체포했지만 이들을 한데 묶는 조직 사건으로 연결시키지는 못했다.

그런 분위기에서 결국 그해 9월 부산에서 불거진 조직 사건이 부림(釜林)사건이다. 부림사건은 1981년 9월부터 이듬해 4월까지 세 차례에 걸쳐 부산에서 학생, 교사, 회사원 등 22명을 "사회주의 혁명을 기도했다"는 혐의를 씌워 국가보안법 위반 등의 혐의로 구속한 사건이다. 이들 중 19명이 기소돼 모두 유죄를 선고받았다. 1~7년 징역이라는 중형이 내려졌다. 그리고 1983년 12월 전원 형 집행정지로 석방되었다.

22명 중에는 당시 부산의 학생, 청년, 노동, 종교 분야 운동권 세력이 두루 망라되어 있었다. 민주화운동권 입장에서는 '싹쓸이'를 당한 셈이었다. 이들은 구속 전에 모두 영장 없이 체포되어 짧게는 20일에서 길게는 60일이 넘게 불법 감금당했다. 그리고 구타와 함께 '물고문',

'전기고문', '통닭구이' 등 고문을 견뎌내야 했다.

부림사건은 그때까지 부산에서 있었던 공안 사건 중에서 최대 규모였고, 일으킨 파문과 남긴 후유증 또한 전례가 없을 만큼 컸다. 사건이란 이름이 붙었을 뿐이지 구체적으로 일으킨 사건은 단 한 가지도 없었다. 같은 이름의 조직도 실체도 물론 없었다. 부산의 민주화운동권 씨를 말리려는 당국의 용공 조작만 있었을 뿐이다.

조직의 실체가 없으니 조직명이 있을 리 만무했다. 부림이란 이름도 서울에서 일어난 '무림(霧林, 1980년 12월)', '학림(學林, 1981년 6월)' 사건과 비슷하게 흉내를 내서 적당히 만들어 붙인 이름이라는 게 정설이다. '부산에서 일어난 학림사건' 정도의 뜻으로 해석됐다.

당시 난데없는 부림사건이 터져 나오면서 권력의 폭압에 맞서 싸우느라 당시 몸과 마음이 가장 바빴던 사람이 김광일 변호사였다.

부림사건이 터지자 부산에서는 으레 그랬던 것처럼 김광일 변호사가 변호인으로 나설 것으로 알고 있었다. 김 변호사 자신도 그렇게 생각했다. 당국에서도 그렇게 예상했다. 그런데 검찰로서는 큰 걱정 중 하나가 공소 유지 문제였다. 애초에 성립하지 않는 사건을 억지로 엮어 놓은 것이기 때문이었다. 누군가 공소 내용의 약점을 파고든다면 부산 민주화운동권의 '일망타진'이라는 목표 달성에 자칫 차질이 생길 수 있었다. 그런 점에서 부산에서 가장 신경 쓰이는 변호사가 김광일이었다.

형사사건 변론의 꽃은 무죄판결을 이끌어내는 것이다. 법조계에서 이것은 높은 형량을 줄이거나 집행유예로 석방하는 것과는 전혀 다른 차원에서 평가한다. 그도 그럴 것이 형사사건에서 무죄는 철저한 증거 수집과 치밀한 사건 분석 그리고 핵심을 짚어내는 명쾌한 변론이 어우러져야 가능하기 때문이다. 김 변호사는 그런 측면에서 탁월했다. 부산에서 그때까지 형사사건의 무죄를 가장 많이 받아 낸 변호사로 꼽히고 있었다.

김 변호사가 형사사건을 맡으면 검사들이 공소 기록을 다시 한 번 검토하고 나온다는 말이 나돌 정도였다. 김 변호사에게 '무죄열전'을 책으로 쓰라는 제안도 있었다. '명 변호사' 얘기가 괜히 나온 게 아니었다. 그래서인지 김 변호사는 일반 수임 사건 중 형사사건 비중이 특히 높은 편이었다.

김 변호사의 일반 형사사건 변론 기법은 시국사건에서 통할 확률이 아주 높았다. 거기다 김 변호사는 부산에서 누구보다 시국사건 무료 변론에 단골처럼 자주 나서 경험도 아주 풍부했다. 또 변호사 중에서도 달변에 성격도 거침이 없었다. 그가 변론에 나선 숱한 시국사건 재판정이 환호와 박수 소리가 터져 나오고 때로는 또 다른 시위장으로 돌변하는 이유이기도 했다.

김 변호사에게 그즈음 당국으로부터 부림사건 변론에 나서지 말라는 압력이 들어왔다. 대놓고 협박했다는 말이 더 옳았다. 구체적으로 죄목을 들먹이기도 했다. 범인도피죄와 불법회합죄였다. 언젠가 시위를 주동했던 부산대생 한 명을 도피시키는 데 김 변호사가 뒷돈을 준 사실을 부림사건 피의자 중 한 명이 불었다면서 '범인도피죄'로 몰아붙였다. 또 그해 정초에 부림사건 관련자 몇 명이 세배를 와서 만난 일을 두고 '불법회합죄'에 해당한다는 것이었다.

그 중에서도 범인도피죄가 김 변호사의 마음에 걸렸다. 부림사건 피의자인 김재규, 송세경 등에게 2단계를 거쳐 비밀리에 돈을 준 사실이 있었기 때문이다. 부마민주항쟁 때 '최고지령자'로 지목되어 체포됐다가 민주화운동권 자금 지원 문제로 곤욕을 치른 뒤 '지원 중단'을 공개적으로 선언했지만 딱한 사정을 듣고 인정에 끌렸던 것이다. 1981년 6월경에 있었던 일이었다.

그런데 부림사건 조사 과정에서 이 사실을 누군가 발설하고 만다. 서울에서 내려왔다는 한 형사가 변호사 사무실에 찾아와 "만약 변론을 맡는다면 우리는 부득이하게 구속, 기소할 수밖에 없다"고 으름장을 놓았다. 변론에 나섰다면 김 변호사를 부림사건 공범으로 정말로 기소했을 가능성도 있었다는 얘기다. 이것이 김 변호사가 '부림사건'의 변호인으로 나서지 못하게 된 결정적인 이유다.

김 변호사는 직접 변호인으로 나서지 못하는 대신 다른 변호사를 주선하는 일에 발벗고 나선다. 친구인 이흥록 변호사에게 간곡히 부탁해 그를 중심으로 변호인단을 구성한다. 이 변호사 외에 장두경, 박재봉, 정차두 변호사가 가세해 1, 2차 구속자 변론을 나눠 맡는다.

그런데 이듬해인 1982년 4월 3차 구속자 3인에 대한 변호인을 구하지 못해 김 변호사는 애를 태웠다. 그러던 차 어느 날 부민동 법원 앞에서 노무현 변호사와 우연히 마주쳤다. 노 변호사가 먼저 얘기를 꺼냈다.

"선배님, 저도 끼와 주이소."

그렇잖아도 김 변호사는 부탁할 변호사가 더 없어 애를 태우던 참이었다. 당시 부산에 100명 안팎의 변호사가 있었지만 대부분 뒤로 빼는 실정이었다. 문재인 변호사도 당시 사법연수원생 신분으로 변호사 개업 전이었다. 그런데 노 변호사가 먼저 나서주니 김 변호사로서는 반가울 수밖에 없었다.

"그래? 참말이가?"

"예."

"지금 안 그래도 억울하게 당하고 있는 사람들이 있는데 누가 변론 좀 맡아 줬으면 하고 부탁할 사람을 찾고 있던 참이다. 그래 끼기라."

"선배님이 시키는 대로 하겠심니더."

"고맙데이."

'불감청고소원(不敢請固所願)'이란 고사성어는 바로 이런 경우를 가리키는 말이다. "감히 청하지는 못하지만 원래부터 몹시 바라던 바"라는 뜻 그대로였다.

노 변호사로서는 민주화운동 데뷔 무대이기도 했다. 그 뒤 노 변호사는 잇달아 터지는 각종 시국사건에서 김 변호사를 대신해 짐을 많이 덜어 주었다. 나중에는 법정 변론뿐 아니라 민주화운동 현장에서 자주 눈에 띄는 인물 중 한 사람이 되었다.

부림사건이 일어난 후 김 변호사의 역할은 무료 변론 주선으로 끝나지 않는다. 부림사건을 계기로 구속자 가족들은 부산 민주화가족실천협의회(민가협)를 결성한다. 그 산실도 김 변호사 사무실이었다. 그때 앞장섰던 구속자 가족들로 김재규의 모친 오수선, 송병곤의 모친 정영옥, 최준영의 부인 홍점자(젤마), 송세경의 부인 구성애, 김희욱의 부인 김분희 등이 있었다. 이 가족들은 구속자들이 당한 고문 실태를 파악해 엠네스티 조직을 통해 국내외에 알리고, 구속자 석방을 요구하는 서명운동, 모금운동 등을 열성적으로 펼쳤다. 김 변호사는 가족들의 이런 일에도 적극 지원에 나선다.

부림사건은 당시 부산 민주화운동권에 '궤멸적 타격'을 입힌 사건이었다.

구명

부산미문화원 방화사건에서 문부식, 김현장을 구명하다

구명(求命). 말 그대로 '사람의 목숨을 구하는 일'이다.

1982년 3월 발생한 부산미문화원 방화사건(약칭 부미방)으로 '주범'인 문부식(고신대 휴학 중)과 '배후 조종자'로 지목된 김현장(5·18광주민주화운동 수배자)은 사형을 선고받았다. 1982년 8월 열린 1심, 12월의 항소심에 이어 이듬해 1983년 3월 8일 대법원 상고심에서 그대로 확정되었다.

김광일 변호사는 이들의 변론을 '당연히 할 일'로 여겼다. 이들을 변론하는 일은 곧 구명 활동이었다. "부산에서 일어난 사건인데 부산에서 변론을 맡을 변호사가 없어서야 되겠나" 하는 생각이 들어서였다. 그런데 김 변호사 혼자서 감당하기엔 구속 피고인이 15명, 불구속 피고인이 1명으로 피고인이 너무 많았다. 김 변호사가 부산의 몇몇 변호사들을 접촉해 봤지만 동참자를 구하기가 쉽지 않았다.

부미방의 사건 개요 자체는 비교적 간단한 편이었다. 3월 18일 오전 12시~오후 2시 사이 최인순(부산대), 김지희(부산여대) 등 두 여대생이 미문화원 담장을 몰래 넘어 들어갔다. 오후 2시를 조금 넘은 시각에 문부식과 류승렬(부산대)이 택시로 휘발유통을 미문화원 근처로 운반했다. 김은숙(고신대), 이미옥(고신대)은 승용차에서 내려 각자 양손에 휘발유통을 하나씩, 총 4개를 들고 미문화원 정문 앞으로 다가갔다.

미문화원 안에 들어가 있던 최인순과 김지희가 미리 준비한 공구로 대사관 정문 잠금장치를 절단했다. 김은숙과 이미옥은 휘발유통을 들고 건물 안으로 들어갔다. 휘발유통을 1개씩 나눠 든 4명의 여대생은 복도 문을 깨고 실내로 들어가 복도 바닥에 휘발유를 쏟아붓고 밖으로 나왔다. 최인순과 김지희가 미리 준비한 가스라이터와 성냥으로 나무 젓가락에 알코올을 적신 솜뭉치를 매단 '방화봉'에 불을 붙여 건물 안으로 던졌다. 한참 뒤 '펑' 하는 폭발음과 함께 미문화원은 불길에 휩싸였다.

문부식은 미문화원 건너편 건물 2층 창가에서 이 장면을 카메라로 촬영, 영상장치에 녹화했다. 김은숙, 이미옥, 최인순, 김지희 등 4명은 '거사 성공'을 확인하고 유인물을 들고 대신동 방향으로 사라졌다. 그 시간에 맞춰 800미터 떨어진 부산 국도극장 3층으로 올라간 류승렬은 미리 대기하고 있던 대학생들과 함께 미국을 규탄하는 유인물을 뿌렸다.

이 불은 인근 주민들의 신고로 소방차가 출동해 2시간여 만에 진화됐다. 그러나 미문화원은 전소에 가깝게 불에 타버렸다. 더 불행한 일은 이 불로 인해 사망자가 생겼다는 것이었다. 미문화원 도서관에서 공부하고 있던 동아대 학생 1명이었다. 그리고 부상자도 5명이나 발생했다.

부미방 관련자들의 진술에 의해 나중에 밝혀진 사실이지만 이는 당초 의도가 아니었다. 5·18광주민주화운동의 유혈 진압을 용인하고 1981년 당시 전두환 대통령의 방미 과정에서 지지 의사를 밝힌 미국에 항의하는 상징적 의미의 방화였다. 그런데 예상치 못하게 불길이 건물 전체로 삽시간에 번져 버린 것이다.

1982년 3월 발생한 부산미문화원 방화사건 '주범'들에 대하여 김광일 변호사는
적극적으로 구명에 나섰다.

그 뒤 부미방은 민주화운동권에서 본격화되는 '반미(反美) 투쟁'의
서막이자 상징적인 사건이 되었다. 미국을 비롯한 국제사회에서도 '반
미 무풍지대'로 여겨지던 한국에서 발생한 이 사건을 매우 충격적으로
받아들였다. 전두환 정권으로서도 어렵게 끌어낸 미국의 지지를 바탕
으로 겨우 회복 단계에 있던 한미관계에 악영향을 미칠까 봐 노심초사
하는 태도가 역력했다. 당국은 이를 기화로 반정부 민주화운동 세력을
뿌리 뽑을 태세로 전례 없이 강경하게 대처했다.

이 사건으로 모두 15명이 구속, 1명이 불구속 기소되었다. 방화 후
천주교 원주교구 교육원에 은신했던 문부식과 김은숙은 1982년 4월
1일 자수하는 형식을 취했다. 4월 2일에는 배후 조종 혐의를 받았던 김
현장도 체포, 구속되고, 교육원장인 최기식 신부 또한 범인은닉혐의로

구속되었다. 이 외에 방화범 3명, 유인물 살포자 3명, 의식화 학습 동참자 3명 등 11명이 구속자 대열에 포함됐다.

김 변호사는 문부식과 김은숙 그리고 김현장 등 주로 주범들의 변론을 담당했다. 변호인으로서 당연히 재판 전에 이들을 접견했다. 김은숙은 부미방의 피고인으로 김 변호사를 처음 만났던 감상을 생전에 이렇게 술회한 적이 있었다.

"남산 안기부와 남영동(치안본부) 대공분실, 그리고 부산 대공분실로 끌려 다니며 고문과 폭행, 수치와 모욕, 두려움에 떨던 나머지 말을 더듬을 수밖에 없었다. 내 앞에서 변호사님은 끝내 눈시울을 붉히셨다. 변호사님을 만나고 있으면서도 속으로는 정말 이 분이 우리의 진실을 알리는 데 도움을 줄 수 있을까 하는 의구심을 버릴 수 없었다. 하지만 붉게 상기된 얼굴로 눈물을 글썽이던 변호사님을 보는 순간 나는 실낱같은 희망을 품게 되었다."

부미방의 변론은 쉽지도 않았고, 위험 부담도 컸다. 이 사건은 관련자들이 의도적으로 방화를 했고, 그 결과 사람이 죽거나 다쳤다는 점에서 국민의 여론이 등을 돌리고 있는 실정이었다. 이 사건의 변호인으로 참여하고 있다는 이유만으로 여러 군데서 가해 오는 사퇴 협박에 시달려야 했다. 심지어 재판정 앞에서 빨갱이를 옹호한다며 정체를 알 수 없는 사람들에게 돌팔매질을 당한 변호사도 있었다.

민주화운동권에서도 일방적으로 우호적이던 시국사건과는 분위기가 많이 달랐다. 부미방이 사건 전개 과정에서 보여 준 과격성, 폭력성, 모험주의를 비판하는 지적도 적지 않았다. 부미방이 결과적으로 민주화운동을 대중으로부터 분리시키고, 당국의 대대적 탄압을 초래할 수도 있다는 우려의 시각이었다.

당국은 이런 분위기에 편승해 '북한의 사주를 받은 학생', '반사회성을 지닌 성격 이상자'들의 '난동'으로 몰고 갔다. 당국의 이런 홍보 전략이 국민에게 어느 정도 먹혀들고 있는 실정이었다. 더구나 이들이 뿌린 유인물에 '전두환 정권의 북침준비 완료'라는 근거 없는 주장이 담겨 있어 보수세력이 연일 들고 일어났다. 그들은 공공연히 '법정 최고형'을 요구하기도 했다.

이를 알고 있는 김 변호사도 부담이 컸다. 하지만 김 변호사는 피고인들과의 접견을 통해 이들이 공산주의자도 아니고, 북한의 지령을 받은 것도 아니라는 것을 확신하고 변론을 했다. 또 인명 사고가 발생하는 등 화재가 커진 것은 피고인들의 의도가 아니라 휘발유에 대한 무지로 빚어진 부주의이자 과실이라고 주장했다. 김 변호사는 변론 과정에서 '피를 토하듯 열변'으로 이 점을 집중적으로 부각시키려고 애를 썼다.

김은숙은 김 변호사의 변론 모습을 이렇게 회고했다.

"매주 월요일마다 열리는 재판에서 특히 김광일 변호사님은 사건의 핵심을 날카롭게 파고들었으며, 어떻게든 우리를 살리려 애쓰는 그의 가열찬 음성에는 언제나 피가 배어 있는 듯했다. 때로는 침착하고 여유 있는 태도로, 때로는 산 정상에서 사자후를 토하듯이 변론을 하셨다."

그래야만 이들의 사형을 막을 수 있다는 생각에서였다. 부미방은 사건의 성격과 파장을 생각할 때 피고인들에 대한 사형 등의 무거운 형벌은 재판이 열리기 전부터 어느 정도 예고되어 있었기 때문에 사실상 구명 차원의 변론이었다. 한편 주한 미대사관 관계자 등을 만나 이들이 사형만은 면할 수 있도록 요청하는 노력도 마다하지 않았다.

그런 그를 사시(斜視)로 바라보는 주변의 눈총에도 아랑곳 않고 김 변호사가 구명운동에 적극적으로 나섰던 것은 사형폐지론자였기 때문이기도 하다. 김 변호사에게 그것은 확고한 소신이었다. 1978년 5월에 열린 한국엠네스티 연차총회에서 김 변호사가 했던 '사형제도의 위하력(威嚇力)'이란 제목의 특별 강연 내용에 그런 소신이 잘 피력되어 있다.

김 변호사는 1978년 10월에 또다시 사형제도에 대한 생각을 공개적으로 피력한다. 미국인 교도소 간수 출신 클린턴 더피가 쓴 『88명의 여자와 2명의 여자』라는 책을 「대구매일신문」에 소개하면서다. 이 책은 당시 미국의 사형폐지론자들에게는 교과서처럼 여겨졌다. 김 변호사는 "클린턴 더피는 교도소 재직 중 90명의 사형집행을 맡는 동안 인간은 결코 법에 의해 살해될 수 없으며, 사형이 흉악범의 계도에 아무런 효과가 없음을 깨닫고 스스로 사형폐지론자가 됐다"면서 "개인이 개인을 죽이는 것이 죄가 된다면 국가가 개인을 죽이는 것은 왜 죄가 되지 않는가?"라고 근본적 질문을 던진다.

그래서 한국엠네스티 부산지부장을 할 때도 엠네스티의 사형폐지 캠페인에 누구보다 열성적으로 참여하는 모습을 보여 주었었다.

그러나 문부식과 김현장은 대법원에서 1983년 3월 8일 결국 사형이 확정된다. 그 일주일 뒤인 1983년 3월 15일 당시 전두환 대통령에 의해 사형수 문부식과 김현장은 무기로 감형됐다는 소식을 알게 된다. 일주일째 단식 농성을 하고 있다는 김은숙을 면회하고 집으로 돌아가는 기차 안에서 신문을 보고서였다.

김 변호사는 이 기사를 보면서 눈물을 펑펑 쏟았다. 그는 "태어나서 그때까지 그토록 많은 눈물을 흘리며 운 적이 없었다"고 나중에 주변 사람들에게 말했다. 그들의 구명을 위해 헌신했던 그때의 수고가 결코 헛되지 않았던 것이다.

문부식과 김현장은 1988년 2월 당시 노태우 대통령 취임 특사로 다시 20년으로 감형되었다. 그리고 1988년 12월 21일 특별사면으로 석방되었다. 당시 무기징역을 선고받았던 김은숙, 이미옥을 비롯해 징역 3~15년을 선고받았던 나머지 관련자들도 중간에 감형 과정 등을 거친 뒤 같은 날 모두 풀려났다. 5년 8개월 동안 수감생활을 했던 부미방의 주역 중 한 사람인 김은숙은 2011년 5월 24일 위암으로 끝내 세상과 이별을 고했다.

지원

부산 민주화운동의 불씨를 되살리다

1980년 10월경 김 변호사는 부산의 한 탁구장에 투자 아닌 투자를 했다. 부산 대청동에서 2년쯤 운영했던 '새들탁구장'이 그것이다. 부산 보수동 책방골목에서 가톨릭센터 방향으로 올라가는 대로변의 한 건물 3층에 있었다. 탁구대를 9개나 놓았을 정도로 100평 가까이 되는 제법 큰 규모였다. 이 탁구장은 개업한 지 두세 달 만에 한 달 매출액이 100만 원 안팎에 이를 만큼 자리가 잡혔다. 말하자면 꽤 성공적인 투자였던 셈이다.

김 변호사가 본업 외의 무슨 사업을 한다는 것은 상상하기 힘들다. 그런 그가 탁구장에 투자한 것은 그럴만한 사정이 있었다. 이 사업에 김 변호사를 끌어들인 주인공은 김재규였다. 김 변호사보다 열 살쯤 아래의 후배였다. 1970~1980년대 민주화운동 시절 김 변호사가 부산에서 깊이 신뢰하는 민주화운동 '동지' 중 한 명이기도 하다.

김재규는 부산대 재학 중에 교련반대 시위로 제적된 적이 있는 학생운동권 출신 1세대다. 그는 1974년 대통령 긴급조치 위반, 1981년 세칭 '부림사건'으로 두 차례나 옥고를 치렀다. 그런 경력이 말해 주듯 부산에서 알아주는 열혈 민주화 투사였다. 또한 부산대 운동권 후배들과 지속적으로 인연을 이어가면서 이들을 지도하는 리더였다. 그는 나중에 부산민족민주운동연합 부의장, 부산민주항쟁기념관 관장 등을 역임한다.

그해 어느 날 김재규가 김 변호사에게 부산 시내에 탁구장을 만들겠다면서 의논을 해 왔다. 탁구장을 운영해 수익이 나면 최소한의 생활 방편도 될 뿐더러, 그 돈으로 운동권 후배들을 지원할 수 있다는 나름의 구상과 함께였다. 부산의 운동권 후배들과 머리를 맞대고 숙의를 거듭한 결과라는 설명도 덧붙였다.

당시 시국 상황은 전두환 중심의 '신군부'의 서슬에 전국의 민주화운동은 얼음장처럼 얼어붙어 있었다. 부산도 예외가 아니었다. 숨 죽이고 있는 부산 민주화운동의 불씨를 살리기 위해 김재규를 비롯한 청년·학생들이 물밑에서 분주하게 움직이고 있던 참이었다.

그때 건물주가 요구하는 탁구장 임대차보증금은 300만 원가량이었다. 80kg들이 쌀 한 가마 값이 대략 4만 원 안팎이었으므로 결코 적은 돈이 아니었다. 김 변호사는 이에 흔쾌히 동의했다. 그리고 전체 보증금 중 절반을 선뜻 내주었다. 새들탁구장이 마침내 문을 열게 된 것이다.

새들탁구장 운영 수익금은 부산 민주화운동사에서 종잣돈 역할을 톡톡히 했다.

그런데 김 변호사는 탁구장 임대차보증금을 건네면서 전에 없던 한 가지 요구를 했다. 차용증(借用證)을 써달라고 했던 것이다. 김 변호사가 아무 조건 없이 지원한 '민주화운동 비용'이었지만 동지에 가까운 김재규와 굳이 차용증을 주고받은 배경이 있었다. 그 이전인 그해(1980년) 1월, 김 변호사는 민주화운동권을 포함한 모든 사람들에게 어떤 자금 지원도 하지 않겠다고 공개적으로 선언했었다. 김 변호사 입장에서는 그럴 수밖에 없는 사정이 있었다.

김 변호사는 10 · 16부마민주항쟁 때 계엄사령부 합동수사부에 강제 연행되었었다. 합수부에서 '최고지령자'임을 인정할 것을 강요했다. 그 증거로 들이댄 것이 민주화운동권에 대한 자금 지원이었다. 일단 날벼락을 피한 뒤 김 변호사는 한 가지 크게 깨달은 바가 있었다. 자신이 영어(囹圄)의 몸이 되면 도움이 필요한 사람을 제때 도울 수 없다는 사실이었다. 앞서 말한 모든 자금 지원 거절 선언은 그렇게 해서 나왔다.

하지만 이는 당국의 눈을 피하기 위한 대외용 포장이었다. 김 변호사의 자금 지원은 물론 그 이후에도 계속되었다. 다만 자금 지원은 오직 김재규를 비밀 통로로 삼아 일원화하기로 둘이 약속했다. 탁구장 임대차보증금 차용증도 그 맥락에서 나온 궁리였다.

사실 김 변호사는 그 시절 부산 운동권에서 가장 든든한 재정 지원자 역할을 하고 있었다.

민주화운동을 하는 데도 많든 적든 일정한 자금은 필수적이다. 하지만 운동권 사람치고 제대로 돈벌이를 하는 사람은 매우 드문 편이었다. 그래선지 부산 운동권에서는 일이 있을 때마다 주로 김 변호사에게 손을 내밀었다. 김 변호사도 특별한 사정이 없는 한 거절하는 법이 없었다. 당시 김 변호사의 민주화운동권에 대한 자금 지원은 거의 전방위적이었다.

부산의 골수 야당 인사로 노경규 선생이 있었다. 노 선생도 김 변호사의 도움을 받은 적이 있었다. 노 선생이 1980년 무려 12개월 동안의 '도발이' 생활 끝에 곤궁한 처지에 심응섭 목사로부터 얼마간의 돈을 전해

받았다. 노 선생에게 생명수 같았던 그 돈도 김 변호사 주머니에서 나왔다는 걸 알았다. 노 선생은 나중에 이렇게 고마운 마음 전한다.

"김 변호사의 이런 도움이 비단 나 하나에만 그친 것이 아니라 나와 비슷한 처지에 놓인 많은 민주 인사들에게도 베풀어졌음에 대해 감동하지 않을 수 없었다."

김해공항 인근인 부산시 강서구 명지동에 사는 농사꾼 문정현이 있었다. 그는 김해농고를 졸업한 후 농사를 지으면서 가톨릭농민회 활동을 하고 있었다. 그가 1979년 1월경 김 변호사 사무실을 찾아와 김 변호사에게 자금 지원을 요청했다.

그런데 그 용도가 농지 임대로 조금 엉뚱했다. 김 변호사는 대여섯 차례 찾아온 문정현의 얘기를 귀담아 들었다. 명분이 기특했다. 시국사범이나 수배자들의 피신처가 필요한데 농사를 짓는 자신이 그 어려운 역할을 떠맡겠다고 자청했기 때문이다.

그러려면 일정한 비용이 불가피하게 들어갈 수밖에 없는데, 벼농사를 지어 자신이 감당하겠다고 했다. 결론은 벼농사를 지을 논을 임대할 자금을 지원해 달라는 것이었다. 결국 김 변호사는 문정현에게 '거금'을 지원해 주었다.

문정현은 이 돈으로 6,000여 평의 논을 임대할 수 있었다. 그해 농사로 수확한 벼만 120가마였다. 그리고 그 벼를 판 돈으로 부산 금정구 구서동에 쌀 유통센터를 냈다. 문정현은 또 그 수익금을 나눠 서울대 농대 출신의 고정석과 유동우(『어느 돌멩이의 외침』의 저자) 등 지인에게 전해 수원에 쌀 유통센터를 만들도록 도왔다.

문정현은 이 일을 두고 나중에 이렇게 말했다.

"김 변호사가 마련해 준 논과 그 논에 뿌려진 볍씨는 많은 이들의 가슴에 싹을 틔웠다. 그들(고정석·유동우)도 그 수익금을 민주화운동에 지원했을 터이다. 수익도 수익이었지만 농장은 (수배자들의) 은신처로서 탁월한 효과를 발휘했다. 주로 (부산의) 양서(협동)조합과 가톨릭농민회 멤버들이 애용하는 피신처였다."

문정현은 그 후 양서협동조합 회원으로도 활동하고, 경남 가톨릭농민회 창립에도 기여했다. 나중에는 폐기물 재활용 사업에도 성공해 거기서 나온 이익금으로 환경운동을 하는 데 재투자하기도 했다. 김 변호사도 문정현에 대한 한 번의 자금 지원이 이처럼 선행의 선순환이라는 결과로 나타나자 나중에 큰 보람으로 여겼다.

1970~1980년대 부산의 민주화운동 단체들은 공동으로 행사를 치르는 경우가 많았다. 구속자를 위한 기도회, 시국강연회, 3·1절, 4·19혁명, 세계인권선언일 기념행사 등이 수시로 줄을 이어 열렸다. 이런 행사를 치를 때마다 주최측에서 늘 고민하는 것이 자금 문제였다.

이런 행사에는 강연이 늘 감초처럼 끼어 있었다. 연사들은 서울에서 내려오는 명망가들이 많았다. 그 경우 초청 연사의 강연료는 물론 여비, 식대, 숙박비 등 한두 푼 들어가는 것이 아니었다. 이에 따른 비용은 으레 김 변호사의 몫이었다.

그 시절 부산 민주화운동권 청년 활동가였던 박상도는 당시 김 변호사의 자금 지원은 부산의 민주화운동에 절대적이었다고 회고한다.

"모든 운동이 그렇듯 운동이란 사람이 있어야 하고, 그 사람이 활동하는 단체(조직)가 있어야 하며, 다음에 활동 자금이 있어야 가능하다. 당시 활동 자금의 거의 대부분을 김광일 변호사가 도맡아 제공하였다.

김광일 변호사가 없는 70년대 부산 민주화운동은 생각조차 할 수 없다."

김 변호사는 2007년 「국제신문」에 연재한 '김광일 변호사의 민주화와 문민정부' 라는 제하의 회고담에서 민주화운동 관련 자금 지원에 대해 이렇게 고백한 적이 있다.

"민주화운동을 하는 데는 많은 비용이 소요되었다. 단체를 조직하고 운영하는 비용, 실무자에 대한 최소한의 인건비와 활동비, 외래 강사에 대한 여비와 강사료 그리고 도망자들을 숨겨주는 비용 등 쓰임새는 한정이 없었다. 내가 비용을 거의 다 부담하였다."

"변호사 수입의 절반 이상이 민주화 비용으로 들어간 것 같다"고 말했을 정도였다.

추도

6·10항쟁 그 뜨거웠던 현장에서

1987년 1월 충격적인 사건이 발생했다. 고 박종철 군 고문치사 사건이었다. 서울대 언어학과 3학년이던 박 군이 1987년 새해 벽두인 1월 13일 경찰의 고문으로 어이없는 죽임을 당한 것이다. 이른 바 '남영동'이라 불리는 악명 높던 치안본부 대공분실에서 일어난 일이었다.

박 군도 당시 누구나 그랬던 것처럼 학생운동권의 일원이었다. 그리고 피의자가 아닌 참고인 신분으로 조사를 받던 중이었다. 2년째 수배 중이던 박 군의 서울대 동아리 선배 박종운 군의 행방을 알아내려는 목적으로 경찰은 박 군에게 10시간 동안 구타와 함께 전기고문을 가했고, 물고문을 하던 중 사망했다.

이 충격적인 사실은 그해 1월 15일자 당시 석간이던 「중앙일보」 특종 기사로 세상에 처음 알려졌다. 치안본부장은 이날 기자회견을 통해 "책상을 탁 치니 억 하고 사망했다"는 요지의 믿기지 않는 해명을 통해 '쇼크사'임을 주장했다. 그러나 「동아일보」를 비롯한 언론의 끈질긴 추적 보도로 '질식사'임이 밝혀졌다. 경찰은 사건이 발생한 초기에는 은폐를, 사실이 드러난 뒤에는 축소를 시도했던 음모가 나중에 속속 드러나면서 전 국민적인 공분을 불러일으켰다.

스물한 살 꽃다운 나이에 무자비한 권력의 폭압에 스러진 젊은 대학생에 대한 애도의 물결이 전국을 뒤덮고 있었다. 그 중에서도 부산은 남달랐다. 박종철 군은 바로 부산 출신이었다. 혜광고를 졸업할 때까지 줄곧 부산에서 성장했다.

부민협은 일시에 비통한 죽음을 맞이한 상가(喪家) 같은 분위기로 바뀌었다. 김 변호사를 비롯한 부민협 상임위원들을 중심으로 대응책 마련을 서둘렀다.

그해 2월 7일 '고 박종철 군 국민추도회(약칭 2·7추도회)'는 전국 16개 시도별로 일제히 열렸다. 야당인 신민당과 재야 인사, 시민 대표 등 각계 인사 6만여 명으로 '고 박종철 군 국민추도준비위원회'를 구성해 범국민적 추도회를 열었다. 부산에서는 부민협 주도로 민주화운동 단체와 개인을 망라한 '고 박종철 군 부산시민추도준비위원회'를 별도로 만들어 이에 대응했다. 2·7추도회 부산 준비위는 추도회 장소를 시내 중심가인 중구 신창동에 있는 '대각사'로 정했다.

박 군의 고향이어서인지 부산은 경찰의 행사 저지 강도가 더 심한 편이었다. 2·7추도회 하루 전 김광일 변호사와 최성묵 목사 등 재야 인사 70명에 대해 가택연금령을 내렸다. 대각사에서 가까운 신민당 부산 제1지구당 사무실도 경찰이 급습해 보관 중이던 행사 물품을 압수해 버렸다. 또 이날 밤 시내에서 일제히 검문검색을 실시해 200여 명을 연행하는 등 공포 분위기를 조성했다.

2·7추도회 당일, 경찰은 대각사 주변에 사람과 차량 통행을 완전 차단해 버렸다. 추도회 장소로 들어갈 수 없게 된 대학생과 청년들 수백

명이 대각사 입구에서 오후 12시 30분경부터 시위를 벌이며 경찰의 저지선을 뚫으려 했으나 결국 실패했다.

오후 2시 정각에 2·7추도회가 열렸다. 장소는 대각사가 아니라 거기서 그리 멀지않은 남포동 부산극장 앞이었다. 추도회 장소인 대각사로 진입할 것처럼 몇 차례 시도한 것은 경찰 눈속임용이었다. 이렇게 경찰을 따돌리고 은밀하게 장소를 옮긴 기습 작전과 같았다.

김 변호사를 비롯해 송기인 신부, 김기수 목사, 노무현, 문재인 변호사 등이 추도회를 이끌었다. 모두 경찰의 가택연금을 피해 다른 곳에 있다가 행사 시간에 맞춰 이곳으로 모인 것이다. 재야 인사와 부민협을 비롯한 민주화운동 단체 청년·학생 회원, 부산 민가협 가족 등 300여 명이 참석했다.

그 시각 부산에서는 2·7추도회와 관련해 다른 지역에서는 볼 수 없는 특별한 행사가 부산 사리암에서 별도로 열리고 있었다. 박 군의 가족들이 추도회 시간에 맞춰 추모 타종을 한 것이다. 어머니와 누나가 통곡을 하며 종을 쳤고, 아버지는 "종철아, 잘 가그래이! 아부지는 아무 할 말이 없데이"라고 한마디 하고는 더 이상 말을 잇지 못했다. 이 사실이 방송과 신문을 통해 알려지면서 전 국민의 심금을 울렸다.

김광일 변호사가 연설을 하는 중간에 출동한 경찰들이 보였다. 뒤늦게 추도회가 이곳에서 열린다는 소식을 듣고 남포동 대로 쪽에서 '백골단'이라 불리던 체포조를 앞세우고 달려온 것이다. 경찰과의 거리가 점점 좁혀지면서 추도회 장소에 모인 추모객들이 동요하는 모습이 역력했다. 주최측 인사들은 '질서', '앉자' 등의 구호를 선창하면서 침착한 대응을 주문했지만 소용이 없었다.

1987년 고문치사 당한 박종철 군 '2·7추도회'에서 김광일 변호사(앞줄 오른쪽에서 두 번째)가
경찰의 강제진압에 맞서 시위대 맨 앞에 꿈쩍도 하지 않고 앉아 있다.

경찰은 이내 최루탄을 쏘아대기 시작했다. 무차별적으로 퍼붓다시피
했다. 이게 신호탄이라도 되는 듯 추도객들은 시위대로 돌변했다. 경찰
의 강제 해산 작전에 분노하면서 대거 합세해 시위대 숫자는 기하급수
적으로 불어났다. 이날 추도회를 이끈 주최측으로선 시위 대열을 흩어
지지 않게 하면서 한편으로 보호할 특단의 대책이 필요했다. 이때 김
변호사가 앞에 나섰다.

"시민과 학생들을 보호하기 위해 우리가 앞에 나가서 도로에 앉아 몸
으로 경찰을 막읍시다."

비장한 말투였다. 그리고 김 변호사는 시위대와 경찰 사이에 있는 도
로 한복판으로 앞장서 걸어 나갔다. 추도회 지도부 인사들이 그의 뒤를
따랐다. 시위대도 흩어지지 않고 대부분 그 자리에 주저앉았다. 자연스

럽게 연좌 농성 형태로 변한 것이다.

당시 김 변호사 옆자리에 앉아 있었던 문재인 변호사는 나중에 이런 목격담을 남겼다.

"최루가스가 덮쳐 눈물 범벅 콧물 범벅이 된 채 도저히 견디기 어려웠다. 앞에 나가 앉은 체면에 도망칠 수도 없고 죽을 맛이었다. 나중에 경찰이 (연행해) 속으로는 최루탄 구덩이에서 꺼내 준 것이 고마울 지경이었다. 김 변호사는 정좌한 자세로 허리를 꼿꼿이 편 채 미동도 하지 않고 떡하니 돌부처처럼 앉아 있는 것이었다. 저 양반은 어떻게 저렇게 잘 견디나 감탄스럽기 짝이 없었다."

그렇게 1시간가량을 버텼다. 그 시각 추도회장 주변에는 어느새 군중들이 크게 불어나 있었다. 부산극장 앞 왕복 8차선 도로를 꽉 메울 정도였다. 주최 측은 3천여 명으로 추산했다. 경찰은 예상대로 강제 해산에 나섰다. 경찰 기동대가 군중 속으로 뛰어들어 시위대를 연행하기 시작했다.

시위 해산에 나선 경찰이 제1원칙처럼 가장 먼저 하는 일은 주모자를 색출, 검거하는 것이다. 마치 전투에서 지휘관을 공격해 무력화시키는 것과 같은 방식이었다. 김 변호사를 담당하는 서부경찰서 정보과 형사 윤수영도 현장에 나와 있었다. 윤수영은 그 상황을 후일담으로 남겼다.

기동경찰이 강제 연행을 시작했다. 그 와중에 도로 한가운데 무언가 나의 시선을 자극하는 것을 직감했다. 나의 '갈매기' 김광일 변호사가 남포동 피닉스호텔 앞에서 최루탄 가스를 뒤집어쓰고 아스팔트에 주저앉아 구호를 외치고 있는 것이 아닌가.

직무상 시위대를 해산도 시켜야겠고 또 내심 겸사겸사 그 난장판에서 그를 구해 내야겠다 싶어 동료 직원들과 함께 김 변호사를 남포동 부산극장 앞으로 끌어내리려고 달려들었다. 그런데 이건 또 무슨 일인가. 야속하게도 그는 "이 새끼 놓지 못하겠냐"며 욕설을 퍼부었다. 속으로 정말 못말리는 사람이구나라고 생각했다.

여기서 '갈매기'는 부산에서 경찰들 사이에 A급 감시 대상 인물을 가리키는 암호명이다. 당시 김 변호사는 '갈매기 1호'였다. 1979년 10·26 이후 경찰은 감시 대상 인물의 등급을 재분류하고 감시 우선순위에 따라 나름의 기준을 정해 일련번호를 붙였다. 다시 말하면 김 변호사는 부산에서는 A급 중에서 첫 번째 감시 대상이라는 뜻이다.

김 변호사가 추도회를 주동하는 지휘자 역할을 하고 있다는 것이 명백히 파악되자 경찰 용어로 '퍼내기 작전'을 한 것이다.

이 상황에서 김 변호사가 '퍼내기 작전'을 하는 경찰을 향해 욕설을 했다는 것은 어쩌면 당연한 일이었다. 경찰은 흔히 감시 대상을 '관리'하고 때로는 '보호'하는 뜻도 있다고 말한다. 그러나 감시자가 아무리 선의를 강조해도 당하는 사람에게 감시는 감시일 뿐이다.

박 군 고문치사 사건은 국가공무원인 경찰이 저지른 정부의 불법 시리즈였다. 박 군을 영장도 없이 체포한 것, 그리고 고문한 것, 그리고 사망에 이르게 한 것 모두 불법이었다. 이런 불법을 규탄하고 희생자를 추도하는 것은 국민의 정당한 권리 행사였다. 이를 경찰이 저지하고 방해한 것이다.

김 변호사는 마지막까지 추도회 현장에 남아 있던 세 사람 중 한 명이었다. 결국 김 변호사도 경찰의 압도적인 물리력을 당하지 못하고 영도

경찰서로 연행됐다. 혐의는 '집회 및 시위에 관한 법률 위반'이었다. 경찰서에서 다시 넘겨진 곳은 부산시경 대공(對共)분실이었다. 부산역 부근으로 '내외문화사'라는 간판을 달고 있었다. 대공분실을 마치 일반 회사 상호처럼 위장한 곳이었다.

김 변호사가 대공분실에 도착해 보니 먼저 추도회장에서 연행된 노무현, 문재인 변호사도 그곳에 있었다. 변호사들이 민주화운동 현장에서 '가투(街鬪)'를 벌이는 것은 흔치 않은 일이었다. 대부분 무료 변론 등으로 민주화운동을 뒤에서 돕는 것으로 역할을 다한 것처럼 생각하는 경우가 많았다. 그런데 이들 세 변호사는 시위 현장에 나가 이를 지휘했다. 그리고 경찰과 몸싸움까지 벌이다 연행되는 이례적인 사건의 주인공이 되는 것을 자초했던 것이다.

김 변호사는 그곳에서 감금된 채 조사를 받고 불구속 입건되었다. 문재인 변호사를 비롯한 나머지 연행자도 대부분 그와 마찬가지로 불구속 입건되었다. 그런데 경찰은 이날 함께 연행된 김영수 목사, 김희로 부민협 부회장, 김신부 신민당원, 손규호 한국기독교장로회 청년회 부산경남협의회장 등 4명을 구속했다. 그러나 김 변호사도 같이 입건되는 바람에 이들을 위한 변호인으로 나설 수 없었다. 부림사건에 이어 자신의 뜻과 달리 변호인으로 역할을 다하지 못한 두 번째 경우였다.

함께 연행된 노무현 변호사는 구속 위기를 가까스로 벗어났다. 검찰은 노 변호사를 구속하기로 작정한 듯했다. 검찰은 하룻밤 사이에 영장을 네 번이나 신청했다가 모두 기각당했다. 사법 사상 초유의 진기록을 세웠을 뿐만 아니라 대망신을 당한 것이다. 그 결과를 가져온 배후에는 석방된 김 변호사가 있었다. 김 변호사는 노 변호사에 대한 구속영장 청구 방침을 알고 긴급히 대한변호사협회에 SOS를 쳤다.

김 변호사의 요청을 받고 대한변협에서는 유택형 인권위원장과 하경철 인권위원을 '진상조사' 목적으로 급히 부산에 파견했다. 대한변협 기록에 의하면 두 변호사는 "법원에 대하여 본건은 구속요건에 해당되지 아니함을 지적하고, 대한변협의 관심이 지대함과 1차 영장이 기각된 사실 및 정치적 보복으로 오해될 염려가 있음을 강조"했다는 것이다. 이런 곡절 끝에 결국 노 변호사는 구속을 면하고 2월 10일 풀려났다.

노 변호사 구속을 둘러싸고 부산에서 벌어진 이 소동은 여기서 그치지 않았다. 대한변협은 '2·7추도회에 관한 성명서'를 노 변호사가 석방된 다음 날인 2월 11일 당시 김은호 회장 명의로 발표한다. 이 성명서는 전국의 일반적인 추도회 진행 상황을 전제로 입장을 피력하고 있는 듯했지만 내용상 다분히 부산 추도회에 초점을 맞추고 있었다.

대한변협은 이 성명서에서 2·7추도회를 "야만적인 고문 살인의 도구로 국가 공권력에 의해 비명에 횡사한 박종철 군에 대한 국민적 애도의 뜻을 표시하기 위한 정당하고도 평화적인 집회였다"고 규정했다. 이어 추도회 강제 해산에 대해서는 "정부 당국의 헌정 질서를 문란하는 행위"라고 규탄했다. "이 평화적인 집회를 물리력을 동원하여 원천 봉쇄하고, 주최측 인사들을 불법 감금하고, 시가지 곳곳에서 시민들에게 맹독성 최루탄을 쏘고, 다수의 참가 시민들을 연행 구금하는 등 국민의 기본적인 집회·시위의 자유를 근본적으로 부정하는 위헌 처사"라는 것이었다.

이어 이 성명서는 2·7추도회 상황을 구체적으로 언급한다.

"본 협회 부산변호사회 소속 회원인 김광일, 노무현, 문재인 변호사가 적법한 집회였음에도 불구하고 박 군 추도회를 주도하였다는 이유로 경찰에 불법 체포되어 경찰 및 검찰에 불법 감금당한 사실은 묵과할 수 없는 일이다. 검찰 당국은 노무현 변호사에 대하여 구속영장을 신청, 당직 판사에 의해 기각되었음에도 불구하고, 하룻밤 사이에 여러 부장판사들에게 구속영장 재발부를 요청한 사실이 본 협회 인권위원회 진상 조사 결과 사실임이 드러났다. 위와 같은 검찰의 처사는 사법권 독립을 유린하는 중대한 사태가 아닐 수 없는 것이다. 본 협회 회원들인 위 세 변호사를 불법으로 체포, 감금한 관계자 전원을 의법 조치할 것을 강력히 촉구하는 바이다."

대한변협의 이 성명서를 이끌어 낸 것도 김 변호사의 이런 보이지 않는 노력 덕분이었다.

부산의 2·7추도회는 부산에서 성공적인 6월 항쟁을 예비하는 기폭제 역할을 했다. 2·7추도회를 전국적으로 주도했던 '고 박종철 군 국민추도준비위원회'는 5월 23일 '박종철 군 고문살인은폐조작규탄 범국민대회준비위원회'로 확대 개편한다. 그리고 그해 6월 10일 규탄대회를 열기로 한다. 온 국민이 그토록 열망했던 민주화를 쟁취한 역사적인 6월 항쟁의 막이 오르고 있었다.

5월 27일, 6월 항쟁을 이끌 지도부 '민주헌법쟁취국민운동분부(약칭 국본)'가 이날 서울 향린교회에서 발기인대회를 열었다. 야당과 재야가 공조해 만든 반독재연합전선인 국본 발기인만 2,260여 명이었다. 그 중 법조계 인사는 73명이었다. 김 변호사도 법조인의 한 사람으로 국본 발기인으로 참여했다. '민주헌법쟁취국민운동 부산본부'에서는 10명의 공동대표 중 한 명이었다.

김 변호사는 6월 항쟁 기간 내내 부산의 뜨거웠던 투쟁 현장에서 부산 시민들과 함께 했다. 6월 항쟁을 통해 국민들은 마침내 '6·29선언'이라는 전두환 정권의 항복을 받아냈다. 이 결과로 대통령 직선제를 핵심 내용으로 하는 헌법개정이 이루어졌다. 그리고 그해 12월 17일 제13대 대통령선거가 국민의 직접선거로 치러진다.

제3부

정치,
또 다른 소명 召命

절교

DJ와의 참담한 결별

김 변호사는 제13대 총선을 통해 통일민주당 소속 국회의원이 되었다. 이 과정에서 그는 자연스럽게 YS 사람이 되었다. 그러나 그 이전까지 김 변호사는 자타가 공인하는 'DJ맨'으로 통했다는 사실은 잘 알려져 있지 않다.

그 계기는 1977년 4월부터 12월까지 DJ가 진주교도소에 수감되어 있는 동안 김 변호사가 '접견 투쟁'을 벌이면서다. 당시 DJ는 김 변호사에게 "우리나라 민주주의의 상징이자 대표적인 지도자"였다. 김 변호사는 DJ가 "우리나라의 민주주의를 위해 희생했고, 그를 돕는 것이 민주주의 발전을 위해 필요하다"고 생각했다.

그래서 1980년 7월 DJ맨이라는 이유로 고난을 당했지만 굴하지 않았다. DJ가 조작된 '김대중 내란음모사건'으로 전두환 전 대통령이 주도하는 신군부의 의해 1980년 11월 사형을 선고받고, 1982년 12월 '신병 치료'라는 미명 아래 미국으로 쫓겨가고, 1985년 2월 당국의 반대와 암살 위협을 무릅쓰고 귀국했을 때도 김 변호사의 그 생각에는 변함이 없었다.

그 뒤로도 주요한 정치적 고비마다 DJ와 YS 사이에 의견이 갈렸을 때 김 변호사는 대체로 DJ 편에 섰다. 김 변호사에게는 DJ가 민주주의의 대표적인 지도자라는 믿음이 있었고, 여기에서 우러나오는 존경심의 표현이었다.

김 변호사는 DJ와 이런 인연으로 1984년 봄에 만들어진 민주헌정연구회(약칭 민헌연, 이사장 김종완)에도 참여하게 되었다. 민헌연은 '군부 통치 종식', '헌법 개정', '사회 민주화' 등을 목적으로 표방했는데 DJ를 지지하는 정치단체였다. 이 단체 창립 당시 김 변호사는 DJ의 추천으로 9명 지도위원 중 한 명이었다.

이는 DJ가 김 변호사를 정치적 동지로 끌어들이려는 노력의 일환이었다. 김 변호사가 이에 동조했다면 영남 출신이 드문 편이었던 DJ 계보에서 그의 삶과 운명이 어떻게 바뀌었을지 모를 일이다. 그러나 김 변호사는 당시만 해도 정치에 전혀 뜻이 없었다. 그래서 민주화운동의 동행자로서 관계를 맺는 차원에 그쳤다.

김 변호사는 1985년 5월 창립 1주년을 맞은 민추협에도 상임운영위원으로 이름을 올렸다. 그가 지도위원이던 민헌연이 이때 단체로 민추협에 가입했기 때문이다. 김 변호사는 민추협 창립 당시에 발기인 권유를 받았지만 사양했다. 참여자들이 주로 정치인이어서 '정치를 하려는 뜻'으로 오해받기 싫어서였다.

민추협은 출범 때부터 정치활동을 재개하기 위한 예비 정당의 성격이 짙었다. 다만 정당 활동이 허용되지 않은 정치 피규제자들이 많았기 때문에 정당을 표방하지 않았을 뿐이다. 그러나 김 변호사는 그때만 해도 정치할 목적이라기보다는 민주화운동의 일환으로, 또 일원으로 민추협에 참여했던 것이다.

민추협 운영이 주로 서울을 중심으로 이루어져 부산에 있는 상임운영위원으로서의 역할은 별로 없었다. 오히려 김 변호사에게는 민추협 관련 각종 시국사건의 변호인단으로 동참하는 것이 '큰 일' 중 하나였다. 예를 들면 1985년 5월 서울 코리아나호텔에서 발생한 최형우 민추협 간사장 테러 사건, 서울 미국문화원 점거 사건 같은 경우였다. 부산권에서 일어나는 시국사건은 직접 변론에 나섰고, 서울에서 일어난 시국사건에도 김 변호사는 서면으로라도 변론에 참여하는 등 적극적이었다.

DJ는 귀국 후 1987년 6월까지 수시로 가택연금을 당했다. 1985년 3월 정치 규제 대상에서는 해금되었으나 사면 복권이 안 되어 계속해서 정치활동은 하지 못했다. DJ는 '6·29선언'이 나온 후 1987년 7월이 되어서야 사면 복권이 이루어졌다. '김대중 내란음모사건' 관련자 전원, 광주민주화운동 관련자 15명 등 2,300여 명과 함께였다.

DJ는 1980년 3월 '서울의 봄' 기간에 두어 달 남짓 누린 정치적 자유를 17년여 만에 되찾았다. 김 변호사도 그 후 서울에 가면 DJ의 동교동 자택을 자주 들렀고 늘 환영을 받았다.

1987년 8월 어느 날 김 변호사는 인사차 다시 동교동 DJ 자택을 찾았다. 그때는 DJ가 평화민주당을 창당하기 전이었고, YS가 통일민주당 총재였다. 대통령 직선제를 핵심 내용으로 하는 헌법 개정안이 윤곽을 드러내고 있던 시기였다. 이에 따른 DJ와 YS의 후보 단일화 문제가 양 진영 모두 초미의 관심사로 부상하고 있었다.

DJ나 YS 둘 다 야권 단일 후보가 된다면 대통령 자리가 가시권에 들어와 있었다는 점에서 사활을 건 경쟁이 본격화된 것이다. 야권 후보 단일화를 이루면 우리 역사상 첫 정권교체, 그것도 오랜 군사정부에서 문민정부로 혁명적인 변화 가능성이 어느 때보다 높았다는 점에서 민주화를 열망하는 국민의 바람이기도 했다.

김 변호사가 DJ 자택에 들어섰을 때 1층 거실에는 동교동계 주요 인사들이 가득 모여 있었다. 통일민주당의 동교동 몫인 이중재, 양순직, 최영근 부총재 등의 얼굴도 보였다. 이들은 그때만 해도 통일민주당에 적을 두고 있었다. 그들 외에도 김종완 민헌연 이사장, 박종태 전 의원 등 DJ의 오랜 참모진들도 자리를 같이 하고 있었다. 그 자리는 야권 후보 단일화 문제와 관련한 동교동계 차원의 대책회의였다. 회의 분위기가 아주 무거워 보였다. DJ가 동석을 권유해 김 변호사도 한 자리를 차지하고 앉았다.

자신이 그 자리에 낄 수 있는지, 끼어야 하는지 잘 판단이 서지 않아 잠자코 오가는 얘기만 듣고 있던 김 변호사를 DJ가 지목해 "김 변호사의 의견은 어떤지 얘기해 보라"고 했다. DJ는 현역 정치인도 아니고 더구나 참모도 아닌 김 변호사가 제3자 입장에서 자신의 출마를 지지하는 발언을 할 것으로 기대했는지도 모른다. 김 변호사는 후보 단일화 논의 전개 과정과 이와 관련한 DJ, YS 동향을 예의 주시하고 있었던 터라 평소 정리해 두었던 생각을 그대로 말했다.

"김대중 선생께서 이번에는 양보하는 게 옳다고 생각한다"는 결론부터 거침없이 말했다. 그때까지 DJ는 당 총재 등을 역임하지 않아 마땅한 호칭이 없었기에 '선생'으로 통칭하던 때였다. DJ는 입을 꼭 다문 채 고개를 옆으로 돌렸다. 상대방이나 다른 사람의 발언이 마음에 들지 않을 때 나타내는 태도였다.

김 변호사는 그 이유를 몇 가지 들었다. 첫 번째로 DJ가 대통령 직선제 개헌을 전제로 1986년 11월 5일 공개적으로 밝혔던 '대통령 불출마

선언'을 상기시켰다.

DJ의 발언을 그대로 옮기면 "전(두환) 정권이 이(민주화) 길을 가는 데 있어서 장해가 된다면 나는 나를 기꺼이 희생의 제단에 바치겠다. 이제 나는 여기서 대통령 중심 직선제 개헌을 전두환 정권이 수락한다면 비록 사면 복권이 되더라도 대통령선거에 출마하지 않겠다는 나의 결심을 천명한다"고 했었다.

김 변호사는 "양김이 분열하면 필패한다"는 점을 두 번째 이유로 들었다. 무슨 일이 있어도 대통령 후보 단일화를 해야 한다는 주장이었다. DJ, YS 어느 쪽이든 양보를 해야 한다는 상식을 전제로 말을 이었다. 상대방이 양보를 해 주면 좋지만 안하면 이쪽이라도 양보할 수밖에 없다는 논리였다. 요는 YS가 양보할 가능성이 없으니 DJ더러 양보하라는 얘기와 같았다.

그리고 세 번째로 역할 분담론을 제기했다. DJ나 YS 누구든 대통령도 할 수 있지만 나라의 민주화를 위해서 다른 역할을 맡을 수도 있지 않느냐는 조심스러운 제안이었다. 요즘 식으로 말하면 일종의 대권, 당권 분리론과 비슷한 것이라 할 수 있다. 양김 모두 꼭 대통령이 되어야만 한다는 것은 '고집'이란 표현만 쓰지 않았지 이와 다를 바 없는 지적이었다.

마지막으로 순리와 상식을 거론했다. 특별한 사정이 없는 한 지금까지 야당을 실질적으로 이끌어 온 당수(黨首)가 대통령 후보가 되는 게 자연스럽다는 주장도 폈다. 그때까지 DJ는 1971년 대통령 선거 때 신민당 후보를 지낸 것 외에 총재나 당 대표 등을 역임한 적이 없었다. 감옥에 가고 가택연금을 당하는 등 타의에 의한 요인이 컸다 하더라도 그것은 사실이었다.

결국 김 변호사의 주장은 서두에 말한 것처럼 DJ의 양보에 의한 후보 단일화론이었다. 이는 전체적으로 YS 편을 드는 것으로 오해할 소지가 다분했다. 자신이 반드시 후보가 되어야 한다고 생각하고 있는 DJ의 귀에 이런 말들이 들어올 리가 없었다.

특히 직선제 개헌이 되면 출마하지 않겠다고 했던 국민과의 약속을 지키라는 김 변호사의 주장은 뼈아픈 지적이었다.

김 변호사의 말이 끝나자 DJ는 "김 변호사의 주장에 다른 의견이 있으면 누구든 얘기해 보라"고 참석자들에게 종용했다. 다른 사람에게 반박을 좀 하라는 뜻으로 김 변호사는 해석했다. 그러나 아무도 입을 여는 사람이 없었다. 결국 DJ가 침묵을 깼다. "내가 여러 사람들로부터 비슷한 얘기를 듣고 있다. 그러나 나는 이번에 양보하면 나이가 많아서 대통령이 될 수 없소."

DJ의 그 말은 정말로 청천벽력과 같았다. 김 변호사에게 DJ는 그때까지 1986년 11월 불출마 선언에서 밝힌 대로 오직 나라의 민주화를 위해 헌신하는 '행동하는 양심' 그 자체로 믿고 있었다.

그런데 이 발언을 듣고 김 변호사는 속으로 "내가 생각했던 것과는 전혀 다른 분이구나" 싶어 크게 실망을 했다. 김 변호사는 "이런 사람을 내가 목숨까지 내걸고 변호해 왔다는 말인가" 하는 깊은 후회감마저 들었다.

회의가 끝나자 동교동 자택 비서실에서 기다리고 있던 노경규 DJ 비서가 1층으로 올라왔다. 현관 문턱을 나서면서 김 변호사는 옆에 있는 노경규를 손으로 툭툭 쳤다. 그리고 "나 오늘로 동교동은 마지막이다"

하고 낮은 목소리로 속삭이듯 말했다.

둘은 DJ 자택을 나와 근처 허름한 국밥집에 마주 앉았다. 김 변호사가 참담한 심경을 노 비서 앞에서 토로했다. DJ를 위해 목숨까지 내걸고 변호에 나섰던 가슴 아픈 이야기가 한없이 이어졌다.

다음 날 부산으로 돌아온 김 변호사는 친구인 이흥록 변호사와 노경규 비서를 부민동 사무실로 불렀다. 두 사람이 지켜보는 앞에서 만년필을 들어 A4용지에 큼지막한 글씨로 뭔가를 쓰기 시작했다. 이를 봉투에 담아 봉인한 다음 DJ와의 '절교장'이라면서 노 비서에게 건넸다. 두 사람이 이를 DJ에게 전달해 주었으면 좋겠다는 부탁과 함께였다.

김 변호사의 심정을 이해하는 두 사람은 말리지도 못하고 받아들였다. 두 사람은 이튿날 서울로 올라와 곧바로 DJ 자택으로 갔다. 1층 응접실에서 DJ를 면담했다.

이 변호사가 김 변호사의 절교장이 든 봉투를 DJ에게 건넸다. 이를 뜯어서 내용을 읽어 본 DJ는 침통하면서도 착잡한 듯한, 뭐라고 형언할 수 없는 묘한 표정을 지었다. 그리고 딱 한마디를 했다.

"어쩔 수 없지."

출사
정치 입문 동기와 과정

김 변호사는 1988년 4월 26일 실시된 13대 총선을 통해 정치권에 입문한다. 그 과정에서 적잖은 우여곡절이 있었다. 그 이전까지 김광일은 애써 제도권 정치와 거리를 두었다. 그는 누구보다 법조인으로서 직업적 사명감에 투철했고, 이에 충실하려고 노력했다.

그는 1974년 변호사로 나선 이래 사건 속에 파묻혀 살았다. 일반 수임 사건도 많은 편이었지만 연이어 터지는 각종 시국사건의 무료 변론에도 지속적으로 나섰다. 이와 더불어 김 변호사의 또 다른 주된 활동 영역은 민주화운동이었다. 제도권 정치에 한눈을 팔 겨를이 없었다.

그렇다고 정치 자체에 관심이 없었다고 말할 수는 없다. 민주화운동은 또 다른 의미의 정치활동이었다. 다만 제도권 정치에 뛰어들기보다는 유신체제, 군부독재로 상징되는 이를 비판하고 개혁에 앞장서는 것으로 그 방식이 달랐을 뿐이다.

1985년 12대 총선 전에는 창당 준비 중이던 신한민주당(약칭 신민당)의 후보 제안을 구체적으로 받기도 했다. 신민당은 2·12총선을 앞두고 1984년 12월 20일 발기, 1985년 1월 18일 창당한 정당이었다. 그 기반은 1984년 5월 18일 만들어진 민주화추진협의회(약칭 민추협)였다.

민추협은 군사정부 종식, 민주화를 목적으로 내세우고 YS와 DJ 그리고 그 계보에 속했던 정치인들이 결성한 정치 결사체였다. 신민당의 창당 주력은 민추협 참여자들을 포함해 5공 정권에 의해 정치 피규제자로 묶여 있다 그때까지 해금된 정치인들이었다.

그즈음 경남중고등학교 동기인 문정수(전 부산시장)가 부민동 변호사 사무실로 김광일을 찾아왔다. 그는 YS 측근일 뿐만 아니라 구 신민당의 살림을 맡았던 총무국장 출신으로 새 신민당 창당 과정에 핵심 실무를 담당하고 있었다.

문정수가 뜻밖의 말을 꺼냈다. 국회의원에 출마할 생각이 없느냐는 것이었다. 그리고 'YS의 뜻'임을 강조했다. 문정수는 얼마 전에 YS의 호출을 받았다. YS가 대뜸 "부산에서 총선에 출마시킬 만한 새로운 사람이 없느냐?"고 물으며 김 변호사 이름을 거론했다.

"아, 김광일 변호사요? 제 갱고(경남고) 동깁니다. 원하시면 한번 만나는 보겠습니다만 그 친구가 출마를 할지 안 할지는 지도 모르겠습니다."

"그 사람을 포함해서 한두 사람 끄집어 낼 수 있으면 그래 봐라."

문정수는 그 상황을 김 변호사에게 전한 것이다. 하지만 김 변호사의 답변은 거절이었다.

"나는 현재의 선거법 아래서는 출마할 생각이 없다. 나는 이 법을 바꿔야 한다고 생각하고 있어 동조하거나 참여하기는 싫다."

당시 선거법은 물론 5공 세력들이 자신들이 원하는 체제를 구축하기 위해 만든 것이었다. 대표적인 내용이 여야 나눠 먹기식 '동반 당선'을 염두에 둔 중선거구제였다. 한 선거구에서 1, 2등 두 명을 당선자로 뽑는 방식이었다.

문정수는 김 변호사를 잠시 설득했다.

"자네가 정치를 목적으로 민주화운동을 하는 게 아니라는 것을 나도 잘 안다. 민주화운동을 통해서 추구했던 목표를 정치를 통해서도 구현할 수 있다고 나는 생각한다. YS가 이번에 신당을 창당하는 것도 이 나라의 민주화를 실현하기 위한 것이다. 민주화운동을 하고 있는 사람으로서 YS의 그 명분에 공감한다면 나설 수 있지 않나? 또 문제가 많다고 생각하는 그 선거법을 바꾸기 위해서라도 자네 같은 사람이 국회에 들어가야 한다."

그러나 김 변호사는 그 시점에서 직접 정치판에 뛰어드는 것은 극구 사양했다. 이렇게 해서 김 변호사의 12대 총선 출마는 결국 불발에 그쳤다.

13대 총선을 앞두고 1988년 새해 초부터 김 변호사에게 다시 출마 제의가 왔다. 역시 통일민주당으로부터였다. 그 직전 YS는 야권 재통합을 명분으로 잠시 통일민주당 총재직을 사퇴했었다. 하지만 통일민주당은 여전히 YS당으로 통했을 만큼 그의 영향력은 그대로였다. 13대 총선이 한 달여 남은 1988년 3월경 YS가 김 변호사에게 직접 전화를 걸어왔다. 일단 한 번 만나자는 것이었다.

따지고 보면 김 변호사가 YS와 가깝게 지낼 수 있는 인연은 많은 편이었다. YS와 김 변호사는 지연, 학연, 혈연이 모두 겹친다. YS는 거제, 김 변호사는 합천으로 고향이 같은 경남이고, 부산에서 청소년기를 보냈다. 경남고 선후배 사이로 YS가 3회, 김 변호사가 12회이며, 서울대 동문이기도 하다. 본관도 김녕 김씨로 같은 종친이다. 똑같이 개신교 교인으로 보수 성향 교회의 장로였다는 점도 겹친다.

이런 인연을 알고 난 뒤 YS는 김 변호사에게 우선 호감을 갖게 됐다.

거기다 부산의 대표적 인권변호사이자 민주화운동 지도자로서 김 변호사의 이력은 YS에게 매우 매력적으로 비쳤다.

YS가 김 변호사를 부산의 영입 대상 1호로 점찍은 결정적인 이유는 아주 '합리적'이고 '개혁적'이라는 주변 인사들의 평가였다. 무엇보다 김 변호사의 개혁 마인드가 확실하다는 점에 YS는 후한 점수를 주었다. YS가 김 변호사를 '내게 꼭 필요한 사람'이라는 판단을 하게 된 것이다.

김 변호사는 사실 그때까지 YS와 직접 대면한 적이 없었다. 두 사람의 첫 만남은 부산에서 이루어졌다. YS의 부산 서구 지구당을 도맡아 관리하던 직속 부하격인 김종순이 운영하는 횟집에서였다.

그날 그 자리의 분위기를 김종순 지부장은 이렇게 회고했다.

"옛날에 판자집에 살 때 테이블 세 개를 두고 횟집을 했다. 하루는 YS가 김동영, 최형우 그리고 김광일을 우리 집으로 불렀다. 김광일이 음식 먹을 때 기도를 주재했다."

김동영, 최형우 전 의원은 잘 아는 대로 '좌 동영 우 형우'로 불릴 정도로 YS의 최측근이자 정치적 동반자였다. YS가 그런 두 사람을 일부러 그 자리에 동석시켜 김 변호사 영입을 거들도록 한 것이다.

YS는 다들 궁금해하는 1987년 12월 13대 대선 후보 단일화 실패에 대해 김 변호사에게 먼저 이해를 구했다. YS는 그 직전인 2월 통일민주당 총재직 사퇴 후 야권 재통합 추진 경과 등도 아울러 설명했다. 특히 "13대 대선에 이어 13대 총선에서 민주세력이 패배하면 민주주의 회복에 더 오랜 세월이 걸린다"는 점을 강조했다.

그리고 예상한 대로 YS는 "같이 정치를 하자"는 말을 꺼냈다. 그러나 김 변호사는 YS 면전에서도 이를 단호히 거절했다. "정치할 뜻이 없습니다"가 답변이었다. 그 말은 진실이었다. 김 변호사는 오히려 YS에게 직언까지 하고 나섰다. "야권 통합을 위해 힘쓰십시오"라고 덧붙인 것이다.

그렇지만 YS의 출마 권유도 끈질겼다. 그 후로도 서너 차례 사람을 보내 김 변호사의 출마를 계속 종용했다. 그런 중간 전달자 중에는 YS 측근인 엄기현 회장과 친구 문정수도 있었다. 김 변호사를 비롯한 부산 재야 인사들이 "힘을 합쳐 정치를 할 때가 아니냐"며 출마를 간곡히 요청하는 메시지를 지속적으로 보냈다.

김 변호사를 영입하는 데 YS가 얼마나 공을 들였는지 짐작할 수 있다. 명색이 민주화운동을 했던 사람으로서 정치가 싫다고 무조건 피할 일이 아니었다. 자신의 출마가 민주화를 앞당긴다는 YS의 명분론을 더 이상 반박할 여지도 없었다. 출마를 긍정하는 쪽으로 생각을 바꾸니 국회에 들어가 민주화를 완성해야 한다는 사명감까지 느꼈다.

김 변호사는 자신의 출마 여부를 놓고 부산의 재야 인사들과 먼저 상의했다. 그 중엔 부산 재야의 어른인 김정한 선생, 송기인 신부, 최성묵 목사도 있었다. 이 과정에서 김 변호사가 출마를 하되 부산 재야 인사가 집단으로 통일민주당에 입당하는 형식이 좋겠다는 데 뜻이 모아졌다. 이를 YS에게 조건으로 내세우기로 하고 마침내 김 변호사는 총선 출마를 운명으로 받아들이기로 결심했다.

13대 총선 때 김 변호사 선거 캠프에서 핵심 참모를 했던 김희욱은 나중에 그 결심 배경을 이렇게 기억했다.

"정치적인 일로는 만나지도 않던 YS로부터 생각지도 않던 갑작스러운 국회의원 출마 제의를 받고 김 변호사는 한참 고민을 하였다. 여러 뜻있는 분들과 밤을 지새는 논의를 거듭한 끝에 지금이야말로 정의와 민주주의 신념으로 무장된 정치인의 역할이 필요한 시기라는 판단과 좋은 기회임을 활용해 출마하라는 주위의 권유를 받아들이게 되었다."

김 변호사가 출마를 결심한 뒤에 반드시 넘어야 할 큰 산이 또 하나 있었다. 바로 부인 문수미 여사를 설득하는 일이었다. 천하의 YS하고도 출마와 관련해 담판을 지은 김 변호사지만 아무리 생각해도 부인을 설득할 자신이 없었다. 부인은 평소 김 변호사에게 절대로 정치할 생각은 하지 말라는 다짐을 두고 있었다. 그런 부인에게 출마한다고 하면 끝까지 말릴 사람이었다.

그래서 대리인을 내세워 부인을 설득하기로 했다. 대리인으로 적합한 인물이 바로 곁에 있었다. 그 인물은 당시 변호사 사무실의 사무장이던 문계성으로 문 여사와는 사촌지간이었다.

문계성은 매형이 지금 출마할 수밖에 없는, 출마해야만 하는 앞뒤 사정을 계속해서 주워 섬겼다. 문계성은 자신의 어머니, 그러니까 같은 동네에 살던 문 여사의 큰어머니가 김 변호사를 두고 했던 '대통령감'이란 얘기도 새삼스럽게 꺼내 설득 작업에 활용했다. 그리고 결론 삼아 통사정을 하다시피 했다.

"제발 누님, 매형이 정치적 소신을 펴게 해 주이소, 예?"

문 여사는 무상한 정치의 속성을 누구보다 잘 알고 있었다. 고향 합천 집안 사람 중에 4선 의원 출신이 있어 보고 들은 얘기가 많았기 때문이다. 영광의 순간도 있지만 못볼 꼴을 숱하게 보아야 하는 곳이 정치판이라고 생각했다. 하지만 사촌동생의 상황 설명을 듣고 이미 돌이키기에는 늦었다고 여겼는지 문 여사도 이내 체념하듯 동의했다.

김 변호사가 정치인이 된 뒤 문 여사는 한 가지 명언을 남겼다.

"판사 시절에는 사람은 일찍 들어오는데 돈은 들어오지 않았다. 변호사를 하니 돈은 들어오는데 사람은 일찍 들어오지 않더라. 그런데 정치를 하고 나니 사람도 일찍 들어오지 않고 돈도 들어오지 않는다."

당시 YS가 김 변호사 영입에 그토록 공을 들인 데는 그만한 배경과 이유가 있었다. DJ의 평민당과 13대 총선에서 제1야당 경쟁은 불가피했다. DJ는 당시 재야 인사 영입에 평민당의 당운을 걸다시피 했다. YS에 비해 DJ의 재야 인사에 대한 영향력은 압도적이어서 상당한 성과를 내고 있었다. YS는 초조할 수밖에 없었다.

그때 YS의 선거 전략 중 하나는 자신의 정치적 고향인 부산에서부터 통일민주당의 바람을 일으키는 것이었다. 전국적으로 선거전에서 유리한 고지를 차지하려면 이는 반드시 필요한 일이었다. YS는 부산에서도 그때까지 중심지였던 중구, 서구, 동구를 전략 선거구로 꼽고, 이곳을 패키지로 묶어 부산 통일민주당 바람의 진원지로 삼으려 했다. 그러려면 '태풍의 눈' 역할을 해 줄 새 인물이 절실했다.

그 첫 단추가 부산의 대표적 재야 인사인 김 변호사의 영입이었다. 더구나 김 변호사는 1970년대 중반부터 오랫동안 'DJ맨'으로 활동했다. 1987년 13대 대선 직전에 김 변호사가 DJ와 결별했지만 부산 지역에서는 여전히 'DJ맨'이란 인식이 강하게 남아 있었다. 비단 김 변호사뿐만 아니라 부산 재야 세력은 전반적으로 친DJ 분위기가 강한 편이었다.

따라서 부산에서 한때 친DJ 세력의 상징이었던 김 변호사라는 산을 넘지 않고서는 YS가 부산 재야 세력과 정치적으로 손을 잡는 것은 거의 불가능했다. YS가 김 변호사를 끌어들이기 위해 직접 나섰던 이유였다. YS가 전례 없이 한사코 거절하는 김 변호사를 끝까지 포기하지 않은 데는 그런 배경이 있었다. 김 변호사가 어떻게든 국회의원이라도 한번 해 보려 했던 흔한 정치 지망생 중의 한 사람이었다면 오히려 YS에게 매달렸어야 옳은 일이다.

이렇게 해서 김 변호사는 정치에 뛰어들게 되었고, 인생의 새로운 도전에 나선다.

선거

삶의 길을 바꾼 13대 총선

김광일 변호사가 국회의원이 되었다. 1988년 4월 26일 실시된 13대 총선에서였다. 통일민주당 후보로 출마했고, 선거구는 부산 중구였다.

정치인으로의 변신은 김광일 인생의 대전환이었다. 만 48세 때였다. 58학번으로 서울대 법대에 입학, 1962년 제15회 고등고시 사법과에 합격한 이래 서울대 사법대학원, 군 법무관, 판사, 변호사로서 26년 동안 오직 법조인으로서 외길을 걸어온 김광일이 마침내 삶의 길을 바꾼 것이다.

그러나 역시 선거는 쉬운 게 아니었다. 김 변호사가 국회의원에 당선되기까지 겪어야 할 시련이 남아 있었다. 우선 선거일이 한 달여밖에 남지 않아 시간이 빠듯했다. 더구나 김 변호사로서는 선거를 치러 본 경험이 없었다. 남의 선거운동조차 해 본 적이 없었다. 더구나 자신이 후보자가 되어 치르는 선거도 난생 처음이었다. 선거와 관련한 모든 것이 낯설기만 했다.

김 변호사 영입에 성공한 YS는 배려 차원에서 한 걸음 더 나아갔다. 선거구를 김 변호사에게 선택하도록 했다. 그래서 정한 곳이 부산의 복판인 중구였다.

김 변호사는 YS에게 부산의 재야 인사들과 상의한 대로 집단 입당을 조건으로 꺼냈다. YS는 의외로 선선히 받아들였다. 김 변호사와 함께 재야 인사 집단 영입이라는 명분을 확보하고 정치적 효과를 극대화할 수 있다는 YS다운 정치 감각이 발휘된 것이다.

김 변호사가 YS에게 맨 처음 추천한 부산의 재야 인사는 노무현 변호사와 부민협 김재규 사무국장이었다. 둘 다 1987년 6월 항쟁을 이끈 부산의 민주헌법쟁취국민운동본부(약칭 국본)에서 상임집행위원장과 집행위원을 맡았었다.

그런데 김재규 집행위원이 출마에 난색을 표했다. 뜻밖의 반응이었다. 나중에 들으니 학생운동권 출신 후배들이 한사코 말린 것이었다.

김 · 노 두 변호사가 출마하자 부산의 민주화운동권은 총출동하다시피 했다. 선거 지원은 김 변호사가 여러 면에서 형편이 낫다고 생각하여 노 변호사에 집중되었다. 김 변호사 선거 캠프에는 부산 민주화운동권에서 문재인 변호사가 사무장으로, 해직교사 출신인 김희욱이 핵심 참모로 선거를 도운 정도였다.

13대 총선부터는 소선구제 방식으로 바뀌었다. 1973년 9대 총선 때부터 도입된 중선거구제는 1985년 12대 총선을 끝으로 폐지됐다. 소선거구제는 선거구별로 1등만이 당선되는 제도다. 단 한 표 차이라도 2위는 아무 의미가 없었다. 그만큼 선거전은 치열했다. 선거전이 막판으로 갈수록 그 강도는 더 높아졌다. 야당에 대한 선거 탄압은 노골적이었고, 때로는 폭력사태가 빚어지기도 했다. 당시 김 변호사가 출마한 부산 중구도 예외가 아니었다.

1988년 13대 총선에서 통일민주당 후보로 부산 중구에 출마해 유세를 하고 있다.

　선거일을 이틀 앞둔 1988년 4월 24일, 김광일 후보 선거 캠프는 발 칵 뒤집혔다. 대학생이던 두 아들도 아버지의 선거운동을 돕고 있었다. 그날 초저녁 선거 홍보물을 돌리던 둘째아들 성우가 경쟁 후보측 청년 들에게 집단 폭행을 당해 입원하는 사태가 발생한 것이다. 그 소식을 듣고 큰아들 성완과 선거운동을 돕던 몇몇 친구들은 선거 사무실 주변 경계에 나섰다. 그 과정에서 이번엔 납치사건이 일어난다.

　그 경위를 성완은 이렇게 기억하고 있다.

　"나와 친구 한 명은 정체 불명의 괴한들에게 납치되어 봉고차에 실려 어떤 건물로 끌려 갔다. 봉고에서 내리자마자 안경을 벗겨서 깨뜨린 후 수십 명이 달려들어 각목 세례와 함께 주먹과 발길질이 쏟아졌다. 이유도 모른 채 맞기를 약 20분. 정신을 잃으면 다시 물을 붓고, 또 때리기를 반복하였다. 군사정권의 마지막 발악이라는 생각이 들었다.

진술서를 쓰라고 했다. 무슨 진술? 왜 끌려와서 뭇매를 맞아야 하는지 이유도 모르는 나에게 진술서를 쓰라니? 그들은 내가 그들의 선거 사무실에 몰래 들어가서 정보를 빼내려다 잡힌 것이라고 쓰라고 했다. 그제서야 겨우 사태를 짐작했다. 그리고 김광일 후보의 장남인데 내가 왜 이리로 오게 됐는지 모르겠다고 얘기했다. 그러자 그들은 거짓말 말라며 다시 발길질이 날아왔다.

자신을 스스로 고문 기술자라고 소개하는 40대 남자가 '대나무 침으로 심장을 찌르면 사인도 모른 채 죽을 수 있다'는 등 협박을 하면서 솔직히 얘기하라고 했다. 새벽이 되어서야 서부경찰서로 넘겨져 무단 주거침입죄로 조사를 받았다."

나중에 알게 된 사실이지만 납치사건 범인들은 민주정의당 부산시당의 '특공대원' 청년들이었다. 그리고 큰아들 일행을 끌고 간 곳은 서구 동대신동에 있는 그 사무실 근처였다. 이들은 "선거 자료를 훔치러 부산시당 사무실에 침입했다"는 거짓 자백을 받아내기 위해 큰아들 일행을 납치했던 것이다.

선거운동 중에 작은아들은 입원해 있고 큰아들은 행방불명 상태가 되자 김 변호사는 분노와 함께 "정치란 이런 것인가" 하면서 정치 자체에 대한 회의감을 토로했다. "선거운동이고 뭐고 아들부터 살려야겠다"는 생각에 김 변호사는 선거운동원들을 비상 소집했다. 당시 김 변호사

13대 총선 기간 막바지에 큰아들 성완의 납치 소식을 듣고 선거운동을 중단한 채 항의에 나섰다.

선거 캠프 핵심 참모였던 김희욱은 큰아들 납치사건이 벌어졌던 사무소 광경을 이렇게 설명했다.

"큰아들의 행방을 알 수 없으니 누군가에게 납치를 당했을 것이란 짐작만 할 뿐 다들 답답한 상황이었다. 아들부터 찾아야 한다는 김 변호사의 말에 피켓 등을 급히 만들었다. 그리고 조직을 모두 동원해 그날 밤부터 피켓을 들고 가두 행진에 나섰다. 김 변호사는 확성기를 단 차량으로 '아들을 돌려 달라'고 직접 육성으로 외치면서 밤새 거리를 돌았다."

새벽에 되어서야 겨우 큰아들의 향방을 파악한 김 변호사는 서부경찰서로 달려갔다. 김 변호사가 '억울한 사정'을 설명한 후 큰아들은 이튿날 경찰서에서 풀려났다. 성완은 당시 기억을 이렇게 떠올렸다.

"서부경찰서에 내가 있는 줄 알게 된 아버지와 선거운동원들이 나를 구해 내어 메리놀병원에 입원하게 되었다. 당시 늑골 골절 및 다발성 좌상으로 앉아 있기도 힘든 나를 다시 테러할까 봐 나의 의과대학 동료, 후배 학생들이 병원을 에워싸고 밤새 지켜주었다."

김 변호사는 드디어 국회 입성에 성공했다. 부산의 선거 결과는 15석 중 1석만 빼고 통일민주당이 모두 승리해 거의 싹쓸이에 가까웠다. 13대 총선 결과 전체 의석 분포는 민주정의당 125석, 평화민주당 70석, 통일민주당 59석, 신민주공화당 35석 등이었다. 여당인 민정당은 과반수인 150석에 훨씬 못 미쳐 이른바 '여소야대(與小野大)' 현상이 일어났다.

통일민주당은 부산에서는 압승을 거뒀지만 제3당에 머물렀다. 제1야당을 평화민주당에 넘겨 주었다는 게 더 큰 충격이었다. 통일민주당은 대체로 전국에서 고르게 득표했고 득표율도 2위(23.8%)였지만 2등 낙선이 많았던 탓이었다. 평화민주당이 호남에서 거의 싹쓸이를 한 반면 통일민주당은 경남에서 전체 22석 중 겨우 5분의 2 선인 9석을 건졌다. 서울을 비롯한 수도권에서도 전반적으로 부진했다. 통일민주당은 서울의 48개 의석 중 10석, 경기도 28석 중 4석, 인천 7석 중 1석을 얻는데 그쳤다. 평화민주당도 경기, 인천에서 부진했지만 서울에서 17석을 차지하면서 통일민주당을 의석수에서 앞섰다.

김광일 의원의 향후 정치 행보에도 치명적인 영향을 미치는 3당 합당은 이런 정치 구도에서 싹이 튼 것이다.

등원

국회의원으로 각종 개혁 입법에 참여하다

13대 국회는 5월 30일 개원했다. 4·26총선 후 한 달여쯤 지난 뒤였다. 13대 국회는 그 이전 국회와 상황과 여건이 전혀 달랐다. 6월 항쟁 승리의 여파로 우리 사회 전반에 걸쳐 민주화의 열풍이 불었다. 정치 분야 또한 그동안의 권위주의적 체제를 민주화하는 쪽으로 급격하게 방향을 틀었다. 이런 기조 아래서 제정되어 1987년 2월 25일부터 시행된 6공 헌법에서는 대통령의 권한을 줄이고 대의기관인 국회의 힘을 강화하는 내용이 두드러졌다.

우선 대통령의 비상조치권과 국회해산권을 없애 국회가 입법부로서 권능(權能)을 되찾은 복권(復權)이 이루어졌다. 유신헌법에서 폐지됐던 국회 국정감사권이 16년 만에 부활된 것이 그 상징이다.

유신체제 아래서 국회는 '통법부(通法府)', 국회의원은 '거수기(擧手機)'라는 비난을 들을 만큼 죽은 국회였다. 박정희 전 대통령의 철권 통치의 보조 수단에 불과했다고 해도 과언이 아니다.

전두환 정권 시절 11대, 12대 국회도 여전히 '행정부의 시녀' 소리를 들으며 본연의 역할이 제한된 절름발이와 같았다. 대통령과 정부, 여당이 국회를 좌지우지할 수 있는 제도였기 때문이다.

13대 국회 개원 신우회(개신교 신자 모임) 예배에서 '국민을 섬기는 종으로서 사명을 다할 것'을 다짐하고 있다.

한 선거구에서 국회의원을 2명씩 뽑는 중선거구제로 여야 동반 당선이 가능했던 데다 제1당이 전국구 의원의 3분의 2를 먼저 차지하는 기형적 제도 탓에 여당의 과반수 의석 차지는 식은 죽 먹기였다. 그 때문에 여당의 '1중대' 소리를 들었던 민한당은 물론 야당 색깔이 분명했던 신한민주당까지도 때로는 들러리 신세를 면치 못했다.

13대 국회는 '여소야대' 로 출발했다. 세 야당만 힘을 합쳐도 국회에서 개헌 등의 사안을 제외하고 못할 일이 없었다. 1990년 1월 3당 합당 때까지 '여소야대' 상황이 지속된 1년 반 동안 정치의 중심은 단연 국회였고, 야당 전성시대를 이끌었다.

우리 사회 전반에 걸쳐 민주화 바람까지 거세게 불어닥치자 13대 국회는 문을 열자마자 각종 악법을 개폐(改廢)하는 일부터 착수했다. 이 시기에 제·개정된 법안의 극히 일부를 제외하고 98%가 여야 합의로 국회에 통과되었다. 역대 국회를 통틀어 여야가 합의와 토론의 절차를 거쳐 가장 많은 법안을 만들었다는 평가를 받고 있다.

이런 조건과 상황에서 법률 전문가인 김 의원은 '물 만난 고기' 같았다. 이는 김 의원이 국회의원으로서 첫 상임위로 법제사법위원회를 선택한 배경과 이유이기도 했다. 국회의원들에게 법사위는 대체로 인기 없는 상임위로 꼽힌다. 법사위는 국회 본연의 역할인 입법 관련 사항은 모두 거치도록 되어 있어 일이 산더미처럼 많은 편이다. 그런데 국민들에게 주목받을 일이 별로 없어 '인기' 관리에도 도움이 별로 안 되고, 특히 '돈' 생기는 것과는 인연이 멀기 때문이다.

잘못된 법을 바꾸는 일은 민주화의 진전을 위해서도 반드시 필요했고, 이는 사회정의 실현에도 부합하는 일이었다. 김 변호사가 그때까지 추구해 온 가치와 딱 맞아떨어지는 상임위였다. 물론 국회에 법조인 출신들은 부지기수로 많았다. 그러나 법률개폐 문제에는 소홀한 경우가 많았다.

아직 '정치'에 물들지 않은 초선의 김 의원은 평소 하고 싶었던 악법 개폐를 위해 의욕이 넘쳤다. 그런 김 의원이 국회법 등 개정 특별위원회 위원, 민주발전을 위한 법률개폐 특별위원회 위원으로 잇달아 선임된 것은 자연스러운 일이었다. 법률개폐 특위에서는 사회관계법 소위원회 위원장을 맡았다. 특히 국회법 등 개정 특위는 국회 개원 3일 만인 1988년 6월 1일 신속하게 구성됐다. 이 특위 위원은 위원장을 포함해 민정당 6명, 평민당 4명, 민주당 3명, 공화당 2명 등 모두 15명이었다.

김 의원은 이 특위에서 이진우, 박희태(민정당), 신기하(평민당), 윤재기

(공화당) 의원 등과 함께 민주당을 대표한 5인 소위 위원이 되었다. 5인 소위 위원들은 각 당의 율사 출신 의원들 중에서도 대표 선수격이었다. 이들은 국회법 등 개정과 관련해 각당의 이해관계를 대변하고 다른 당과의 이견을 조율하는 핵심 실무 역할을 담당했다.

1988년 7월 국회에서 통과된 국회법 등의 개정은 국회의 민주적인 운영과 활성화에 초점이 맞춰졌다. 그 중 국정감사 및 조사에 관한 법률안, 국회에서의 증언·감정에 관한 법률 개정안을 놓고 여야는 첨예하게 맞섰다. 그러나 김 의원을 비롯한 야당 의원들은 회기를 연장해 가면서까지 야당 단일안을 마련해 이를 관철시켰다.

당시 첫 도입된 획기적인 제도가 국회 청문회였다. 국회 각 상임위가 국정감사 및 조사 사항을 포함한 중요 안건 심의에 필요한 경우 증인, 감정인, 참고인으로부터 증언·진술 청취와 증거 채택을 위해 청문회를 개최할 수 있도록 한 것이다.

요즘도 국민들의 커다란 관심 대상인 국회 청문회제도 도입은 5인 소위에서 김 의원이 처음으로 제기했다. 이 주장을 내놓은 초기에는 다른 당의 5인 소위 위원들도 시시할 것으로 생각했는지 별반 관심을 갖지 않았다. 그러나 김 의원이 이 제도의 장점과 긍정적 효과를 끈질기게 설득했다. 평민당 신기하 의원과 호흡을 맞춰 강력하게 주장해 관철시킨 합작품이다.

이때 국정감사 및 조사 대상에서 빠져 있던 국가안전기획부(국가정보원의 전신)와 국방부를 포함시켰다. 이 두 기관은 감사원 감사 대상에서도 그때까지 제외되어 있어 일종의 성역처럼 남아 있던 곳이다. 아울러 두 기관의 관계자가 국회의 증언·감정을 거부할 수 있는 권리도 엄격히 제한하는 내용을 담았다. 여기에 정부 투자기관, 정부 재투자기관 등도 대상에 포함시켜 공공기관의 투명성을 높이는 기반도 마련했다.

이 모든 개혁 성과는 여소야대라는 상황을 십분 활용해 세 야당이 공조해 이루어 낸 결과였다. 김 의원은 국회법 등 개정특위 활동에 대해 "다른 세 당의 위원들과 함께 국회법 개정안을 만드는 데 온갖 노력을 다했다. 역대 국회법 개정 연혁과 외국의 국회법을 참조해 나무랄 데 없는 민주적이고 효율적인 국회법이 만들어졌다고 생각한다"며 큰 자부심을 나타냈다.

국정감사 및 조사에 관한 법률안, 국회에서의 증언·감정에 관한 개정법률안 논의 과정에서 가장 뜨거운 감자는 구인제(拘引制) 도입 문제였다. 구인제란 국정감사와 조사에 있어 국회 의결을 거쳐 채택된 증인이 정당한 사유 없이 두 번 이상 출석하지 않을 때 강제 출석시키는 제도다. 김 의원은 이 구인제 도입과 증인의 증언거부권을 제한하는 내용의 법안을 외국의 관련 법을 뒤져 비교 검토한 끝에 직접 성안했다.

김 의원이 이 문제에 대해 이렇게 앞장선 데는 "증인이 출석하지 않으면 국정감사나 조사는 무용지물이 된다"는 법률 전문가로서의 판단 때문이었다. 그래서 "증인의 자유를 다소 속박하더라도 실체적 진실 발견이라는 더 큰 국가적 이익을 위해 필수불가결한 제도"라고 5인 소위 안에서도 강력한 주장을 펼쳤다. 야 3당도 국정감사와 조사가 제대로 이루어지기 위해서는 이 제도의 도입이 핵심이라고 여기고 총력을 다해 공조했다.

당시 여당인 민정당은 요지부동이었다. "범죄인도 아닌 증인에 대한 구인은 국민의 기본권을 침해하는 것이며 판사에게 영장을 요구하고 경찰을 시켜 증인을 끌고 오게 하는 것은 명백한 법집행 행위로써 행정부와 사법부의 권한을 침해, 삼권분립의 정신을 정면으로 위배하고 있다"는 그럴듯한 명분으로 포장해 반대 입장을 굽히지 않았다.

김 의원은 이에 대해 "마치 국회가 선량한 국민을 잡아가는 제도인 것처럼 오도하고 있다"면서 정면으로 공박했다. 그리고 여당의 '사법부 권한 침해' 주장에 대해 김 의원은 "국회가 요구하는 구인장을 법원이 발부토록 하는" 내용으로 여야간 조율을 주도해 결국은 국회 통과를 이끌어 냈다. 하지만 정부와 여당은 당시 노태우 대통령의 거부권 행사로 그동안의 산고(産苦)를 원점으로 되돌려 버렸다.

김 의원은 분노했다. 1987년 7월 중순 관련 두 법안을 재의하는 국회 본회의장에서 노태우 전 대통령의 거부권 행사에 대한 토론자로 나서 '국회의 권위 회복'이란 제목으로 조목조목 반박 연설을 했다.

그는 먼저 두 법안의 입법 과정과 내용을 잘 알고 있는 이 특위의 5인 소위 위원 중 한 사람이었다는 것을 상기시켰다. 그리고 "이른바 유신에서 시작해서 5공화국에서 끝난 지난 16년 동안의 삼권이 통합된 권위주의 체제를 청산하고, 그로 인하여 약화된 권능과 실추된 국회의 권위를 회복하여 정상화하자"는 것이 입법 취지였음을 강조했다. 이어 "좋은 법률을 만들기 위해 40여 일이 넘는 기간을 이 작업에만 전념하여 지나간 헌정의 40년간의 입법 연혁과 선례를 빠짐없이 상고하고, 외국의 입법례도 두루 참조하였으며, 입법이 필요한 오늘의 현실을 면밀하게 관조하였다"고 그간의 과정도 자세히 설명했다.

그리고 결론으로 "대통령의 재의 요구는 전혀 이유가 되지 않는다"면서 "원안대로 결의해 달라"고 동료 의원들에게 호소했다. 이를 통해 국회의 진정한 권위 회복을 외쳤던 김 의원의 소망은 돌아오는 메아리가 없어 무위가 되고 말았다. 김 의원이 두고두고 아쉬워했던 의정 활동의

한 대목이다.

그럼에도 불구하고 당시 평민당, 민주당, 공화당 등 세 야당은 '여소야대' 상황을 이에 앞서 1987년 6월 말 국회에 7개 특별위원회 구성도 단결해 이끌어 낸다. 7개 특위는 '5·18광주민주화운동진상조사 특위(약칭 광주특위)', '제5공화국에 있어서의 정치권력형 비리조사 특위(5공특위)', '민주발전을 위한 법률개폐 특위', '지역감정해소 특위', '양대 선거 부정조사 특위', '통일정책 특위', '서울올림픽 특위' 등이었다.

당시 광주특위와 5공특위는 국회가 갓 도입한 청문회 제도를 십분 활용함으로써 국민들 사이에 엄청난 파문과 화제를 불러일으켰다. 그리고 그 과정에서 김 의원을 비롯해 '청문회 스타'들이 탄생했다.

연설

국회사에 한 획을 그은 명연설

정치는 말이다. 말은 정치의 중심이고 요체다. 정치의 시작도 말로 하는 약속으로 시작된다. 그걸 공약이라고 부른다. 정치인은 선거 때는 물론이고 평소에도 자신의 생각을 유권자들에게 말을 통해 잘 전달해야 한다. '선거 유세', '의정 보고' 등이 그것이다.

국회 안에서 벌어지는 정치 행위도 말로 시작해서 말로 끝난다. 그것이 회의든 협상이든 주장이든 다 말로써 이루어진다. 특히 정치인은 말로 하는 의정 질의나 연설을 잘 해야 높은 점수를 받는다.

1988년 7월 4일 국회 본회의장은 의원들의 연설 경연장 같았다. 이날 제142회 15차 본회의가 열렸고, 정치에 관한 대정부 질의가 있었다. 13대 국회 들어 첫 대정부 질의였다. 이날 질의에 나선 의원만도 민정당 3명, 평민당 · 민주당 각 2명, 공화당 1명 등 모두 8명이었다. 조세형(평민당), 신상우(민주당), 오유방(민정당), 구자춘(공화당), 이민섭(민정당), 김광일(민주당), 유인학(평민당), 나창주(민정당) 의원 등 하나같이 쟁쟁한 인물들이었다.

모두 각 당에서 '뽑힌 대표 선수'격인 만큼 이날 연설 경쟁도 불꽃을 튀겼다. 각 당의 명예와 의원 개개인의 자존심이 걸린 한판 승부와 같

13대 국회 본회의에서 대정부 질의를 하고 있는 김광일 의원.

았다. 이날 연설은 여야 대결 못지않게 야당끼리의 대결이 더 관심을 끌었다. 김 의원은 이날 연설을 노태우 정부의 반민주성을 국민 앞에 드러내는 데 초점을 맞춰 심혈을 기울여 준비했다. 제목도 '권위주의 체제 청산과 민주주의의 회복' 이었다.

김 의원은 대정부 질의 모두에서 "과연 4년간 국회의원 노릇을 끝까지 할 수 있을 것인가? 또 타의에 의해서 군대 때문에 쫓겨나지 아니할까 하는 생각에 지금도 불안하다"면서 노태우 정부가 군사정부임을 우회적으로 지적하면서 말문을 열었다.

그리고 "지금 국무총리에게 질의를 하지만"이라는 전제 아래 "이것은 행정권의 수반이자 집권 여당의 총재직을 겸하고 있는 노태우 대통령에게 하는 질의"라는 점을 분명히 했다. 노태우 대통령에 대해 '6·29 선언을 자랑' 하지만 "권위주의 체제를 창립하고 그 핵에 있으면서 권위주의 체제를 발전시킨 사람"이라고 먼저 규정했다.

김 의원은 "우리 시대의 변화에 대한 정부의 인식을 알고자 한다"면서 노태우 대통령을 향해 직접 화살을 겨냥했다. 전체 18개 항목의 질의 가운데 3분의 1가량이 그에 해당됐다. 첫 번째 질의부터 법조인답게 날카로웠다.

"노태우 정부는 오늘날을 보통 6공화국이라고 부르는데 정부나 총리도 제6공화국이라고 부릅니까? 공화국의 번호를 매기는 기준을 어디에다 둡니까? 6공화국은 그 전의 5공화국과 비교해서 어떤 점이 다르다는 것인지 명확히 밝혀 달라."

사실 이는 중요한 문제 제기였다. 5공과 차별화를 꾀하는 데 온갖 노력을 다하던 노태우 정부는 출범 때부터 스스로 '6공화국'으로 자칭했다. 그 이유를 중대한 내용이 바뀐 헌법에 따라 새로 탄생한 정부라는 의미쯤으로 얼버무려 설명하고 있었다. 당시 언론은 노태우 정부의 일방적 주장을 그대로 받아쓰면서 6공이라고 앵무새처럼 반복했다. 다수의 국민들도 별다른 문제 의식 없이 '6공'이라고 따라 불렀다.

노태우 정부의 진짜 노림수는 '5공과 다른 정부', '민주화된 정부'라는 허위의식을 6공이란 표현으로 포장해 온 국민을 세뇌시키는 것이었다. 김 의원은 6공이라는 표현 속에 숨어 있는 이 점을 정면으로 비판했다. 그가 진정 말하고 싶었던 것은 노태우 정부가 5공의 연장이라는 점이었다. 그것도 국무총리를 비롯한 국무위원들이 앉아 있는 국민의 대표기관인 국회에서 공식적으로 처음 제기하는 문제였다.

이 질의에 대해 당시 이현재 국무총리의 답변이 흥미롭다. "김광일 의원이 법조인이기 때문에 제가 두려움을 느끼면서 제 나름대로 답변을 한다"는 등의 수사(修辭) 다음에 매우 조심스런 요지의 답변을 내놓는다.

"이 공화국의 숫자에 대한 표식이라는 것이 지금까지 유권적인 해석을 내릴 기관도 없고, 또한 유권적인 해석이 내려진 바도 없다. 그래도 헌법의 큰 개혁이 있었거나 또는 정부 구조가 아주 큰 개혁이 되었거나 이런 것을 계기로 해서 번호를 붙여져 온 것이다. 이런 의미에서 이번 (1987년을 의미) 10월에 개정된 헌법이야말로 우리가 모처럼 보는 획기적인 민주헌법이기 때문에 제6공화국이라고 사회적으로나 언론 같은 데서 통용이 되면서 우리도 다같이 쓰게 된 것이 아닌가 생각을 한다."

요약하면 김 의원이 물었던 '공화국의 번호를 매기는 기준'은 없다는 얘기다.

김 의원은 노태우 대통령이 '민주주의 실천'과 '권위주의 체제 청산'을 언급했던 과거의 말을 상기시키면서 정부·여당에 뼈아픈 질의를 몇 가지 더 이어간다.

"권위주의 체제라는 말은 결국 전두환 정권의 5공화국이 민주주의가 아닌 군사독재 체제였음을 가리키는 말이며, 권위주의 체제의 청산이란 구체적으로는 그러한 제도의 변경과 그것에 종사한 인물의 교체 및 그 제도와 인물이 결과한 부정적 산물의 제거를 의미하는 것이라고 생각하지 않는가?"

"노 대통령이 대통령 직선제 선거로 당선되는 절차를 거치기는 하였으나 민주주의를 파괴한 군인 정치인이라는 자격상의 하자가 있고, (국민의) 불과 3분의 1 남짓한 지지를 받았다. 거기다가 사상 유례 없는 부정선거 시비가 뒤따르고 있는데 총리는 노 정권이 참된 정통성을 부여받았다고 보는가? 올림픽 이후 재신임 투표에서 불신임 받지 아니할 것을 조건으로 한시적으로 정통성을 부여받은 해제조건부 대통령이라는 점에 대해 총리는 어떻게 생각하는가?"

김 의원의 이런 질의에 대해 이현재 총리도 피해 갈 수 없다고 생각했는지 항목마다 답변을 하긴 했다. 그러나 대체로 원론적이고 원칙적인 언급에 그쳤다.

"이 문제에 대해 기본적으로 김 의원이 말씀한 바에 동감한다. 잘못된 제도라든지 적합하지 않은 인물, 부정적인 산물은 개선되고 교체되어야 한다고 생각하고 있다."

그러나 김 의원이 질의한 노태우 대통령의 정통성 문제에 대해서는 이현재 총리도 '법적인 정통성'을 강조하면서 당시 꽤 예민한 반응을 보였다.

"현 대통령(노태우)은 13대 대통령선거에서 대한민국 헌법과 법률이 정한 바에 따라서 정당하게 선출된 대통령이라는 것은 여기 의원 여러분도 부인하는 분은 안 계시리라 생각한다. 따라서 공약사항의 이행을 조건으로 해서 대통령의 정통성에 대해서 논란을 하는 것은 있을 수 없다는 생각이 든다."

이날 대정부 질의에서 김 의원은 '전두환 전 대통령 자신과 그 친인척의 어마어마한 부정과 비리에 관한 진상 조사', '시국사건 구속자들의 즉각 석방', '사법권 독립' '정부·공무원의 정치 중립성 유지', '올림픽의 국내 정치적 성과와 이후 정치 일정', '임기 중 신임투표 공약 준수', '1980년 공직 해직자 복직' 등 당시 민감한 정치 현안을 조목조목 짚고 따졌다. 특히 '5·18광주 문제'를 두고는 "이의 해결은 무엇보다도 사건 진상을 정확히 밝힌 뒤에 그 진상에 따라 수습책을 강구하라"며 진상 규명 과제에 해당하는 6개의 질의를 별도로 노태우 정부를 향해 던졌다.

김 의원은 '발언 시간 제한'으로 마이크가 꺼진 상태에서 노태우 대통령에게 하는 '마지막으로 부탁 한 가지'를 속기록에 남겨 놓았다. 수미일관(首尾一貫)하게 노태우 대통령을 물고 늘어진 것이다.

"순조로운 정치 발전을 위하여는 노 대통령이 6·29선언 1주년 기념 간담회에서 말한 바와 같이 모두 권위주의 옷을 홀랑 벗어야 하는데 그가 염려하는 바 대로 다른 사람들이 옷을 벗지 아니하여 '돈키호테' 꼴이 되면 그 자신도 다시 옷을 입어 버릴까 걱정됩니다. 자기 혼자 웃음거리가 되는 한이 있더라도 그야말로 살신성인의 정신으로 끝내 옷을 벗어 주기를 당부한다고 전해 주십시오."

김 의원은 노태우 대통령이 취임 초기 권위주의 체제 청산의 의미로 와이셔츠 바람으로 국정을 논의했던 장면을 놓치지 않고 기억했다가 충고의 한마디를 빠뜨리지 않은 것이다. 김 의원이 말은 쉽게 표현했지만 그 안에 담긴 뜻은 깊었다.

이날 대정부 질의가 끝나고 통일민주당 총재 YS는 "우리 의정사에서 유례를 찾을 수 없을 정도로 명쾌한 논리를 곁들인 우수한 내용이었다"는 상찬(賞讚)을 아끼지 않았다. 시사주간지 「시사저널」도 1991년 11월 21일자 '13대 의원의 성적표'라는 제하의 특집기사에서 "국회사에 한 획을 그은 명연설"이라고 평가했다. 이 주간지는 기사에서 '당파를 초월한 재야 변호사 출신'으로 "그는 본회의 질의의 논리성 말고 국정심의에서도 가장 공정성을 지킨다는 평가를 받는다"고 보도했다.

김 의원이 이런 평가를 받는 이유는 앞서 언급한 것처럼 '두터운 지식, 치밀한 분석, 탄탄한 논리, 발군의 순발력' 등이 복합적으로 작용했다는 것이 그를 잘 아는 인사들의 중평이다. 김 의원은 또 선 굵은 외모와 달리 의외로 꼼꼼한 성격이다. 변호사 시절 변론문을 새벽까지 직접 쓰는 성실함이 어우러진 결과다.

김 의원의 이런 의정활동 자세는 1988년 7월 9일 양심수 등 석방결
의안 찬성 토론에서 또 한번 빛을 발한다. 의안의 정식 명칭은 '양심수
등의 석방·특별사면·복권 및 수배해제 촉구를 위한 특별결의안'이
다. 야 3당의 재적 의원 과반수가 넘는 162인이 공동 발의에 참여했다.
장경우 의원(민정당)의 반대토론에 이어 단상에 오른 김 의원은 "모든
양심수가 석방되지 않는 한 헌법에 보장된 인권은 허울좋은 껍데기에
불과하다"며 전례 없이 목소리를 높였다.

김 의원이 직접 붙인 이 찬성 토론의 제목부터 '유령(幽靈)이 다스리
는 국회인가, 생령(生靈)이 다스리는 국회인가?'로 도발적이었다. 김 의
원이 여기서 말하는 유령은 "민주화 투쟁을 하다 지난 세상에는 이미
죽어 없어졌어야 했을 사람"이었지만 "죽지 않고 살아서 국회 뒷자리
에 앉아 있는 민주 지도자" 곧 YS와 DJ를 언급했다. 그와 반대로 "그들
을 죽이려고 했지만 이 자리(의석)에 같이 앉아 있는 사람"이 곧 생령이
라고 지목했다. 그리고 생령들을 향해 "살아 있는 것 같지마는 만약 같
은 태도와 자세를 가지고 있다면 머지않아 망령이 되어 버릴 것"이라
고 경고했다.

김 의원은 부산미문화원 방화사건의 주범으로 사형선고를 받았던 문
부식과 김현장의 사례를 상당히 길게 소개한다. 이 결의안을 만장일치
로 의결시켜 달라고 의원들에게 호소하면서 찬성의 이유로 여덟 가지
를 들어 사자후를 토한다.

"첫째는 오늘 이 시대가 민주화의 시대로서 민주화의 시대가 도래했
다는 증거를 나타내기 위해서, 둘째로 민족정기와 나라의 정의를 확립

하기 위해서, 셋째로 모든 사람의 처벌에 대한 형평을 확립하기 위해서, 넷째로 양심 있는 의회 지도자들이 양심의 빚을 갚기 위해서, 다섯째로 현 정권에 대한 신뢰를 회복해서 정치다운 정치가 이루어지게 하기 위해서, 여섯째 대화합을 통한 역사의 전진을 하게 하기 위해서, 일곱째 그렇게도 중요하다고 하는 초미의 대행사 올림픽의 성공적이고 평화적인 개최를 위해서, 여덟째 우리 모두가 후손에게 떳떳한 조상이 되기 위해서 이 결의안은 반드시 통과시켜야 하는 것이다.”

그리고 김 의원은 의원들의 감성에도 호소한다.

“'봄이 와도 봄이 온 것 같지 않다(春來不似春)'는 말이 있다. 민주화 시대가 왔다고 갑자기 하늘의 색깔이 변하는가? 이 의사당 안에 있는 공기가 갑자기 산소에서 탄산가스로 변해 버리는가? 그 증거는 사람이 달라진다는 것이다. 권위주의 시대에 권위주의를 반대해서 투쟁하거나 핍박당했던 사람이 놓여나고, 그 반대의 위치에 있던 사람이 감옥에 가거나 그렇지 아니하더라도 그 자리에서 물러나는 것을 의미한다.”

김 의원이 이 발언을 하는 동안 여야 의석에서 맞고함을 치는 사태로 십여 차례의 장내 소란이 일어난다. 그 중의 일부 상황을 국회 속기록에서 옮겨 본다.

(장내 소란)

그럼에도 불구하고… 권해옥 의원 앉으시지!

정동호 의원 조용히 좀 하시지!

(장내 소란)

탱크 가지고 깔아 보시지! 총으로 쏘아 보시지!

(장내 소란)

정부 비판 연설에 야유를 하는 당시 여당인 민정당 의석을 향해 당당한 자세로 맞서고 있다.

의장 김재순 : 좀 조용해요.

자, 계속합니다.

(장내 소란)

그것이 당시에 금기되었던 광주학살사건…

(장내 소란)

이런 소란은 기립 투표가 끝나고 그 결과를 기다리는 순간에도 계속된다.

(강우혁 의원 의석에서-김광일 의원이 공산주의자도 풀어 주어야 한다는 말은 책임져야 돼! 역사에 남는 발언을 했어요.)

('이거 무슨 소리야!' 하는 이 있음)

('어디 공갈 치는 거야!' 하는 이 있음)

('그런 소리 하지 말아요!' 하는 이 있음)

　　김 의원은 "이제 시대의 변화를 인식하지 못하고 역사의 흐름에 거꾸로 가려는 자는 역사의 수레바퀴에 치어서 흔적도 없이 사라져 버릴지도 모른다"며 "세상이 바뀌었을 때 사람이 바뀌는 것이 민족정기를 확립하고 정통성을 확립하는 것"이라고 의원들의 동참을 촉구했다.

　　김 의원의 열변 덕인지 이 결의안은 재적 283명 중 찬성 163명, 반대 118명, 기권 2명으로 가결되었다. 결의안에 서명했던 의원 외 민정당 의원 등은 하나같이 반대표를 던진 것이다.

부결

대법원장 임명동의안 부결을 주도하다

1988년 7월 2일, 국회 본회의에서 정기승 대법원장 임명동의안
이 부결되는 초유의 사태가 일어났다. 대법원장과 대법관에 대
한 국회 임명동의제는 6월 항쟁 후 개정된 헌법에서 처음 도입됐고, 그
첫 사례가 정 대법원장 임명동의안 표결이었다. 정부가 내정한 사법부
수장이 국회의 거부로 낙마한 것은 우리 역사상 처음이자 마지막이다.

제142회 14차 본회의에 상정된 의안은 두 가지였다. '대법원장(정기
승) 임명동의의 건'과 '감사원장(김영준) 임명동의의 건'이었다. 당시 노
태우 대통령이 후보자로 내정한 뒤 24시간도 지나지 않은 그날 김재순
국회의장이 '기습적으로' 상정한 의안이었다. 이런 인사 문제는 그때
까지 선례가 없을 정도로 국회에서 찬반 토론 없이 표결 절차를 거쳐
통과시키는 것이 관행처럼 통용되고 있었다.

김 의장은 본회의가 시작되자마자 '무기명 투표' 방법을 설명하고
각 당별로 총 8명의 감표위원을 발표하는 등 표결을 서둘러 진행하려
했다. 여기에 김광일 의원이 의사진행 발언을 통해 13대 국회 사상 처
음으로 브레이크를 걸고 나온 것이다.

국회에서 의사진행 발언은 사회자의 재량에 따라 허가 여부를 결정

김광일 의원의 국회 대정부 질의와 토론은 13대 국회에서 가장 논리적인 것으로 평가를 받았다.

한다. 의사진행 발언 기회를 얻지 못할 수도 있다는 생각에 김 의원은 미리 서면으로 신청했고, 김 의장은 특별히 이 사실을 언급하면서 허가했다. 당시는 국회 본회의를 오후 2시에 개회하게 되어 있어 오전에 시간 여유가 있었던 것이다.

김 의원의 이날 의사진행 발언은 형식은 법 규정 절차상의 문제를 제기한 것이었지만, 사실상 반대 토론이었다. 김 의원은 김 의장에게 "오늘의 의사일정을 국회 운영위원회와 협의한 사실이 있는가?" 하고 먼저 물었다. 그리고 "만약 협의한 사실이 없다면 의안 상정 자체가 위법이므로 오늘의 의사 일정은 진행할 수 없다고 생각한다"면서 김 의장을 궁지에 몰아넣었다. 법조인 출신답게 김 의원이 근거로 삼은 법조항은 우선 국회법 제71조 제2항이었다. "의사 일정의 작성에 있어서는 국회 운영위원회와 협의하되 협의가 이루어지지 아니할 때는 의장이 이를 결정한다"는 내용이었다. 김 의장이 국회 운영위원회와 협의 자체를 시도하지 않았다는 지적이었다.

김 의원은 또 "대통령으로부터 환부된 법률안과 기타 인사에 관한 안건은 무기명 투표로 표결한다"는 국회법 제105조 제5항을 들고 나왔다. 김 의장이 앞서 무기명투표로 표결하겠다고 공지했으므로 김 의원이 무슨 말을 하려는 것인지 처음에는 다들 의아해했다. 김 의원은 "대통령 동의요청안도 일반 안건"이라면서 "이 안건을 토론이나 질의 없이 바로 표결에 들어가라 하는 법률상의 제한은 없다"는 새로운 문제 제기를 했다. 다시 말해 토론도 하고 질의도 하자는 것이었다.

김 의원은 하루 사이에 관련 선례가 있는지 국회 기록을 다 뒤졌다. 그런데 불행하게도 인사 관련 의안에 대해 찬반토론을 한 선례를 찾지 못했다. 그럼에도 김 의원은 "대법원장이라는 중요한 지위에 있는 사람을 국회의 동의를 얻으려고 할 때, 국회에서 의견이 분분할 때는 그 사람에 대한 질의도 하고 반대하는 이유도 듣고 찬반토론을 거쳐야 한다고 생각한다"고 강조했다. '선례는 없지만' 필요하면 새로운 관행을 만들자는 주장으로 다른 의원들의 무릎을 치게 만들었다.

이런 의사진행 발언을 하게 된 '근본 이유'에서 김 의원은 자신의 평소 소신을 다시 한 번 피력했다.

"우리가 권위주의 통치시대를 종식시키고 참된 민주화의 새로운 정치시대를 열자고 하는 것이 집권 여당의 책임자인 노태우 대통령이나 민정당이나 또 우리 야당들과 우리 국민들의 일치된 의사라고 생각한다. 삼권분립이 되어 있는 삼권의 수장 중의 하나인 대법원장을 선임하는 과정에 있어서 헌법이, 대통령이 이를 국회에다가 동의 요청을 해서 국회가 동의를 하도록 한 그 입법 취지에 비추어서 신중하게 하라는 말"이라고 생각한다.

그런데 김 의원이 이런 발언을 하게 된 진짜 배경이 있었다. 정기승 대법원장 후보자에 대한 임명동의안 부결은 당시 우리 사회 전반에 걸쳐 불어닥친 민주화 열기가 결정적이었다. 그런 민주화 시대에 부응하기에는 법조계에서 신망이 부족하다는 평가가 지배적이었다. 노태우 대통령은 5공화국 때 임명된 김용철 대법원장 체제를 그대로 밀고가려는 것이 애초 생각이었다. 이 사실이 알려지자 1988년 6월 15일 서울민사지법(나중에 서울형사지법과 함께 서울중앙지법으로 통합) 단독 판사들을 시작으로 서명운동이 시작됐다.

그리고 서울형사지법을 제외한 전국의 법관 430여 명의 이름으로 사법부의 '5공 청산'을 내건 '새로운 대법원 구성에 즈음한 우리의 견해'

라는 제목의 성명서를 발표한다. "민주화 열기의 와중에서도 사법부가 아무런 자기반성의 몸짓을 보여 주지 못했다"면서 "많은 국민들이 불신하고 심지어는 매도하는" 사법부의 신뢰를 회복할 수 있는 길은 "사법부의 수장 등 대법원의 면모를 일신함에 있다"는 내용이었다. 그리고 당시 김용철 대법원장 사퇴, 기관원의 법원 상주 금지, 법관의 청와대 파견 중지 등을 요구하고 나선다. '사법부 쇄신 요구 사건'으로도 불리는 2차 사법파동이다. 이 사건으로 그해 6월 20일 김용철 대법원장은 자진 사퇴한다.

그해 6월 말 김용철 대법원장의 후임으로 내정된 사람이 정기승 후보였다. 정 후보는 지법원장에서 드물게 고법원장을 거치지 않고 곧바로 대법관에 임명되어 법조계에서 '고속 출세'의 상징 인물로 통했다. 시국사건 영장 발부가 가장 많았던 서울형사지법원장을 역임했다는 경력도 흠으로 지적되었다. 정 후보 내정은 '여소야대'라는 상황에서 신민주공화당 국회의원의 지지가 필요하다는 점을 고려한 노태우 대통령의 '꼼수'이기도 했다. 정 후보는 JP(공화당 총재)의 동향인데다 고교 선후배 사이였다.

정 후보 내정 사실이 알려지자 대한변호사협회는 "안보를 핑계로 인권이 무시되던 제5공화국 시대의 대법관을 새 대법원장으로 받아들일 수 없다"는 성명서를 통해 반대 의사를 분명히 했다. 사법연수원생 180여 명도 국회 표결 하루 전에 성명서를 내고 정 후보를 "사법부에 대한 실추된 국민의 신뢰를 회복하기에 미흡한 인물"로 평가하고 임명 철회를 요구했다. 이런 분위기에서 김 의원의 의사진행 발언은 '국민의 뜻'을 상기시키는 것이었고, 두 야당의 이탈표 방지에도 큰 영향을 미쳤다.

이날 국회 본회의 표 대결 구도는 민정당과 공화당이 한편이고, 평민당과 민주당은 강력한 반대 공조 작전을 폈다. 민정당 125석에 공화당 35석을 합치면 160석이었다. 전체 과반수 의석에서 10석이 넘치는 의석이었으므로 임명동의안 통과는 무난해 보였다. 그런데 개표 결과 뜻밖에도 찬성 141표에 그쳤다. 반대 6표, 기권 134표, 무효 14표 등이었다. 출석 의원 295석 중 과반수인 148석에서 7표가 모자랐다. 부결이었다. 김 의원은 나중에 "찬성표를 던질 것으로 예상했던 공화당 일부 의원들마저 찬성표를 던지지 않았던 것 같다"고 말했다.

이날 김 의원의 의사진행 발언은 본 회의장의 분위기를 긴장감이 넘치게 만들었다. 오후 2시 19분에 개의된 국회 본회의는 2분 만에 김 의원의 의사진행 발언이 시작됐고, 20여 분 넘게 계속됐다. 직후에 국회 의사국장이 기표 방법을 설명했지만 국회의원들이 귀담아 들을 상황이 아니었다. 표결이 시작된 후에도 투 · 개표가 늦어진다는 항의가 잇따르면서 회의장은 몹시 소란스러웠다.

정기승 대법원장 임명동의안이 부결된 후 후임자가 이일규 대법원장이었다. 이 대법원장은 1985년 12월 65세 정년으로 대법관에서 퇴임한 뒤 변호사로 있었다. 야당 눈치를 볼 수밖에 없었던 노태우 정부가 불가피하게 선택한 인물이었다. 이 대법원장은 '통영 대꼬챙이'라는 별명답게 1970~1980년대 사법부에서 드물게 소신 판결을 내리고, 소수 의견을 많이 내 야당의 평가도 호의적이었다.

이 대법원장은 당시 나이가 68세였는데 대법원장 정년이 70세여서 가능했지만 2년여 만에 퇴임하여, 대법원에서만 두 번 정년 퇴임하는 진기록을 남겼다.

이 대법원장은 취임 후 대법관 후보로 2배수를 제청해 대통령의 낙점을 받던 관례를 깨고 13명 정원만 제청하는 등 새로운 시도로 국민들의 박수를 받았다. 대법관 임명부터 사법부에 대한 권력층 등 외부의 영향력을 차단하려는 노력의 일환이었다.

김 의원의 국회에서의 활약이 사법부의 새 출발을 앞당긴 결과를 낳은 것이다. 김 의원은 이에 대해 큰 보람을 느꼈던 것으로 보인다. 20일쯤 뒤인 그해 7월 21일 열린 국회 법사위 정책질의에서 "우리도 다행스럽게 생각한다"는 평가를 내렸다.

"지난날 잘못된 시대를 청산하기 위해서는 먼저 제도와 인물 두 가지 면에서 개선이 있어야 할 것이다. 대법원의 구성 과정이 국민의 지지를 받고 있고 사법부가 존경을 받는 방향으로 되었다고 자타가 인정하고 있다."

그러나 정부와 여당은 정기승 대법원장 임명동의안 부결로 '여소야대' 국회의 위력을 실감하고 큰 충격에 빠졌다. 이는 1990년 1월 전격적으로 발표된 '3당 합당'의 배경으로 작용한다. 김 의원의 정치 행로에 결정적 분수령을 이루는 3당 합당의 씨앗이 여기서 싹트기 시작했다는 사실은 역사의 아이러니다.

청문

광주청문회 스타로 떠오르다

청문회 제도는 1988년 6월 국회법 등 개정 때 개정위원회 5인 소위 위원이었던 김광일 의원 등이 주도해 처음 도입됐다. 그 직후 국회에서는 '5 · 18광주민주화운동진상조사 특별위원회(약칭 광주특위)', '제5공화국에 있어서의 정치권력형 비리조사 특별위원회(5공특위)', '민주발전을 위한 법률개폐 특별위원회' 등 7개 특위를 구성한다.

이어 그해 8월 같은 개정위원회에서 '국회에서의 증언 · 감정 등에 관한 법률'을 제정해 비로소 청문회 개최에 필요한 입법 토대가 마련되었다. 그리고 그해가 바뀌기 전에 청문회가 실시되면서 국민들의 비상한 관심을 끌었다. '여소야대' 국회였기에 청문회 제도가 이렇게 신속하게 빛을 발하게 된 것이다.

광주특위와 5공특위가 본격 가동된 것은 그해 11월에 들어서였다. 여야가 특위 운영과 증인 신청 문제로 실랑이를 벌이면서 4개월여를 허송세월했기 때문이다. 이런 특위 활동의 일환으로 국회는 세 가지 청문회를 시차를 두고 차례로 연다.

5공특위의 '일해재단 설립 배경 및 자금조성 관련 비리조사 청문회'(통칭 5공청문회), 광주특위의 '5 · 18광주민주화운동 진상규명을 위한 청문회(통칭 광주청문회) 그리고 언론 통폐합, 언론인 강제해직 등 정부 언론장악 진상파악을 위한 청문회(통칭 언론청문회) 등이 그것이다.

김 의원이 맹활약했던 광주청문회는 11월 18일 시작해 모두 6차례에 걸쳐 열렸다. 증인과 참고인으로 80여 명이 등장해 규모 면에서도 대단했다. 김 의원은 애초 광주특위 위원이 아니었다. '민주발전을 위한 법률개폐 특위' 위원이었다. 당에서는 처음 7개 특위가 구성되었을 때 이 특위가 가장 중요하다는 판단에서였다. 국회법 등의 개정 과정에서 법률 전문가로서 활동이 크게 돋보였기에 그것은 자연스러운 일이었다.

그런데 민주당 김영삼 총재가 11월 12일 갑자기 김 의원을 광주특위 위원으로 임명했다. 율사 출신인 이인제, 장석화 의원과 함께 이미 내정돼 있던 다른 의원들과 교체를 한 것이다.

그럴만한 이유가 있었다. 원래 민주당과 평민당의 계획은 각각 5공청문회와 광주청문회에 주력해 각 당의 본거지에서 기세를 올리는 것으로 일종의 역할 분담을 생각했다. 그런데 이에 앞서 11월 4일부터 5차례에 걸쳐 열린 5공청문회가 예상 밖으로 국민들 사이에 폭발적 관심을 불러일으켰다. 5공청문회를 통해 민주당은 큰 성과도 얻었다.

정치적 감각이 뛰어난 YS가 광주청문회도 기회를 놓치지 않고 '최선을 다하자'는 방향으로 선회한 것이다. 광주청문회는 가해자격인 민정당이나 피해자격인 평민당은 두 당 모두 방어나 공격 어느 한쪽으로 치우칠 우려가 있었다. 그러나 민주당은 두 당에 비해 입장이 상대적으로 자유로운 편이었다. 이 때문에 객관적 시각에서 실체적 진실 규명에 유리한 점이 있었다.

YS는 김 의원에게 광주특위 민주당 팀장까지 맡겼다. 김 의원이 당 차원에서 광주청문회의 전반적인 운영과 위원들 사이의 역할 조율까지

김광일 의원이 1988년 13대 국회 광주청문회에서 날카로운 증인신문을 하고 있다.

하게 됐다.

김 의원이 팀장으로서 정한 방침이자 목표는 크게 세 가지였다. 5공의 정통성 문제를 집중 추궁하고, 5·17계엄확대 조치가 쿠데타였으며 정권 탈취 기도였음을 입증하며, 광주시민과 유족에 대한 명예회복과 광주민주화운동의 역사적 평가를 이끌어 내자는 것이었다. 김 의원은 또 당내 의원들에게 개인적인 경쟁이 아닌 팀플레이 분위기를 조성했다.

그 연장선에서 의원별로 역할과 책임을 나눴다. 5공청문회는 주로 비리를 중심으로 한 경제적 문제에 초점이 맞춰졌다. 이에 비해 광주 청문회는 10·26부터 12·12를 거쳐 5·17, 5·18 등 사안 자체가 매우 정치적이었다. 그만큼 민감하고 복잡했으며 규명해야 할 진실이 광범위했다.

이에 따라 이인제 의원은 광주사태 진압에 따른 지휘체계 규명, 장석화 의원은 당시 군 출동의 불법성 입증, 오경의·박태권 의원은 진압 과정에서 과잉 대응 등의 문제점을 밝히는 데 주력하기로 했다. 김 의원은 이 계획대로 청문회가 진행되도록 전반적인 운영을 맡았다.

또 청문회에 나올 증인별로 주심(主審) 위원을 정했다. 주심이 담당 증인을 상대로 먼저 질문한 다음 다른 위원들이 두 번, 세 번 추가로 묻는 것으로 조직적이고 효율적인 체계를 짰다.

김 의원이 마지막으로 당내 청문회 의원들과 함께 다짐한 것은 철저한 사전 자료 검토였다. 김 의원도 팀장이지만 특위 위원의 한 사람으로 예외일 수가 없었다. 광주청문회에서 다룰 사안은 짧은 기간이었지만 우리 현대사에서 보기 드문 격동기여서 검토해야 할 자료가 산더미 같았다.

이미 나와 있는 관련 신문, 잡지, 단행본만 하더라도 무수히 많았다. 여기에 새로 제출받은 관련 정부 자료에 각종 시민 제보까지 쏟아졌다. "김 의원의 의원회관 사무실 한편에 있는 사방 1미터 크기의 탁자 위에는 광주청문회 관련 자료가 두 자 높이로 쌓여 있었다"는 목격담이 있을 정도였다.

다른 의원들도 마찬가지였다. 이 자료를 증인별로 분류하고 분석하는 데 민주당 전문위원과 의원 보좌관 등으로 청문회 준비팀을 구성해 합동으로 대응했다. 의원들과 준비팀이 국회에서 가까운 호텔에서 합숙하며 자료 검토를 할 수밖에 없었다. 김 의원의 경우 "준비한 자료를 최소한 한 번 이상 다 읽고 검토한다"는 목표를 세우고 밤낮으로 매달렸다.

예를 들면 김 의원이 주심을 맡았던 5공 실세 정호용 증인이 있었다. 정씨는 광주민주화운동 당시 특전사령관으로 진압군 지휘 계통의 중심에 있었고, 발포 명령자 의심을 받고 있었다. 우선 인간 정호용이 어떤 사람인가부터 철저히 연구했다.

그의 경력은 물론 그가 장관 때 국회에서 한 발언과 저서 등을 찾아내 밤새 읽었다. 또한 미흡한 자료지만 정부와 군에서 제출한 자료와 『육군사(陸軍史)』등 군 관련 서적을 이 잡듯이 뒤졌다.

관련 자료 섭렵은 김 의원이 변호사 때부터 익숙한 습관이었다. 김 의원이 정호용 증인 신문에 나선 것은 1988년 12월 7일 오후 3시 30분경이었다. 그를 상대로 한 김 의원의 신문은 다른 의원들과는 구분되는 남다른 점이 있었다. 김 의원은 자신을 소개한 다음 신문이 아니라 대뜸 무슨 군사학 교과서에 나올 법한 문장부터 인용했다.

"모든 지휘관은 그에게 부여된 지휘권은 국민으로부터 위임된 신성한 권한임을 명심하고 이를 경건하게 받아들여 항시 진지한 자세로 엄정하게 행사하여야 한다."

그리고 나서 김 의원은 곧바로 "이 말은 증인이 저술한 『용병의 원리와 실제』라는 책에 적혀 있는 것을 제가 읽었습니다. 증인이 하신 말씀 맞지요?" 하는 첫 질문을 한다. 정호용 증인은 "예" 하고 대답했다.

김 의원은 두 번째 질문에 앞서 "이 증인의 저서와 또 증인의 경력과 국무위원으로서 국회에서의 속기록과 광주에 관련된 여러 가지 자료를 검토한 결과…"란 말을 굳이 꺼낸다.

김 의원은 이 말을 꺼낸 이유를 "그의 성격과 사고방식에 대해 익히 듣고 있던 터라 기선을 제압하는 게 무엇보다 중요했다"면서 "그만큼 당신에 대해 연구했다는 사실을 알게끔 해서 상대방을 압도하기 위해서였다"고 설명한다.

김 의원이 노렸던 효과는 적중했다. 김 의원이 약점을 알고 질문을 이어가자 정호용 증인은 대체로 "예", "그렇습니다" 등 시인하는 답변을 할 수밖에 없었다. 김 의원은 증인으로부터 진상조사가 이뤄지지 않은 책임이 정부에 있다는 대답을 이끌어 내는 데 성공한다.

이어 김 의원은 "정승화 장군은 김재규의 시해행위 현장 부근에 있었다는 사실만으로 의심을 받고 보안사령관에게 체포되어 조사를 받았습니다. 증인도 광주사건 현장에 있었다는 것만으로 의심을 받는다고 했습니다." 그리고 "조사를 받은 사실은 없지요?"라고 질문했고, 증인으로부터 "없습니다"는 분명한 답변을 받아냈다.

정승화 장군과 정호용 증인이 처했던 상황을 비교해 '정부의 의도적인 은닉 의도'를 드러내는 고단수 신문이었다. 법정에서 오랜 변론을 통해 단련된 김 의원이었기에 가능한 방법이었다.

김 의원은 "정승화 장군은 첫째 초청을 받았고, 둘째 잠깐 가 있었고, 또한 본인이 아무 일(역할)도 없었고 그리고 그 자리에서 죽은 사람도 소수였는데 7년 징역형을 살았다"고 전제했다.

"그런데 증인은 초청도 안 했는데 갔다. 한동안이 아니라 여러 날 있었다. 아무 일도 안 한 게 아니라 보급도 하고 (부하들이) 잘하나 못하나 살피러 다녔다. 증인 예하부대의 진압작전으로 수백 명이 죽거나 상해를 입었다"는 사실을 비교해 열거한 다음 "정승화 장군이 받은 의심보다 더 큰 의심을 받을 만하다고 생각하지 않느냐?"고 궁지에 몰아넣었다.

정호용 증인도 말문이 막히자 "그러니까 제가 꼭 징역을 가야 모든 것이 해결됩니까?"라고 발끈한 모습을 보였다. 이는 사태에 대한 책임을 시인하는 듯한 발언으로 해석할 여지가 충분했다.

정호용 증인에 대한 신문은 김 의원이 "정치적인 책임, 지휘 책임을 지고 역사의 지도적인 위치에서 용퇴할 용의는 없느냐?"고 묻는 것으로 끝난다. 김 의원의 정호용 증인신문은 청문회란 왜 하는 것이며, 어떻게 하는 것인지 보여 준 '모범 답안' 사례로 국회사에 기록돼 있다.

광주청문회에서 김 의원은 크게 '5 · 18광주민주화운동을 거시적으로 조명' 하는 방향에 초점을 맞췄다. 미시적인 개별 사안에 집중하다 보면 나무만 보고 숲을 보지 못하는 우를 범할 수 있다는 생각에서였다.

"잉태에서 출산까지, 또 이후 어떤 결과를 초래했는가 하는 '광주 문제' 의 전반적 사실과 그 과정에서의 무리하고 부당한 일들을 밝히고 왜 이런 일이 있을 수밖에 없었는가 하는 '역사성' 을 캐내는 데 중점을 두었다. 광주청문회의 목적은 첫째 문제의 해결 방안을 얻자는 것이었고, 둘째 재발 방지의 교훈을 얻는 것이라 생각했다. 전체의 흐름이 어떤 것인가를 보여 줘 '아하, 광주 항쟁은 이렇게 저렇게 해서 일어났던 것이고 그 의미는 이런 것이구나' 하는 점을 국민들에게 보여 주는 게 더욱 중요하다고 생각했다."

그래서 김 의원의 증인신문 과정에서는 대체로 불필요한 논쟁이나 말씨름이 거의 없는 편이었다. 신문 시간의 제한도 있어서 효율적인 시간 관리도 청문회에서는 매우 중요했다. 자칫 작은 사실에 발목을 잡혀 증인들의 전술에 말려드는 것을 극히 경계했다. 광주의 진실을 밝히는 데 도움이 되는 핵심 사안을 곧바로 치고 나가는 식이었다.

김 의원이 주영복 1980년 당시 국방부장관을 신문할 때였다. 1988년 11월 19일 열린 청문회 자리에서였다. 주영복 증인은 이날 5 · 17계엄

확대조치의 필요성이 있었느냐는 앞서 여러 의원들의 질문에 준비를 했던 듯 '북괴의 남침 위협, 학원 소요로 인한 국가의 안녕과 질서 파괴, 경제 파탄 상태' 등 뻔한 '모범 답안' 세 가지를 들었다. 김 의원은 이를 인정하는 듯하면서 전혀 다른 차원의 역공을 취했다. 그 중 남침 위협 요인을 놓고 주영복 증인을 상대로 신문한다.

– 만약 전쟁 남침 위협이 있다면 전방에 있던 부대를 후방에 빼는 일은 없지요? 그 다음에 우리 공수특전단 같으면 우리 국군 중에서 제일 용감한 부대지요?

"예."

– 만일 남침 위협이 있다면 공수특전단만은 절대 다른 데 써서는 안 되겠지요?

"그렇지는 않아요. 다른…."

– 바로 적이 쳐내려오는데 그것을 막는 것이 가장 급선무 아닙니까?

"예."

– 그 다음에 그렇게 급박한 남침 위협이 있다면 국군통수권자인 대통령이 외국에 나가는 일은 뒤로 미루더라도 안 해야 되겠지요?

"그것은 국가 상호간에 약속이 되어 있는 상황이기 때문에…."

이런 식으로 김 의원의 치밀한 논리에 주영복 증인은 어느 것 하나 확실한 대답도 못하고 진땀만 흘려야 했다.

12월 6일에 있었던 신현확 증인 대상 청문회도 김 의원의 칼날 신문을 피해 가지 못했다. 신현확 증인은 당시 국무총리로서 청문회에 나온 최고위직이었다. 최규하 전 대통령은 당시 청문회를 외면한 것은 물론

김광일 의원이 13대 국회 광주청문회에서 당시 국무총리였던 신현확 증인에게 송곳 질문을 하고 있다.

국민 앞에 끝내 진실을 밝히지 않았다. 따라서 신현확 증인에 대한 신문은 당시 정부의 입장과 생각을 파악하는 데 아주 중요했다.

그런데 김 의원의 이날 신문 순서는 아주 뒤편이었다. 앞에서 10여 명의 의원들이 신현확 증인을 상대로 신문했기 때문에 중요한 내용은 한 번 걸러진 상태였다. 김 의원은 이런 불리함에도 국민의 기대를 저버리지 않았다. 주변부터 파고들어 핵심을 찌르는 김 의원의 신문 앞에 '천하의' 신현확 증인도 속절없이 무너지고 만다.

그 이전 10여 명 의원들의 신문에 신현확 증인은 대체로 "민주화를 위해 최선을 다했고, 지금도 부끄럼이 없다"는 식의 당당한 태도로 맞서는 모습을 보였다. 그러나 김 의원의 송곳 신문에 신현확 증인은 "예", "그렇습니다"라는 대답을 끊임없이 반복해야 했다. 이는 김 의원이

10 · 16부터 5 · 17, 나아가 광주민주화운동까지 전체 흐름을 꿰뚫고 있었고, 또 철저하게 사전 준비를 했기 때문에 가능했다. .

그날 청문회 속기록의 일부만 살펴봐도 김 의원과 신현확 증인의 대결 장면이 눈앞에 그려진다.

– 이른바 유신헌법을 일단 철폐해 제도적으로 민주화하는 것을 제1위로 삼았던 것도 사실 아닙니까?

"예."

– 그러면 증인은 유신헌법이 대표적으로 어떤 점이 비민주적이었다고 생각합니까?

"한 가지만 예를 들면 대통령 선거 방법부터 비민주적이라고 생각했습니다."

– 개헌을 하는 것이 좋은 일이고 필연적인 일이라면 될 수 있으면 빨리 하는 것도 좋은 일이었던 것은 사실 아닌가요?

"물론 될 수 있는 대로 빨리 하는 것이 좋지요."

김 의원은 신문 막바지에 신현확 증인에게 결정적 사실을 따져 묻는다. "실제로 (최규하) 대통령이 이 비상계엄 확대를 원치 않는 것이 사실이지요?" 이 물음에 신현확 증인은 처음엔 "반대 의사를 말한 일은 없었다"고 답변했다. 김 의원이 "원한 것도 아니지요?"라고 다시 추궁하자 신현확 증인은 "그거야 누구든지 그 사태가 없었으면 하는 그런 것은 원했지요"라고 간접적으로 시인하고 만다.

광주청문회의 대미를 장식하는 전두환 전 대통령의 증언은 1989년 12월 31일에 있었다. 전 전 대통령은 "국민을 위해서는 어느 곳이든 가겠으며 광주 문제에 관한 한 국회의 결정에 따르겠다"고 공언한 약속을 지킨 것이다. 이날 청문회는 5공청문회를 겸해서였다. 그래서 5공특위와 광주특위의 연석회의 형식이었다. 이날 의사 일정은 '전두환 전 대통령 증언 청취의 건'이 유일했고, 오전 10시에 개의해 하루 종일 열릴 예정이었다.

이날 청문회는 4당에서 각 1명씩 4명이 대표 질의를 하기로 사전에 합의했다. 결정적인 증인을 앞에 두고 질문자가 많으면 중구난방이 되기 쉽고 오히려 진실 규명에 방해가 될 수 있다는 우려 때문이었다. 통일민주당에서는 김광일 의원이 대표 질의자로 내정되어 있었다.

그러나 전두환 전 대통령의 증인 선서가 끝나자마자부터 장내 소란이 일기 시작해 끝날 때까지 계속됐다. 정회도 몇 차례나 있었을 만큼 분위기가 어수선했다. 전두환 증인은 '일해재단 설립 배경 및 자금조성', '새세대육영회와 새세대심장재단', '부실기업 정리', '삼청교육', '언론인 해직조치', '대학생 강제 징집', '평화의 댐' 등과 관련한 본인의 주장과 해명을 이어나갔다.

전두환 증인의 일방적 연설 같은 답변이 이어지자 "우리가 강연 들으러 왔어요?" 하고 고함이 터져 나왔다. '6·29선언'과 '통치행위' 등과 관련한 언급이 나오자 청문회장은 "그럴 바에는 나오지 말지 뭐하러 나왔어요?" 하는 고함이 또 터져 나왔다.

오후에 속개된 청문회에서 전두환 증인이 '10·26박정희 대통령 시해 사건'에서 '12·12사태'까지 '포괄적 견해', '합수부 설치 배경', '비극적인 광주사태' 등을 어어서 설명하는 도중에 4시 47분 정회가 되었고, 7시 55분에는 중지됐다. 평민당 의원들과 민정당 의원들이 청문회장에서 맞고함을 주고받다 마침내 복도에서 몸싸움으로 이어졌다.

노무현 의원이 연단을 향해 명패를 집어던진 것은 이때였다. 2시간 가량 후인 밤 10시 59분에 속개된 청문회에서 노 의원은 신상발언을 통해 그 과정을 이렇게 해명했다.

"상당한 시간 동안 계속해서 몸싸움이 벌어지고 있는 상황을 지켜보면서… 이런 방식으로 회의가 중단돼서 옥신각신 회의장이 아수라장이 되는 모습에 격분한 나머지 이런 회의라면 참 집어치우는 것이 좋겠다 하는 솔직한 감정을 제대로 다스리지 못하고 명패를 텅 빈 이 연단에 던지게 된 것입니다."

노 의원의 명패 사건을 두고 김광일 의원도 사전에 자제시키지 못한 책임감을 느끼고 나중에까지 많은 후회를 했다.

민정당 의원들이 노무현 의원에게 문서를 통한 사과를 요구하고, 노 의원이 문서 사과를 거부하면서 회의 중지시간이 2시간가량 길어졌다. 이어 노 의원은 '회의를 원만하게 진행시키는 조건'으로 사과 발언을 한다. 그 뒤 몇몇 의원이 회의 속개를 촉구하는 의사진행 발언을 했지만 민정당과 전두환 증인으로부터 돌아온 메아리는 없었다.

밤 11시 58분 광주특위 문동환 위원장은 결국 산회를 선포했다. 아침 10시쯤부터 14시간 가까이 청문회가 열렸지만 전두환 증인의 증언은 2시간 남짓밖에 듣지 못했다. 그것도 국민의 대표인 국회의원들이 노심초사해 만든 질문의 핵심과는 동떨어진 일방적 연설과 자의적 주장에 불과한 답변으로 일관했다.

김 의원은 원래 민주당을 대표해 30분간 전두환 증인을 신문하기로 예정되어 있었다. 하지만 김 의원은 본격 질문은 한마디도 못한 채 청문회가 끝나 버렸다. 다른 3당 대표 질의자도 마찬가지였다. 김 의원은 노태우 전 대통령의 결단으로 알려진 '6·29선언'이 사실은 전두환 전 대통령과 '짜고 친 정치 술수'였다는 것을 증명하려고 벼르고 있었다. 그리고 실제로 이 문제를 집중적으로 파고들어 준비도 많이 했다.

하지만 계속 이어진 장내 소란과 결정적으로 노 의원의 명패 사건으로 '난장판'으로 마무리되는 결과를 낳았다. 김 의원은 "역사의 진실을 밝힐 수 있는 소중한 기회를 놓쳐 버린 것"에 대해 두고두고 아쉬움을 토로했다. 하지만 그는 광주청문회로 국민들의 뇌리에 얼굴과 이름을 각인시켜 또 한 명의 '스타 의원'으로 부상했다. 특히 광주청문회 이후 광주에 내려가면 거리를 걷기가 힘들 정도였다.

야합

3당 합당에 불참을 결단하다

　　민주정의당 · 통일민주당 · 신민주공화당 3당이 합당을 선언했다. 3당 총재였던 노태우 · 김영삼 · 김종필이 한몸이 된 것이다. 이를 세 사람은 '보수세력의 대연합'으로 포장했다. 1990년 새해 벽두인 1월 22일의 일이다.

　　이날 오전 10시부터 세 총재는 청와대에서 9시간 동안 회담을 했다. 말 그대로 '밀실 야합'이었다. 그리고 저녁 때 청와대 대접견실에서 노태우 대통령은 두 김 총재를 양 옆에 세우고 '새로운 역사 창조를 위한 공동선언'이란 이름으로 3당 합당을 공식 발표했다.

　　"민정 · 민주 · 공화당은 민주발전과 국민대화합, 민족통합이라는 시대적 과제 앞에 오로지 역사와 국민 앞에 봉사한다는 일념으로 아무 조건 없이 정당법 규정에 따라 새로운 정당으로 통합한다."

　　민주자유당은 이렇게 탄생했다. 2월 9일 의석수만 216석(민정계 127석, 민주계 54석, 공화계 35석)이었다. 13대 총선 때 125석(민정당) 대 164석(평민 70석, 민주 59석, 공화 35석)의 '여소야대' 민의는 손바닥처럼 쉽게 뒤집어졌다. 단순한 거대 여당을 넘어 3분의 2 의석(200석)을 16석이나 넘겼다. 마음만 먹으면 언제든 개헌도 가능했다.

'아무 조건 없이'라는 말은 거짓이었다. '내각제 합의 각서'라는 정치적 밀약이 있었다는 사실은 나중에 밝혀졌다.

하루 사이에 타의에 의해 유일 야당이 되어 버린 평민당은 '정치적 쿠데타'라며 거친 비난을 쏟아냈다. 호남을 거점으로 한 평민당만 정치적 섬으로 남았다. 비호남 대 호남이라는 정치적 구도가 만들어짐으로써 '국민대화합'도 물 건너간 형국이 되었다.

나중에 밝혀진 바지만 3당 합당 추진은 1988년 4·26총선 직후로 거슬러 올라간다. 1987년 12월 대선으로 "정치생명이 끝났다고 생각했던" 3김씨가 이듬해 총선을 통해 건재를 과시한다. 거기다 총선 결과는 '여소야대'였다. 여권 핵심 간부들이 "이대로는 정국을 이끌어 가기 어렵다"는 생각에 '합당'이란 아이디어를 도출했다는 것이다.

여기에 7월 2일 국회에서 정기승 대법원장 임명동의안이 부결되자 청와대와 민정당은 큰 충격에 빠졌다. '여소야대' 상황을 바꾸기 위해 인위적 정계 개편에 본격적으로 나서게 되었다.

3당 합당 추진 초기에 당시 여권에서는 야 3당 모두를 대상으로 밀사를 보내 의사를 타진했다. JP는 긍정적이었던 반면 DJ는 부정적이었다. YS는 부정적일 것으로 예단했으나 의외로 가능성을 열어 두는 입장을 보였다. 그 중 JP가 내각제 개헌 필요성을 제기하고 '보혁 구도로 가자'는 제안까지 하면서 가장 적극적이었다.

사실 1989년 말쯤부터 당시 민주당 안에서도 밑도 끝도 없는 합당설이 퍼지고 있었다. 몇몇 의원들은 '야당 통합'을 명분으로 평민당과의 합당을 공공연히 주장하던 참이었다. 그러나 민주당과 평민당은 경쟁 관계였다. 더구나 양당 총재인 YS와 DJ는 1970년대 이래 서로 대통령

자리를 치열하게 다투던 사이였다. 더구나 지역 거점도 부산·경남과 호남으로 갈려 있었다. 그래서 가능성은 적은 것으로 보았다.

그렇지만 민주당 의원 대다수가 타도 대상으로 삼고 있는 '군정(軍政)'의 본산인 민정당과의 합당, 나아가 3당 합당은 상상조차 못하고 있었다. 최대한 양보해서 민주당이 합당한다면 공화당일 것으로 은밀히 점을 치고 있었다. 민주당은 민정당, 평민당에 이은 제3당, 제2야당의 신세였다. 김 의원은 민정당과 뿌리가 같다고 생각해 온 공화당과의 합당설조차도 도무지 마뜩찮았다.

김 의원은 YS에게 합당설의 진위를 직접 캐물을 기회가 찾아왔다. 1990년 1월 13일 열린 민주당 국회의원·정무위원 합동회의 석상에서였다.

"양당(민주당·공화당) 총재의 골프 회동 후 공동 발표에서 앞으로 선명성 투쟁을 지양하고 정책 대결만 하기로 합의했다는데 장차 야당의 길을 포기하겠다는 말인지, 양당의 통합을 의미하는 것인지, 이를 분명히 밝혀 주십시오."

YS의 답변은 이런 내용이었다.

"나는 어느 당과의 합당이나 어느 정파의 배제를 말한 사실이 없다. 이 문제는 당 공식 기구에서 활발히 토론하도록 하겠다."

단호한 부인이 아니었다. 당 공식 기구의 토론에 붙이겠다고 했을 때 김 의원이 사태 짐작을 했어야 했다. 하지만 김 의원은 그때까지만 하더라도 '민주화 투사'로서, 또 민주 정당의 지도자로서 믿고 있는 YS에 대해 3당 합당과 관련해 추호의 의심도 하지 않았다.

그 이전에 노 대통령과 김영삼, 김종필 총재 사이에 분위기를 조성하는 일종의 사전 정지 작업도 진행되었다.

이처럼 고공(高空)에서 벌어진 3당 합당 추진을 초선인 김 의원은 짐작조차 못하고 있었다. 모르고 있기는 민주당의 대다수 의원들도 마찬가지였다. 3당 모두 합당을 극비리에 추진했기 때문이다. 심지어 YS와 JP조차 3당 합당 마지막 순간까지 민정당이 자신이 이끌고 있는 민주당 또는 공화당과만 협상을 진행 중인 것으로 알 정도였다. 노 대통령은 3당 합당 바로 며칠 전까지 "인위적인 정계 개편은 없다"고 공언하면서 끝까지 국민 앞에 연막을 쳤다.

그랬기에 1월 22일 3당 합당 선언이 나올 때까지 3당에서 이 사실을 알고 있는 사람은 극소수였다. 당시 노태우 대통령과 YS, JP 그리고 각당을 대표해 각서에 서명한 사람 정도였다. 그때까지 김 의원은 정치활동 목표를 단기적으로는 '야당 통합', 장기적으로는 'YS 대통령 만들기'에 두었다. 김 의원은 민주당이 주체가 되어 평민당과 야당 통합을 이루고, YS를 대통령 후보로 만들어 당선시킨다는 큰 그림을 그렸다.

이 목표를 달성하기 위해서는 당의 민주화와 현대화가 필수적이라고 생각했다. 그 일환으로 1989년 봄에 기획조정실 설치를 YS에게 건의했다. 김 의원은 야당 통합을 위해서도, 'YS 대통령 만들기'를 위해서도 꼭 필요한 일이라 여기고 YS를 끈질기게 설득했다. 마침내 YS가 이를 받아들였고, 김 의원은 초대 기조실장까지 직접 맡았다. 김 의원의 개혁 본능이 정치에 뛰어든 뒤에도 여전했던 것이다.

당시 김 의원에 대한 YS의 신임은 그만큼 두터웠다. 1989년 6월 YS가 구 소련을 방문할 때 초선이었지만 기조실장 직책으로 몇 안 되는 수행원으로 참여할 수 있었던 것도 이런 증표 중 하나다.

김 의원은 합리적이고 과학적으로 운영되는 정당을 만들기 위한 당

쇄신안 마련에 몰두했다. 당내 몇몇 전문위원들과 함께 당의 현주소에 대한 진단과 당내 기구에 대한 평가 작업을 한 것도 그 일환이었다. 그리고 기조실 차원에서 해외동포 초청 세미나도 열고, 시·도 지부 강화 차원에서 당 총재의 연두 순시 계획을 짜는 등 이벤트도 과감하게 추진했다.

그러다가 3당 합당이라는 날벼락 사태를 만났다. YS는 "호랑이를 잡으러 호랑이굴에 들어가는 일"로 3당 합당을 비유했다. 그러나 평생 민주화운동을 해 온 김 의원의 입장에서는 그 어떤 명분을 내걸어도 이에 동의할 수 없었다. "노태우 대통령과 민정당 정권을 감시, 비판, 견제하는 야당을 하겠다고 했던 유권자, 나아가 국민과의 약속을 배반하고, 당내 합의는커녕 최소한의 의견 수렴 절차조차 거치지 않은 반민주적 폭거"라는 생각이 들 뿐이었다.

민주당 안에서 3당 합당에 관여한 핵심을 제외한 대부분의 의원들은 YS를 따라가느냐 마느냐를 두고 우왕좌왕하는 모습을 보였다. "천하의 YS가 스스로 타도 대상이라고 공언한 군정 세력과 손을 잡을 수 있느냐", "이건 아니다"라는 게 3당 합당 초기 민주당 의원들의 대체적인 정서였다. 젊은 당원들의 반발은 더욱 심했다. 민주당 의원 보좌진 중에도 당을 떠나는 이탈자가 속출했다.

그래선지 처음에는 YS와 정치 행보를 같이 해 온 대다수 중진 의원들까지 동참하지 않겠다는 의사를 공개적이든 비공개적이든 표명했다. 그런데 시간이 흐르면서 점점 'YS 이해론' 쪽으로 돌아섰다. "정치적 고락을 함께 해 온 YS를 인간적으로 어떻게 저버릴 수 있느냐", "국회의원을 하면서 정치를 하고 있는 것은 YS 덕분 아니냐", "조직원

1990년 3월 국회 본회의에서 김광일(중앙) 의원과 노무현(오른쪽), 김정길(왼쪽) 의원이 단상에 올라가 3당 통합에 대해 잘해 보라고 하며 항의하고 있다.

입장에서 리더가 선택한 길을 거부하는 것은 의리가 아니다" 등의 말이 점점 힘을 얻었다.

김 의원도 YS와 동행하느냐 결별하느냐를 두고 심한 고민과 갈등을 했다. 수많은 동료, 선배 의원들이 앞서 말한 것과 같은 이유로 그에게 같이 가자고 권유했다. YS도 자신이 가는 길에 동참해 주기를 무척 바라고 있었다. 그래서 김 의원 설득에 직접 나서기도 했다. 당시 관계자들의 말을 종합해 보면 YS가 김 의원에게 했던 말은 대략 이런 요지였다.

"김 의원이 정치권에 들어올 때 나와 평생 같이 하겠다는 뜻이 있었지 않나. 김 의원의 이상과 포부를 실현하려면 정치를 계속해야 한다. 그러려면 내 결단에 동참해 달라. 김 의원이 지금 나와 길을 달리한다면 정치권 진출을 위해 잠시 나를 이용한 것으로밖에 생각되지 않는다.

김 의원은 누가 뭐래도 나와 함께 가야 한다."

의원으로서도 정치적·인간적 관계를 생각하면 YS를 따라가지 않는 게 참으로 괴로운 일이었다. 정치 입문 과정에서부터 짧은 의정 활동을 하는 동안 YS와 돈독한 관계를 맺은 것도 부인할 수 없었다.

그러나 김 의원은 어떤 명분으로도 3당 합당은 합리화될 수 없다는 생각을 했고, 그 점을 YS에게 솔직하게 밝혔다.

김 의원은 애초 생각대로 YS를 따라가지 않기로 마음을 굳혔다. 그리고 그해 2월 1일 의원회관에서 기자회견을 통해 3당 합당 거부를 공식적으로 밝혔다. 이 자리에서 김 의원은 "그동안 걸어온 신념에서 볼 때 소수 세력을 위한 비판 입장에 서야 한다는 생각에 신당(민주자유당)에 합류하지 않기로 했다"고 토로했다.

YS는 김 의원이 자신의 길에 동참하지 않는 것에 대해 아쉬움과 서운함을 동시에 나타냈다. 민주당에서 김 의원과 이기택, 김정길, 장석화, 노무현 의원 등 5명만이 끝까지 3당 합당 행을 거부했다. 정치적 갈림길에서 힘들어하는 김 의원에게 부인은 의원직 사퇴를 조심스럽게 권유했다.

"정치에서 소수로 남는다면 정치 생명을 좌우할 발언 기회도 더 적어질 것이고, 정치적 활동 공간도 여의치 않을 것이며, 유무형의 그 지긋지긋한 탄압도 가중될 것"이란 이유를 들어서였다.

그러나 김 의원은 이 권유도 단호하게 거부했다. "국민이 뽑아 주었으니 정해진 임기만큼은 국민을 위해 최선을 다해야 한다"는 생각 때문이었다.

그러나 그 이후 국민과의 약속을 지키는 일은 훨씬 더 힘겨워졌다.

창당

'꼬마민주당'을 창당하다

김광일 의원은 1990년 6월 15일 창당된 민주당에 참여한다.

세칭 '꼬마민주당'이다. 민주당은 이날 서울 올림픽공원 역도경기장에서 대의원, 당원, 일반 시민 등 2,000여 명이 참석한 가운데 첫발을 내디뎠다. 3당 합당 선언 10일 뒤인 그해 2월 3일 '새야당추진모임'을 결성한 지 4개월여 만의 일이었다. 이날 의원 수는 8명뿐이었고, 원내 교섭단체를 구성하지는 못했지만 평민당에 이은 당당한 제2야당이었다.

이날 발표한 민주당은 창당 선언문을 통해 '민주주의 국민정당'을 표방했다. "헌정사를 오욕으로 얼룩지게 한 독재세력을 타파, 민주주의를 되찾아 국민의 진정한 자유와 인권을 수호하고 경제정의와 사회윤리를 확립, 국민을 불안과 갈등 속에서 구하고 나아가 민족대통일의 위대한 성업을 완수하기 위해 민주주의 국민정당인 민주당을 창당한다"고 밝혔다. 이어 "독재세력의 장기집권 구도인 집권당과 상당화로 취약해진 야권 때문에 배신감과 정치 혐오에 빠진 국민들에게 꿈과 희망을 주는 국민정당으로 뿌리내리겠다"는 다짐도 했다.

3당 합당에 반대해 스스로 광야로 나온 김 의원에게도 민주당은 희망

1990년 6월 민주당 창당대회에서 김광일 의원(왼쪽에서 다섯 번째)이 동료 의원들과 박수를 치고 있다.

의 불빛이었다. 같은 처지의 김정길, 노무현, 장석화 의원 등이 함께 '새야당추진모임'을 만들었고, 6선의 이기택 의원이 위원장을 맡았다. 서울 여의도 대산빌딩에 둥지를 틀었던 '새야당추진모임'이 민주당의 산파 역할을 했다. 여기에 당시 무소속 박찬종, 이철 의원과 13대 총선에서 낙선한 김현규, 홍사덕, 조순형, 장기욱 전 의원 등이 합류하면서 민주당 창당은 가속도가 붙는다.

　민주당은 고난의 창당 준비 초기에 '기적 같은 일'을 만나 기세를 올리기도 했다. 1990년 4월 3일 충북 진천·음성 보궐선거에서 허탁 의원 당선이 그것이다. 진천·음성은 전임자인 김완태 의원도 민정당 소속으로 여당의 텃밭처럼 여겨지던 곳이었다.

　허탁 의원의 경쟁자는 민자당의 민태구 전 충남지사였다. 민 후보는 불과 한 달 전까지 도지사를 했던 인물이었다. 육사 졸업 후 육군 소장으로 사단장까지 역임해 이곳에서는 '거물'이었다. 이에 비해 허탁 의원은 음성의 시골 중학교를 운영하는 학교법인 삼우학원 이사장으로 이력이 상대적으로 초라한 편이었다. 정치적 경력이라야 1978년 군소 야당이었던 민주통일당 중앙상무위원을 했던 것 말고는 내세울 것이 없었다.

허탁 후보를 내세우긴 했지만 처음에는 당에서도 큰 기대를 하지 않았다. 그래도 최선을 다한다는 생각으로 민주당 창당준비위에서는 당력을 총동원하다시피 했다. 김 의원을 비롯한 소속 의원 7명은 선거 기간 내내 이 선거구에서 살다시피 하며 선거를 도왔다. 결과는 뜻밖에도 허탁 의원의 승리였다. 3당 합당 직후여서 '국민의 심판', '유권자의 쿠데타'라는 평가가 나올 정도였다. 김 의원은 선거 후 "내 선거 때보다 더 열심히 뛰었다. 내가 당선된 것보다 더 기쁘다"는 소감을 밝혔다. 이로써 민주당은 창당도 하기 전에 귀한 1석을 보태 전체 의석을 8석으로 늘렸다.

민주당이 내건 창당 이념은 신선했다. 도덕정치 구현, 정당 체질 개선, 세대 교체, 야권 통합 등을 기치로 내걸었다. 이에 따라 당헌에 정당 사상 처음으로 청렴 의무조항을 신설했다. 지도부도 단일성 집단지도체제로 하고, 총재단 경선 원칙도 명문화했다. 이런 내용을 담은 강령과 당헌·당규 등 민주당의 제도적 기초를 세우는 일은 김 의원이 주도했다. 민주적 정당 건설과 운영이라는 평소 자신의 신념을 민주당 창당 과정에서 구체화시켰다.

김 의원은 창당 후 정책위 의장이라는 당무와 의정활동에 몰두했다. 그런데 그해 7월 제150회 임시국회에서 민자당이 26개 법안을 날치기로 통과시킨다. 민주당 창당 후 채 한 달도 되지 않은 때였다. 26개 법안 중 논란이 심했던 방송관련법, 지방자치제법, 국가보안법, 국군조직법, 5·18광주의거 희생자의 명예회복과 배상 법률안 등이 들어 있었다.

3당 합당으로 3분의 2를 넘는 의석을 억지로 차지한 민자당의 오만이 빚어 낸 일이었다. 김 의원을 비롯한 당시 야당 의원들은 이날의 날치기를 내각제 개헌의 전조로 보았다. 당장 여당의 날치기에 대한 항의 표시도 필요했고, 내각제 개헌을 막아야 한다는 위기감이 고조됐다. 민주당과 평민당은 헌법소원을 내는 등 강경 대응에 나선다.

민주당과 평민당 소속 의원 78명 전원이 총사퇴로 응수했다. 총사퇴라는 정해진 당론에 따라 대세에 순응하긴 했지만 김 의원의 평소 소신은 원내투쟁론이었다. 김 의원은 아무리 불리한 여건에 처해 있어도 국회의원이 원내를 이탈해서는 안 되며, 투쟁을 하더라도 원내에서 해야 한다고 생각했다. 특히 의원직 사퇴를 정치 투쟁의 수단으로 삼는 것을 극히 경계했다. 이는 자신을 국회의원으로 뽑아 준 유권자와의 약속 위반으로 여겼다.

평민당은 민주당에 앞서 1990년 11월 19일 원내에 복귀했다. 원내복귀 조건으로 '내각제 포기', '지방자치제 전면 실시' 등을 내걸었고 이를 민자당이 수용하면서다. 이를 명분으로 삼아 국회로 다시 돌아온 것이다.

그러나 김 의원이 속한 민주당은 그때까지도 '등원 거부'를 계속하고 있었다. 심지어 이기택 총재의 13대 국회 포기론까지 등장했다. 이 총재는 1990년 11월 16일 기자회견을 통해 총재직을 사퇴하면서 13대 국회에 등원하지 않겠다는 뜻을 밝혀 국회 등원 문제는 한층 더 꼬이게 되었다.

김 의원은 의원직 총사퇴 후에도 기회 있을 때마다 원내투쟁론을 주장했다. "소수의 민주당 의원만이 원외에 남아 있을 명분과 실리가 없다"는 논리로 소신을 폈다. 1990년 11월 중순 원내 복귀 문제를 두고 민주당 총재단·의원 연석회의 석상에서도 같은 주장을 했다. 그 덕분인지 이날 회의에서 박찬종, 장석화, 허탁 의원 등이 김 의원의 주장에 동조, 마침내 민주당은 1991년 1월 당론을 변경해 원내로 복귀했다.

6개월 만에 국회로 돌아온 김 의원은 국민의 대표로서 의정 활동에 더 열심히 매달렸다. 그때 김 의원이 3개월여 동안 심혈을 기울인 것이 '수서사건' 조사였다. 김 의원의 조사 결과 관(官)·정(政)·경(經)이 유착해 벌인 총체적이고 조직적인 권력형 비리 사건임이 백일하에 드러났다.

1991년 2월 '수서사건' 현장 조사에 나선 김광일 의원과 동료 의원들.

이 사건의 정식 명칭은 '수서지구 택지불법특혜공급사건'이다. 이 사건의 개요는 정태수 당시 한보그룹 총회장이 공영개발한 택지를 연고권이 있는 특정한 26개 주택조합에 특별 공급해 특혜를 주었다는 것이다. 그 과정에서 정 총회장이 청와대 비서관, 여야 의원들에게 거액의 뇌물을 주고 건설부와 서울시에 압력을 행사했다는 의혹을 받았다.

김 의원은 이 사건 조사에 여러 면에서 적격이었다. 우선 민주당 소속이었고, 거대 여당인 민자당과 제1야당인 평민당 의원들이 이 사건에 직간접으로 연루되어 있었다. 두 당은 사건 관련 당사자인 셈이어서 객관적인 입장이 아니었다. 결국 제2야당인 민주당만이 공정하고 적극적인 국정조사를 할 수 있었다.

때마침 김 의원은 국회 건설위원이었다. 김 의원이 13대 국회 소속 상임위를 전반기의 법사위에서 하반기에는 건설위로 바꾼 뒤 사건이 불거졌다. 택지 조성부터 분양까지 대부분의 업무가 건설위 소관이었다. 거기다 당 정책 전반을 책임지는 정책위 의장까지 맡고 있었다. 또 누구보다 위법성 여부를 가리는 데 전문가인 율사 출신이었다.

민주당은 조사단을 꾸렸고 김 의원은 자연스럽게 민주당의 조사단장을 맡았다. 김 의원이 조사한 바에 따르면 수서 택지의 경우 주택조합에 특별 공급할 수 있는 어느 조항에도 해당되지 않은 명백한 불법행위였다. 이를 알고 있는 서울시는 이런 민원 접수를 처음부터 거부하는 방침을 일관되게 유지했다.

이를 뒤집어엎기 위해 가능한 모든 방법이 동원되었다. 우선 주택조합은 민원 공세를 취했다. 여기에 건설부, 청와대 비서실, 국회 건설위, 민자당과 평민당까지 부화뇌동했다. 이 과정에서 한보측이 제공한 거액의 뇌물이 오갔다. 힘 있는 권력기관들의 압력으로 서울시는 특별공급 불가 방침을 번복한다.

　국회 건설위와 재무위 등에서 문제화 되고 관련 사실이 언론에 대대적으로 보도된다. 이어 감사원 감사와 검찰 수사가 이뤄진다. 그 결과 뇌물수수자들이 구속되고, 서울시 관련 공무원들은 경질된다. 그제서야 1991년 3월 2일 서울시에 의해 수서 택지 불법 특혜 공급 방침이 전면 최소되었다.

　단장인 김 의원을 비롯해 민주당 조사단은 국회 질의 내용, 관련 각종 자료 수집과 분석, 현지 출장과 참고인 조사 등을 통해 이 사건의 진상 규명에 총력을 기울였다. 그 결과물이 1991년 4월 13일자로 나온 『수서지구 택지특혜공급사건 진상 백서』다. 전체 분량이 400쪽을 넘을 정도로 방대했다.

　김 의원은 이를 두고 "건국 이래 정치적 의혹 사건에 관해 정당이 발간한 최초의 백서"라고 의미를 부여하면서 "그 조사 작업은 역사적인 과업이었다"고 말한다. 그러면서도 조사에 미진한 점이 있다고 생각했는지 "언젠가는 진상이 완전히 밝혀져 역사의 심판을 받으리라 믿는다"는 아쉬움도 드러냈다.

　민주당은 이렇게 덩치는 작지만 큰 몫의 정치적 역할을 하면서 기세를 올리고 있었다.

방북

평양에서 열린 국제의원연맹(IPU) 총회에 참석하다

김광일 의원도 의정 생활 중에 바깥세상을 견문(見聞)할 기회가 몇 차례 있었다. 1989년 1월에는 미 국무부 초청으로 미국을 방문했다. 한 달 동안 미국에 머물면서 의회 등을 둘러보며 초강대국의 비밀을 나름대로 탐문했다.

그해 6월에는 해체 전의 구 소련도 가 보았다. 당시 통일민주당 총재였던 YS의 방소(訪蘇) 일정에 수행원 자격으로서였다. 당시 미국과 양극의 위상을 지녔던 사회주의 맹주 국가의 위태로운 국가경영 현장을 어깨너머로나마 엿보았다. 의원 외교의 일환으로 머나먼 대륙 아프리카를 구경하기도 했다.

그러나 김 의원에게 그 기간의 어떤 외유(外遊)도 1991년 4월 북한을 방문했을 때만큼 강렬한 인상을 주지 못했다. 김 의원은 그해 평양에서 개최된 제85차 국제의원연맹(IPU) 총회에 한국대표단의 일원으로 참가했다.

한국 대통령이 북한을 두 차례 방문해 정상회담을 했던 지금에 와서 생각하면 국회 대표단의 방북이 특별히 주목을 끌 일은 아니다. 하지만

1991년 4월 평양 국제의원연맹 총회 참석차 방북한 김광일 의원이 북한의 윤기복 당시 조평통 위원장과 인사를 나누고 있다.

1991년 당시 평양에서 개최되는 IPU 총회는 우리 국회 대표단의 참석 여부와 참석할 경우 누가 대표단에 선정될지 비상한 관심을 모았다. 당시에는 남북 간의 왕래가 매우 드물었고, 국회의원 대표단의 방북은 분단 이후 유례가 없었기 때문이다.

국회 대표단의 평양 IPU 총회 참석 여부를 두고 북한 당국은 허용과 거부 방침을 수차례 반복했다. 그러나 IPU 총회가 북한의 자체 행사가 아니라 공인된 정례적인 국제행사라는 점에서 한국 대표단의 방북을 막을 명분이 없었다. 한국으로서는 참가 의사는 당연했고, 어떻게든 참가자를 한 사람이라도 더 늘리려고 애를 쓰는 입장이었다.

남북 간의 줄다리기 같은 신경전 끝에 최종적으로 국회의원 12명이 포함된 방북 대표단이 꾸려졌다. 당시 국회는 3당 합당 이후 거대여당인 민자당과 제1야당인 평민당이 교섭단체였고, 6석에 불과한 민주당은 비교섭단체로 분류되어 있었다. 그런데 민자당 7명, 평민당 4명 외에 비교섭단체에서 유일하게 김광일 의원이 포함된 것이다.

당시 국회의원이라면 누구나 방북 대표단에 포함되기를 원했고, 또 욕심을 낼 만했다. 그런데 민자당과 평민당은 방북 대표단 구성을 놓고 거의 나눠먹기 식으로 결정해 버렸다. 일종의 생색내기용으로 비교섭단체에 의원 1명을 할애했다. 그 대상자가 김 의원인 것에 대해 많은 사람이 궁금해했다.

확인되지는 않았지만 김 의원이 3당 합당에 합류하지 않았음에도 김영삼 민자당 대표가 여전히 애정을 갖고 배려했기 때문이라는 해석이 많았다. 훗날 김 의원이 국민고충처리위원회 위원장으로, 그리고 대통령 비서실장으로 임명되면서 이 해석은 더욱 설득력을 갖게 되었다.

김 의원이 북한 땅을 직접 밟은 것은 4월 27일부터 5월 4일까지 8박 9일 동안이었다. 우리 대표단이 판문점을 통해 오고간 것도 이례적이었다. 김 의원은 "북한의 실상에 관한 모든 의문점을 확인하고 싶다"는 욕심을 냈다. 그래서 방북 전에 잠자는 시간만 빼고 기회 닿는 대로 여러 사람과 만나 보고 듣고 기록하겠다는 계획을 세웠다.

이를 위해 사전 준비를 철저히 했다. 북한에 관해 알 수 있는 자료를 가능한 많이 수집해 정리하고 분석한 것은 기본이었다. 장비도 인화용, 슬라이드용 카메라 2대, 녹음기, 비디오 카메라까지 준비했다.

하지만 한국 대표단에 대한 북한의 의도된 통제는 생각보다 심한 편이었다. 한국 대표단은 다른 나라 대표단과 같이 일반 호텔을 사용하게 해 달라고 일찌감치 북한 당국에 요구했다. 그러나 북한은 "예약이 완료됐다"는 이유를 들어 끝내 초대소를 고집했다.

당시 한국 대표단이 가고 싶어하는 곳은 대체로 받아들였다. 하지만 반드시 사전 합의를 요구했다. 그리고 가고 싶은 곳이 있어도 이동 교통편이 문제였다. 북한이 제공하는 버스 외에는 달리 방법이 없었다. 따라서 김 의원이 만나고 싶었던 일반 주민들과의 접촉은 매우 제한적이었다.

그래도 김 의원은 한 사람이라도 더 만나려고, 한 곳이라도 더 가 보려고 애를 썼다. 그래서 다른 의원들과 체류 기간은 같았지만 체험한 것은 상대적으로 많았고, 내용도 풍부한 편이었다.

방북 대표단을 태운 버스가 국회의사당 본관 앞에서 출발할 때부터 9일 후 도착할 때까지 김 의원의 비디오 카메라는 멈추지 않았다. 폐쇄적인 북한에서 남한 국회의원의 촬영을 엄격하게 제한하지 않은 것은 매우 이례적이었다. 여기에는 한국 정부를 비판하고 저항한 김 의원의 민주화운동 이력을 알고 북한이 다소나마 우호적인 인식을 갖고 있었던 것이 아닌가 짐작된다.

북한에서 촬영할 때 김 의원은 관계자로부터 여러 차례 제지를 당한다. 그때마다 "나는 남한의 국회의원이라는 입장을 떠나 북한 사회를 객관적인 입장에서 보려고 노력하는데 일상적인 촬영마저 제한한다면 한국으로 돌아가 북한 사회는 폐쇄적이라고 말할 수밖에 없다"고 엄포를 놓곤 한다. 그런 말이 효과가 있었는지 북한 당국은 어느 정도 묵인하는 태도를 보였다.

그가 촬영해 온 방북 영상은 북한에 대한 정보가 극히 적었던 당시 우리 사회에서 비상한 관심을 불러 모았다. 북한 사회의 모습과 열차

방북 중에 만난 북한 열차 여승무원과 나눈 대화 장면과 내용은 당시 큰 화제를 모았다.

승무원 등과의 대화 내용 등은 방송 3사에서 반복해 방송할 정도로 지대한 관심을 끌었다.

　김 의원이 본 북한은 일종의 '종교국가' 였다. 그 종교는 '김일성교' 였고, 김일성은 '만능의 신' 이었다. 당시는 김일성과 김정일이 살아 있을 때였다. 김 의원은 북한에서 느낀 바를 "김일성은 신이요, 주체사상은 교리요, 그의 말씀은 곧 복음"으로 비유했다. 북한 주민들이 기독교 삼위일체 신앙처럼 '어버이 수령' 김일성은 '성부(聖父)', '친애하는 지도자' 김정일은 '성자(聖子)' 로 여기고 있는 것처럼 느껴졌던 것이다.

　북한의 한 백화점 여종업원은 "세계는 물론 남한 인민들도 김일성을 존경한다"고 알고 있었다. 그들의 '깊은 신앙심' 에 놀라지 않을 수 없었다. 그리고 "북한 당국의 선전선동에 주민들의 의식마저 획일화되어 있었다. 그들은 남한에 대해 전혀 모르고 있었으며, 당국에서 가르쳐 준 대로 맹신하고 있었다"는 점을 안타깝게 여겼다.

그에게 특별했던 또 한 가지는 "북쪽은 전체 주민들이 통일의 소망과 열기에 너무 들떠 있다"는 점이었다. 누구라 할 것 없이 통일을 말하고 노래하고 구호를 외치는 것을 현장에서 목격했다.

전체주의 국가의 무서운 일면을 보면서 소름이 돋을 지경이었다. 그러나 북한 주민들이 인간적인 문제를 얘기할 때는 한 핏줄을 나눈 동포, 형제처럼 느껴졌다. 그러다가 "통일 문제만 나오면 갑자기 돌변해 열렬한 선전원이 되어 버린다"는 것도 같은 맥락에서 받아들일 수밖에 없었다.

김 의원은 "이런 통일 열기가 주민들이 불평과 불만을 잊고 정부를 따르도록 하는 고등정치술에 불과하다는 것을 그들은 전혀 의심하지 못하고 있다"는 점을 안타까워했다. 그래서 "통일의 열기는 대단한데 그 시기는 아직 요원한 것 같고 이대로는 통일이 되어도 문제가 많을 것 같다"는 것이 김 의원의 솔직한 소감이었다.

한편 남북 이질화를 두고 "자본주의와 사회주의라는 이념의 간격 이전에, 남과 북이 서로를 너무 모르고 알려고 노력조차 하지 않는 데서 비롯된 '무지의 간격'이 너무 넓다"고 원인을 진단했다. 그런 차원에서 "이제는 우리가 충분히 자신감을 가져도 좋을 듯하다"는 전제 아래 "조금이라도 자유 왕래의 길이 있다면 꼭 해야 한다. 북한에 가고 싶다는 학생들 다 보내 주고, 몇 년 살고 싶다고 하면 그러도록 해 주자"는 다소 파격적인 주장도 펼쳤다.

김 의원은 방북을 통해 "통일은 학설이나 방안 가지고 되는 일이 아니라는 지혜를 얻었다"고 말했다. 그러면서 '진정한 통일을 이루기 위한' 나름의 해답을 이렇게 제시한다.

"자유 신장과 민주주의 발전을 통해 우리 장점을 키우고 우리 내부의 잘못된 부분과 부정부패를 과감하게 개혁, 청산하지 않으면 안 된다."

방북 이틀째인 4월 28일(일), 대표단 중 기독교인 10여 명은 봉수교회에서 주일 예배를 드리는 감격을 누린다. 3년 전에 새로 지었다는 봉수교회는 2층 높이의 현대식 건물이었다. 이성봉 담임목사와 조선기독교연맹위원장 고기남 목사 등이 일행을 맞아 주었다.

김 의원은 북한의 교회와 신앙생활을 꼼꼼히 보고 듣고 살피려고 애를 썼다. 이날 교회에 모인 교인은 150~170명쯤이었다. 의자 위에 놓인 2,473쪽짜리 신구약 합본 성경전서와 400쪽짜리 찬송가 책이 눈에 띄었다. 찬송가 책에는 주기도문, 사도신경, 십계명이 수록되어 있었다.

북한 교인들은 성경과 찬송가 책을 가지고 다니지 않았다. 예배 시간에만 보고 집에서는 보지 않는 듯 그대로 두고 갔다. 성경과 찬송가 책은 1990년 4월 조선기독교연맹 중앙위원회에서 발행한 것으로 되어 있었으나 손때가 묻은 흔적은 없었다.

김 의원은 왼쪽 줄 두 번째 의자에 앉아 난생 처음 북한 교회에서 기도를 드렸다. "분단으로 인한 고통과 시련을 끝내고 북한 땅에 복음이 널리 전파되며, 통일의 그날이 어서 오게 하소서"라는 내용이었다. 주보나 예배 순서지가 없는 것 말고는 예배 순서와 형식은 남한의 교회와 크게 다르지 않았다.

이성봉 담임목사가 예배에 앞서 "남조선 국회의원들이 우리와 함께 예배를 드리게 되었다"고 간단히 소개를 했다. 찬송가에 이어 김응봉 목사가 대표 기도를 했다. "연방제 방식으로 통일하도록 남조선 국회

방북 중에 평양 봉수교회 예배에 참석해 직접 비디오 촬영을 하고 있다.

의원들에게 용기와 담력을 주시고…"라는 내용이었다. 김 의원은 이를 '하나님께 올리는 기도가 아니라 우리를 향한 선전'이라고 생각했다.

설교는 요한복음 15장 11~13절을 읽고 '형제를 사랑하라'는 제목이었다. 이날 예배에 참석한 대표단을 의식한 듯했다.

"주님의 말씀을 따르려면 형제를 사랑해야 한다. 형제를 사랑하는 것은 분단된 우리 민족의 상황에서는 남한 동포를 사랑하는 것이다. 그러므로 민족 사랑은 통일을 해야 한다. 통일을 하려면 남한에서 통일에 방해되는 요소를 제거해야 한다."

이어 미군 철수, 국가보안법 철폐 등 북한에서 흔히 하는 주장을 이 자리에서도 나열했다. 또 통일 방안도 고려연방제 이외는 '사탄의 소리'라고 비난했다. 아무리 양보해 이해하려 해도 교회에서 예배시간에 목자가 해야 할 설교로서는 부적절해 보였다.

이날 예배를 본 후 김 의원은 '북한 교회는 선전용'이라는 생각이 들었다. "컴퓨터로 말하면 하드웨어는 기독교인데 소프트웨어는 정치 선전장이다. 이는 외국에 종교의 자유가 있다는 것을 보여 주기 위한 창구"로 보여 서글픔마저 느껴졌다.

그렇다 하더라도 "하나님의 집이 열린 것만은 분명하다"는 점에서 다행으로 여겼다. "하나님께서 그것을 통하여 어떤 역사(役事)를 하실지 알 수 없다"는 믿음 때문이었다. 김 의원은 하나님의 전지 전능하신 능력이 이 세상 어디보다 북한 땅에서 먼저 나타나길 간절히 기도했다.

방북 길에 북한 주민을 위한 특별 선물, 성경 4권을 준비해 갔다. 그런데 "개인적으로 만날 수 있는 사람도 없었고, 준다 하더라도 받을 수 있는 여건도 아니었다"는 씁쓸한 기억만 간직하게 된다.

김 의원은 반대로 봉수교회 이성봉 담임목사에게 '답례품'을 드러내 놓고 요구했다. 북한에서 발행한 성경 2권을 억지로 받아왔다. 일행 중 다른 사람은 예배가 끝난 후 북한 성경을 가지고 오려다가 실랑이를 벌이기도 했다.

김 의원은 "이런 북한에 무슨 선교 방법이 가능할까" 의문을 제기했다. 한국 개신교단이나 선교단체별로 조직되어 있는 통일 관련 기구들이 제 역할을 하기가 매우 어렵겠다는 생각이 들었다.

하지만 이날 예배를 계기로 "북한 선교에 대한 책임은 한국 교회에 있다"는 사명감을 다시금 되새겼다. 그렇지만 방법에 있어서는 '신중함'을 조언했다. "김일성이 유일신인 북한 사회를 우리 교회가 좀 더 진실하게 알고 난 후에 선교에 임해야 한다"는 것이었다. 더불어 "우리 교회가 내부적으로 바로 서야 한다"면서 자정(自淨) 차원의 선제적 반성을 제안했다.

"분열과 교권을 둘러싼 분쟁, 복음의 순수성 훼손 등을 극복해야 한다. 북한 사회보다 우리 사회, 우리 교회가 진짜 정의롭고 사랑이 충만하며 도덕적으로 우월해야 비로소 선교가 가능할 것이다."

김 의원의 방북 체험기는 당시 적지 않은 호평을 받은 것 못지않게 비판의 목소리가 있었던 것도 사실이다. 북한에 대해 막연한 동경을 갖고 있던 사람들 중에는 민주화운동을 했던 같은 편이자 야당 투사라는 인식이 강한 편이었다. 그래서 김 의원이 뭔가 다른 목소리를 전해 줄 것으로 기대했다.

그렇지만 김 의원이 북한 사회에 대해 부정적인 견해를 거침없이 드러내자 크게 당혹스러워했다. 그런 발언이 야당 의원으로서 정치적으로 결코 유리할 수만은 없는 상황이었다. 실제로 방북대표단에 포함된 대부분의 야당 의원들은 북한을 정면으로 비판하는 것을 상당히 자제하는 입장이었다.

그러나 김 의원은 방북 이후 신문·방송 등 매스컴과 교회, 각종 강연회 등을 통해 북한의 폐쇄적인 실상을 적극적으로 증언했다. 북한에서 직접 촬영해 온 영상을 편집해서 기관과 지역민에게 무료로 배포하기도 했다.

자유를 억압하는 독재에 온몸으로 맞서 온 그의 이력을 생각해 보면 북한의 실상에 본능적으로 거부감을 갖는 것은 어쩌면 당연하다. 특히 그의 투철한 신앙관에서 볼 때도 '김일성교'의 북한 사회에 대한 비판은 가열찰 수밖에 없다.

김 의원에게 당시 방북은 많은 숙제를 안긴 일종의 체험학습이었다.

고뇌

투항식 합당을 거부하다

김 의원은 이른바 '꼬마민주당'의 창당 멤버였다. 민주당은 우리나라 현대 정당이 지향해야 할 모델이 될 만했다. 특정인에 의존하지 않는 민주 정당, 도덕적 가치를 중시했던 개혁 정당, 과학적 운영을 하는 정책 정당 등을 표방했다. 3김씨가 지배하는 1인 정당에서는 그런 뜻이 있어도 엄두를 내지 못한 시도였다. 민주당이 내건 기치는 그만큼 훌륭했다. 그래서 그도 민주당의 발전을 위해 혼신의 힘을 쏟았다.

그러나 원내 교섭단체도 구성하지 못한 소수 야당의 한계도 뚜렷했다. 그 한계를 뛰어넘는 돌파구로 모색된 것이 평민당과의 합당이었다. 민주당은 이 합당을 염두에 두고 창당됐다. 창당대회에서 채택한 당헌 부칙에 합당에 관한 수임기구를 정무회의로 지정하는 규정을 이례적으로 신설한 것도 그래서였다. 합당 때 복잡한 전당대회를 열지 않아도 되도록 미리 준비한 것이다. 3당 합당 후 거대 여당이 된 민자당에 맞서는 야권 통합에 대한 국민의 명령은 준엄했다.

그런 점에서 민주당의 운명은 참 기구했다. 민주당과 평민당의 합당 관련 첫 협상은 1990년 5월 8일에 있었다. 창당일인 6월 15일보다 한 달 이상 앞선 시기였다. 3당 합당 선언부터 불과 석 달 반 만이었다. 평민당에서 김원기 의원 등, 민주당에서 이철 의원 등 각 5명씩 대표로 나섰다. 첫 협상은 결렬이었다. 민주당이 '당 대 당' 통합 원칙에 따라 절반의 지분을 요구했기 때문이다.

평민당도 민주당과 합당해야 할 절박한 사정이 있었다. 익히 알려진 대로 3당 합당의 결과는 평민당의 고립이었다. DJ가 이끄는 평민당은 호남을 주된 정치적 기반으로 하고 있어 지역당 이미지가 강했다. 이를 탈피하는 것이 평민당으로서는 무엇보다 시급한 과제였다. 마침 민주당은 통일민주당 잔류파인 부산·경남 출신이 주력이었다. 평민당이 호남당 색깔을 조금이라도 탈색하는 데 민주당은 적격이었다.

그래서 평민당도 민주당의 당 대 당 통합 원칙은 받아들였다. 민주당은 야당으로서 평민당과 뿌리가 같다는 정통성도 있었다. 따라서 민주당은 이 원칙을 충분히 주장할 만했고 평민당은 이를 거부할 명분이 없었다. 그런데 민주당이 지분율을 50 대 50 반분하자는 주장에 대해 평민당은 난색을 표했다. 당시 의석수에서 평민당이 67석으로 민주당의 8석에 비해 월등히 많아 큰 손해라고 판단했기 때문이다.

두 당의 속사정이 이랬으니 통합 협상이 순조로울 수 없었다. 야권 통합을 국민들의 지상 명령이라고 생각하는 재야 원로들이 한 달여 만에 중재에 나섰다. 재야 세력이 합당과 같은 기성 정치권 문제에 직접 개입한 것은 이때가 사실상 처음이었다. 그만큼 재야도 3당 합당 이후 야권 통합을 절박한 과제로 인식하고 있었다는 뜻이다.

이 목적으로 만들어진 기구가 '범민주통합 수권정당 촉구를 위한 추진회의(약칭 통추회의, 상임대표 김관석 목사)'였다. 통추회의에 참여한 주요 인사로는 김 목사 외에 박형규, 최성묵 목사, 이돈명 변호사, 김찬국 전 연세대 교수 등이 있다.

벽에 부딪쳤던 야권 통합은 통추회의의 중재로 겨우 불씨를 되살렸다. 그해 7월 17일에는 평민당 김대중 총재와 민주당 이기택 총재의 단독회담, 7월 20일에는 김대중, 이기택 두 총재와 통추회의 대표 김관석 목사까지 포함된 3자회담이 잇달아 열린다. 야권 통합을 위해 평민당·민주당·통추회의 대표 각 5인씩을 내세워 '15인 협의기구'를 만들기로 결의했던 것도 이 3자회담에서였다.

김 의원은 이때 15인 협의기구의 민주당 5인 대표 중 한 사람으로 선임됐다. 민주당 협상 대표로 1차 때 나섰던 장석화 의원과 교체된 것이다. 이는 단순히 장 의원을 대신하는 의미가 아니었다. 김정길, 이철, 노무현, 장석화 의원은 민주당 창당 준비과정에서부터 평민당과 '통합 서명파'로 활동했다. 서명파는 그만큼 두 당 통합에 지속적으로 적극적인 태도를 보였다. 이들로 대표단이 구성되면 통합 자체에 무게 중심을 둔 나머지 평민당과의 협상을 그르칠 수 있다는 우려가 당내에서 제기되었다.

반면 김 의원과 박찬종 의원은 '통합신중론자'였다. 통합 서명파들은 통합신중론자들과 통합에 소극적이었던 이기택 총재를 통합 문제와 관련해 소외를 시켰다. 그래서 이 총재가 통합 서명파와 입장 차이가 있는 대표도 꼭 필요하다는 차원에서 김 의원을 새로 투입한 것이다.

두 당의 15인 협의기구의 첫 협상은 그해 8월 8일에 열렸다. 이 자리에서 평민당은 '선통합 후협상', 민주당은 '선협상 후통합' 주장으로 한 달 가까이 팽팽히 맞서다 결국 다시 결렬되고 만다. 통추회의 중재마저 실패로 돌아가자 두 당의 통합 문제는 소강 상태에 빠졌다.

그즈음 김 의원은 한 언론과의 인터뷰에서 두 당의 통합 협상을 이렇게 평가했다.

"평민당은 총재 한 분에게 지나치게 의존하는 경향이 있다. 민주당은 8인8색이라 할 정도로 지나치게 민주적이다. 전혀 다른 생리를 가진 두 당을 우선 합하자고 통합시켜 놓으면 제대로 가겠는가? 또 양당 총재는 그동안 야권 통합에 소극적이었다는 점에서는 비슷하다. 한쪽에서는 통합 논의가 나오면 자신의 거취 문제가 대두될까 봐 기피해 왔고, 다른 한쪽에서는 통합되면 상대당에게 흡수될까 봐 신중론을 펴왔다. 그런 두 분이 7월 17일 회담을 가진 뒤 열렬한 야권통합론자로 표변했다. 지난날을 돌아보면 진정한 의도가 무엇인지 의심을 불러일으키게 한다."

야권 통합은 한동안 추진 동력을 잃고 '통합회의론'이 두 당 안팎에서 급속하게 확산되었다. 그럴수록 국민의 야권 통합 요구와 압력은 더욱 거세졌다. 심리적 벼랑 끝에 몰린 DJ는 그해 8월 15일 광복절 기념사에서 "통합이 된다면 내가 이기택 총재 밑으로 들어갈 수도 있다"는 발언을 했다. 민주당 이기택 총재는 11월 16일 야권 통합 실패의 책임을 지고 총재직에서 물러났다.

물 건너간 것처럼 보이던 야권 통합 문제가 다시 부상한 것은 1991년 치러진 두 차례 지방선거 결과가 계기가 되었다. 지방자치제는 1960년 이후 31년 만에 그해 부활되었다. 3월 26일 기초의회의원 선거, 6월 20일에는 광역의회의원 선거가 각각 있었다. 지방자치단체장 선거는 그해 없었고, 4년 후인 1995년 6월 제1회 전국동시지방선거 때 처음으로 실시됐다. 두 차례의 지방선거 후 야권 통합이 급물살을 탄 것은 야당에 충격적인 결과 때문이었다.

정당을 표방하지 않은 기초의원 선거 결과는 보수 계열의 우세라는 평가가 나왔다. 정당 공천이 허용된 광역의원 선거 결과는 한마디로 여당의 압승, 야당의 참패였다. 민자당이 전국 광역의원 의석 868석 중 564석을 차지했다. 호남을 제외한 전 지역을 휩쓸어 전체의 3분의 2에 가까운 의석수였다.

광역의원 선거에서 민주당은 선전했다. 전국적으로 14.3%라는 득표율을 기록하면서 광역의원 의석수만 따지면 제2당이었다. 호남, 대구, 제주도를 제외한 전국에서 고루 의석을 얻었다는 점도 고무적이었다. 그렇다고 패배가 승리가 되는 것은 아니었다.

평민당의 후신인 신민주연합당의 성적표는 그야말로 초라했다. 득표율은 21.9%로 민주당에 앞섰으나 호남과 수도권, 대전(2석), 경남(1석)을 빼고 나머지 지역에서 전멸이었다. 서울에서도 전체 132석 중 고작 21석을 얻어 의석 점유율은 15.9%에 그쳤다.

이런 지방선거 결과를 김 의원은 극에 달한 국민의 정치불신으로 받아들였다. 그의 속마음을 더욱 쓰리게 한 것은 자신이 설계한 민주당 모델이 국민으로부터 신뢰를 못 받고 있다는 점이었다. 김 의원은 진정한 민주적 정당, 도덕적 개혁 정당, 참신한 정책 정당이라는 민주당의 진로를 어떻게 수정해야 할지 깊은 고민에 빠졌다.

당시 지방선거가 야당에 남긴 교훈은 통합하지 않으면 정권교체는 거의 불가능하다는 것이었다. 따라서 야권 통합, 그 중에서도 신민주연합당과 민주당의 통합은 더는 미룰 수 없는 과제로 등장했다. 신민주연합당과 합당에 적극적인 민주당 의원들이 점점 더 늘어났다.

언론 등에서는 당시 이기택 총재, 이철 사무총장, 김정길 원내총무, 장석화 대변인, 노무현, 허탁 의원 등 8명 중 6명을 그런 '통합적극파'로 불렀다. 이기택 총재까지 야권 통합 방향으로 돌아서면서 대세 분위기가 조성되었다.

김 의원은 그때까지도 야권 통합에 신중한 자세를 견지하고 있었다. 박찬종 의원은 김 의원과는 이유가 일부는 같고 일부는 달랐지만 야권 통합에 대체로 부정적이었다. 지방선거 패배 후유증으로 민주당은 또다시 분열의 위기에 처했다. 지도부의 선거 인책 문제로 인한 내분이었다. 일부 의원들은 선제적으로 당직을 사퇴하고 지도부의 사퇴를 압박하기도 했다.

김 의원은 그렇잖아도 별칭처럼 '꼬마' 수준인 민주당의 위기를 보다 못해 해결사를 자처했다. 김 의원이 주류와 비주류 사이의 중재에 나서서 함께 신민주연합당과의 통합특위를 만드는 것으로 고비를 넘겼다. 통합이 대세로 자리 잡은 이상 김 의원도 이를 거스를 수는 없었기 때문이다.

김 의원은 통합특위 민주당측 간사를 맡았다. 실무 책임자는 민주당 전문위원 중 김 의원이 발탁한 이강래 정책실장이었다.

김 의원은 통합을 추진하되 '진정한 통합'을 목표로 삼았다. 김 의원이 생각하는 진정한 통합이란 "분열의 전철을 철저히 반성한 기초 위에 재분열을 방지할 수 있는 제도적 장치를 마련하고, 민주화되고 개혁적인 강력한 정당이 됨으로써 지지기반을 확대한다"는 것이었다.

민주당 통합특위의 목표는 개혁적 통합신당 창당을 목표로 8월 말까지 작업을 끝내는 것으로 시한을 정하고 활동을 시작했다. 이 방향에 맞추어 야당 통합을 위한 민주당 안을 직접 기초했다.

1991년 9월 민주당과 신민주연합당이 '민주당' 이름으로 통합되었다. 민주당의 통합 기초안을 애써 마련했던 김 의원은 허탈감에 먼저 빠졌다. 그가 보기에 이런 식의 합당은 민주당 입장에서는 '투항' 이었고, 신민주연합당 입장에서는 '흡수통합' 이었다. 김 의원은 "창당 이념까지 포기하고 당초에 주장했던 목표와 방향과도 어긋나고, 방식도 '또 한 번의 밀실 야합' 으로 추진되었다"고 나중에 평가한다.

결국 그는 통합된 새 민주당에 최종적으로 불참을 결정했다. 당시 꼬마민주당 의원 중에서는 박찬종 의원과 단 둘만 합류하지 않았다. 그는 "한 사람의 대권욕 관철과 몇몇 사람의 자기 보신을 위한 매수 매당 행위이기 때문에 결코 통합의 목적을 달성할 수 없다"고 비판했다.

당시 특정인의 이름이 구체적으로 거론되면서 14대 총선 공천 내정설, 비례대표설 등이 난무했었다. 김 의원은 우선 1987년 13대 대선 때 '대권욕' 을 앞세운 DJ로부터 느꼈던 실망감이 여전했기 때문에 마음이 내키지 않았던 것이다. 그리고 동료 의원들의 원칙을 저버린 투항식 합당에도 동의할 수 없었다.

그러면서도 통합 기초안 작업을 도왔던 이강래 정책실장에게는 "나는 빠지지만 자네는 그쪽에 합류해야 한다"고 강권했다. 전북 남원 출신인 이 실장의 정치적 앞날을 생각한 인간적 배려였을 것이다. 이 실장이 보는 김 의원은 "나와는 호흡이 아주 잘 맞고, 인간적으로 훌륭한 분"이었다. 그래서 믿고 따랐던 김 의원과 정치적 이별을 두고 이 실장은 "인간적 갈등에 눈물을 쏟았다"고 한다. 이 실장은 나중에 3선 의원이 되고, DJ의 핵심 참모가 된다.

　김 의원과 이 실장은 훗날 각각 YS와 DJ를 대리해 다시 한 번 중요한 정치적 고비를 함께 돌파하는 인연을 맺게 된다.

　김 의원은 민주당과 신민주연합당의 통합을 두고 당시 "인위적인 통합은 오래가지 못한다"고 단언했다. 김 의원의 예언 아닌 예언은 그대로 적중했다. 통합민주당은 1995년 7월 DJ가 네 번째 대권 도전을 위해 '새정치국민회의'를 창당하면서 또다시 분열의 길을 걷는다.

오판

통일국민당 창당과 탈당

김광일 의원은 1992년 2월 8일 창당된 통일국민당(약칭 국민당)
에 참여한다. 국민당은 정식 당명보다 속칭 '정주영당'으로 불
렸다. 당 대표가 현대그룹 창업자인 정주영 당시 명예회장이었기 때문
이다. 속칭대로 '정주영의, 정주영에 의한, 정주영을 위한 당'으로 국
민들의 뇌리에는 지금껏 각인되어 있다. 정주영 회장이 1992년 새해
벽두인 1월 3일 창당을 선언하고, 1월 10일 창당 발기인대회를 연 지
한 달여 만에 속전속결로 창당되었다.

국민당은 창당선언문에서 "우리는 기득권 정치를 불신하며 파탄을
향해 줄달음치는 국민경제의 위기와 국민도의의 실종을 심각히 우려한
다. 구국의 사명감으로 깨끗한 정치, 정직한 정치를 실천하기 위하여
통일국민당을 창당한다"고 취지를 밝혔다.

국민당의 창당선언문 중 국민들로부터 가장 주목을 받은 것은 '깨끗
한 정치'였다. 국민들 한편에서는 정주영 회장이 부(富)에 이어 권력까
지 쥐려 한다며 국민당을 '현대당', '재벌당'이라고 깎아내렸다.

이에 국민당은 줄곧 "재벌이 돈 내놓고 정치하는 정당이 재벌의 돈을
뜯어서 정치하는 당보다 못할 게 뭐가 있느냐"고 항변했다. 이 말에서

집작되듯 국민들은 국민당이 남의 돈을 뜯어내는 식의 '구린 돈'으로는 정치를 하지 않을 것이란 최소한의 믿음이 있었다. 정치자금을 둘러싼 추악한 부정부패 사건을 신물나게 보고 들은 국민들 사이에서 '깨끗한 정치'는 상당한 공감대를 형성했다.

김 의원이 국민당에 참여한 것도 비슷한 이유였다. 정주영 대표는 대략 이런 요지의 말로 그에게 국민당 참여를 권유했다.

"노태우 대통령이 정치를 잘못해 경제가 망하고 나라가 망하게 생겼다. 기성 정당은 기득권 보호를 위한 정경유착이나 부정부패로 믿을 수가 없다. 뜻은 있어도 돈이 없는 훌륭한 인재를 모아 좋은 정당을 만들도록 뒷받침을 하겠다. 내가 야당을 하다가 '현대'가 망하는 한이 있어도 각오하고 나라를 살리겠다. 당신들이 사람들을 모아 정당을 운영하라. 나는 국회의원이나 대통령 후보를 할 생각이 전혀 없다."

정주영 대표의 이 말을 듣고 처음에는 반신반의했다. 김 의원도 현대그룹의 창업과 성장 과정을 쭉 지켜본 입장에서 재벌에 대한 정서가 일반 국민들과 크게 다르지 않았다. 곧 재벌은 사회정의에 반하는 정경유착을 통해서 커왔다는 생각에 일정한 반감이 있었던 것이다.

김 의원은 정주영 대표의 말을 얼마나 믿을 수 있고 어떻게 받아들여야 할지 나름의 방식으로 검증에 나섰다. 그즈음에 『시련은 있어도 실패는 없다』는 정 대표 자서전이 나와 있었다. 첫 번째 순서로 이 책을 정독했다. 그리고 정 대표와 가까운 사람들을 만나 그의 진의를 파악했다. 그 결과 정주영 대표에 대해 '업적으로 신용을 증명하는 사람'이라는 결론을 내렸다.

김 의원은 정 대표의 말을 나라를 위해 정치인들이 '깨끗한 정치'를 하도록 일종의 정치 장학금을 대겠다는 차원으로 이해했다. 그때까지 그의 정치적 상상력은 정 대표의 대통령이 되겠다는 정치적 야심까지 꿰뚫어 보는 데까지는 미치지 못했다. 그만큼 정치적으로도 순수했고, 어찌 보면 순진하기까지 했다고 말할 수 있다. 그래서 국민당 참여라는 결단을 내리게 되었다.

그 시기에 김 의원은 정치적으로 몹시 외로운 상황이었다. 1990년 1월 3당 합당, 1991년 9월 신민주연합당과 민주당의 합당이라는 사태를 연거푸 겪은 뒤 '원칙'이 없는 정치 현실에 크나큰 좌절감을 느끼고 있었다. 김 의원이 같은 처지의 박찬종 의원과 함께 1991년 11월 결성한 것이 '정치개혁협의회'였다.

정치개혁협의회는 "청산과 개혁이라는 시대적 사명을 외면한 민자·민주 양당에 맞서 새로운 국민적 대안이 될 것"이라는 발족선언문에서 보듯이 새로운 정치의 모색이 목적이었다. 양순직, 유제연 씨와 같은 '양심적인' 정치 선배들과 정치 개혁을 열망하는 각계각층의 정치 신인들도 정치개혁협의회에 동참하는 등 한동안 세 불리기에 나섰다.

그러던 와중에 박찬종 의원이 돌연 김동길 태평양시대위원장과 함께 1992년 1월 중순 '양김 청산'을 구호로 가칭 '새한당' 창당을 선언했다. 태평양시대위원회는 김동길 교수가 '깃발론'을 내세워 정치에 뛰어들면서 정치개혁협의회와 비슷한 시기에 출범시킨 단체였다. 그 이전에 정치개혁협의회와 태평양시대위원회는 손을 잡을 기회가 있었다. 그러나 김동길 교수가 새로운 정치를 말하면서 5공, 6공 세력도 참여시켜야 한다는 주장을 폈고, 김 의원 등이 이에 반대하는 입장이어서 불발됐다.

그런데 박찬종 의원이 정치개혁협의회 대표의 이름으로 다시 태평양시대위원회와 정치적 동업자로 나선 것이다. 김 의원으로서는 또 한 번 뒤통수를 맞은 격이었다. 그런데 결국은 박찬종 의원과 김동길 교수는 갈라서 각자 다른 길을 걷게 된다. 김동길 교수는 통일국민당 합류로 발길을 돌렸고, 박찬종 의원은 독자적으로 신정치개혁당(약칭 신정당)을 창당했다. 김 의원은 또다시 정치적 외톨이가 된 셈이다.

　정주영 대표가 정치를 하겠다는 속마음의 일단을 드러낸 것은 1991년 11월 하순 자신의 희수연 자리에서였다. "회사와 개인을 초월해 국가와 사회를 위해 봉사하는 제2의 인생을 살겠다"고 공개적으로 말한 것이다. 이에 대해 현대그룹 고위 관계자가 "의례적인 발언이 아니라 상당한 고심 끝에 나온 말"이라면서 "정 명예회장이 은퇴 후 정치 일선에 진출하는 방안을 신중히 고려하고 있는 것으로 안다"고 기정사실화했다. 그리고 그해 연말께부터 창당 작업을 본격화했다.

　김 의원은 창당 발기인으로 이름을 올리는 것으로 국민당과 인연의 첫발을 뗀다. 발기인 중 정치인으로는 김 의원과 정 대표의 아들 정몽준 의원, 그리고 양순직, 박한상, 김길곤 전 의원 등이다.

　김 의원은 이때부터 국민당 창당 작업에 발벗고 나섰다. 불도저 같은 추진력은 속전속결식 창당에 결정적 역할을 했다. 국민당 최고위원을 나란히 맡은 김동길 교수는 김 의원을 "씩씩하고 부지런하고 매사에 의욕적이었다. 그는 국민당 창당대회를 비롯해서 지구당 창당대회에도 몸을 아끼지 않고 뛰어다니며 크게 기여하였다"고 기억했다. 김 의원도 "나는 정치의 마지막 길에 들어섰다는 처절한 마음으로 국민당을 좋은 정치세력으로 만들기 위해 모든 노력을 다했다"고 훗날 회고한다.

김 의원은 국민당 창당과 함께 최고위원이 되었다. 지역구인 부산에서 명망이 높은데다 정몽준 의원과 국민당에서 단 두 명뿐인 현역 의원이라는 점을 고려한 것이었다. 정주영 대표최고위원, 김동길 최고위원과 함께 명칭대로 국민당의 최고지도부 3인의 일원이 된 것이다. 그리고 2월 10일에는 당무위원으로 임명된다.

진용을 갖춘 통일국민당은 1992년 3월 24일 실시된 14대 총선에 뛰어든다. 깨끗한 정치와 경제 살리기를 슬로건으로 내걸고 120여 명의 후보자를 공천했다. 김 의원도 13대에 이어 같은 지역구인 부산 중구에서 출마했다. 28.5%의 득표율을 기록했지만 YS 바람을 넘지 못하고 결국 낙선했다.

그러나 국민당은 신당 치고는 선전한 편이었다. 전국적으로 17.3%의 득표율을 기록했다. 의석수도 지역구 24석, 전국구 7석으로 31석을 얻었다. 국회 교섭단체 기준 20석을 거뜬히 넘긴 것은 물론 제3당으로서 당당히 자리를 잡았다.

그런데 총선에서 받은 이런 괜찮은 성적표가 화를 불렀다. 정주영 대표가 대통령 욕심을 부리게 된 결정적 계기가 되었기 때문이다. 정 대표는 총선 직후에 가진 14대 총선 당선자 대회에서 치사를 통해 "우리나라를 정치, 경제, 사회, 문화 모든 분야에서 선진 대열로 이끌어 가기 위해 노력하자"며 대권 도전의 뜻을 시사한다. 그리고 그해 5월에 들어서면서 점점 더 그 뜻을 드러냈다.

정주영 대표의 대선 출마는 국민당 최고위원인 김 의원과 김동길 교수 두 사람과의 약속을 동시에 어기는 일이었다. 정 대표는 김 의원에게 "대통령을 할 생각이 없다"고 분명히 약속했다. 김동길 교수는 "정주영 대표가 나를 국민당의 14대 대통령 후보로 밀어 주겠다고 일방적으로 약속한 바 있다"고 국민당 참여 속내를 밝힌 적이 있다. 그런 그가 이런 식으로 식언을 한 것이다.

정 대표는 김 의원에게 대선 출마 이유를 이런 요지로 설명했다.

"다른 사람들은 자신을 경제만 아는 사람으로 보는데 그렇지 않다. 내 나름대로 정치에 대해서도 연구를 많이 했다. 세계를 돌아다녀 보니 정치가 잘 되는 나라가 경제도 잘 되었다. 우리가 경제를 더 잘 되게 하려면 정치를 잘 해야 한다는 사실을 깨달았다. 정치를 잘 되게 하기 위해서는 내가 대통령이 되는 길밖에 없겠다 싶어서 나서려는 것이다."

이 말이 김 의원의 귀에 들어올 리 없었다. 그는 국민당에 참여한 이래 최고위원으로, 또 당무위원으로 숱한 회의석상에서 대표의 언행을 유심히 관찰했다. 그리고 내린 결론은 "결코 대통령이 되어서는 안 될 사람"이었다.

김 의원은 "정주영 대표가 대통령 출마를 위해 자신을 비롯한 많은 정치인들을 이용하고 국민들에게 거짓말을 했다"는 사실을 이내 깨닫고 크게 분노했다.

그리고 김동길 최고위원에게 대선 출마와 관련해 정 대표가 했다는 말을 전해 듣고 더 절망했다.

"김 교수, 이번 대통령 후보에는 내가 나가야겠어요. 나는 나이가 많아서 이번밖에 기회가 없어요. 김 교수는 다음에 또 기회가 있잖아요."

1987년 대선을 앞두고 DJ가 YS에게 양보하지 못하겠다고 한 이유와 너무나 흡사했다.

김 의원은 정치인 이전에 신앙인으로서 국민과의 약속을 '하나님과의 약속' 처럼 여기고 평생을 살아왔다. 그런데 그 약속을 개인 욕심을 앞세워 하루 아침에 아무렇지도 않게 뒤집는 정치인을 용납할 수 없었다. 한때 '훌륭한 지도자'로 모셨고, 10년 이상 정치적 동지 관계를 맺어 온 DJ와 그 길로 절연해 버린 김 의원이었다. 그런 그가 여러 모로 DJ와 비교되는 정주영 대표에게 더 이상 미련을 가질 이유가 없었다.

김 의원은 12월 대선 전에 국민당 탈당을 결행했다. 그렇게 정치판을 떠났다.

위민

국민고충처리위원회 초대 위원장으로 공직 복귀

1994년 4월 9일 김광일 변호사는 새 공직을 맡는다. 국민고충
처리위원회(약칭 고충위, 국민권익위원회 전신) 초대 위원장이었다.
14대 총선에서 낙선한 후 본업인 변호사로 돌아간 뒤 만 2년 만이었다.
고충위는 신설 기관이었고, 위원장은 비상근에 무보수 자리였다. 힘쓰
는 일과는 거리가 먼 민원처리 기관이었다.

그러나 김 위원장에게는 1990년 3당 합당 때 정치적으로 결별했던
YS와 다시 일을 같이 하게 됐다는 점에서 의미가 컸다.

그를 YS가 다시 품안으로 받아들이자 상도동계 인사들은 물론 일부
청와대 참모들까지 이례적인 일로 받아들이고 놀란 반응을 나타냈다.
YS가 결정적인 대목에서 자신의 뜻을 거역한 인사를 다시 품에 안는 것
은 좀체 드문 경우였기 때문이다. 그러나 고충처리위원장 자리를 맡기
는 데는 YS 측근들도 크게 반대하지 않았다. 터를 다지고 새 집을 짓는
것처럼 고생길이 훤했기 때문에 대체로 가기를 꺼리던 자리였기 때문
이다.

그즈음 그에 대한 YS의 평가는 그리 호의적이지 않았다. 13대 의원
임기 막판에 통일국민당에 몸담았던 것이 가장 큰 요인이었다. "3당

합당 때 그렇게 동참을 설득했는데도 거부한 사람이 결국 재벌당에 간 것은 참으로 실망스럽다"는 것이다. 3당 합당에 합류하지 않고 꼬마민주당에서 정치를 할 때까지는 YS도 "그럴 수 있다"고 이해했던 편이다.

이런 청와대 분위기를 알면서도 그의 '재중용(再重用)'을 앞장서 건의한 인사가 있었다. 그가 정치 입문 때 YS에게 적극적으로 천거했던 경남고 선배였다. 그는 김 변호사의 개혁 마인드와 능력, 추진력 등을 부각시켜 여러 차례 건의했다.

"당장은 부담이 있을 겁니다. 참모들의 눈도 의식해야 하니까요. 마침 국민고충처리위원회가 곧 출범합니다. 국민들의 민원을 한 차원 높게 처리하는 신설 기관입니다. 이 기관의 성격과 역할을 생각할 때 정부 내부보다는 외부에서 책임자를 발탁하는 게 더 나을 것으로 봅니다. 편제상 국무총리실 산하여서 대통령으로서 인사를 할 때 부담이 덜한 자리이기도 합니다."

마침내 YS가 "그러면 한 번 임명해 보자"고 수락했다. 그리고 "어떻게 하는지 좀 지켜보자"는 말도 덧붙였다.

김 변호사는 청와대 김무성 비서관으로부터 이 자리를 맡아 달라는 연락을 받았다. 무보수에 비상근 자리이고, "일주일이 한 번 정도 출근해 결재만 하면 될 것"이란 설명이었다. 일단 확답은 하지 않고 "시간 여유를 달라"고 말했다. 무보수라든가 비상근이라는 이유 때문이 아니었다. 신설된 기관인 만큼 이름도 업무도 모두 생소했기 때문이다.

김 변호사는 어떤 기관이고 무슨 일을 해야 하는지 먼저 그 제도에 관한 공부부터 했다. 한마디로 요약하면 한국형 옴부즈맨(Ombudsman) 기관이었다. "공무원의 권력 남용에 대한 국민의 불평을 조사하고 국민의 권리가 보호되고 있는지 감시하는 입법부의 위원"이 옴부즈맨의 사전적 정의다. 옴부즈맨은 민간인으로 구성된 일종의 민원조사관으로 행정기관의 행정작용으로 인해 피해를 입은 국민의 권리를 구제해 주는 제도였다. 정부와 개인 사이에 발생한 민원을 독립적이고도 공정하게 중재하는 것이 핵심적 역할이었다.

옴부즈맨은 용어 자체가 스웨덴어인 데서 알 수 있듯 1800년대 초 스웨덴에서 시작되었다. 이 제도는 각국 사정에 맞게 다양한 형태로 모방돼 당시 100여 개국에서 운용되고 있었다. 우리나라에서는 1993년에야 뒤늦게 도입됐다. 그것도 YS정부 때 설치된 행정쇄신위원회에서 우선적으로 이 제도의 신설을 추진한 결과였다.

물론 당시에도 정부 각 기관별 민원실이나 정부합동민원실까지 민원처리 기구가 형식적으로는 존재했다. 그러나 거의 유명무실하다는 평가를 받고 있었다.

김 변호사가 보기에 고충위는 기본 성격이 '위민(爲民)' 기관이었다. 그동안 국민들의 민원은 정부기관끼리 서로 떠넘기기를 하다가 대체로 묻혀 버리거나 흐지부지되는 경우가 많았다. 김 변호사는 제3자의 입장에서 훨씬 실효성 있게 처리할 수 있어 꼭 필요한 제도라고 생각했다. 또 운용하기에 따라서 처리 대상이 행정기관의 위법이나 부당한 일뿐만 아니라 부작위에 의한 피해, 정책의 잘못으로 인한 국민의 부담과 불만까지 해소할 수 있었다. 나아가 경우에 따라서는 제도 개선도 가능했다.

"국민의 권리 구제를 위해 획기적인 봉사를 할 수 있다"는 판단이 들어 김 변호사는 기꺼이 이 자리를 떠맡았다. 그런데 막상 출근해 보니 관련 법령에는 제도의 골자만 몇 가지 나열해 놓았을 뿐 구체적인 운영에 관한 규정조차 없었다. 집으로 비유하면 기둥과 서까래만 세워 놓고

1994년 4월 김광일 초대 국민고충처리위원회 위원장이 기관 현판식을 하고 있다.

입주해 살라는 격이었다. 방이나 부엌을 만들고 세간을 장만하는 일은
김 위원장의 몫이었다.

우선 실무적으로 시급한 훈령, 업무지침, 처리절차 등의 규정을 직접
마련했다. 또 내부적으로 필요한 서류 양식도 대부분 새로 만들었다.
김 위원장이 법조인 출신이었기에 그런 일들은 '일사천리'라고 할 만
큼 상대적으로 수월하게 할 수 있었다. 인력도 두 배로 보강했다. 전문

성을 높이기 위해 전문위원도 새로 채용하고, 법률 전문가도 필요해 검사와 법제관도 1명씩 파견받았다. 다른 부처에서 파견 온 공무원들의 사명감을 높이기 위해 파견 수당과 같은 인센티브를 제공해 사기를 북돋아 주었다.

더 중요한 것은 이 제도가 왜 존재하고 누구를 위해 무엇을 할 것인가에 대한 조직원들의 의식 공유였다. 김 위원장은 고충위가 국민들의 불편이나 불만을 원만하게 처리해 정부에 대한 한을 풀어주는 기관임을 기회 있을 때마다 주지시켰다. 그리고 직접 조사관 교육자료를 만들고 교육에 나섰다. 그는 직원들에게 "억울하고 약한 국민들의 편에 서서 성실하게 민원을 처리하는 자세"를 특히 강조했다.

이를 위해 접수되는 모든 민원은 고충위가 직접 조사, 처리한다는 방침을 정했다. 다른 기관에 떠넘기는 고질화된 관행부터 없애는 조치였다. 또 업무처리를 할 때는 반드시 위원장의 결재를 받도록 했다. 통제나 압박의 의미보다 쉬쉬하거나 윗사람의 눈을 속이고 적당히 처리하지 말라는 취지였다. 그리고 설령 민원이 기각되더라도 상세한 사후 안내를 의무화했다. 국민들이 민원 처리 과정과 결과를 몰라 전화를 하거나 쫓아오는 제2의 민원이 발생하는 일을 최소화하기 위한 것이었다.

세간에 '우문현답'이란 말이 있다. 사자성어 우문현답(愚問賢答)이 아니다. "우리의 문제는 현장에 답이 있다"는 농담성 진담이다. 김 위원장도 변호사 시절부터 이 우문현답의 신봉자였다. 서류 검토만으로 해결책이 나오지 않을 때 조사관들로 하여금 반드시 현장조사를 하도록 지시했다. 필요한 경우 김 위원장이 직접 나섰다. 묵은 민원이나 집단 민원일수록 현장조사에서 '현답(賢答)'을 얻어 내는 경우가 많았다.

현장조사는 서울뿐 아니라 전국 어디든 찾아 나섰다. 고충위에서 함께 근무했던 손정 상임위원은 당시 기억을 이렇게 떠올렸다.

"지하철 공사장, 택지조성 사업장, 쓰레기장 등 큰 사업에는 주민들이 대책위원회를 만들어 플래카드를 붙이고 구호를 외치며 시위를 하는 경우가 많다. 그는 그런 곳에도 스스럼없이 나서는 사람이다. '그곳에 가면 안 됩니다. 흥분된 군중 앞에 괜히 가서 망신을 당할지도 모릅니다' 하면, 그는 이렇게 반문했다. '내가 안 가면 그 자리에 누가 가겠습니까?' 모기 때문에 못 살겠다, 사람을 무시해서 길을 없앴다는 나환자촌, 모녀간에 소를 키우는 애달픈 고충들을 그렇게 눈물겹게 살펴주던 일 등 이루 다 늘어놓을 수가 없다."

이런 식으로 처리하는 민원이 한 해 1만여 건에 달했다. 연중 휴일을 빼고 대략 계산해 보면 하루에 50건 이상 처리해야 한다. 엄청난 분량의 민원서류를 김 위원장이 정말로 다 읽어 보는지 직원들이 궁금해했다. 더구나 "모든 업무처리는 반드시 위원장의 결재를 받으라"는 지시를 한 바 있었기 때문에 더욱 그랬다.

손정 상임위원은 그 궁금증에 대해 이렇게 말했다.

"결재된 서류에는 '조사관 수고했다, 잘 조치되었다', '현장 재조사' 등의 간단한 메모가 기록되어 있었다. 아예 다시 작성해 놓은 서류가 부지기수였다."

고충위를 만든 행정쇄신위원회 위원장으로서 김 위원장의 초기 업무 수행을 유심히 지켜본 서울대 행정대학원 박동서 교수는 이런 소감을 남겼다.

"신설 기구인데다 상임 책임자가 아닌 신분의 소지자가 책임지는 기구이므로 제 기능을 잘 수행하기 위해서는 무엇보다도 초대 위원장의 능력, 소신, 추진력이 중요했다. 김 위원장은 같이 근무하던 여러 직원

국민고충처리위원회 회의를 주재하고 있는 김광일 위원장.

은 물론이고 옆에서 지켜본 우리로서도 감탄스러울 정도의 열성, 탁월한 행정능력 및 추진력을 유감 없이 보여 주었다. 이 일에 전력을 다함으로써 창설기의 어려운 기반을 탄탄하게 구축하였다."

그러면서 임명권자인 YS가 "적재적소에 필요한 사람을 제대로 위촉했다고 박수를 보냈다"는 것이었다.

김 위원장은 처음 이 자리를 제안받을 때 "일주일에 하루 정도 나와서 결재만 하면 될 것"이라는 얘기를 들었다. 그런데 만족스럽게 처리하려면 일주일에 하루도 쉴 수 있는 형편이 아니었다. 정식 출근 시간인 오전 9시 이전에 사무실에 나와 밤 늦게까지 일하는 때도 자주 있었다.

그러나 김 위원장에게 주어지는 정식 급여는 없고, 얼마 되지 않는 수당이 전부였다. 출퇴근 차량도 개인 소유였으며, 운전기사 급여, 기름값 등 차량유지비도 전액 개인 돈으로 부담했다. 그러면서도 직원들에게 "일주일에 일할 수 있는 날이 하루만 더 있다면 얼마나 좋을까"라는 말을 자주 하곤 했다.

그는 고충위에서 일하는 동안 새로운 관행 한 가지를 만들어 냈다. 1년에 한 번 대통령에게 하는 고충위 운영보고를 위원장과 상임위원 전원이 참석한 가운데 대통령 앞에서 했던 것이다. 발족 당시 고충위는 국무총리실 소속이었다. 그리고 예산은 총무처에서 받고, 인력은 정부 합동민원실 소속 직원을 활용했다. 따라서 1년간의 운영보고서는 대통령에게 올라갔을지라도 대면 보고 의무는 없었다. 그런데 김 위원장은 굳이 이를 요구했고, 또 관철시켰다.

고충위의 모든 업무는 정부 각 부처와 어떤 식으로든 연관되어 있어 협조해 주지 않으면 업무 처리하기가 어려운 것이 현실이었다. 이를 타개하기 위해 해결되지 않은 민원과 애로사항을 적시해 대통령에게 보고한 뒤 김 위원장은 대담한 발언을 했다.

"이 문제는 대통령께서 직접 ○○장관에게 지시하여 조치해 주십시오."

YS는 실제로 김 위원장이 요청한 고충위 업무 협조를 국무총리나 관련 부처 장관들에게 특별히 지시하곤 했다.

예상 밖의 기관 운영 방침은 또 있었다. 고충위도 정부기관인 이상 당연히 국회 국정감사 대상이었다. 1994년 고충위 감사는 예산을 지원하는 총무처 국정감사 때 함께 받는 것으로 계획되어 있었다. 그런데 직접 국회를 찾아가서 별도 일정을 잡아 고충위 단독 감사를 요청해 그대로 실현시켰다.

김 위원장의 속내는 독립기관으로서 위상을 확고히 하려는 것이었다.

"우리가 잘못한 것은 잘못한 대로, 잘한 것은 잘한 대로 감사를 받고 의원들에게 도움과 이해를 구할 것은 확실히 구해야 한다."

그의 말대로 단독 감사를 받은 결과 국정감사 과정에서 고충위의 애로사항 해결을 위해 국회 차원의 도움도 청할 수 있고, 국민에게 기관 홍보 효과도 더불어 기대할 수 있었다. 국정감사를 통해 국회와의 심리적 거리를 좁혀 1년 만에 예산이 두 배로 늘어나는 등 고충위로서는 유무형의 이득이 컸다.

김 위원장은 그 자리를 물러난 뒤 "재임 기간 동안 불철주야 혼신의 힘을 쏟았다. 좋은 제도가 정부와 국민 속에 굳게 뿌리 박혀서 모든 국민이 혜택을 받도록 하기 위해서였다"고 말했다. 그의 말이 빈말이 아님을 증명하는 일이 고충위 창립 1주년 행사장에서 벌어졌다. 서울시민회관에서 열린 고충위 보고대회에 그동안 권리 구제를 받은 시민 수백 명이 참석해 격려를 했던 것이다.

김 위원장은 거의 '맨땅' 수준이었던 고충위를 혼신의 노력으로 옥토처럼 일궈 많은 국민이 혜택을 누리게 함으로써 찬사를 받았다. 그는 훗날 "평생의 공직 생활 중에서 이때만큼 보람을 크게 느낀 적도 없었다"고 회고했다. 김 위원장은 대통령 비서실장 재임기간에도 고충위의 위상과 기능 강화에 노력하는 등 애정과 관심을 쏟았다.

특히 국민고충처리위원회가 신설되기 전부터 있던 정부합동민원실을 1997년 국민고충처리위원회로 통합하는 데 결정적인 기여를 한다. 그전까지는 정부합동민원실에 민원이 접수되면 해당 기관에 이첩하여 처리하게 함으로써 민원을 유발한 기관이 해당 민원을 다시 심사하는 모순을 갖고 있었다. 국민고충처리위원회는 김 위원장이 세운 원칙에 따라 모든 민원을 직접 조사 처리하고 있었다.

그런데 두 기관 중 어느 기관에 민원을 제출하느냐에 따라 처리방식이 그야말로 '복불복(福不福)'으로 달랐고, 조사관은 정부합동민원실과 국민고충처리위원회의 일을 함께 해야 하는 기형적이고 모순된 구조였다. '행정기관의 잘못으로 피해를 입은 국민의 권리 구제'를 목적으로 하는 국민고충처리위원회의 존재를 출범 초기에는 정부 일각에서 달가하지 않아 기형적 구조를 만들어 놓은 것이다.

정부합동민원실과의 통합과 대통령 직속기관이 된 것은 국민고충처리위원회가 국민을 위해 제대로 역할을 수행하기 위한 숙원이었다. 이 난제를 김광일 대통령 비서실장이 초대 위원장으로서의 경험을 바탕으로 김영삼 대통령을 적극 설득함으로써 행정부 내의 저항을 뿌리치고 해결할 수 있었던 것이다.

그가 기초를 세운 고충위는 2008년 2월 국민권익위원회로 새롭게 태어났다. 고충위와 국가청렴위원회, 국무총리 행정심판위원회 등의 기능을 합쳐서였다. 소속도 국무총리실에서 대통령 직속으로 바뀌어 현재에 이르고 있다.

발탁

문민정부 대통령 비서실장이 되다

김광일 대통령 비서실장이 1995년 12월 21일 취임했다. 박관용, 한승수에 이어 문민정부 3대 비서실장이었다. 대통령 YS의 당(黨)·정(政)·청(靑) 면모 일신 차원의 비서실장 교체였다. 김 실장 본인도 '뜻밖'이라고 했을 만큼 예상치 못한 인사였다.

YS는 『김영삼 대통령 회고록』에서 "내가 김광일 비서실장을 발탁한 것은 그가 업무 장악력이나 추진력 면에서 뛰어난 능력을 갖추고 있었기 때문이다"고 말하고 있다.

김 실장에 대한 YS의 이런 평가가 나온 배경에는 앞서 맡았던 국민고충처리위원장으로서 보여 준 자세와 일솜씨가 결정적이었다. 빛나는 자리가 아니었음에도 기꺼이 맡았고, 또 위민의 마음으로 크고 작은 일을 가리지 않고 헌신하는 모습을 보였다. 그 덕분에 신설된 고충위가 비교적 짧은 기간에 성공적으로 안착했고, 국민들로부터 신망을 얻는 모습을 보고 YS도 크게 만족했다.

함성득 교수가 지은 『대통령 비서실장론』에는 김광일 실장의 발탁 배경에 대해 YS가 인터뷰에서 직접 설명한 대목이 인용되어 있다.

"김 실장은 내가 그의 능력을 잘 알아요. 그곳 국민고충처리위원회에

김영삼 대통령으로부터 대통령 비서실장 임명장을 받고 있다.

서 기대 이상으로 성의를 갖고 조직을 장악하여 열심히 일한 것을 내가
알았어요. 그래서 통솔력을 갖고 열심히 일하는 사람이 필요했어요."

그런데 대통령 비서실장은 고충위 위원장과는 격이 다른 자리였다.
비서실장은 곧 대통령의 분신에 해당되기에 참으로 여러 가지를 고려
해야 한다. 대통령의 국정철학을 이해하고, 그 구상을 뒷받침하는 것은
기본이다. 또 청와대 참모들의 수장으로서 리더십도 필요하다. 무엇보
다 당·정·청 사이에서 대통령의 국정운영 조율사로서 역할이 중요하
다. 한 번의 실수, 한 번의 오판이라도 국정을 그르칠 수 있어 그 책임
이 막중하다.

언제나 그 자리를 맡겨도 잘할 수 있는 '타고난' 인물이란 없다. 그
때 그때 국정의 흐름과 변화에 맞는 '적역(適役)'이 있을 뿐이다. 당시
YS도 그 적역을 찾아 여러 인사들을 후보에 올려놓고 저울질을 하고

있었다.

김 실장의 검증에는 박세일 당시 청와대 정책기획수석이 나섰다. 김 실장도 "후에 알고 보니 임명 한 달 전에 대통령이 박세일 수석을 시켜 적격성 여부를 타진했던 것 같다"고 회고했다. 김 실장은 1995년 11월, 12월 두 차례에 걸쳐 박 수석을 만났다. 박 수석도 "대통령의 뜻도 있고 평소 꼭 만나 여러 가지 이야기를 나누고 싶어서 내가 먼저 청하여 함께 나라 걱정을 했다"고 말했다.

개혁이란 화두를 두고 김 실장과 박 수석의 견해가 일치했던 것 같다. 김 실장과 만난 결과를 박 수석은 YS에게 보고했을 터이고, 그러고 나서 비서실장에 임명됐다. 김 실장도 "박 수석의 강력한 천거로 실장 인사가 이루어진 것"이라고 설명한다.

김 실장과 박 수석은 직책상으로는 상하관계가 되었다. 그러나 두 사람은 개혁이란 시대적 과제를 해결하기 위해 동지(同志)처럼 의기투합했고, 청와대에서 개혁의 쌍두마차 역할을 한다.

김 실장이 임명되던 날 청와대 수석비서관들도 절반 넘게 개편되었다. 경제수석 구본영, 행정수석 심우영, 민정수석 문종수, 총무수석 유도재로 얼굴이 바뀌었다. 정책기획수석이었던 박세일은 신설된 사회복지수석으로 이동하고 그 자리에 이각범이 새로 들어왔다. 정무수석 이원종, 외교안보수석 유종하, 홍보수석 윤여준, 의전수석 김석우는 유임이었다. 김광일 비서실장 체제 아래 청와대 핵심 참모들의 면면이다. YS는 김 실장에게 이런 요지의 당부를 했다.

"임기 후반부인 제4, 5차 연도를 이제부터 준비해야 한다. 특히 대북관계에 있어서 안보를 강화해야 한다. 사회·경제 분야에서 개혁 마무리 작업을 해야 한다."

그런 차원에서 비서실 강화가 필요했고, 김 실장을 불렀다는 설명이었다. 김 실장에게 YS는 당시 탄력을 받고 있던 개혁의 고삐를 단단히 틀어쥐고 탁월한 '개인기'인 강한 추진력을 발휘해 보라는 숙제를 내준 것이다.

하루 전 YS는 내각도 '개혁'에 초점을 맞춰 대대적으로 개편했다. 22명의 장관 가운데 무려 11명을 교체했다. 이에 앞서 12월 18일 국무총리도 이수성으로 바꿨다. YS는 개각의 성격을 "개혁성·전문성·참신성 강화"라고 말했다.

이처럼 개혁을 다시 한 번 강조하고 나선 데는 그럴만한 이유가 있었다. 기나긴 군정 끝에 들어선 문민정부였기에 군정 잔재를 청산해야 하는 과제가 산적해 있었다. 그런 까닭에 임기 초반부터 3년차가 끝나가는 그때까지 자신이 생각하는 국정 개혁 기조를 지속했다. 그런 개혁의 피로도가 쌓이면서 국민들의 정권에 대한 불만지수도 점차 높아졌다.

거기다 대형 사고가 잇달았다. 1994년 10월 성수대교 붕괴, 1995년 4월 대구지하철 가스폭발, 6월 삼풍백화점 붕괴사고 등이 잇달아 터졌다. 국민들은 이를 '정부의 무능'으로 몰아붙이면서 원성을 쏟아냈다. YS의 국정 지지도가 임기 초반에는 90%까지 치솟았다가 당시에는 50~60%대로 급락한 뒤 횡보를 계속하는 상황이었다.

이는 1995년 6·27지방선거에서 당시 여당인 민자당 참패, 민주당 승리의 결과를 낳았다. 6·27지방선거는 지방의회 의원과 자치단체장을 처음으로 동시에 뽑았다. 서울시장 선거에서 민자당 정원식 후보가 민주당 조순 후보에게 패배한 것이 상징이었다. 여기서 자신감을 얻은 DJ는 1995년 9월 새정치국민회의를 창당해 정계로 돌아온다. 이에 앞서 1995년 3월 JP가 민자당을 탈당해 만든 자유민주연합(약칭 자민련)은 6·27지방선거에서 충청권을 석권하다시피 했다.

이런 일련의 흐름은 YS의 개혁이 동력을 잃고 있다는 의미였다. YS로서는 정치적 궁지에서 탈피하기 위한 국면 전환이 절실했다. 그런 차원에서 당·정·청 전반에 걸친 쇄신을 강구했다. 민자당은 1996년 2월 신한국당으로 간판을 바꿔 다는 준비작업을 하고 있었다. 그럴수록 YS는 개혁이란 화두에 더 매달릴 수밖에 없었고, 잃어버린 개혁의 동력을 회복하는 것이 급선무였다. 그 일환으로 내각과 청와대도 개편을 한 것이다.

김 실장에게 개혁은 전공과목과 같았고, 추진력은 타고난 장기(長技)였다. 따라서 청와대 비서실장으로서 출발부터 자신감 있게 할 수 있었다. 거기다 청와대 참모진과 내각까지 '개혁' 방향에서 개편됐기 때문에 김 실장으로서는 손발을 맞추기가 상대적으로 수월했다. 그로서는 그동안 갈고 닦은 내공을 맘껏 발휘할 수 있는 기회를 만난 것이다.

그는 내정 통보를 받자마자 대통령과 비서실 등에 관한 공부부터 시작했다. 급한 대로 『성공한 대통령 실패한 대통령』 등 관련 책과 자료를 꼼꼼히 읽고 연구했다. 작은 일이라도 준비 없이 실행에 나서지 않는 김 실장의 평소 스타일이 그 대목에서도 드러난 것이다.

대통령 비서실장은 사실 정해진 고유 업무가 딱히 있는 것이 아니다. 일을 하자고 들면 국정이 아닌 것이 없어 무슨 일이나 다 관여할 수 있다. 반대로 극단적으로 말해 아무 일도 하지 않을 수도 있다. 비서실장은 적극적으로 앞에 나서면 설친다는 화살이 돌아오고, 참모란 이름으로 대통령 뒤에 숨어 소극적으로 시키는 일을 하는 정도에 그치면 무능하다는 얘기를 듣기 십상이다. 그런 점에서 대통령 비서실장을 제대로 하기란 참으로 쉽지 않다. 김 실장은 이 사이에서 비교적 조화를 추구했고, 또 지혜롭게 역할을 잘했다는 평가를 나중에 들었다.

그는 자신이 공부한 것과 박 전 실장을 비롯한 주변 인사들의 조언을 종합해 대통령과 비서실장의 관계, 그리고 각각의 역할에 대해 이런 결론을 내린다.

"국정 최고책임자인 대통령은 균형 감각을 가지고 보편적이면서 미래지향적인 정책을 제시하여 국민의 지지를 받아야 하며, 지도력을 발휘하여 부하들을 잘 통솔하고 진정한 애국심과 용기를 갖추어야 한다. 비서실장 역시 그에 못지않은 자질과 성품을 갖추어야 하며, 때로는 대통령의 대리자가 되어 국정을 조정하기도 하고, 때로는 대통령의 방어자가 되어 자신을 희생하기도 해야 한다."

김 실장은 이를 기준과 방향으로 삼아 나름대로 대통령 보좌의 원칙을 정한다. 그러니까 대통령의 판단이나 언행이 앞에서 말한 기준에서 벗어나면 쓴소리도 마다하지 않겠다는 의지를 다졌다. 또 그는 대통령의 지시를 받고서야 움직이는 수동형이 아니라 때로는 선제적이고 적극적으로 나서는 능동형 비서실장을 지향했다. 물론 대통령의 영역을 침해하지 않는 범위 내에서 법적으로 규정된 비서실장의 권한을 최대한 활용하겠다는 뜻이었다.

김 실장은 부임 직후 청와대 비서실 역할을 재확립하는 것으로 '개혁' 숙제를 시작한다. 부임 후 첫 번째 눈에 띄는 변화는 대통령 집무실의 문턱을 낮춘 것이다. 대통령과 접견을 원하는 장관(급)이나 주요 국가기관장들이 원하면 대통령 면담이 가능하도록 비서실에서 최대한 협조하도록 조치했다.

중요한 현안이 있어도 대통령을 만나지 못하는 장관이나 기관장들이 꽤 있었다. 공정거래위원장, 관세청장, 고속철도공단 이사장 등이 대표적이었다. 중간에 다리 역할을 해 주어야 하는 관계 수석비서관들과의 의견 차이나 불화로 생겨난 일종의 인의 장막이었다. 이를 그가 과감하게 걷어 낸 것이다. 그들이 대통령과 만날 수 있도록 적극 주선함으로써 관련 분야 제도 개혁에 큰 성과를 거둘 수 있었다.

또 대통령 참여 행사에서 형식주의 관행을 과감히 탈피해 실질과 효율을 추구하는 방향으로 건의해 개선했다. 그런 대표적인 행사가 권위주의 시대에 정착된 대통령 연두 순시의 폐지였다. 아날로그 시대에는 연두 순시의 의미도 나름대로 있었다. 그러나 디지털 시대에는 국력 낭비적 요소가 적지 않았다. 김 실장은 연두 순시로 인해 대통령이 많은 시간을 빼앗겨 정작 중요한 현안에 몰두하지 못하는 것을 가장 큰 폐해로 생각했다. 또 정부 부처 등 해당 기관들은 대통령의 순시를 준비하느라 정상 업무 수행에 차질이 빚어지곤 했다.

대통령이 참석하는 행사나 회의도 크게 줄여 나가도록 대통령에게 권유했다. YS는 다 아는 대로 대중 정치인 출신이다. 선거 때 유세 등 대중 앞에 서거나 연설하는 것을 평생 직업으로 삼아 왔다. 대통령이 된 후에는 굳이 그럴 필요가 없었지만 체질화된 그 습관은 그대로였다. 대통령이 선택적으로 참석하고는 있었지만 김 실장이 보기에 여전히 과도해 보였다. 그래서 대통령이 반드시 참석해야 하는 행사를 엄격히 선별했다. 의례적·의전적인 행사나 회의는 가능한 국무총리 등이 대신하도록 조정했다.

대통령이 주재하는 청와대 행사 규모 또한 축소하는 방향으로 유도했다. 청와대 행사가 열리면 관련 기관이나 단체에서는 참석 인원을 늘리

대통령이 주재하는 첫 수석비서관 회의에서 대통령 비서실장으로서의 업무를 시작하는 김 비서실장.

는 것이 보통이다. 행사와 직접 관련 없는 사람들도 "청와대에 한 번 가
보자"는 심리가 작용해 대거 참석하는 것이 관행처럼 통용되고 있었다.
김 실장은 이런 행사에 직접 관계자만 참석하도록 효율성을 꾀했다.

　이어 비서실 운영방식도 획기적으로 바꾸었다. 평소 자신의 민주주
의 신념에 따라 각종 회의에서 토론문화 도입과 비서실 내부의 소통 강
화에 나섰다.

　거의 매일같이 열리는 수석비서관 회의에서 자신이 주재할 때는 수
석실 별로 업무를 나열하는 형식적 보고는 가능하면 생략하도록 지시
했다. 수석비서관들이 함께 공유해야 할 내용만 보고하도록 한 것이다.
또 수석비서관들은 관련 부처별로 업무를 나눠 맡고 있는 체제다. 그것
은 지금도 마찬가지다. 그런 까닭에 안건에 따라 수석비서관들 사이에
이견이 있는 경우가 허다했다. 그런 안건에 대해서는 자유토론을 통해

결론을 내는 방식으로 운영했다.

예를 들어 당시 경부고속철도 노선의 경주 시내 관통 여부가 쟁점으로 부상한 적이 있었다. 경제성을 먼저 따지는 부처와 문화재 보호를 앞세우는 관련 부처별로 첨예하게 대립했다. 끝내 조정이 안 되자 청와대에 의견을 묻는 것으로 안건이 올라왔다. 수석비서관들 사이에서도 의견이 갈렸다. 그런 의견 차이는 늘상 있는 일이었다. 그런데 김 실장은 "이견을 지혜롭게 조정하는 데 일가견이 있었다"고 당시 수석비서관들은 입을 모았다.

토론에 붙여진 안건에 대해서 김 실장은 먼저 자신의 의견을 말하지 않았다. 혹여라도 토론 방향에 영향을 미칠지도 모른다는 생각에 일부러 자제한 것이다. 전체 수석비서관회의에서 그야말로 난상토론이 벌어졌다. 이틀 정도 회의를 거듭했는데도 결론이 나지 않았다. 능률과 효율성만을 생각하면 이쯤에서 비서실장이 주도해 결론을 내리는 게 일반적이었다. 비서실장에 따라서는 '강압적으로' 결론을 내리는 경우도 없지 않았다.

그런데 김 실장은 그렇게 하지 않았다. 관계 수석비서관들만 참석시킨 토론을 몇날 며칠 동안 계속했다. 토론 시간에 제한을 두지 않았다. 충분히 토론하자는 취지였다. 대통령이 결론을 재촉해도 "이렇게 해야만 불만도 나오지 않고 후유증이 남지 않는다"는 소신을 굽히지 않았다. 그만큼 민주주의적 절차와 과정을 중시한다는 점에서 다른 수석비서관들로부터 많은 찬사를 들었다. 이에 대해 박세일 수석은 "큰 변화요 발전이었다"고 말한다.

"그동안 수석회의에서는 각자 자기 담당 분야에 대한 보고가 중심이었고, 분야를 뛰어넘는 국정 일반에 대한 토론은 대단히 적었다. 이는 분명 잘못된 것이었고, 이 점을 김 실장이 고치려 했다."

중요한 국정을 논의하는 청와대 수석비서관회의가 중지(衆智)를 모으는 자리가 아니었다는 것도 우선 놀랍지만, 그때까지 그런 형식적인 업무 청취가 회의라는 이름으로 지속돼 왔다는 것은 더욱 놀라운 일이다.

이런 토론 문화 도입을 위해 대통령이 주재하는 수석비서관회의 탁자부터 직사각형에서 타원형으로 바꾸었다. 그리고 대통령이 앉는 자리까지 건의해 조정했다. 대통령의 자리를 봉건시대 '어전회의' 식으로 긴 탁자의 상석이 아니라 가운데로 위치를 바꾼 것이다. 이는 대통령과 수석비서관들의 실질적인 국정 토론을 하자는 취지였다.

이렇듯 김 실장은 민주적으로, 또 비교적 자유롭게 일을 할 수 있도록 청와대 비서실 분위기를 앞장서 이끌었다. 그렇다고 김 실장이 방임(放任), 곧 내버려두는 스타일은 결코 아니었다. 비서실장으로서 챙겨야 할 것은 빠뜨리는 법이 없을 만큼 아주 꼼꼼한 편이었다. 우람한 외모에 선 굵은 성격의 김 실장에게 선입견을 가진 이들은 '의외'라고 놀랐다. 하지만 일에 있어서 철저함은 변호사 시절부터 익히 알려진 성격이자 습관이었다.

김 실장이 청와대 보좌진들을 놀라게 한 또 한 가지는 꼼꼼한 기록이었다. 김 실장은 수석비서관 회의 등 자신이 주재한 회의 자리에 언제나 두툼한 노트를 가지고 다녔다. 거기서 나오는 보고와 지시 사항, 토론 내용과 결론 등을 일일이 기록한다. 재임 기간 만 15개월여 동안 그런 메모 노트가 10권에 가까웠다. 청와대 비서실의 주요 논의 사항을 거의 빠짐없이 기록했다는 뜻이다.

이를 토대로 그 다음 회의에서 꼭 점검을 한다. 비서실 직원들은 진땀을 뺄 수밖에 없었다. 비서실장이 이런 식으로 다 기록하고 사후에 따지니 적당히 넘어가는 일은 생각지도 못한다. 이를 통해서 김 실장은 청와대 비서실을 완벽하게 장악한다.

김 실장이 재임기간 동안 청와대 비서실에서 무엇보다 큰 박수를 받은 것은 업무에서 '비선(秘線)'의 영향력을 차단했다는 점이다. 어느 정권에서나 실세는 있기 마련이다. 그들은 언제나 공식적인 계선 조직에 있지 않고, 또 영향력을 행사하는 데 공개적인 절차를 거치지 않는다는 특징이 있다. 이른바 숨은 실세다. 역대 정권의 비서실장들은 대체로 그런 숨은 실세를 무시하지 못했고, 어떤 경우는 먼저 적극적으로 나서서 가까운 관계를 유지하려고 노력하는 경우도 많았다.

그런데 김 실장은 자신의 직분이 대통령의 비서실장이란 점을 유난히 강조했다. 그는 오직 대통령을 위해 일한다는 자세를 분명히 했다. 따라서 숨은 실세나 이를 자처하는 인사들을 일부러 외면했다. 이 때문에 이를 둘러싼 일단의 무리들과 갈등을 빚거나 그들로부터 공격을 받기도 했지만 흔들리지 않았다. 김 실장에게 그들은 대통령을 보좌하는 데 필요한 만큼만 관계를 맺는 관리 대상이었을 뿐이다.

수석비서관들이 일방적으로 보고하고, 대통령이 일방적으로 지시하는 청와대 회의문화 개선에도 상당한 기여를 했다. 요즘도 청와대에서 대통령이 회의석상 가운데 앉는 관행은 그가 처음으로 도입한 것이다. 김 실장은 한 걸음 더 나아가 대통령이 주재하는 각종 회의에 관련 참모 외에 다른 참모들이 들러리로 참석하는 일도 줄여 달라고 대통령에게 건의해 동의를 얻어 냈다.

비서실장이란 자리는 대통령 못지않게 바쁘다. 대통령보다 먼저 출근하고, 더 늦게 퇴근해야 제대로 보좌할 수 있다. 김 실장도 YS가 집무실로 출근하면 누구보다 먼저 대통령에게 전날 밤에 생긴 중요한 국내외 일과 언론보도 내용을 종합해 보고하는 일로 하루 일과를 시작한다. 그리고 그날의 주요 일정에 따른 지시 사항을 듣는다. 대개는 곧바로 열리는 수석비서관회의를 주재한다. 그는 토론식 회의를 권장했기에 시간이 예정보다 길어지는 경우가 많았다.

대통령이 원하는 모든 사람들을 만날 수는 없다. 그것은 물리적으로도 불가능하고, 그럴 필요도 없다. 여러 가지 이유로 대통령을 만나지 못한 사람들을 비서실장이 대신 만나야 하는 경우가 부지기수였다. 정부 각료나 외국 사절들이 그런 인사들이었다. 김 실장은 이런 내방객들을 맞아 얘기를 듣거나 대통령의 뜻을 전달하는 데 주로 오후 시간을 활용했다. 때로는 비서실장 선에서 처리해야 하는 일들이 있어 늘 시간에 쫓겼다.

퇴근을 해서도 휴일에도 사실상 24시간 대기 상태로 늘 긴장해 있었다. 대통령이 부르면 언제든 달려갈 수 있도록 청와대 반경 2km 안에 있는다는 원칙을 세우고 가능한 이를 지키려 노력했다.

이것은 "대통령은 쉬어도 비서실장은 쉴 수 없고, 대통령은 몰라도 비서실장은 모두 알고 있어야 한다"는 대통령 보좌 철학이었다.

김 실장은 대통령 외국 방문 때 대체로 수행을 하지 않는 편이었다. 대통령의 방문 목적과 관련 부처 장관이나 수석비서관 외에 비서실장이 특별한 경우를 제외하고는 굳이 수행할 필요가 없다고 생각했기 때문이다. 대신 국내에 남아 대통령의 빈 자리를 조금이라도 메우는 게 올바른 비서실장 역할이라고 믿었다.

법치

법치는 올바른 법을 만들고 지키는 데 있다

1996년 새해 들어 국정 기조는 경제구조의 개혁과 남북관계의 근본적 개선으로 정해졌다. 특히 대통령은 경제 분야에 있어서 발전의 기초를 튼튼하게 다시 세우고 국제 경쟁력을 강화하는 정책을 폈다. 그 일환으로 공정거래위원장을 장관급으로 격상시켜 재벌 위주 경제구조의 감독과 개혁에 가일층 노력을 기울였다. 세계화의 명분을 내걸고 선진국 클럽 성격인 경제협력개발기구(OECD)에 29번째 회원국으로 가입한 것도 그해 11월이었다.

OECD 가입을 신청한 것은 그 전해인 1995년 3월이었다. 이후 정부는 이에 필요한 준비를 꾸준히 해 오고 있었다. 모든 것이 OECD 회원국 기준에 걸맞게 관련 제도 개선은 피할 수 없는 일이 됐다. 그 중에서도 대통령이 취임 초부터 하고 싶어했던 노사(勞使) 개혁은 핵심 과제였다. 노사 개혁은 노사 간 대립 · 투쟁의 관계를 화해 · 협력 관계로 전환하는 것이 목표였다. 노사가 더불어 번영하기 위해서는 노사 양자의 변화는 필수적이었고, 서로 일정한 양보는 불가피했다.

노사 간의 합의를 도출하기 위해 대통령 직속으로 그해 5월 설치한 노사관계개혁위원회는 적어도 상반기에는 비교적 순조롭게 굴러갔다.

그런데 그해 8월 초 노사 개혁에 반대하는 흐름이 정부와 청와대 비서실 내에 새로 나타났다.

이들의 입장은 기본적으로 반노조적으로 노조의 존재를 인정하지 않으려 했다. 정부와 청와대의 이런 기류를 감지한 사용자 측도 그동안 어쩔 수 없이 협조적이었던 태도를 돌변해 비협조적으로 나왔다.

이런 상황 변화에도 김 실장은 의연했다. 노사 개혁의 본래 취지가 퇴색하거나 후퇴하지 않도록 애를 많이 썼다. 주요 쟁점 142개 중 '노조 정치활동 금지 조항 삭제' 등 98개 항목에서 합의가 이루어졌다. 그러나 '완전한 합의'는 끝내 이르지 못했다. 정리해고제, 변형근로제 도입, 복수노조 인정 문제 등이 마지막 쟁점이었다. 11월 12일 이 결과를 보고받은 대통령은 이를 토대로 정부안을 만들 것을 지시했다.

정부안은 12월 3일 확정됐고, 12월 10일 국회에 제출됐다. 정부안은 정리해고제, 변형근로제 도입, 상급단체 복수노조 허용, 1999년부터 교원단결권 허용, 파업시 대체근로 인정, 3자 개입 금지 규정 철폐, 노조 전임 유급 5년 후 폐지 등의 내용을 담고 있었다. 이를 두고 노사 양쪽에서 반발했다. 노조 측에서는 "사용자 측에 기울었다"는 이유였고, 사용자 측에서는 복수노조, 3자 개입 허용에 불만을 제기했다.

당시 정치권은 1년여 사이에 이합집산과 15대 총선 등을 통해 재편되어 있었다. 1996년 2월 창당된 신한국당은 '5공, 6공 청산'이란 명분으로 민자당 간판을 바꾼 'YS당'이었다. 당시 신한국당 국회 의석수는 과반수를 넘는 157석이었다.

YS는 국회에서 여야가 충분히 토론하고 여론을 수렴해 "신중히 처리하라"고 지시했다. 과반수가 넘는 여당의 힘을 이용해 일방적으로 밀어붙이지 말라는 게 YS의 뜻이었다. 당시 야당은 노동법 개정안의 국회

상정 자체를 반대하고 있었다. 노사관계개혁위원회 출범 후 그때까지 야당은 별다른 의견을 내놓지 않다가 막상 국회 상정 단계에 이르자 강경 대응으로 돌아선 것이다.

이런 가운데 신한국당 안에서도 정부안에 대해 일부 내용을 두고 논란이 일었다. 연내 처리를 목표로 삼았던 신한국당에서는 연말이 가까워지자 일부 수정안을 마련했다. 일부 수정안 중 핵심은 '복수노조 허용 3년 유예' 조항이었다. 이를 포함한 수정안을 대통령에게 보고한 이홍구 신한국당 대표는 "당의 입장에서 법안을 통과시키려면 이렇게 고치는 게 불가피하다"고 설명했다. 대통령도 이를 승인했다.

그러나 그것이 여당의 단독처리를 용인한 것은 아니었다. 김 실장도 대통령의 이런 뜻을 알고 있는 이상 나름대로 이를 막으려 많은 노력을 기울였다. 그러던 차에 1996년 12월 25일 박세일 사회복지수석이 뜻밖의 말을 했다. "당정이 합의해 정부안에다가 복수노조는 금지하고, 정리해고제를 3년 유예하는 등 내용을 몇 가지 변경해 전격 통과시킬 것이라는 정보가 있다"면서, "좀 알아봐 달라"는 부탁을 했다. 김 실장은 "오늘은 크리스마스 휴일인데 설마 그런 일이 일어나겠나. 내일 알아보자"고 대답했다.

그런데 김 실장이 잠시 방심하고 있던 사이에 '노동법 날치기 통과 사건'이 터지고 말았다. 다음 날 26일 새벽 6시께였다. 7분 동안 신한국당 의원들은 인형처럼 여섯 번 일어서기를 하는 기립 투표를 했다. 그리고 오세응 국회부의장은 48번의 의사봉을 두드리는 것으로 모두 11개 법안을 통과시켰다.

통과된 노동법 개정안 내용은 복수노조 3년 유예 조항 말고도 박 수석이 말한 이상으로 문제 있는 조항이 많았다. '긴박한 경영상의 필요가 있을 때'라는 조건이 있었지만 '정리해고'도 처음으로 법제화했다. 노동위원회의 승인을 받으면 '대량해고'도 가능해졌고, 노조 파업 때 외부 노동자를 쓸 수 있는 '대체근로제'도 도입됐다. 이른바 '무노동 무임금' 제도도 신설해 노조 쟁의기간 중 노동자들에게 임금을 지급하지 않을 수 있었다.

이날 새벽 김 실장은 정무수석으로부터 "지금 막 노동법안이 통과됐다"는 보고를 받았다. 그는 반사적으로 "야당 의원들에게도 의사 일정을 통지했느냐?"고 물었다. "통지와 동시에 통과시켰다"는 것이 정무수석의 대답이었다. 그것은 말도 안 되는 소리였다. 그렇게도 우려했던 '날치기 통과'가 일어났음을 직감했다.

김 실장은 그날 아침 대통령 출근 시간에 맞춰 집무실로 달려갔다. 대통령이 오히려 이렇게 물었다. "어찌 그렇게 급하게 처리했노?" 날치기 처리는 대통령도 몰랐다는 얘기였다. "안 그래도 절대 급하게 처리하지 말라는 말씀을 유념하고 있었습니다. 그게 걱정되어 담당 수석과 의논해 크리스마스 다음 날 알아보려고 했는데 그리 되어 버렸습니다"라고 대답했다.

이는 대통령의 뜻과도 어긋난 처리 방법이었다. 민주주의를 외치던 문민정부에서 절차 민주주의를 송두리째 부인한 이 사태를 그는 '있을 수 없는 일'로 받아들였다. 그것은 법치주의의 유린이었다. 야당과 노동계의 반발은 불을 보듯 뻔한 일이었다. 그 반발이 강할수록 대통령의 부담도 커질 수밖에 없다는 점에서 앞날이 심히 우려됐다.

그날 아침 청와대 참모 중에서 대통령이 말하는 연내 노동법 통과에 앞장섰던 인사들의 얼굴은 밝았다. "오늘 해냈다"고 자랑스레 말하는 수석도 있었다. 이날 열린 수석회의 분위기는 무겁기 그지 없었다. 이

자리에서도 일부 참모들의 '날치기' 자찬(自讚)이 계속됐다. "군사정권에서도 이렇게 깔끔하게 한 일이 없다"는 것이었다. 그러나 날치기 통과 절차에 동의하지 않는 대부분의 참모들은 "큰일났다"는 반응을 보였다.

노동법 날치기 통과 후유증은 상상 외로 컸다. 당장 야당인 새정치국민회의와 자유민주연합은 항의 농성에 돌입했다.

더 큰 문제는 민주노총과 한국노총의 총파업이었다. 애초에 경제를 살리자는 취지에서 출발한 노사 개혁이었다. 7개월 동안 노사관계개혁위원회를 우여곡절을 겪으면서도 가동했던 것은 이런 사태를 막기 위한 것이었다. 1954년 제정 이후 43년 만에 처음으로 전면 개정된 노동법이 빛을 잃을 위기에 처한 것이다.

김 실장은 돌파구를 찾아 나섰다. 국가원로들에게 고견(高見)을 구했다. 마침 김수환 추기경이 대통령 면담 가능성을 타진해 왔다. 김 추기경은 그 이전에도 문민정부와 대통령에게 선의의 충고를 자주 했었다. 그런 김 추기경이 국가적 위기라고 판단하고 다시 나선 것이었다.

김 실장은 대통령과의 면담을 바로 주선했다. 면담은 배석자 없이 두 시간 동안 진행됐다. 면담을 마치고 나오는 김 추기경의 얼굴이 창백해 보였다. 입가에는 거품까지 묻어 있었다. 김 실장은 당시 난국을 수습하기 위해 김 추기경이 대통령을 설득하느라 애를 쓴 탓으로 짐작했다.

면담 결과를 초조하게 기다리고 있던 김 실장을 대통령이 찾았다. 한 걸음에 집무실로 들어선 김 실장에게 대통령은 즉각 여야 영수회담을 추진하고, 모든 현안을 논의하겠다는 내용을 발표하라고 지시했다. 연두 기자회견에서 여야 영수회담의 뜻이 없음을 밝혔던 대통령의 마음이 달라진 것이다. 김 실장이 예상했던 대로 김 추기경의 면담이 주효했던 것이다.

김 실장은 이 자리에서 대통령에게 한 가지 건의를 한다. 개신교와 불교 지도자를 만난 후에 발표하는 것이 좋겠다는 내용이었다. 김 추기경의 종교계 위상이 독보적이었던 것은 누구나 인정한다. 하지만 대통령이 특정 종교 지도자 한 명을 만난 후에 곧바로 반전된 태도를 보이는 것보다는 다른 종교의 입장도 배려하는 모양새를 보이는 것이 낫다고 판단하였기 때문이다. 일리 있는 얘기로 여겼는지 대통령이 이 건의를 받아들였다. 그리고 다음 날 대통령은 개신교와 불교 지도자를 만났다.

여야 영수회담은 1997년 1월 21일 청와대에서 열렸다. 신한국당 이홍구 대표, 국민회의 김대중, 자민련 김종필 양 총재가 참석한 4자회담이었다. 이 자리에서 대통령은 노동법 개정의 불가피성을 설명하면서 야당의 협조와 이해를 먼저 당부했다. 그리고 변칙 통과된 개정 노동법의 백지화, 시위 노동자에 대한 체포와 수배 취소 그리고 모든 정치 현안은 야당의 의견을 존중해 적법하게 처리한다는 데 합의했다.

특히 개정 노동법에서 복수노조 허용의 뜻을 밝혀 재론의 물꼬를 텄다. 이를 계기로 2월 17일 임시국회를 열어 노동법에 대해 다시 논의하게 됐다. 마침내 상급단체 복수노조 허용, 고용조정(정리해고) 2년간 시행 유예, 노동위원회 위상 강화 등을 골자로 한 노동법 수정안을 여야가 합의했다. 그리고 3월 10일 이 법안은 국회를 통과했다.

김 실장 생각에 법치의 출발은 올바른 법을 만드는 데 있었다. 그런 점에서 우여곡절은 있었지만 여야 합의로 노동법을 수정해 통과시킨 것은 사필귀정이라고 생각했다. 그리고 뒤늦게나마 민주주의 절차를 거친 것도 다행으로 여겼다. 대통령으로서도 커다란 국정 부담을 더는 결과였으므로 모두가 승자였던 셈이다. 김 실장이 생각하는 노사 관계에서 법치가 비로소 가능해진 것이다.

박세일 수석은 나중에 김 실장에 대한 마음을 글로 남겼다.

"결국 노동법은 다시 올바른 방향으로 수정되어 여야 합의로 통과하게 되었다. 노사 관계 전문학자들이나 ILO(국제노동기구), OECD 등 해외에서의 평가는 대단하였다. 여러 가지 어려움 속에서도 수미일관(首尾一貫) 개혁이 성공하도록 지지해 준 두 분이 당시 있었다. 한 분이 바로 김광일 실장이고, 다른 한 분이 이수성 총리였다."

이에 앞서 김 실장은 1996년 8월 바로 법치의 문제를 생각하게 하는 다른 큰 일과 맞닥뜨렸다. 통칭 '한총련 사태'가 그것이다. 한총련(한국대학총학생연합회의 약칭) 사태란 그해 8월 12일부터 20일까지 9일 동안 한총련 소속 대학생들이 연세대에서 벌인 점거 농성 시위를 말한다. 이 사건으로 총 6,095명이 연행돼 550명이 구속됐다. 이들을 진압하는 과정에서 경찰 864명이 중경상을 입었고, 불행하게도 의경 1명이 사망하는 사건까지 발생했다.

한총련 사태는 연세대에서 벌어진 '제6차 범청학련(汎靑學聯) 통일대축전' 행사에서 비롯되었다. 범청학련은 남한 측의 한총련 의장, 북한 측의 조선학생 위원장, 해외동포 청년학생 대표 등이 주축이 되어 1992년에 결성한 단체로 '조국통일범민족청년학생연합'의 약칭이다. 이 행사는 원래는 8·15광복절을 기념해 13일부터 15일까지 3일 동안 열릴 예정이었다. 행사 전날부터 연세대에 몰려들기 시작한 학생들은 '연방제 통일', '주한미군 철수', '북·미 평화협정 체결' 등 정부 입장에서는 종북(從北) 성향으로 판단되는 구호를 내걸고 외쳤다.

이들의 시위를 막기 위해 경찰은 행사 하루 전인 12일부터 연세대를 포위하고 있는 상태였다. 학교에 들어가려는 학생들과 이를 막는 경찰들의 충돌이 먼저 일어났다. 이들을 진압하는 경찰에 학생들은 화염병과 쇠파이프 등을 들고 맞섰다. 이 과정에서 경찰과 학생들이 부상을 입고, 경찰차가 부서지거나 불타는 일까지 발생했다. 도로가 막히고 교통이 마비되는 상황이 벌어지자 시민들의 원성도 커졌다. 학생들은 연세대 안의 건물 곳곳을 점거하고 농성과 시위를 계속했다.

김 실장은 상황을 파악하기 위해 8월 15일, 16일 밤 연세대 현장을 둘러봤다. 말 그대로 아수라장이었다. 경찰청으로부터 상황 보고도 들었다. 이 결과를 대통령에게 그대로 보고했다. 그리고 관계 대책회의를 소집했다. 여기서 나온 결론은 점거 농성 중인 학생들에게 먼저 자수를 권유하고, 응하지 않으면 전원 체포한다는 방침이었다. 이 방침 역시 대통령에게 즉시 보고했다.

이 자리에 이수성 총리가 나타났다. 이 총리는 자신이 생각하는 해법을 대통령에게 건의했다. "강제진압 과정에서 인명 피해라도 나면 대통령에게 치명적인 불명예가 될 것이다. 포위망을 일부 풀어서 학생들이 조용히 빠져나가도록 유도해 해산하는 것이 최선의 방책이라고 생각한다"는 내용이었다.

물론 이수성 총리도 법과 법치의 중요성을 누구보다 잘 아는 법학자다. 그러나 서울대 법대 교수, 총장을 역임하면서 학생 시위에 대한 강제진압이 가져올 인적·물적 피해를 막아 보자는 취지의 견해였다. 그래서 정치적으로 풀어보고자 한 것이다. 그것도 원만하게 사태를 해결하는 한 방법이었다. 대통령도 이를 수긍하는 태도를 보였다.

김 실장도 대통령과 총리의 이런 뜻을 모르는 바 아니었다. 그러나 김 실장은 단호하게 반대했다. 이를 법치라는 국가운영 원칙의 문제라고 생각했다.

"민주주의 정부일수록 공권력은 강력하고 범법자는 엄정하게 처리되어야 합니다. 폭력 불법시위에 대하여 공권력을 엄정하게 행사하지 않으면 법 질서는 파괴되고, 대통령의 권위는 실추되어 더 이상 통치행위는 불가능해질 것입니다."

법률가 출신답게 '공권력의 엄정한 집행'을 강조했다.

김 실장도 1970~1980년대 열혈 민주투사로 시위 현장을 누빌 때 경찰의 강제진압과 그로 인한 후유증을 숱하게 경험했다. 그럼에도 그가 진압을 주장한 것은 시위가 '불법'이고 '무법천지'의 상황을 만들고 있다는 판단 때문이었다. 법치 국가에서 법을 무시하는 것은 용납해서는 안 된다는 것이 기본 입장이었다.

김 실장은 이런 차원에서 이틀 연속 같은 건의를 했다. 결국 대통령은 그의 의견이 옳다고 판단했는지 경찰을 투입하기로 결정했다. 경찰은 8월 20일 새벽 연세대로 진입해 농성 학생들의 해산에 나섰다. 이 과정에서 연세대 종합관이 불탔다. 그 외 대학 건물과 기자재가 파손되는 등 다른 피해도 속출했다. 국가적으로 '불행한 일'이 틀림없었다.

대통령은 다음 날 8월 21일 전국 대학 총장·학장 280명을 초청, 오찬을 함께 이 자리에서 "공권력 행사가 단호하고 엄정해야 모든 국민이 안심하고 생활하며 민주주의와 평화를 누릴 수 있다"고 강조했다. 김 실장은 그날 대통령에게 연세대 현장 방문과 숨진 의경 조문을 건의했다. 대통령은 이를 받아들여 22일 두 군데를 방문했다.

김 실장은 한총련 사태 해결 과정에서 법치의 엄중함을 일깨운 데 큰 의미를 부여했다. 법치의 실현은 대학가의 정상화로 서서히 나타났다. 한총련도 편향된 이념을 수정하고, 투쟁 일변도의 노선을 바꾸는 전환점으로 작용했다.

사임

한보사태와 대통령 비서실장 사임

YS 정권 5년 차인 1997년 1월 23일 한보그룹 부도사태가 일어났다. 당시 자산기준 14위의 재벌기업이던 한보그룹 부도는 간판 기업인 한보철강이 이날 90억여 원대의 어음을 막지 못하면서 시작되었다. 당시 한보철강이 안고 있던 금융 부채 규모는 5조 3,000억 원대였다. 한보그룹의 부도는 다시 수많은 하청업체들의 무더기 도산으로 이어지면서 파장은 걷잡을 수 없이 커졌다.

한보그룹은 우리나라 재벌 역사에서 몇 가지 특이한 기록을 갖고 있었다. 창업한 지 불과 10여 년 만에 재계 서열 30위권에 진입하는 중견 재벌 반열에 올라설 정도로 승승장구했다. 한보그룹의 성장 배경엔 역대 정부의 특혜 지원이 있었다. 그 대표적인 반증이 1991년 수서택지 특혜분양사건, 1995년 노태우비자금사건 등이다. 이때마다 정치권과의 유착 의혹을 받고 수사 대상이 됐다.

한보철강은 충남 당진에 건설 중이던 일관제철소 허가를 YS 정부가 출범한 후인 1993년에 받았다. 한보철강의 자기자본금은 900억 원에 불과했다. 그런 회사가 일관제철소 건설에 들어가는 수조 원대의 엄청난 자금을 마련하는 데 금융권에서 특혜 대출을 받지 않고는 불가능했을 것이라는 국민적 의혹이 제기됐다.

한보그룹 부도사태는 그 자체로 국가적 대사였다. 따라서 김 실장에게도 큰 부담을 안긴 사건이었다. 청와대 비서실에서도 사태 파악부터 나서야 했다. 마침 대통령은 1월 25일부터 26일까지 일본 방문이 예정돼 있었다. 그때 일본 하시모토 총리와 벳부에서 만나 한일정상회담을 했다.

대통령 일본 방문 기간인 이틀 동안 한보사태 파악에 집중적으로 매달렸다. 김 실장에게는 그와 관련한 기본 자산이 확보되어 있었다. 꼬마민주당 시절 한보그룹 수서택지특혜분양사건 백서 발간 책임자였기 때문이다. 수서사건도 결국은 한보철강 건설 자금을 마련하기 위한 과정에서 벌어진 것이었다.

대통령이 일본에서 귀국하자마자 김 실장은 관련 보고를 했다. 이수성 국무총리도 정부 차원의 보고를 했다. 이를 토대로 대통령은 1월 27일 "한보철강에 대한 사업 인가에서부터 대출·부도처리까지 전 과정을 철저하고 엄정하게 조사해 한 점의 의혹도 없도록 하라"고 이수성 국무총리에게 지시했다.

대통령의 지시로 검찰은 이날 바로 한보그룹 부도사태와 관련해 특혜 대출 의혹에 대한 수사에 착수했다. 정태수 총회장의 구속은 5일 만인 1월 31일 신속하게 이루어졌다. 이와 관련해 현직 장관 1명, 은행장 2명, 현직 국회의원 4명도 구속되었다. 한보그룹 특혜 대출 의혹의 일단이 사실로 드러났다. 당시 구속된 정치인 중에 청와대 수석을 역임한 민주계 핵심 의원도 들어 있었다.

해당 의원은 정태수 총회장으로부터 시설자금 대출 청탁과 함께 뇌물수수 사실이 검찰 수사 결과 드러났다. 실제로 한보철강에 대한 대출액은 그가 대출 청탁을 받았다는 시점부터 급격히 늘어났다. 그리고 그로부터 특혜 대출 압력을 받았다는 제일은행장, 외환은행장도 모두 구속됐다.

그가 구속되자 한보사태의 불똥은 곧바로 청와대로 튀었다. 국민들은 청와대를 특혜 대출 압력의 주체로 여기는 분위기였고, 화살이 곧장 대통령으로 향할 태세였다. 그 의혹의 중심 인물로 야당과 언론 등은 YS의 둘째아들 김현철을 지목했다.

김현철은 YS 정부에서 무소불위의 영향력을 행사한 실세로 소문이 자자했던 터였다. 아버지의 아호 거산(巨山)에 빗대어 '소산(小山)'으로 불릴 정도였다. 사실 여부와 상관 없이 의혹은 시간이 흐를수록 눈덩이처럼 커졌다. 이제 한보사태는 단순한 금융사고가 아니라 권력형 대형 부정부패 사건으로 발전한 것이다.

청와대가 당사자가 되는 방향으로 사태가 발전하자 김 실장을 비롯한 참모진은 수습 대책을 놓고 깊은 고민에 빠졌다. 어떤 방향으로 대통령에게 조언을 해야 할지 난감한 상황이었기 때문이다. 참모들의 의견은 각양각색이었다. 그때 윤여준 공보수석이 비서실장실을 찾았다. 윤 수석은 심각한 표정이었다.

"이 문제를 정면으로 다루지 않으면 안 됩니다. 그렇지 않으면 민심이 돌아서서 대통령이 편하게 임기를 못 채웁니다. 그러니까 실장님이 중심을 잘 잡으셔야 합니다."

"윤 수석도 마찬가지입니다. 나는 말로 하면 되지만 당신은 글로 써야 하는 사람이니까."

"전 제 역할 똑바로 하겠습니다."

김 실장은 돌아나가는 윤 수석을 다시 불러세웠다. 그의 표정이 부드럽게 변해 있었다.

"우리 두 사람 똑같은 각오로 일합시다."

그러니까 윤 수석은 '정면돌파론'을 제기했고, 그 점에서 김 실장과 의기 투합했던 것이다. 그리고 이 정면돌파론을 들고 대통령을 설득할 때까지 함께 노력하기로 다짐했다. 이 정면돌파론에는 문종수 민정수석과 박세일 사회복지수석도 같은 의견이었다. 다른 수석들은 나름의 수습책을 건의하고 있었다.

거의 매일 대통령 집무실을 방문하는 김 실장이 '정면돌파론'에 앞장설 수밖에 없었다. 앞서 언급한 3명의 수석도 대통령이 부를 때마다 정면돌파의 당위성과 효과를 설명하는 데 힘을 보탰다. 그런데 김 실장이 대통령의 뜻을 종합한 결과 "현철이 문제를 꺼내면 대통령이 다른 얘기를 하거나 '내일 하자'고 미룬다"는 것이었다.

대통령이 '정면돌파론'을 별로 탐탁하게 생각하지 않는다는 뜻이었다. 누구라도 이해할 수 있는 일이었다. 아무도 장담하지 못한다는 자식 문제였기 때문이다. 그래도 끈질기게 대통령을 설득해야 한다는 데 이견이 없었다. 그 중심에 김 실장이 끝까지 서 있었다. 그리고 마침내 대통령이 이를 받아들였다.

2월 1일 청와대 수석비서관회의를 주재한 자리에서 대통령은 한보그룹 부도사태에 대해 '통탄스러운 일'이라면서 "부정부패의 뿌리를 뽑는 계기로 삼아야 할 것"이라고 분노를 표시한다. 그리고 "한보사태에 대한 검찰 수사에는 어떤 성역도 없을 것이며, 비리 연루자는 나의 측근이든 누구든 지위 고하를 막론하고 조사해 법대로 처리할 것"이라고 '성역 없는 수사'를 천명했다.

YS는 아들 현철을 불러 의혹을 추궁하는 '친국(親鞫)' 사태까지 벌어진다. 『김영삼 대통령 회고록』에는 당시 '참담한 심정'을 이렇게 표현하고 있다.

"현철이는 하늘에 맹세코 자기는 한보사태와 관련이 없고, 특혜 대출 대가로 돈을 받았다는 사실도 결코 없다며 펄쩍 뛰었다. 나는 오래도록 고락을 함께 해 온 가까운 정치인들에 이어 자식마저 의혹과 비리의 과녁이 되어 버린 데 대해 하늘이 무너지는 참담함을 느꼈다."

대통령은 결국 아들에 대한 조사를 검찰총장에게 지시한다. 김현철은 2월 21일 검찰에 소환돼 밤샘 조사를 받았다. 조사 결과는 무혐의였고, 곧 풀려났다.

그런 가운데 김영삼 대통령 취임 4주년 기념일이 다가왔다. 김현철이 검찰 조사를 받았지만 무혐의 처리된 탓인지 여론은 호전되지 않았다. 의혹을 사실이라고 믿어 버리고 분노한 국민들의 마음을 어떻게 달래야 할지, 김 실장은 또다시 깊은 고민에 빠져들었다. 그런 상황에서 맞는 취임 4주년 기념일은 위기이자 기회라는 생각이 들었다.

김 실장은 비장한 각오로 대통령에게 대국민 사과와 인사 쇄신을 건의했다. "그동안 국민의 비판을 받았던 여러 가지 문제들에 대해 더욱 겸손하고 솔직하게 대국민 사과를 하고, 남은 임기 1년을 새로운 각오로 국정에 임하기 위해 인사 쇄신을 단행해야 한다"는 내용이었다. 앞서 말한 3명의 수석들이 이때도 의견을 함께 하고 노력을 같이 했다. 대통령은 쉽지 않다고 생각했던 이 건의를 의외로 선선히 받아들였다.

김 실장은 대국민 사과 담화문에 담을 내용에 관해 국내 주요 언론사 중진 언론인들을 대상으로 자문을 구했다. 민심의 소재를 정확하게 파악해 이를 담화문에 반영하기 위한 것이었다. 그 중 두세 사람에게는 아예 원고를 청탁해 받았다. 만약 당신이 지금 이 시점에서 대통령으로서 취임 4주년 기념사를 한다면 어떤 내용을 담을 것인지 써달라고 부탁한 것이다.

김 실장은 자문 내용과 원고를 담화 초고를 작성하는 윤여준 수석에게 넘겨 최대한 반영하도록 했다. 대통령 연설문을 도맡아 작성했던 윤여준 수석은 그 담화문을 쓰는 게 청와대 수석 생활 중 가장 고통스러웠다고 말했다.

대통령은 2월 25일 '취임 4주년을 맞아 국민에게 드리는 말씀'을 통해 대국민 사과를 했다. "국민 여러분께 진심으로 죄송하다는 사죄의 말씀을 드립니다"는 말로 시작된 담화문이다. 측근들의 구속과 아들 현철을 둘러싼 의혹에 대한 사과였다.

"저의 가까이에서 일했던 사람들까지도 부정부패에 연루되었으니 국민 여러분께 고개를 들 수 없다"고 말했다. 아들 문제에 대해 대통령은 '괴롭고 민망한 심정'을 이렇게 언급했다. "만일 제 자식이 이전 일에 책임질 일이 있다면 당연히 응분의 사법적 책임을 지도록 할 것"이며 "(아들을) 근신토록 하고 제 가까이에 두지 않음으로써 다시는 국민에게 근심을 끼쳐 드리는 일이 없게 하겠습니다."

그리고 "이유야 어떻든 이 모든 것은 저의 부덕의 결과이며 대통령인 저의 책임"이라며 국민 앞에 고개를 숙였다.

대통령의 대국민 사과 담화 발표를 김 실장을 비롯한 청와대 참모진들은 '참담한 일'로 받아들였다. 결국 "참모진들이 대통령을 잘못 모신 결과가 아니냐"는 책임론이 비등했다. 김 실장은 이를 논의하기 위해 임시 수석비서관회의를 급히 소집했다. 김 실장 이하 일괄 사표, 책임 있는 수석들의 부분 사표 등으로 의견이 갈렸다.

어색한 분위기에서 한동안 침묵이 계속되자 김 실장이 단안을 내렸다. "내가 지금 대통령께 올라가서 전 수석이 사의를 표명했다고 말씀 드리겠다"는 것이었다. 회의에 참석한 수석비서관들은 "그게 가장 합리적인 수습 방법"이라는 데 고개를 끄덕였다.

대통령에게 보고를 마친 김 실장이 다시 수석회의를 소집했다. 김 실장은 참모들의 사의에 관한 대통령의 언급을 이렇게 전했다.

"내가 저를 비롯한 전 수석들이 사의를 표명했다는 말씀을 드렸다. 대통령 말씀이 수석들이 무슨 잘못이 있느냐는 것이었다. 심기일전해서 더 열심히 일을 하라고 했다. 이제 사표는 없던 것으로 하고 대통령 말씀대로 따라 달라."

바로 다음 날인 2월 26일 김 실장은 대통령에게 사의를 표명했다. "담화문에서 말한 대로 인사 쇄신을 실효성 있게 하기 위해서는 대통령의 최측근, 최고위 보좌 책임자인 비서실장부터 경질해야 한다"는 이유를 들어 간곡하게 요청했다. 대통령은 임기 말까지 함께 하자고 몇 번이나 만류했다. 김 실장은 "비서실장은 지금처럼 대통령으로서 국면 전환이 필요할 때 희생하는, 희생되어야 하는 자리"로 생각했다. 잘잘못을 떠나 그게 바로 비서실장의 숙명이었다.

청와대 참모들의 사표 사태까지 수습하고 김 실장은 2월 28일자로 비서실장을 그만둔다. 이원종 정무수석, 이석채 경제수석, 유도재 총무수석과 함께였다. 언론 등에서는 이를 두고 노동법 날치기 사건, 한보그룹 부도사태 등에 대한 '인책성 경질'이라고 평가했다. 김광일 비서실장은 만 1년 2개월 11일 동안의 임기를 이렇게 마쳤다.

『김영삼 대통령 회고록』에서 YS는 이때 비서실 개편에 대해 이렇게 말했다.

"숫자로 보아서는 소폭이었지만 비서실장과 정무 · 경제 · 총무 수석 등 3대 핵심 요직을 바꾸었기 때문에 내용상으로는 대폭이었다."

김 실장이 물러나고 석 달이 채 안 된 1997년 5월 17일, 김현철이 구속되었다. 당시 김현철의 혐의는 한보사태와 무관한 '정치자금에 대한 조세포탈'이었다. 대통령은 이에 앞서 당시 검찰총장에게 전화해 "혐의가 없으면 찾아서라도 현철이를 구속하라"고 지시했다. 아버지가 아들을 구속시키는 '참담한 일'이 결국 일어나고 만 것이다.

특보

제15대 대선에서 대통령 정치특보로서 임무를 수행하다

김광일 전 청와대 비서실장은 1997년 6월 21일 대통령 정치담당 특별보좌관에 임명됐다. 그해 2월 28일 비서실장에서 물러난 지 채 넉 달이 안 된 시점이었다. 김영삼 대통령이 이듬해 1998년 2월 24일 퇴임할 때까지 청와대에서 상근하면서 자신을 보좌하도록 한 것이다. 비서실장과 똑같은 처우와 일을 맡기겠다는 말과 함께였다.

문민정부를 통틀어 정치특보는 박관용 전 비서실장과 함께 단 2명밖에 없었다. 박관용 특보가 1995년 10월까지 10개월 가까이 맡은 후 한동안 비어 있던 자리였다. 꼭 있어야 하는 자리는 아니었다는 뜻이다. 그럼에도 YS가 김 특보를 그 자리에 앉힌 것은 그만큼 필요성이 있어서였다.

김 특보에게 주어진 일은 중요한 정치 문제에 대한 자문과 함께 대통령이 원하는 특별임무를 수행하는 것이었다. 김 특보 재임 중에 있던 중요한 정치 행사는 1997년 12월에 치러진 15대 대통령선거, 그 이전에 신한국당 대통령 후보 선출이었다. 두 가지 모두 '공정한 관리'는 임기 말의 대통령이 피할 수 없는 일이었다.

신한국당 대통령 후보 경선 초기에 이른바 '9룡(龍)'이 나섰다. 이회창,

이홍구, 이수성, 이인제, 이한동, 김덕룡, 김윤환, 박찬종, 최병렬 등이었다. 일각에서 '난립'이란 말이 나올 정도로 후보가 많은 편이었다. 후보가 많을수록 이를 관리해야 하는 입장에서는 일이 많고 복잡할 수밖에 없었다. 물론 이때 '관리'는 대통령이 염두에 두는 특정한 후보를 미는 게 아니라 오히려 반대였다.

대통령 후보 경선의 공정성을 담보하기 위해 전 과정을 꼼꼼히 살피고, 문제가 생겼을 때 해결책을 강구해 대통령에게 보고하는 것이 김 특보의 임무였다. 이를 위해서는 이회창 후보의 당 대표직 사퇴, 당내 민주계 모임인 '정치발전협의회(약칭 정발협)' 해체가 당면의 숙제였다.

이회창 후보의 당 대표직 사퇴는 다른 경쟁 후보들의 공통된 요구사항이었다. '대표 프리미엄'이 우려된다는 이유였다. 이회창 후보는 정발협의 해체를 요구했다. 당시 정발협의 의견이나 주장은 YS의 뜻이 담겨 있는 것으로 해석돼 소위 '김심(金心) 논란'의 진원지로 오해받고 있었다. 양쪽 모두 불공정 시비의 여지가 있어 이를 해결하는 것이 김 특보가 당장 해야 할 역할이었다.

이회창 후보의 대표직 사퇴는 상대적으로 수월하게 이루어졌다. 경선 후보 마감일인 7월 2일 전에 이 후보가 결단을 내렸기 때문이다. 그런데 끝까지 해체하지 않으려고 버티는 모습을 보인 정발협이 문제였다. 김 특보는 정발협 해체가 공정한 경선의 요체라고 판단해 대통령에게 이를 건의했다. YS는 이 건의에 따라 정발협 대표자인 서청원 간사장을 청와대로 몇 차례 불러 지시하거나 경고를 했다. 그렇게 해서 정발협은 '자진 해산' 형식으로 어렵사리 해결되었다.

7월 21일 열린 신한국당 전당대회에서 이회창 대통령 후보가 최종 결정됐다. 대통령과 김 특보는 후보 선출 경선 과정은 공정했다고 생각 했지만 이것으로 끝이 아니었다. 이인제, 박찬종 후보 등 경선 경쟁자 들이 당을 떠날 조짐이 나타난 것이다. 결정적인 이유는 이회창 후보의 야당 후보에게 뒤지는 국민 지지율 급락이었다. 국민 지지율이 선출 초 기에는 높은 편이었다. 하지만 이 후보 두 아들의 병역 문제가 그해 7월 터져 나오면서 하락 일로를 걸었다.

이를 기화로 이인제 후보는 독자 출마 채비를 했다. 그 배경에는 신 한국당 경선 과정에서 보여 준 과열과 혼탁 양상, 거기에 이회창 후보 의 포용력 부족도 함께 작용했다는 것이 당시 정치권의 일반적 분석이 었다. 김 특보의 생각에 이것이 현실화되면 경선 불복이고, 민주주의 원칙에 정면으로 위배되는 것이었다.

김 특보는 이인제 후보를 만나 자신의 생각을 설명하고 탈당이나 독 자 출마는 '정치적 자살 행위'라고 강력하게 충고했다. YS도 같은 이 유로 이인제 후보의 독자 출마를 막판까지 만류했다.

또 박찬종 의원에게도 당에 남을 것을 권유했다. 박 의원은 경선 과 정에서 돈봉투 사건을 계기로 이회창 후보와 '진흙탕 싸움'을 벌이다 결국 경선 후보를 사퇴했었다. 이어 박 의원이 탈당 조짐을 보이자 간 곡하게 말렸다. 결국 박 의원은 김 특보 등의 설득 끝에 당에 남아 공동 선대위원장을 맡기도 했다.

YS는 그해 8월 초 이회창 후보를 당 대표로 복귀시켰다. 또 이회창 후보가 원하는 강삼재 의원을 사무총장으로 기용했다. 모두 이회창 후 보에게 힘을 실어 주기 위한 조치였다. 이회창 후보의 국민 지지율이 하락 추세였지만 그대로 대선을 치른다는 메시지가 담겨 있었다. 후보

교체 가능성이 없다고 판단한 이인제 후보는 결국 9월 중순 신한국당을 탈당한다. 그리고 국민신당을 만들어 대통령 후보로 나선다.

반면 대선 경쟁자인 새정치국민회의 김대중 후보는 김종필 자유민주연합 후보와 공동전선을 구축해 맞섰다. 이른바 DJP(DJ+JP) 연합이었다. 연초부터 물밑에서 진행되던 DJP연합은 그해 7월부터 본격적으로 후보 단일화 협상을 벌였다. 그리고 숱한 우여곡절 끝에 10월 31일 '내각제 개헌'을 고리로 DJ가 단일 후보가 됐다.

여당인 신한국당은 후보가 분열하고, 두 야당은 단일화로 후보 공조에 나선 것이다. 이에 맞서 신한국당과 조순 총재가 이끌던 민주당도 당 대 당 통합을 선언한다. '이회창 후보, 조순 총재'로 하는 역할 분담도 정해졌다. 이로써 15대 대선 구도는 이회창, 김대중, 이인제 후보 3파전 양상으로 굳어졌다.

그러나 두 아들의 병역 문제로 개혁성과 도덕성 측면에서 치명적 상처를 입은 이회창 후보의 지지율은 좀체 회복될 기미를 보이지 않았다. 9월 30일 YS는 약속했던 대로 신한국당 총재직을 이회창 후보에게 넘겨주고 명예총재로 물러났으나 상황은 달라지지 않았다.

이즈음 15대 대선 과정에서 큰 분수령이었던 DJ 비자금 의혹 사건이 터졌다. 신한국당 강삼재 사무총장의 의혹 제기로 시작된 사건이었다. 그리고 신한국당은 10월 16일 DJ를 특가법상 '뇌물수수 및 조세 포탈' 등의 혐의로 검찰에 고발한다. DJ에게는 절체절명의 위기였고, 이회창 후보는 회심의 분위기 반전 기회로 여겼다.

그러나 야당에서는 여당의 정치공작으로 규정하고 청와대를 압박했다. 김 특보는 대통령에게 야당의 제안대로 영수회담을 할 필요가 있다고 건의, YS가 이를 받아들여 대선이 순조롭게 진행되는 데 기여한 것이다. 김 특보는 어떤 상황에서도 법에 따른 원칙을 지키는 방향으로 대선 중립을 건의했다.

YS는 DJ와의 회동에서 "대통령으로서 초연한 입장에서 헌정 사상 유례 없는 공명정대한 선거관리를 하겠다"는 의지를 먼저 표명했다. 또 "(대통령에) 반드시 누가 되어야 하고 누구는 되지 말아야 하다는 생각을 갖고 있지 않으며, 어느 후보에게도 불이익이 가는 일은 절대 없을 것"이라고 뜻을 분명히 했다. YS는 그 뒤에 만난 다른 대선 후보들에게도 똑같은 취지의 말을 했다.

10월 하순 이회창 후보는 YS에게 탈당을 요구했다. YS의 DJ 비자금 의혹 사건 수사 유보 결정에 대한 반발이었다. 같은 이유로 11월 1일로 예정된 YS의 조찬 회동도 거부했다. YS가 이인제 후보를 돕고 있다는 세간의 의심도 그 배경으로 작용했다. YS의 표현대로라면 "어처구니없는 일"이었다. YS는 그때까지 스스로 만든 신한국당을 탈당할 생각을 해 본 적이 없었다. 김 특보를 비롯한 주변 참모들 대부분이 당을 떠나서는 안 된다고 말렸다.

이즈음부터 이회창 후보는 선거 캠페인 방향도 야당 후보와의 차별화보다는 김영삼 대통령을 공격하는 데 집중했다. 심지어 11월 6일 경북 포항에서 '03 마스코트'라는 이름의 YS 형상을 만들어 몽둥이로 때리는 퍼포먼스까지 등장했다. 청와대는 정치적으로도 인간적으로도 용납할 수 없는 일로 여기고 배신감을 토로했다.

YS의 표현을 빌면 "모든 정이 다 떨어졌다"고 했다. YS는 격노한 나머지 '포항사건'이 일어난 다음 날 탈당을 결행한다. 이를 계기로 이회창 후보는 당명을 신한국당에서 '한나라당'으로 바꾸고 YS의 색깔 지우기에 나선다.

YS와 이회창 후보의 반목과 갈등은 점점 더 깊어지고 있었다. 그렇지만 이로 인해 현직 대통령이 여당 후보와 적대 관계가 되어서는 안 된다고 김 특보는 생각했다.

물론 대통령이 여당 후보를 직접 지명하지는 않았다. 그렇지만 대통령의 품안에서 태어난 분신인 것만은 틀림없었다. 대통령의 정치 이념과 노선을 이어갈 계승자이기도 했다. 어느 국가, 어느 대통령이나 정권 재창출에 관심과 노력을 쏟는 이유이기도 하다.

'엄정 중립' 원칙을 훼손하는 불법이나 편법이 아닌 한 대통령이 여당 후보를 돕는 것은 정치적 책임이자 도리라고 여겼다. 그래서 김 특보는 대선 막바지에 YS와 이회창 후보 간 화해의 자리를 은밀히 주선하기도 했다. 하지만 김 특보의 이런 노력도 이회창 후보가 약속을 지키지 않아 허사가 되었다.

이회창 후보는 대선 하루 전 부산 유세에서도 YS에 대한 공격을 멈추지 않았다. YS의 정치적 고향인 부산에서 이런 언행은 민심을 더 돌아서게 하는 일이었다. YS 지지표들이 이회창 후보가 아닌 이인제 후보 쪽으로 이탈하는 것이 김 특보의 눈에는 훤히 보일 정도였다. 이회창 후보는 이렇게 마지막까지 당선에서 멀어지는 실수를 자초했다.

1997년 12월 15대 대선 당선자는 DJ였다. 그때 1,030만여 표를 득표해 990만여 표를 얻은 이회창 후보와 불과 39만여 표 차이였다. 이인제 후보는 490여 만 표를 기록하며 그 후로 자타칭 '500만표 사나이'가 되었다.

이회창 후보는 이인제 후보의 출마를 결정적인 패배 요인으로 돌렸다. 그 분석에 일리가 없지는 않다. 하지만 근본적 책임은 이회창 후보에게 있었다. 그는 두 번 더 대선에 도전했지만 모두 실패로 끝났다. 당시 경선 불복으로 민주주의 원칙을 깼던 이인제 후보도 결국 대통령이 되지 못한 운명은 똑같았다. 이로써 김광일의 정치특보로서의 가장 중요한 역할도 함께 끝이 났다.

수습

국가적 경제 위기에서 기민하게 대처하다

김광일 정치특보가 1997년 6월 임명 이래 가장 관심을 쏟았던 것은 15대 대선이었다. 그것으로 중요 임무을 다한 것으로 알았던 그에게 뜻밖의 역할이 기다리고 있었다. 이른바 'IMF 사태'의 뒷수습이었다. IMF 사태란 1997년 말 외환 부족으로 IMF를 중심으로 한 3개 국제기구와 미국, 일본 등 7개국으로부터 총 550억 달러의 구제금융을 받았던 일을 말한다.

이 조건으로 우리나라는 경제정책을 선택할 때 IMF의 요구사항을 받아들일 수밖에 없었다. IMF는 경제구조 개혁을 주문했고, 이로 인해 잇단 기업 부도와 대규모 실업 등과 같은 혹독한 대가를 치러야 했다.

IMF 사태는 엄밀히 따지면 경제 문제였다. 따라서 청와대에서 정치라는 타이틀이 직책에 붙어 있는 김 특보가 직접 관여할 일은 아니었다. 청와대 비서실에 비서실장이 있고 담당 수석과 비서관들이 있어 김 특보는 관심은 있어도 일부러 나서지 않았다. 자칫하면 월권으로 오해를 받을 수도 있기 때문이다.

그런데 IMF 사태는 광의로 보면 중요한 정치 문제이기도 했다. 김 특보가 참모로서 보좌하고 있는 대통령이 취임 이래 맞은 정치적 위기이기도 했다. 그에 앞서 국가 부도라는 벼랑 끝에 서 있는 마당에 국민의 한 사람으로서 촉각을 곤두세우게 하는 일이었다.

1997년 11월 12일, 윤진식 청와대 경제비서관이 김 특보를 찾아왔다. 윤 비서관이 꺼낸 '국가 부도 상황'이라는 말은 김 특보에게도 청천벽력 같았다. 김 특보의 입에서 "무슨 얘기냐"는 말이 반사적으로 튀어나왔다. 윤 비서관은 "외환 부족 사태로 IMF 지원을 받아야 하고, 경제정책 담당자들도 바꿔야 한다"는 요지로 당시 경제 상황을 설명했다.

김 특보가 "그런 문제라면 상관인 경제수석에게 이야기해서 대통령에게 보고하면 되지 않느냐" 하자 "경제수석이 말이 안 통한다"는 답변이 돌아왔다. 당시 청와대 경제수석은 김인호였다. 김 수석을 비롯해 경제팀은 가능하면 IMF에 구제금융 요청은 하지 말자는 분위기였다. 그래선지 "상황이 어렵기는 하지만 한국 경제는 기초(fundermental)가 튼튼해서 곧 나아질 것"으로 보고하고 있었다고 『김영삼 대통령 회고록』에 기록되어 있다.

그런데 윤 비서관은 김 특보에게 이와 다른 얘기를 했다. 그리고 "대통령에게 보고를 할 수 있도록 얘기해 달라"는 부탁 아닌 부탁을 했다. 김 특보는 이런 자초지종을 대통령에게 곧바로 보고했다. 그리고 "나라가 아주 어려워지는 상황에 있어 경제 비서관이 보고를 드리겠다고하니 들어봐 주십시오"라고 청했다.

김 특보의 보고를 듣고 YS는 이날 오후 윤 비서관을 집무실로 불렀다. 윤 비서관은 "현재와 같은 추세라면 국가 부도라는 심각한 상황이 오게될 것입니다. 신속하게 IMF의 자금 지원을 받아야 합니다" 하고 보고했다. 보고를 받은 YS의 지시로 강경식 부총리 겸 재정경제원 장관과 이경식 한국은행 총재 등이 11월 16일 서울에서 미셸 캉드쉬 IMF총재를 만나 긴급 구제금융 지원 협상을 시작했다. 불행 중 다행으로 김 특보의 기민한 판단과 보고로 뒤늦게나마 국가적 경제 위기 대처의 첫발을 뗀 것이다.

김 특보도 IMF 사태 진행 과정에서 이런 정치권의 포괄적 책임에 대해 공감했다. 김 특보는 특히 금융개혁을 이루지 못한 데 대해 깊은 아쉬움을 토로했다. "금융 개혁 없이는 건강한 경제 체질을 만들 수 없기 때문에 청와대와 정부는 관련 금융관계법 개정안을 국회에 제출하였으나, 차기 대통령선거를 앞둔 정치권은 여야를 막론하고 뜨거운 감자인 금융개혁법안을 아예 안건으로 상정하지도 않고 국회를 폐회하고 말았다"는 것이다. 당시 국회는 대선을 이유로 11월 18일 서둘러 폐회하면서, 한국은행법 등 13개 금융개혁 관련 법안을 다음 국회로 넘겼다.

IMF 사태와 관련해 그런 정치권을 상대해야 하는 긴급한 과제가 김 특보에게 떨어졌다. IMF에서 임기 말에 이른 현직 대통령을 믿을 수 없다면서 김대중, 이회창, 이인제 후보 등 유력 3인 후보에게 합의 준수 약속을 요구했기 때문이다. 일종의 '연대보증'을 하라는 것이었다.

김 특보가 보기에 법적으로는 의미가 없는 일이었다. 그러나 한국은 약자의 입장에서 IMF에 꼼짝없이 끌려갈 수밖에 없는 처지였다. 이 또한 국가를 위한 일이었고 김 특보의 임무이기도 해서 이 일에 적극적으로 나서서 마무리를 지었다.

김 특보의 일은 여기서 끝이 아니었다. 1997년 12월 18일 대선을 계기로 권력은 김대중 당선자에게 사실상 넘어갔다. 1998년 새해 벽두인 1월 30일 감사원이 외환위기에 대한 특별감사에 착수했다. 2월 12일에는 감사원이 청와대에서 외환위기 현장감사를 실시했다. 김대중 대통령이 취임한 2월 25일 감사원은 외환위기 주역으로 지목된 강경식 전 경제부총리, 김인호 전 청와대 경제수석, 이경식 전 한국은행장 등에 대한 조사를 시작했다.

3월 17일 YS는 감사원에 외환위기 관련 서면 질의에 대한 답변서를 보냈다. 이 답변서 작성 과정에 김 변호사는 관여하지 않았다. 감사원은 4월 10일 특별감사 결과를 발표하고 검찰에 수사를 의뢰했다. 이날 강경식 전 부총리와 김인호 전 수석에 대해서는 출국금지 조치가 내려졌다. 두 사람은 5월 18일 직무유기 및 직권남용 혐의로 함께 구속됐고, 6월 5일 환란 수사 결과 발표와 함께 검찰에 의해 기소됐다.

이에 앞서 YS는 외환 위기와 관련해 5월 2일 검찰에도 서면 답변서를 제출했다. 국가적 재난이었던 IMF의 원인을 규명하는 당시 김영삼 대통령의 공식 답변이었다. 이 답변서 초안 작성 책임자가 김 변호사였다. 김 변호사는 2월 24일 YS와 함께 청와대 정치특보 임기를 마치고 재야로 돌아와 있었다. 수많은 형사재판 변론 경험과 지식, 식견을 종합하여 이 역사적 문서를 작성했다. 이는 IMF 사태 책임을 가리는 데도 중요하여 온 국민의 주목을 받고 있었다.

이 답변서 내용이 파란과 화제를 불러일으켰다. 주요 내용 중 하나는 구속된 강경식 전 경제부총리, 김인호 전 경제수석은 "직무수행 과정에서 최선을 다했다"는 것이었다. 검찰이 강 전 부총리와 김 전 수석에게 구속 사유로 적용한 '직무유기, 직권남용' 혐의를 정면으로 부인하고 뒤집는 것이었다.

김대중 정부도 이런 내용에 몹시 당황한 듯한 모습을 보였다. 검찰총장은 YS의 답변서가 "참고가 안 된다"고 애써 가치를 깎아내리는 기자회견을 했다. 검찰총장은 김영삼 정부 때 임명돼 정권이 바뀐 뒤에도 그때까지 재임 중이었다. 그리고 검찰 스스로 요청한 이 답변서를 참으로 이례적으로 재판 과정에서 증거자료로 체출하지 않았다. 오히려 이 문서를 강 전 부총리와 김인호 전 수석 등 피고인들이 증거자료로 제출하는 별난 상황이 벌어졌다.

김 변호사는 1998년 9월 21일 열린 1심 제9차 공판에서 검찰측 증인으로 법정에 섰다. 증인신문에서 초점은 YS와 윤진식 전 청와대 경제비서관의 독대 과정, YS 검찰 답변서 작성 경위, 이 답변서와 김 변호사가 개인 자격으로 했던 증언과의 차이 등이었다. 김 변호사는 이에 앞서 4월 20일 검찰에서 IMF 사태와 관련하여 참고인으로 조사를 받은 적이 있다. 특히 이날 검찰은 김 변호사에게 검찰 조사 때 진술과 YS 답변서와의 내용 차이를 집중해서 물었다.

이날 법정에서 김 변호사가 했던 증언의 요지는 이런 내용이었다.

"대통령 특보로 재임 중에 본인이 직접 관여하지 않았던 내용에 대하여 검찰이 개인적 내용을 묻기 때문에 피상적이고 단편적으로 알고 있는 사실을 바탕으로 진술한 바 있다. 그러나 본인이 주도적으로 간여하여 작성한 전직 대통령의 답변서는 이를 종합 정리하는 책임을 맡은 입장에서 모든 관련 자료를 참고하고 설명을 듣고 김 전 대통령으로부터 모든 사항에 대하여 확인을 거쳐서 작성된 것이기 때문에 결과적으로 본인이 개인적으로 진술한 것과는 차이가 있게 되었다."

또 김 변호사는 강경식 전 부총리와 김인호 전 수석에 대한 1심 재판부의 판단에 결정적인 영향을 미치는 증언도 했다.

"검찰에서 조사를 받을 때까지만 해도 김영삼 전 대통령에게 자세한 내용을 확인한 바도 없고, 이 두 분(강경식 전 부총리 · 김인호 전 수석)한테도 확인한 바가 없었기 때문에 저는 윤진식의 말이 맞다고 생각했다. 그리고 답변서 작성 과정에서는 이 두 분에 대한 나쁜 선입견을 가진 채로 시작했는데 이 자료를 모두 종합해서 확인해 보니까 그 반대 결론이 나왔다.”

1심 재판부는 결국 강경식, 김인호 두 사람에게 1999년 8월 1년 3개월의 긴 심리 끝에 '직무유기'에 대한 혐의에 대해 무죄를 선고했다. 그 이유로 재판부는 "피고인들에게 조속히 IMF행을 결정하지 못한 점을 탓할 수 있을지 몰라도 제반 증거를 볼 때 피고인들이 외환 사정의 심각성을 의식적으로 축소, 은폐 보고했다는 증거나 고의성을 찾을 수 없다"면서 "후임 부총리에게 직접 업무를 인계할 책임은 없고, 후임 임창렬 씨도 IMF행 논의를 알고 있었던 것으로 보이는 만큼 직무유기 부분은 모두 무죄"라고 밝혔다.

그리고 두 사람에 대한 직무유기 혐의 무죄판결은 재판 시작 6년 만인 2004년 5월 대법원에서 확정되었다.

김인호 전 수석은 훗날 김 변호사에 대해 이런 후기를 남겼다.

"김 변호사는 모든 것을 진실에 입각해서 기록하고 정도(正道)에 따라 당당하게 행동함으로써 공인으로서는 물론 한 사람의 자연인으로서도 존경의 대상이 될 뿐만 아니라, 나아가 그가 모셨던 전직 대통령의 명예도 보호하는 결과를 가져왔다고 믿는다."

신의

정치의 정도(正道)는 '신의'를 지키는 것

김광일 변호사는 2000년 2월 27일 민주국민당(약칭 민국당) 입당을 선언한다. 민주당을 탈당한 김상현 전 의원과 함께였다. 김광일 변호사와 김상현 전 의원은 이날 기자회견을 통해 보스정치와 지역 패권정치, 가신정치의 청산과 정권 창출의 대안 마련을 입당의 명분으로 내세웠다. 김 변호사는 입당과 함께 민국당 최고위원이 된다.

민국당은 그해 3월 8일 공식적으로 창당됐다. 참여자는 조순, 이수성, 김윤환, 한승수, 이기택, 박찬종, 신상우, 장기표 씨 등으로 면면이 화려했다. 4 · 13 16대 총선을 앞둔 시점에서 한나라당 공천 탈락자들이 주류였다. 그 중 김영삼 전 대통령 계보인 민주계가 다수였다. 현역 의원과 당 중진의 대거 공천 탈락을 이른바 '2 · 18 대학살'이라 부르며 집단 반발해 탈당을 했었다.

김 변호사는 이들과는 사정이 좀 달랐다. 2월 18일 한나라당 부산 해운대 · 기장 을 지역구 공천을 받았기 때문이다. 그런데 그 소식을 해운대 · 기장 갑 지역구 사무실에서 들었다. 김 변호사는 사전에 옆 지역구인 해운대 · 기장 을로 옮기라는 이회창 총재의 제의를 강하게 거부해왔던 터라 흔쾌히 받아들일 수가 없었다.

당시 한나라당 이회창 총재의 한 측근은 김 변호사의 공천 관련 막전 막후를 이렇게 설명했다.

"이회창 총재는 김 변호사의 공천을 '사람이 훌륭하니 부산 지역구 공천에 유념하라'고 지침을 주었을 정도로 신경을 썼다. 그래서 원하는 지역구 공천을 일찌감치 내정해 놓고 있었다."

그런데 어느 날 이 총재가 "특별한 사정이 생겼으니 지역구를 옆으로 옮기도록 조정을 했으면 좋겠다"는 지시를 했다. 겉으로는 배려한 것 같지만 그게 아니었다. 엄밀히 말하자면 '거물'인 이기택 씨를 공천에서 탈락시키는 대신 그의 보좌진 출신에게 공천을 주기 위해 김 변호사를 옆 지역구로 공천한 것이다. 자신의 지역구가 바뀐 속사정을 알고 김 변호사는 더욱 분격했다.

한나라당 공천자 명단 전체를 확인하고 김 변호사는 더 놀랐다. YS를 따르는 민주계 의원 중 강삼재, 박종웅 의원을 제외하고 대거 공천에서 탈락한 것이다. 공천 발표 다음 날인 2월 19일 김 변호사는 서울 여의도 한나라당 당사 부근에서 이회창 총재의 핵심 측근을 만났다. 그는 '총선 승리를 위한 물갈이' 차원으로 민주계의 대거 공천 탈락 배경을 설명했다.

김 변호사는 곧장 상도동으로 달려갔다. 상도동의 분위기는 격앙돼 있었다. YS나 민주계 인사들로서는 당연한 일이었다. 비록 옆 지역구로 밀렸지만 어쨌든 공천을 받은 그의 입장이 난처했다. YS와 이 총재 사이에서 가교 역할을 했던 김 변호사였다. 왜 '2·18 대학살'을 방조했느냐는 의심의 눈초리가 그에게 쏠렸다. 오직 대권에만 관심을 두고 은밀하게 진행된 이회창 총재의 공천 작업을 김 변호사로서는 알 도리도, 막을 방법도 없었다.

예상했던 대로 YS는 이 총재에 대한 배신감을 토로했다. "의리 없고 거짓말 잘하는 사람은 절대 대통령이 될 수 없다"고 독설을 퍼부었다. 3김 정치 청산을 외쳤던 이회창 총재가 그들을 닮았다는 사실을 깨닫고 김 변호사는 분개하지 않을 수 없었다. 공당을 사당화하는 이회창 총재의 행태를 김 변호사의 양심으로는 도저히 용납할 수 없었다.

김 변호사 입장에서는 이 결정을 그대로 받아들였다가는 생각지도 않은 오해를 받을 수도 있었다. YS의 비서실장 출신으로서 배신자로 낙인찍힐 소지를 남길 수 없었다. 신의를 누구보다 중시하는 김 변호사였다. 또 이 총재의 이런 식의 독단적인 공천 방식은 정치의 '정도(正道)'가 아니라고 생각했다.

김 변호사는 2월 20일 공천 반납과 한나라당 탈당 기자회견을 한다. 그리고 "이회창 씨는 특히 영남권의 공천에서 원칙도 기준도 없이 칼날을 마구 휘둘렀고, 나의 경우 신청도 하지 아니한 엉뚱한 곳에다 전략적 공천을 했다"고 공천 반납 이유를 설명한다.

나중에 "공천 전체를 봤을 때 이회창 총재 1인 지배체제를 갖추기 위한 것이었다. 그런 이회창 씨 체제 하에서 같이 정치를 할 수 없다는 생각에서 공천을 거부하고 탈당했다"는 말도 했다. 어느 조직에서든 1인 지배 체제는 김 변호사가 체질적으로 싫어하는 것이었다.

서울 종로 지역구 공천을 받은 조순 명예총재도 같은 날 반납을 했다. 하지만 탈당은 하지 않았다. 두 사람의 공천 반납은 그 자체로 큰 파문을 낳았다. 우선 정치판에서는 드문 일이었고, 한나라당의 16대 총선 공천자 중에서는 처음 반납하는 것이었다.

김 변호사가 탈당까지 결행하는 강수를 둔 것은 YS와의 신의 때문이었다. YS는 1997년 12월 15대 대선 이래 이회창 총재와 시간이 흐를

수록 사이가 멀어져 갔다. 당시 이 총재는 1997년 대선 패배의 설욕을 위해 2002년 대선에 총력전을 준비하는 모양새였다. 그러나 민주계에서는 이회창 후보에 대한 회의론이 만만찮았다.

이회창 총재의 이른바 '2·18 대학살'은 엄청난 후폭풍을 낳았다. 그 중 대표적인 것이 민국당 창당이었다. 민국당 창당은 거의 속도전에 가까웠다. 한나라당이 공천자를 발표한 지 불과 열흘 만인 2월 18일 창당 발기인대회가 열렸다.

3월 8일 창당된 민국당은 초기에 조순 대표 체제를 선택했다. 또 호남 출신인 김상현 전 의원의 참여로 외형상 전국 정당의 모습을 갖추긴 했었다.

김 변호사는 YS의 지역구였던 부산 서구에서 민국당 후보로 출마를 선언한다. 그러나 총선이 중반으로 접어들면서 한때 20%까지 치솟았던 민국당 지지율은 한자리수로 하락 일로를 걸었다. 전국적으로 부산을 제외하고 속수무책으로 밀리는 양상이 나타났다. 부산도 점점 "민국당 뽑으면 DJ 좋은 일 시킨다", "민국당은 DJ 2중대" 등의 선동적인 구호가 먹히면서 한나라당의 지지층이 결집하기 시작했다.

약속했던 YS의 지지 약속도 이뤄지지 않았다. 김 변호사는 16대 총선에서 결국 낙선했다.

김 변호사의 정치 실험은 이로써 또 한 번 실패했다. 정치를 계속할 것인가 말 것인가, 김 변호사는 또 한번 기로에 섰다. 고심 끝에 결국 정치와의 영원한 이별을 선택한다. 김 변호사의 정치 인생은 이렇게 마침표를 찍었다. 신의로써 정치를 바로 세우고 나라를 제대로 만들고자 했던 김 변호사의 큰 꿈도 함께 마침표를 찍었다.

제4부

나를 있게 한
하나님 그리고 가족

믿음

일생을 하나님의 제자로, 종으로, 청지기로

김광일은 굳건한 믿음의 사람이었다. 사람들은 흔히 그를 인권 변호사, 공직자로서의 삶을 주로 기억하고 말한다. 그런데 그의 그런 삶의 밑바탕에는 확고한 신앙이 자리하고 있었다.

그의 신앙은 일찍부터 믿음을 가진 어머니와 외가의 영향에서 비롯된다. 부산의 외가에 머물던 중학교 1학년 때 부산중앙교회를 나가면서 본격적인 신앙생활을 시작했다.

경남중고등학교 동기동창이며 부산중앙교회를 평생 거의 같이 다녔고 또 장로로서 오랫동안 함께 시무한 임정명 부산대 교수는 그의 당시 일상생활을 두고 "집과 학교, 교회밖에 없었던 친구다. 시간이 나면 교회에서 살다시피 했다. 학교에 없으면 교회에서, 교회에 없으면 학교에서 어김없이 만날 수 있었다"고 기억한다.

김광일은 1956년 경남고 2학년 때 이 교회 고등부 회장을 맡는다. 그는 "내가 다니던 부산중앙교회에 십여 명의 동기생이 함께 나가 기도를 드렸다. 학교에서는 기독학생회에 가입하여 학원의 복음 전도에 힘썼다. 어느 날 경남고 교장 선생님과 부산중앙교회 목사님이 만나셨는데, 서로 당신께서 잘 가르쳐서 좋은 학생들이 되었다고 다투시기까지

경남고등학교 재학 시절 부산중앙교회 고등부 회장으로 활동했다.

했다고 한다"는 재미있는 일화를 나중에 회고하기도 했다.

그는 "고등학교 시절 절대자에 대한 신앙을 확고히 가졌다"는 점에 대해 평생 자부심을 가졌다. 고등부 회장 시절인 1956년, 이 교회에서 아주 특별한 교회행사를 처음 마련한다. 그해 1월 4일에 열린 중고교생들의 신년축하 음악예배가 그것이다. 그가 시작한 이 행사는 지금까지 한 해도 거르지 않고 매년 열리고 있다.

1996년 12월에 펴낸『부산중앙교회 50년사』에는 이 행사의 의의를 이렇게 기록하고 있다.

이 축하예배 때는 경향 각지에 흩어져 있던 선배들도 많이 참석하는 전통 있는 행사로 굳게 자리잡아 가고 있다. 찬양 예배 마지막 순서는 언제든지 선후배가 어울려 헨델의 메시아 중 '할렐루야'를 찬양하는데,

이때는 더욱 부산중앙교회 성도라는 자부심과 긍지가 새로워지며 우리 부산중앙교회 성도만이 느낄 수 있는 감격과 기쁨을 만끽한다.

판사로서, 인권변호사로서의 그의 일생은 확고한 신앙에 뿌리를 두고 있었다. 정치인으로서, 공직자로서 삶을 살 때도 마찬가지였다. 그는 틈날 때마다 자신의 신앙과 그 신앙과 일치하는 삶을 어떻게 살아갈 것인가에 관하여 생각했다.

"오늘날 우리는 십자가의 영광은 자랑하지만, 십자가의 고난은 잊어버렸다. 사람마다 자기 십자가를 지고 그를 따르라고 하였는데, 오히려 남에게 십자가를 지우고 그 위에 올라타려고 한다. 예수를 십자가에 못 박은 자를 비난은 하면서, 어느덧 자신이 그러한 자를 닮아가고 끝내는 그들의 충실한 후예가 되어 버린 것을 깨닫지 못한다. 걸핏하면 십자가를 진다는 말을 한다. 단 한 분 죄없이 목숨을 버린 예수만이 질 수 있었던 거룩한 희생을 행악자들의 뻔뻔스러운 자기변명의 수단으로 사용한다. 그러다가는 가룟 유다마저 예수를 위하여 십자가를 졌다고 할 판이다. 내 몫에 지워진 십자가의 참된 뜻을 바로 알고 힘차게 불러야 할 노래가 있다. '의(義)의 면류관 얻기까지, 최후 승리 얻을 때까지 십자가 붙들겠네.'"

나중에 교회 고등부를 맡은 집사가 되었을 때는 신앙의 선배로서 학생들에게 이렇게 말한다.

"수백 년 동안 애굽의 종살이를 하면서 꿈에도 그리던 땅이요, 모세를 따라 40년을 헤매며 찾아 나섰던 생명의 땅이요, 젖과 꿀이 흐르는 땅 중의 아름다운 땅 가나안은 우리에게 허락하신 약속의 땅이다.

현실의 안락과 영광을 버리고 애굽을 탈출한 모세이기에 그 땅을 바라볼 수 있었고, 죽음의 공포를 이기고 전진한 갈렙, 여호수아 같은 용사들만이 그 땅에 들어갈 수 있었다. 우리가 꿈꾸는 목표, 이루고 싶은 성공을 위해서는 항상 전투가 따라야 하며, 혹독한 시련과 철저한 준비가 있어야 한다.

우리는 가나안 땅 정복과 같은 하나님께서 축복하시는 인생의 목표를 확고히 정하고, 일생을 통하여 목표 달성을 꾀할 것이며, 젊은 날 면학의 시대를 사는 우리 학생들은 특히 그 준비로 실력 양성을 위하여 매진하여야 할 것이다."

그는 신앙인도 남을 미워할 때가 있지만, 그 미움을 어떻게 바라보고 대처해 나갈 것인가에 대한 의견도 제시하였다.

"첫째, 나 자신을 끊임없이 갈고 닦아 남을 미워하는 마음을 갖지 않도록 노력해 본다. 둘째, 내가 하는 소극적인 방법은 미움의 대상을 멀리하여 객관화하고, 서 있는 곳을 바꾸어 상대방을 이해하는 노력이다. 셋째, 적극적으로 미움을 극복하여 사랑으로 변화시키는 방법이다. 마지막으로, 악을 미워하는 것은 곧 여호와를 사랑하는 자의 마땅히 취할 태도이니, 이로써 이 땅에 하나님의 공의를 실현하는 일에 나서야 할 것이다.

미워할 것을 미워하지 않는 것도 하나의 악덕이다. 미워할 것을 미워하다가 내가 미움을 받는 한이 있더라도 그때에는 하나님께서 갚아 주신다는 믿음을 가지고 나아가는 것이다."

그의 깊은 신앙심과 그에 기초한 현실 인식은 김 장로의 일생을 늘 하나님의 뜻을 구하는 기도, 그 사랑을 실천하는 섬김과 구제, 불의에 당당히 맞서는 용기 있는 삶으로 이끈다.

김광일의 신앙심이 그토록 깊었기에 교회 사랑 또한 지독하다고 할
정도였다. 모(母) 교회는 부산중앙교회다. 1952년 경남중학교에 입학하
면서부터 다녔으니 무려 60년 가까이 한 교회만을 출석하였다. 서울에
서 대학을 다니거나 정치를 하면서 부산을 떠나 있던 기간을 제외하고
는 오직 이 교회만을 섬겼다. 그랬기에 이 교회에 대한 애정이 남달랐
고, 그 역사에 남긴 족적 또한 뚜렷하다.

부산중앙교회는 1977년 6월 교회 분립(分立)이라는 큰 고비를 겪었다.
그 후 한동안 어려움을 겪었던 이 교회의 새로운 부흥을 자신의 책무로
여기고 앞장을 선다. 그리고 1978년 9월 이 교회 장로로 장립된 이후
이 일에 더 헌신적으로 매달린다. 교회 부흥을 위한 가장 중요한 과제를
교회 신축 이전과 훌륭한 목사를 담임으로 모시는 일로 생각했다.

부산중앙교회는 지금 교회가 있는 부산 수영구 남천동으로 1995년
에 신축 이전했다. 그는 건축위원장을 맡고, 부지를 매입하고, 건축허
가와 설계, 준공에 이르기까지 모든 과정에서 물심양면으로 최선의 노
력을 다했다.

교회 신축 이전이라는 1차 과제는 이렇게 성공적으로 마무리되었지
만 그가 기대했던 교회 부흥의 모습은 좀체 나타나지 않았다. 이즈음
이렇게 말하고 있다.

"지금 나에게 남은 숙제는 중앙교회가 교회다운 교회로 발전하도록
기도하고 힘쓰는 일이다. 평생을 섬겨 온 중앙교회가 참 진리의 말씀이
증거되고, 예배다운 예배가 드려지고, 제대로 된 신앙교육이 이루어지
며, 성도들이 아름다운 교제와 선교사업이 활발해지는 교회가 되기를
바라는 마음 간절하다. 우리가 할 수 있는 일은 다하였고, 준비도 갖추

었다.”

김광일은 그 원인을 목회자의 한계와 역부족이라고 판단했다. 그래서 교회를 새로 짓는 것 못지않게 '좋은 목사'를 모시는 일을 중요하게 생각했다.

그는 '좋은 목사' 모델로 서울 '사랑의 교회' 옥 목사를 대표적으로 꼽고 있었다. "옥 목사를 닮은 훌륭한 분을 우리 교회의 목사로 모시는 일이 내 남은 생애의 유일한 소원"이라고 말할 정도였다. 옥 목사에 대해서는 "설교나 교회 행정 모두 본받을 만하다"며 목회자로서 깊은 존경과 신뢰를 보냈다.

김광일은 1988년 국회의원 당선 후 1998년 부산으로 돌아올 때까지 서울에 살면서 옥 목사가 담임했던 '사랑의 교회'에 출석했다. 그때 옥 목사와 친분이 두터워졌고, 청빙할 만한 목사 추천을 부탁했다. 옥 목사는 사랑의 교회에서 전도사와 전임 교역자를 하다가 독일에 유학 가 있는 현 부산중앙교회 담임목사인 최현범 목사를 추천했다.

최 목사는 옥한흠 목사로부터 연락을 받았을 때 부산중앙교회보다 주로 김광일 장로에 관한 얘기를 더 많이 들었다고 한다.

"김광일 장로가 계시는 교회다. 그 분이 누군 줄 아는가. 1970~1980년대 어려운 시국 상황에서 정의를 실현하는 데 앞장선 인권변호사 출신이다"는 요지였다.

부산중앙교회는 대한예수교장로회 합동측 소속이고, 이 교단에서는 대체로 사회 참여에 적극적이지 않다. 그런데도 그가 '사회 정의와 인권'에 관심을 가졌다면 '귀한 분'이고 '굉장히 마음이 열려 있는 분'일 거라고 생각했다고 한다. 마침 최 목사가 공부하고 있던 '기독교 윤리학'도 그가 관심을 갖는 분야와 맞닿아 있었다.

김 장로는 교회의 청빙 동의를 얻어 2003년 1월 초순 직접 독일로 건너간다. 2002년 신장수술 후 처음으로 하는 장거리 여행이었다. 몸에 무리가 갈까 봐 가족 등 주변의 염려가 컸지만 아랑곳하지 않았다. 그만큼 '좋은 목사'를 모시는 데 모든 것을 쏟고 있었기 때문이다.

두 사람은 첫 대면에서부터 서로 인간적 호감을 더했다. 검박함과 소탈함을 상대방에게서 똑같이 발견한 까닭이다. 프랑크푸르트 공항에 마중 나온 최 목사 부부에 대한 첫인상을 김 장로는 일기에 이렇게 기록했다.

"허름한 옷차림에 소박한 모습의 최 목사를 대하니 사진과 글(소개서)을 통해 생각했던 인상과 같아서 친근감을 느꼈다. 검소한 생활상을 보면서 유학생활 10여 년의 고달픔을 짐작할 수 있었으나, 두 분의 모습은 태연했다."

최 목사도 이날 김 장로에게 놀랐다.

"오래 걷지 못할 만큼 몸이 불편해 보였다. 김 장로가 당연히 편한 호텔에 묵으실 줄 알았는데 일주일 내내 우리 집에 머무셨다. 당시 우리 집은 독일에서 굉장히 어렵게 살아 모든 것이 불편했을 텐데 전혀 내색하지 않았다. 아마 나를 더 가까이서 살피고, 더 많은 얘기를 나누기 위해서였던 것으로 짐작한다."

최 목사는 부산중앙교회 청빙에 응하는 조건으로 딱 한 가지를 요구했다. "교회에서 제자훈련을 할 수 있어야 한다"는 것이었다. 제자훈련은 옥한흠 목사가 창안한 평신도 신앙교육 프로그램으로, 과정이 혹독한 것으로 알려져 있다. 그런데 김 장로는 선선히 "우리도 바라는 바"라고 대답했다.

2003년 2월 초 최 목사는 부산중앙교회에 부임한다. 김 장로는 최 목사의 첫 설교를 들은 소감을 일기에 남겼다.

"오늘 참으로 신앙적인 설교, 내 마음과 영혼에 와 닿는 설교를 들었다. 최 목사의 건전한 신앙과 정확한 설교를 접하면서 이제 나는 지금 죽어도 좋다는 마음이 들면서 속으로 흐르는 눈물을 그칠 수가 없었다. 진실하며, 양심적이고, 능력 있는 목사를 만나는 것이 평생의 소원이었는데, 이제 그 소원이 이루어진 것 같다."

최 목사는 부임 직후 약속한 대로 제자훈련을 시작했다. 당시 60대 중반을 넘긴 김 장로에게 제자훈련은 결코 만만한 도전이 아니었다. 제자훈련은 『아프지도 말고 죽지도 말자』는 필독서의 이름에서 보듯 훈련 기간 중에는 오로지 거기에만 집중해야 할 정도로 해야 할 과제들이 많다.

김 장로는 제자훈련이 진행되는 1년 동안 다른 훈련생들에게 모범을 보였다. 매일 해야 하는 성경 3~5장 읽기, 1시간씩 기도, 경건 서적 읽고 독후감 쓰기, 성경 암송, 큐티, 생활 숙제 등 젊은 사람들도 혀를 내두르는 힘든 과제를 빠짐없이 해냈다. 독감 등으로 몸이 편치 않아 결석할 수밖에 없을 것 같은 때도 어김없이 출석을 강행하였다. 이와 같이 솔선하는 신앙생활은 그의 일생동안 한결같이 이어졌다.

김광일은 교회 밖에서의 신앙 활동에도 열심이었다. 부산 애중회(愛重會) 활동이 대표적이다. 애중회는 1960년대 초 서울에서 시작된 뿌리 깊은 기독법조인 모임이다. 애중은 '거듭 사랑'이란 뜻으로 하나님을 사랑하고, 이웃을 사랑하라는 신앙의 실천을 지향하고 있다. 헌금을 모아 교도소 등 불우이웃을 돕고, 봉사활동을 주로 한다. 부산 애중회는

1971년에 만들어지는데 김 변호사도 이를 주도하고 앞장선 주역 중 한 사람이다.

부산은 개신교 기반이 다른 곳에 비해 약한 편이다. 그래선지 부산 애중회는 역사는 깊지만 월례예배 참석자는 20~30명 수준이다. 초창기에는 10명 안팎이 고작이었다. 그럴 만큼 부산에서 법조인들만의 기독교 모임을 한다는 자체가 "용기 있고 대단한 일"이었다. 당시 부산 애중회 총무를 오랫동안 맡았었고, 현재는 서울 애중회 회장인 김신 대법관은 생전의 김광일을 가리켜 "부산 애중회의 정신적 지주였다"고 말한다.

김 변호사는 이렇듯 교회 안팎에서 일생을 충직한 하나님의 제자로, 종으로, 청지기로 살고자 최선의 노력을 다했다.

등산

천천히 그리고 꾸준히 걷다

김광일의 다양한 취미 중 으뜸은 등산이었다. 늘 "평생 등산을 하면서 사는 인생이라면 얼마나 좋겠느냐"고 등산 예찬론을 폈다. 그럴 만큼 등산을 빼놓고는 말할 수 없는 게 그의 일생이었다.

등산에 처음 발을 들여놓은 것은 대학 재학 때였다. 방학이면 고향에 내려오곤 했는데 당시 합천에서 책방을 하던 허우천 씨가 등산 입문을 도왔다. 허씨를 따라 지리산에 오른 이래 등산의 재미에 푹 빠졌다. 변호사로, 정치인으로, 훌륭한 신앙인으로 우뚝 설 수 있었던 자양분은 산을 통해서 얻었다고 해도 과언이 아닐 정도였다.

그가 산을 찾는 이유는 흔히 말하는 산이 거기 있어서가 아니었다. 도시에서 시달린 피곤한 몸과 마음을 이끌고 마치 어머니의 품속을 그리듯 자연의 품에 안기기 위해 산을 찾았다. 그곳에는 갈등도, 경쟁도, 긴장도 없었다. 마음을 편하게 감싸주는 여유가 넘쳤다.

그는 '명산(名山)'이라 불리는 전국의 웬만한 산은 거의 다 오른 등산 마니아였다. 지리산, 설악산, 영남알프스는 물론 부산·경남 일대 산들을 내 집 드나들 듯했다. 그가 지리산에서도 좋아했던 산행 코스는 이른바 비밀의 정원이라 불리는 지리산 남부능선 코스다.

쌍계사-삼신봉-한벗샘-세석평원-천왕봉-치밭목-무제치기폭포-새재로 이어지는 코스를 좋아했다. 특히 여름에는 꽃에 취해 걷는 길이다. 하늘말나리, 모싯대, 산오이풀, 참취, 곰취, 원추리, 각시투구꽃, 비비추, 바위채송화, 돌양지꽃 등 비밀의 화원처럼 경이롭기까지 하다며 감탄하곤 했다.

남부능선 중에서도 대성골과 목통골을 좋아했다. 대성골은 지리산 영신봉(1,651m)에서 발원하여 빗점골과 연동골 물을 합류하여 화개천을 이루는데 계곡이 길기도 하거니와 유역 면적이 참으로 넓다. 그래서 지리산을 종주하다 보면 다른 골짜기는 나타났다 사라지는데 대성골만은 영선봉에서 나타나 칠선봉, 덕평봉, 벽소령, 형제봉, 삼각고지, 명선봉, 토끼봉에 이를 때까지 끝없이 펼쳐진다. 울창한 삼림의 장관을 볼수 있고 첩첩산중에 있는 네 집뿐인 대성마을에 들르는 것도 좋아했다.

부산에서는 비교적 가까운 '영남알프스' 라 불리는 곳을 즐겨 찾았다. 영남알프스는 최고봉인 가지산을 비롯해 간월산, 신불산, 영축산을 비롯해 해발고도 1,000m 이상인 고봉준령들이 즐비해 전국에서 등산객들이 몰려드는 곳이다. 영남알프스 등산에 나섰을 때 그의 발길이 잦았던 곳은 표충사 뒷편의 제약산이었다.

제약산은 폭포가 많은 계곡길, 문수봉, 관음봉 등의 탁월한 전망 등 아름다운 풍광을 즐기는 목적도 있었다. 그보다 결정적인 이유는 사자평 자락에 있는 '명물집' 이란 민박집을 못 잊어서였다. 명물집은 그에게 영남알프스 등산의 근거지였고, 하루 이틀씩 쉬어가는 휴식처이기도 했다.

주인장 추씨 할아버지 내외와 밤새 인생 이야기를 나누곤 했다. 그는 명물집에서 최고 귀빈 대접을 받았다. 나중에 추씨 딸이 식품위생법으로 구속되자 무료 변론에 나서는 등 명물집과 깊은 인연을 이어갔다.

그는 이런 갖가지 사연을 가지고 있는 산간 마을을 찾아 산촌에 사는 사람들을 만나는 것을 큰 재미 중의 하나로 여겼다. 그들과 격의 없이 만나 세상살이 얘기를 함께 나누었다. 배내골의 배내산장 김성달 씨, 지리산 대성골과 목통골의 마음씨 좋은 사람들, 지리산 치밭목 산장지기 등 많은 사람들과 소중한 인연을 맺었다.

생전에 가장 소중히 여겼던 모임 중의 하나가 우보회(牛步會)라는 등산모임이다. 이름을 글자 그대로 풀이하면 '소걸음 모임'이다. 소처럼 "천천히 그러나 꾸준히 걷자"는 뜻으로 붙였다. 경남중고등학교 동기동창이 주축이었다. 김광일 외에 임정명, 홍용하, 이승문, 김정호, 최광웅 등이 회원이다. 친구들의 친목회 성격도 있지만 등산이라는 공통의 관심과 목적을 가진 모임이었다.

우보회 모임을 만드는 데도 그가 앞장섰다. 부산대 임정명 교수와 병원장 홍용하 박사는 원래 등산을 즐기지 않던 친구들이었다. 1986년경 이들을 강제로 권하다시피 하여 등산을 함께 다녔다. 여기에 이승문 사장이 중간에 동참했고, 나중에는 김정호, 최광웅이 가세했다.

이 우보회원들은 시간이 흐르면서 모임 주창자인 그에 못지않게 등산을 좋아하게 된다. 그가 서울에서 살 때는 그들이 올라와 서울 근교와 강원도 일대 설악산 등에서 꾸준히 등산을 했다. 때로는 부산으로 내려오면 지리산 등에서 산행을 이어갔다.

우보회 초창기인 1992년 12월의 월악산 등산이 그 전형적인 모습이다. 홍용하 박사와 이승문 사장과 함께 월악산 등산에 나섰다. 그날 등산 여정을 무슨 중계방송을 하듯 꼼꼼히 일기에 남겨 놓았다.

일행이 아침 7시에 충주를 떠나 동창교에서 등반을 시작한 시간은 8시 30분이었다.

밋밋한 계곡길을 1.2km 정도 걸어가자 곧 45도 정도의 경사길을 만났다. 첫번 능선에 도달하자 곧이어 30도 정도의 경사길. 도합 3km 정도를 올라가서 상봉을 마주하는 능선에 선 것이 11시.

상봉은 높이 150m, 둘레 4km라는 바위 봉우리. 직선거리로는 300m가 안 되어 보이는데 정면에는 길이 없다. 암벽 뒤쪽으로 돌아서 꼭대기에 오르는 길은 1.5km. 쇠사슬을 잡고 몇 군데 지나고, 철계단을 60~70m 올라가니 곧 정상이 나타났다.

바위 꼭대기에 서니 그림 같은 충주호를 비롯한 사방의 아름다운 산수가 한눈에 들어온다. 수년 전부터 책과 지도를 보면서 한번 오르기를 꿈꾸던 월악산(1,093m)을 드디어 올랐다. 점심도 거른 채 하산하니 오후 2시 반. 도합 6시간이 걸렸다.

1999년 김 변호사가 부산으로 다시 돌아온 뒤에 우보회 모임은 더욱 활성화된다. 거의 매주 뭉쳐서 영남 일대 명산을 찾아 다녔다. 그리고 1년에 한 번은 2박3일 또는 5박6일 일정으로 지리산 원정 산행도 계속해 왔다. 우보회는 때로는 부부동반으로 식사를 하는 등 가족들의 친목도 도모하는 모임으로 발전한다.

그의 등산 일정에 거의 매번 동반자로 나서는 임정명 교수와 홍용하 박사는 나중에 등산 장비를 두고 경쟁 아닌 경쟁을 벌이기도 한다. 그들 세 친구가 자주 찾았던 등산장비점은 서울에서는 동대문에 있는 '청산산방', '설우산장', 부산에서는 '만어산장'이나 '덕수산맥'이었다.

하나씩 사 모은 등산장비를 제대로 써먹을 기회가 그에게도 더러 있었다. 설악산 공룡능선과 용아장성 등반이 대표적이다. 그보다 높은 산을 오를 때는 반드시 전문 산악인들과 함께 했다. 한국산악회 이사를 지낸 김세경 사장 일행이 그와 늘 동행했다.

1997년 봄 전문 산악인들 사이에서도 코스가 험하기로 악명 높은 설악산 용아장성 종주에 나섰다. 1박2일 일정에 '좋은 산행'을 앞장서 부추긴 끝에 전문 산악인들과 도전을 한 것이다. 그때 그는 청와대 비서실장을 그만둔 뒤였으므로 60세를 넘는 나이였다.

용아장성의 최대 난코스인 '개구멍'을 육중한 몸으로 겨우 뚫고, 시간에 쫓겨 8봉까지 거의 쉬지 않고 강행군을 했지만 거뜬히 견뎌냈다. 그리고 8봉에서 자일을 타고 내려오는 '현수하강'까지 감행하는 악전고투 끝에 무사히 등반에 성공한다.

전문 산악인 김세경 씨는 그의 등산 특징을 이렇게 설명했다.

"김 변호사는 산행을 할 때도 거리와 보폭 등 숫자 개념이 분명하다. 숨이 차서 쉴 것을 권유해도 당신이 목표로 한 거리에 다다르면 휴식을 취하곤 했다. 또 다른 배울 점은 계획된 산행의 어김없는 실천이다. 전문 산악인도 날씨가 좋지 않으면 포기하는 일이 비일비재한데, 김 변호사는 폭설이나 폭우가 쏟아져도 개의치 않는다."

그래서 등산 도중에 위험한 순간을 맞기도 했다. 김세경 씨가 기억하는 것만 해도 "한라산 등반 때 어설픈 가이드 때문에 조난당할 뻔했던 아찔한 산행, 코스가 험하여 가지 않겠다는 임정명 교수를 격려하여 함께 등반했던 지리산 칠선골, 가스와 눈보라 때문에 길을 잃고 헤매던 작은 점봉산에서 꼬리곰탕 캔 한 개로 10여 명이 점심을 해결했던 산행" 등이 있다. 그래도 그의 등산 사랑은 멈추지 않았다.

세상에는 등산을 좋아하는 사람들은 무수히 많다. 하지만 그는 확실히 다른 사람들과 달랐다. 철저한 준비정신이다. 등산에 입문한 사람들에게 등산의 세계에 대한 가르침은 대단했다. 걷기의 중요성, 물과 간식, 옷차림, 속도와 시기, 등산화 고르는 요령, 등산화 조이는 방법, 심지어 산소와 기압 등에 대해서도 조언을 아끼지 않았다. 또 계곡 등산시의 등산요령, 등산식량의 중요성, 산에서 요리하기, 설거지, 취사도구 점검, 여유분의 스토브 연료 등을 반드시 챙겨야 한다고 교육시켰다.

그는 동네 뒷산을 오를 때도 배낭 속에 등산식량과 바람막이 등을 넣는 등 철저한 준비를 하는 스타일이다. 산행 시 등산 잡지에 나온 지도를 꼼꼼히 챙겨 계획서를 분단위로 세분화시켜 짜는 것으로 유명했다.

그는 1985년 대륙산악회 26대 회장을 맡기도 했다. 부산의 산악인을 중심으로 1950년대에 결성된 전통 깊은 산악회였다. 산을 좋아하는 그였지만 회장을 맡을 때도 덥석 받아들이지 않았다. 이 산악회의 역사와 목적, 조직 현황, 산악운동의 방향, 심지어 우리나라 산악계에서 차지하는 위상까지 모두 파악한 뒤에야 수락했다. 그의 치밀한 성격을 드러내는 일화다.

이 대륙산악회에서 1987년 말에서 1988년 초에 걸쳐 히말라야 원정에 나선 적이 있다. 세계에서 세 번째로 높은 칸첸중가(8,586m) 등정을 목표로 원정대를 꾸렸다. 히말라야 원정은 전문 산악인이라면 모두 꿈꾸는 일이지만 비용 등의 문제로 쉽게 엄두를 내기 힘든 것이 사실이다.

그는 이들 산악인의 기상을 높이 평가해 물심양면으로 지원한다. 그결과 이정철 대원이 한국인 최초로 겨울철에 칸첸중가 등정에 성공하는 개가를 올렸다.

그는 히말라야 고봉 등정에 참여하지 못한 아쉬움을 1999년 안나푸르

김광일 변호사는 1999년 만 60세에 히말라야 안나푸르나 트레킹에 나섰다.

나(8,091m) 트레킹으로 풀었다. 네팔 카트만두를 거쳐 포카라에서 10일간의 산행 끝에 안나푸르나 베이스캠프까지 오르는 기염을 토했다. 뉴질랜드의 밀포드 트레킹을 한국인으로서는 드물게 일찍 다녀온 경험도 있었다.

그와 산이 닮은 점은 과묵하고 묵직하며 흔들림이 없다는 점이었다. 인간이 덕을 쌓는 것처럼 산이 높고 깊을수록 아름답고 험할수록 더욱 그렇다. 김 변호사는 산을 통해 솔직함과 정직함을, 그리고 순수한 인간성을 배웠다. 육중한 거구를 이끌고 거친 호흡을 토해내며 산을 오를 때 땀은 비 오듯 내렸지만 공기는 맑고 신선했다. 아름드리 수목과 잔목들, 흐드러지게 핀 야생화, 계곡물, 산짐승, 산새, 풀벌레 등을 벗으로 삼았다.

가족

기도와 위로, 사랑과 감사

2002년 9월 11일 김광일은 63번째 생일을 맞았다. 원래는 양력으로 10월 23일, 음력으로 9월 11일이었다. 그런데 6·25 때 불타버린 호적부를 새로 만들면서 9월 11일로 신고해 이날이 생일처럼 된 것이다.

매년 정성스럽게 차려주는 아내의 생일상이 언제나 고마웠지만, 그날 아침 아내가 손을 잡고 간절하게 축하 기도를 해 준 것을 특별히 기억한다.

"만 63년간 이 세상에서 잘 살게 해 주신 것을 진심으로 감사하고, 금년에 두 가지 큰 수술을 거치면서도 건강을 회복시켜 주신 것에 감사드리며, 건강을 회복하는 대로 하나님의 뜻을 이 땅에 실천하는 데 남은 생애를 헌신하도록 인도하여 주십시오."

김광일은 1964년 12월 21일 합천초등학교 40회 동기동창생인 문수미 여사와 결혼했다. 문 여사와 연애하던 대학 시절, 서울대 법대생이라는 것 말고는 세속적인 기준에서 보면 별로 내세울 것이 없었다. 집안 형편은 어려웠고, 숙식과 학비를 스스로 해결해야 했다.

문 여사는 합천에서 '내로라하는 부잣집 의사 딸'이었다. 경북여고를 졸업하고 홍익대 미술대를 다녔다. 4학년 때부터 3년 연속 국전 공예과 특선을 수상해 국전 추천작가에 선정되는 등 촉망받는 미술가였다.

둘은 초등학교 동기동창이긴 하지만 서로 말을 나누기는커녕 얼굴도 모르는 사이였다. 그들이 처음 대면한 대학 1학년 2학기 때 김광일은 서울 돈암동에서 입주 가정교사를 하고 있었다. 어느 날 인근에 있는 테니스장에 갔다가 친구들과 함께 온 문 여사를 만나게 된다. 합천 말투를 쓰는 것 같은데 고향이 어디냐고 슬쩍 말을 건넨다. 둘의 운명적 만남은 이렇게 시작되었다.

그 후 그들은 생의 동반자가 된다. 김광일의 파란만장한 일생에서 문 여사는 늘 옆에서 웃고, 울고, 기뻐하고, 슬퍼하고, 마음 졸이며 함께 걸어간다. 영광의 순간에도, 위기의 순간에도, 실패의 순간에도 기도와 위로와 사랑과 감사로 함께 한 믿음의 동역자였다.

2002년 6월 18일자 일기에는 연애 시절 데이트 장면을 이렇게 회상하고 있다.

"청사포에서 송정에 이르는 해안 산길을 걸었다. 그곳은 바다와 맞닿은 산자락 끝에 동해남부선 철길이 놓여 있을 뿐 차도는 없는 산비탈이고, 산 위에 달맞이길이 닦여져 있다. 길을 가면서 40년 전의 생각도 하였다. 대학 시절 처와 함께 송정에서 해운대까지 철길을 따라 걸었던 일이다. 지금 산책하는 저 아래 해안길이다. 연애 시절 둘이는 손잡고 어디든지 많이도 걸었다. 40년을 걸어오는 동안 많은 곳을 지나왔고, 여러 가지 일을 겪었다. 남은 나날에도 함께 손잡고 같은 길을 걸어갈 것이다. 웃으며 헤어질 때까지."

그에게는 아들이 둘 있다. 큰아들 성완은 법무관 시절, 작은아들 성우

1969년 둘째아들 성우의 백일 기념 가족사진

는 대구지방법원 판사 시절에 태어났다. 그의 치열한 일생을 생각하면
자식에 대한 가정교육은 다소간 소홀했을 것 같지만 실상은 다르다.

판사 시절이던 1973년 1월경 퇴근하고 돌아오는 자신에게 "상감마
마 듭시오" 하고 드라마 속 인물을 흉내 내며 절하는 일곱 살, 네 살 아
들을 보면서 생각한다. 그 장면을 특별히 기억해 나중에 글로 남겼다.

너희들이 상감마마라고 부르는 이 아빠라는 사람도 성탄절이면 산타할
아버지를 장난감가게 앞에서 대행하느라 얇은 호주머니와 상담을 하면
서 몇 번이나 망설이는가를, 밖에라도 나갔다가는 시내버스 차장아가씨
를 비롯하여 온통 상감마마의 체통을 무너뜨리는 일들이 겁이 나서 외
출하기를 얼마나 꺼리는가를, 집에까지 기록 보따리를 짊어지고 다닐
만큼 밤낮없이 얼마나 일에 시달리는가를, 그나마 이 눈치 저 눈치 살피

다가 끝내는 죄 없는 예수 그리스도에게 사형을 선고한 빌라도와 같은 오류라도 범하지 않을까 항상 불안에 싸여 있다는 것을, 그런 속사정까지는 왕자님 당신들은 오히려 몰라주시기를 바라오.

다만 나를 상감마마라고 불러주는 한은 나도 그대들의 기대에 어긋나지 않도록 그 눈에 비친 아름답고 훌륭한 상감마마처럼 가슴을 쫙 펴고 배를 조금 내밀고 당당한 걸음걸이로 이 세상을 걸어가리라. 그리하여 우리의 왕국을 더욱 빛내리라.

김광일은 마음이 넉넉한 사람이었다. 그를 일상생활에서 겪어 본 사람이면 한없이 다정하고 유머러스하고 너그럽다고 생각한다. 그러나 일을 할 때는 호랑이로 돌변한다. 일 때문에 혼쭐이 난 직원이 한둘이 아니다. 간단한 서류라도 소홀히 넘어가는 법이 없었다. 남에게 피해를 줄 수 있다는 이유였다. 더 나아가 원칙에 어긋나는 행동을 하였을 때는 지나치다 싶을 만큼 엄격하고 단호한 면모를 보였다.

자녀 교육관도 그랬다. 평소에는 거의 모든 것을 아이들 자율에 맡기고 자신은 뒤에서 바라보기만 하는 너그러운 아버지였다. 그러나 혹시라도 거짓말을 하거나, 규칙을 어기거나, 예의 없는 행동을 하면 용서하지 않았다.

두 아들이 초등학교 다닐 적에 아파트에 불을 낸 적이 있다. 당시 유행하던 불꽃놀이 화약을 가지고 놀다가 실수를 한 것이다. 다행히 아파트 화단 일부만 태우고 불은 꺼졌다. 그는 일단 사건을 수습하고 화단 앞 아파트 주민을 찾아가 대신 사과부터 한다. 그리고 아들들에게 벌을 내린다. 화재가 난 경위와 결과, 자신들의 잘못한 점, 아파트 주민 모두에게 사죄한다는 내용의 반성문을 수십 장 쓰게 했다. 그리고 이 반성

문을 아파트 단지 각 출입구에 붙이고 집집마다 가서 용서를 받고 사인을 받아오도록 한 것이다.

스스로 무엇을 잘못했는지 먼저 생각하게 하고, 충분히 잘못을 뉘우치고, 또 그로 인해 피해를 입은 사람에게 용서를 구하도록 하는 것, 그것이 그의 교육 방법이었다.

이와 같은 교육과 사랑 아래 성장한 아들 성완은 의과대학을 졸업한후 의사가 되었고, 성우는 법과대학을 졸업한 후 판사가 되었다. 두 아들 밑으로 손자만 각각 둘씩, 모두 4명이다. 네 번째 손자가 태어나던날은 다음과 같은 기도를 드린다.

"하나님, 너무나 감사합니다. 제게 두 아들, 그 두 아들에게 각자 두아들을 주셨으니 하나님의 뜻이 어디에 있습니까. 크고 바르며(한길) 으뜸이 되고(한솔), 총명하고(한민) 준걸스러운(한준) 인물들로 키워서 하나님을 잘 공경하고 이웃을 사랑하여 하나님의 뜻을 이 땅에 실현하는 데크게 이바지하게 만들겠습니다."

모든 할아버지가 그렇듯 그도 손자들에게는 누구보다 자상하고 따뜻했다. 듬직하고 착한 품성으로 언제나 최고의 사랑과 신뢰를 받는 첫째한길이, 잘 드러내지는 않지만 속 깊고 영민한 둘째 한솔이, 반짝반짝빛나도록 착하고 영리한 셋째 한민이, 집안에서 가장 크게 될 인물로기대하는 막내 한준이, 그의 일기는 힘든 투병 생활 중에도 항상 기쁨과 청량제가 된 손자들에 대한 이야기로 가득하다.

2007년 12월, 한길이가 할아버지와 함께 하루를 보내겠다며 그가 머물고 있던 늘밭에 찾아왔다. 이날 한길이와 둘이서 산책을 갔는데, 오른쪽 정강이 부분 통증이 여전해 걸음이 불편했다. 그날의 일기다.

"한길이와 둘이서 쉼터 산책길을 한 시간 정도 왕복하였다. 중학교 1학년인 한길이가 키가 181cm에 체중도 80kg으로 훌쩍 커 할아버지를 돌보는 데 빈틈이 없었다. 부축도 하고, 천천히 무리하지 말고 가시라는 말까지 하면서 바짝 붙어서 나의 보좌 역할을 잘해 주었다. 갓난아이 때부터 내가 늘 돌보아 한길이와 정이 특별한데 이제는 늠름한 젊은이처럼 느껴져 마음 든든하다."

2007년 9월 11일 68번째 생일날의 일기에도 온통 손자들의 얘기다.

"만찬은 우리 가족 전원이 모여 즐거운 축하연을 가졌다. 한민, 한준이가 써 준 축하카드와 준비한 선물, 축하 촛불과 보석함이 재미있다. 한준이 녀석이 겨우 여섯 살인데 복합문장을 썼다. '69살이 되네요. 1살만 더 먹으면 그때 70살이 되네요. 69살이 돼 더 생신 축하해요. 할아버지 생선 많이 먹으세요.' 한민이는 '건강하고 오래오래 사세요, 저도 공부 열심히 할게요. 할아버지 제 생일선물로 자전거 사 주세요. 사랑해요.' 두 아들과 며느리, 네 손자, 모두 건강하고 착하고 총명하니 이에서 더 큰 행복이 어디 있으랴."

2007년 8월 어느 날 서울에서 암 치료 중이었던 그는 그날 읽은 성경 구절과 그날 본 미국 드라마 내용이 겹쳐 한동안 잊고 지냈던 '돌아가신 아버지'를 떠올리며 가슴을 친다.

"아버지께 내가 불효하였던 사실이 생각나 가슴을 아프게 하였다. 아버지의 병환에 대하여 나는 그 이해와 치료에 관하여 너무나 무지하였고, 소홀하였다. 특히 임종을 못한 사실은 30여 년이 지나도록 깊은 후회와 마음의 상처가 되고 있다. 아이들 데리고 놀러갔다가 위독하다는 아우의 전화를 받고 밤을 새워 달려갔으나 아버지는 운명하신 지 수

2008년 5월 부산중앙교회 예배 후 가족 모두가 한자리에 모였다.

시간이 지난 후였다."

그는 "요즈음 나의 아들들이 나를 위하여 마음 쓰는 온갖 일을 겪을 때마다 나는 왜 아버지께 좀 더 잘해 드릴 수 없었는지 통한스럽다"고 말한다. 자신은 자식들의 효도를 받고 있는데, 그만큼 아버지께 도리를 다하지 못했음을 비교까지 하면서 새삼 눈물을 지었다.

그리고 그날 "어머니에게만이라도 그런 후회가 없도록 하느라고 해 드리지만 나중에 또 후회하게 될 것이다. 가장 큰 아픔도 어머니를 직접 모시고 부양해 드리지 못한 점"이라며 마음 아파했다.

합천을 지키며 충심으로 어머니를 모신 동생 광호, 한결같은 든든함으로 옆을 지켜 준 동생 광인, 스무 살 이상 차이가 나 항상 애틋한 마음으로 아들처럼 키우고 사랑한 막냇동생 광선, 어머니를 위해 기도하는 서울의 두 누이 정자와 명자, 이들이 있기에 어머니에 대한 걱정을 덜 수 있었다.

투병

하나님이 주신 성전을 지키기 위해

김광일은 누구보다 건강했다. 거구에 정력적이고 목소리까지 힘이 넘쳤다. 어릴 적 합천 벌판을 마음껏 뛰어다니며 기초체력을 다진 타고난 건강체였다. 축구도 좋아하고 테니스 등 못하는 운동이 없었다. 또 대학 다닐 때부터 재미를 붙인 등산은 평생을 했다. 그래서 평소 그의 건강 이상을 의심한 사람은 가족을 비롯한 주변에 아무도 없었다. 적어도 2002년 5월 이전까지는 그랬다.

그해 5월 감기증세가 좀처럼 낫지 않아 혹시나 싶어 동네 내과의원에서 초음파검사를 했다. 왼쪽 신장에 이상이 있었다. 의사의 권유대로 큰아들 성완이 근무하는 병원에서 컴퓨터 단층촬영(CT)을 했다. 그 결과 왼쪽 신장에서 암종이 발견됐다.

그것은 본인도 짐작하지 못했던 '뜻밖의 사실'이었다. 물론 성인병이라는 고혈압이나 당뇨 같은 몇 가지 고질이 있어 늘 조심했기에 '건강한 편'이라 생각하고 있었다. 믿기지 않는 진단 결과에 한동안 그는 물론 가족들도 실감을 하지 못했다.

2002년 5월 27일 서울대병원에서의 정밀진단 결과를 듣고는 그날 밤 일기에 자신의 심경을 적는다.

"사람의 생사는 하나님께서 좌우하시는 일이니, 하나님의 뜻에 겸허히 순종하는 믿음으로 임해야 한다. 남은 생명이 짧건 길건 정리할 일은 정리할 시간이 있어야 하고, 하나님께로 갈 준비도 하여야 한다. 남은 나날들을 아껴서 하나님의 뜻에 따라 보람 있게 보내야 한다. 마지막 날까지 건강한 삶을 살아야 한다. 그러면서 아름다운 죽음을 준비해야 한다. 고민이나 공포로 귀중한 나날을 허비하지 않아야 한다. 하나님께 기도하면서 절제하는 생활을 하여야 한다."

일주일 후 신장암 수술은 성공적으로 끝났다. 종양 크기로는 2기에 해당한다는 판정을 받았다. 하지만 다른 곳으로 전이된 것은 없었다.

그도 심리적으로나 육체적으로 힘든 시기가 있었다. 그때마다 자신의 의지력으로 이를 금방 이겨내곤 했다. 수술이 끝나고 그는 "이번에 내게 주어진 질병은 나의 건강을 위해 내린 경고라는 것을 깨달았다"고 말한다. 그리고 앞으로의 건강을 위해 "지금까지의 마음가짐, 음식 습관, 건강 챙기기 중 잘못된 부분을 고치고, 잘해 온 것은 그대로 유지 발전시켜야 한다"고 마음을 바꿔 먹었다. 그 후 5년 가까이는 하나님께서 허락하신 새 삶으로 생각하고 하루하루를 열심히 살아간다.

2007년 7월 20일, 분당서울대병원에서 신장암이 폐로 전이됐다는 진단을 받는다. 5년 전 수술 후에는 별다른 항암치료를 받지 않았다. 처음 3년 동안은 6개월마다 재발 확인 검진을 받다가 2년 전부터는 1년마다 검진을 받고 있던 중이었다. 2006년까지는 매번 "아무 이상 없습니다. 1년 후에 다시 봅시다"라는 말을 들었었다.

일주일 전 CT를 한 후 결과를 들으러 갔을 때도 같은 말을 기대했었다. 그런데 놀랍게도 폐암이 의심되니 조직검사를 해야 한다는 것이었다. 그날로 병원에 입원했다.

안타깝게도 조직검사 결과 폐에서 발견된 것은 암종이고, 신장에서 전이된 것이라고 했다. 악성 종양이 진행됨에 따라 처음 발생한 장기로부터 다른 조직으로 퍼져 나가는 것을 의학적 용어로 전이라고 한다. 대체로 전이가 이루어진 경우에는 암의 진행 단계를 4기 또는 말기라고 한다는 것을 그도 상식으로 알고 있었다. 말기암은 완치가 힘들다는 얘기도 들은 적이 있었다.

그러나 그는 별로 걱정하지도, 당황하지도 않았다. "지난번 신장암 때 죽음을 이미 각오한 바 있었기 때문"이었다. 다만, 하나님께서 주신 성전(聖殿)인 나의 몸을 부주의하게 잘 관리하지 못한 것을 회개하고, 앞으로는 몸과 마음, 정성을 다 바쳐 믿음 생활 잘하고 투병에 최선을 다할 각오를 다진다. 주님께서 허락하신다면 좀 더 말미를 얻어 인생의 마무리와 하나님께로 불려갈 준비를 착실히 하겠다고 기도했다.

"하나님께서 허락하신 수명이 얼마인가를 전전긍긍하며 불안해할 것이 아니다. 내게 남겨 주신 나날을 감사하며 보람 있고 뜻있게 살아가는 것이다. 끝날이 언제이든 준비된 마음으로 맞이하되 그날을 생각하지 말고 지금까지 살아온 기본대로 살아가는 것이다. 하나님께서는 그 뜻에 필요하신 만큼 나를 살게 하실 것이다. 하나님의 뜻을 살피며 세월을 아끼자. 열심히 살자. 하나님! 이제 이후의 매 순간이 최후인 줄로 알고 선용하겠나이다."

그때부터 길고 힘든 투병생활이 시작되었다. 암 치료법이 발달하고 완치율도 높아진 것은 사실이다. 하지만 여전히 암은 힘들고 사망률도 높은 무서운 질병이다. 암 치료는 상상 이상으로 고통스러운 과정이다.

그도 예외일 수 없었다.

2007년 8월부터 신장암 표적항암제를 복용하기 시작했다. 표적항암제도 암세포를 죽이지는 못한다. 대신 암세포가 자라는 데 필요한 요소를 억눌러 암세포의 증식과 성장을 방해한다고 의사는 설명했다. 그래서 완치가 어려운 환자도 표적항암제를 통해 암 진행을 늦추면서 생존 기간을 늘릴 수 있다. 이론적으론 정상세포에 작용하는 독성이 없기 때문에 고통스러운 부작용도 적다. 그래서 삶의 질 면에서도 기존 항암제보다 뛰어나다고 했다. 부작용이 없기를, 그리고 이 표적항암제가 몸에 잘 맞아 효과가 있기를 간절히 바랐다.

2007년 10월에는 경남 양산군 내포리 산골 '늘밭' 마을에 있는 '자연생활의 집'으로 들어간다. 채식 방법을 배우고, 산책과 건강 강의 등을 통해 습관을 바꾸기 위해서였다. 열흘 동안 합숙하고 일주일을 쉬는 식으로 2008년 1월까지 50여 일을 그곳에서 지냈다.

2008년 2월부터는 자연생활의 집에서 산책을 다니다 가깝게 지내게 된 인근 홍씨네 오두막으로 거처를 옮긴다. "좋은 환경에서 좋은 분들의 돌봄을 받으며" 치료 겸 요양을 하기 위해서였다. 주중에도 재판 등 특별한 일이 없으면 늘밭에서 생활했다.

암은 상당 기간 더 이상 진전되지 않았다. 치료제는 효과가 있었고, 일단 성공적이라 할 수 있었다. 그러나 시간이 지나면 지날수록 소화장애, 피부병변, 발바닥 갈라짐 같은 항암제 부작용이 심해졌다. 체력과 면역력이 점점 약해짐에 따라 당뇨, 허리와 목 디스크, 수면장애, 배뇨장애 등의 증상도 심해져 갔다.

하루하루 견디기 힘들고, 점차 회복에 대한 자신감도 줄어가고 있었

아픈 몸을 이끌고도 그는 손자들을 카메라에 담기에 여념이 없다.

다. 그를 지탱하게 한 것은 신앙심과 가족들의 응원이었다. 아내와 두 아들, 며느리들의 기도와 염려가 큰 힘이 된 것은 물론이다. 그러나 그에게 가장 좋은 진통제는 손자들이었다. 손자들은 일주일이 멀다하고 늘밭을 찾아왔다. 할아버지를 부르는 손자들의 목소리가 산골짜기 저편에서 들려오면 그때까지의 모든 고통을 잠시나마 내려놓을 수 있었다.

손자들을 위해 그는 오두막 주변 환경 개선 공사를 한다. 진입로를 정비하고, 텐트 칠 곳, 물놀이를 할 웅덩이, 손자들과 함께 낮잠을 잘 원두막을 만들었다. 함께 뛰어놀 강아지도 계속 사들여 나중에는 10마리까지 늘어났다. 손자들이 축구를 할 넓은 잔디밭도 꾸미고 강아지들이 지낼 집도 직접 만들었다. 그리고는 손자들과 함께 들어가서 웃고 장난을 쳤다. 바람이 불면 손자들과 연을 날리고, 밤이면 감자와 고구마를 구워 먹었다.

하루는 막내 한준이 이름을 딴 '준토' 라는 검정색 토끼를 윗집 진돗개가 물어 죽인 일이 있었다. 그는 토요일에 올 손자가 실망할까 봐 걱정이었다. 그날로 양산 장으로, 멀리 언양 장까지 같은 색깔의 토끼를 사러 아픈 몸을 이끌고 나서기도 했다. 비록 아파서 오게 된 요양지였지만, 좋은 자연환경을 벗 삼아 손자들과 즐거운 시간을 보낼 수 있는 것을 감사했다.

김광일은 어머니에게 투병 사실을 숨겼다. 2007년 11월 시사(時祀) 때문에 합천에 들렀다가 어머니를 뵈었다. 점심을 먹는데 그의 머리를 보고 어머니가 갑자기 물었다. "왜 머리카락이 다 희어지고 빠졌느냐?"는 것이었다. "아버지처럼 앞 대머리가 일찍 되려는지 머리카락이 좀 빠지네요" 하고 대충 넘어갔다. 어머니는 뭔가 미심쩍은 눈길을 거두지 않았다.

그는 어머니께 거짓말을 고했다는 사실에 늘밭으로 돌아오는 동안 내내 우울했다. 그리고 그날 다시 한 번 "부산에 잘 도착했다"고 거짓말을 했다. 그는 어머니께 또 한 번 거짓말을 하고는 더 괴로워한다.

어머니를 앞서 가는 불효를 저지르지 않기 위해, 그리고 평소 '마지막 사명' 으로 여기던 '북한 바로알리기' 와 '북한 동포들을 위한 선교사업' 을 위해 더욱 건강해져야 한다고 마음을 다잡았다. 그러나 점점 더 건강은 악화되고 마지막 소망은 멀어져만 갔다.

소천

저의 뜻대로 마시고 당신의 뜻대로 하시오며…

김광일은 점점 약해지는 체력과 심해지는 부작용을 견뎌내며 '건강한 삶'과 '아름다운 죽음'에 대해 더 많은 생각을 한다.

"하나님께서 일찍 불러가시면 순응할 수밖에 없는 일이고, 하나님께서 허락하시면 몇 년 더 살 수도 있을 것이다. 한 번은 죽게 되어 있으므로 그 시기가 조금 당겨지느냐 늦추어지느냐의 문제일 뿐이다. 하나님께 전적으로 의지하여 평소대로 믿음 생활과 사회생활을 해 나가면서 치료를 받을 것이다. 여호와시여, 가능하면 치료해 주시고, 그러나 저의 뜻대로 마시고 하나님의 뜻대로 하시오며, 저를 순종하게 하옵소서."

그러면서 그는 자신의 삶을 다시 한 번 되돌아본다. "세상에 태어나서 지금까지 잘 살았고, 하고 싶은 일도 다 해 보았으니 억울할 바도 없다. 또 아내와 두 아들, 그리고 며느리들과 네 손자가 있으니 후손을 걱정할 필요도 없다." 세간에서 흔히 하는 "지금 죽어도 여한(餘恨)이 없다"는 말을 그도 하고 있는 것이다.

여한은 없지만 걱정은 남아 있었다. 걱정되는 일은 두 가지였다. 무엇보다 90세가 넘으신 어머니보다 먼저 가서는 안 된다는 생각이 강했다. "내가 어머니를 잘 모신 후 그 뒤를 따르는 것이 순리다. 만약 내가 먼저 가게 되면 어머니께 참으로 불효가 될 것이다. 어머니가 너무 슬퍼하실 것이고, 어머니의 수명도 끝날 것이다."

'인간의 생사는 하나님의 뜻'으로 담담하게 받아들이는 그였다. 하지만 '어머니를 앞서 가는 불효'는 스스로 용납할 수 없었다. 그는 "그런 일을 당하지 않게 하기 위하여서는 최대한 나의 수명이 연장되었으면 좋겠다"고 솔직하게 털어놓는다.

또 하나의 걱정거리는 자신의 치료 과정과 죽음으로 겪게 될 가족들의 상심과 고통이었다. "너무나 고통스럽고 어려운 상태가 됨으로써 나의 아내와 자식들에게 너무 큰 상심과 고통을 주는 일이 없기를 바란다. 나 자신의 고통도 크겠지만 아내가 가장 슬퍼하고 고통받을 것이다."

투병생활이 막바지에 이를 즈음, 그는 서재 의자에 앉아서 산 위로 흘러가는 흰 구름을 보며 이런 생각을 하였다.

녹색 산마루에서 솟아난 흰 구름들이 파아란 하늘을 헤엄쳐 간다.
마지막 구름이 지나가면 그리운 그 얼굴 나타날까.
누군가가 문자로 알려 준 시

수선화에게

울지 마라
외로우니까 사람이다
살아간다는 것은 외로움을 견디는 일
공연히 오지 않는 전화를 기다리지 마라

눈이 내리면 눈길 걸어가고
비가 오면 빗속을 걸어가라
갈대숲에서 가슴검은도요새도 너를 보고 있다

가끔은 하느님도 외로워서 눈물을 흘리신다
새들이 나뭇가지에 앉아 있는 것도 외로움 때문이고
네가 물가에 앉아 있는 것도 외로움 때문이다

산 그림자도 외로워서 하루에 한 번씩 마을로 내려온다
종소리도 외로워서 울려퍼진다.

외로움을 잘 나타낸 심금을 울리는 詩다.
詩人들은 어쩌면 이리도 좋은 시를 쓰는가.

하루는 언양장에 가서 오엽송 세 그루를 사다 심었다. 오엽송은 잣나무다. 잣나무는 30년을 자라 키가 30m 이상 자란다고 한다. 그는 "오엽송은 푸르러 청청한데, 나를 알던 사람들이 저 오엽송 밑에 와서 옛날을 회고하면서 회고담을 써 줄까? 아니면 오엽송 가지를 붙들고 날 위해 울어 줄까?" 하면서, 주님의 나라가 가까웠음을 생각한다. 늘밭에 심었던 그 오엽송 세 그루는 추모비와 함께 그가 평생을 섬기던 부산중앙교회 뒤뜰에 옮겨져 현재도 잘 자라고 있다.

김광일은 2010년 5월 24일 하나님의 곁으로 떠났다. "사람에게 가장 중요한 것은 사랑입니다. 그 사랑이 표현되고 또 제가 그 사랑을 갚고,

2010년 5월 26일 할아버지 영결식 때 영정을 들고 있는 맏손자 한길

이것이 옆으로 번져가서 모든 사람을 사랑하게 되는 그런 세상이 되었으면 좋겠습니다"라는 말을 남겼다. 마지막 한 달 동안 입원해 있던 부산 수영구 남천동 좋은강안병원에서였다.

영결식은 5월 26일 오전 10시 부산중앙교회장으로 치러졌다. 장례 집전은 최현범 부산중앙교회 담임목사가 맡았고, 임정명 교수가 추도사를 했다. 임 교수는 그와 평생을 함께 한 가장 친한 친구이자, 부산중앙교회의 같은 장로이기도 하다.

하늘나라로 떠난 친구 광일이를 기리며

저 멀리 뵈는 우리의 영원한 처소 우리가 사모하는 거룩한 곳,

아버지 집에 가고자 자네는 평생을 삼가는 참된 삶을 살았네.

저 인생 사나운 바다 위에 몸을 던질지라도 가난하고 헐벗고 자신을 방어

하지 못하는 힘없는 이웃들을 위하여 자신의 몸을 제단 앞에 불태웠네.

가슴에는 코흘리개 어린이들을, 등에는 개구쟁이 소년들을 매달고 다니

며 주일학교 어린이 수련회 운동장에서 시냇물 가에서 저들과 뒹굴며

노는 것을 최고의 기쁨으로 여기던 어린이의 지킴이,

어린이의 친구인 자네가 우리들의 목표이자 자랑이었네.

궂은 일 힘든 일 마다 않고 항상 남보다 앞서야 신이 나는 자네,

주께서 내리신 정의의 깃발을 높이 들고

광화문 대로에서 남포동 광장에서 가슴을 헤치고 울부짖는 그대 모습이

선하네. 그래서 나는 늘 자네를 산에서 돌진하는 산돼지라 않던가.

하나님을 사랑하며 사람을 사랑하며 산을 사랑하며 산천어와 노닐던

자네가 어느 날 뻘 구덩이에 누워 먼 하늘만 바라보고 있구나.

자네는 왜 휘어지지 못하는가?

자네는 왜 돌아서 가지 못하는가?

이 땅에서의 시간이 멈추고 이 땅의 모든 것이 허무로 변할 때

슬픔과 고통과 질곡를 벗어 버리고 하나님께 들리워져

칭찬 듣고 면류관 받는 자네가 참으로 부러우이.

거기는 자네가 나그네 된 이 땅에서 그렇게 갈망하던 완벽한 교회

그 이상이라네.

우리 거기서 다시 만나 영원히 같이 삼세.

경남 울주군에 있는 부산중앙교회 묘원에서 영면에 들었다.

그는 울주군 삼남면에 있는 부산중앙교회 묘원에 그토록 사랑했던 교인들과 함께 영면에 들었다.

시인 고은은 『만인보』에서 '김광일'을 이렇게 노래한다. 시인의 눈에도 김광일은 '넉넉한 웃음'을 짓는 '통 큰 사람'이었다.

1970년대 중반 이래
부산에 가면
거기 김광일 변호사가 있다
널찍널찍한 마당 같은 얼굴에
아귀찜 같은 웃음
하지만 때로는 요령소리 내어
새벽잠 깨기도 한다.
무릇 과격한 사람까지도
비겁한 사람까지도
받아들일 때는
영락 없이 통 큰 무당이라
부산 용두산공원에서
저 건너 영도가
다 그의 땅인가
그의 술자리 영도만한 밤 열한 시 무렵.

역사를 만든 사람

처음에는 욕심이 앞섰다. "역사는 결국 사람이 만든다"고 나는 믿었다. 평소 '사람'을 중심으로 나름대로 역사를 더듬어 보고 싶다는 생각을 늘 했다. 부산중앙교회로부터 김광일 변호사의 추모문집을 정리해 달라는 제안을 지난해 11월에 받았다. 5주기를 맞아 '고 김광일 장로 세미나' 준비 차원이라는 설명이었다. 그의 인생 역정을 조금이라도 알고 있다는 생각에 그 숙제를 덜컥 받아들였다. 가족들이 보내 준 자료를 몇 장 들추다가 이내 후회했다. 김광일 변호사는 내가 감당하기에는 벅찬 거인이었다.

김 변호사의 깊은 신앙심에 우선 놀랐다. 그 신앙은 그의 일생을 관통하고 있었다. 그가 쓴 일기에 어느 하루 성경 말씀이 빠진 적이 거의 없다. 성경 말씀에 해박했고 그 해석도 탁월했다. 매일같이 성경 읽기를 하고, 부지런히 탐구한 결과일 것이다.

하나님에 대한 기도 또한 수시로 등장했다. 죽음까지도 담담하게 받아들이는 그의 신앙심에 절로 고개가 숙여졌다. 신앙에 대한 이해가 부족한 나로서는 그 산을 넘는 것부터 힘에 부쳤다.

그는 인권변호사 1세대이자 개척자다. 군 법무관 시절 군단장과 맞짱을 뜨고, 반공법위반자에게 무죄를 선고한 판사로서 강직함은 그 서막이었다. 힘없고 가난하고 억울한 시민들을 위해 발 벗고 무료변론에 나선 그는 호민(護民)의 귀감이 되었다. 양심수들의 고초에 같이 눈물 흘리고, 수배자들의 주머니에 여비를 챙겨 주던 그는 진정 따뜻한 사람이었다. 사자후를 토해 내며 법정을 자신의 무대로 만들곤 했던 그를 많은 사람들은 지금도 기억한다.

한국 민주화운동사에서 김 변호사는 우뚝한 존재다. 그는 정의와 인권의 고귀한 가치에 누구보다 일찍 눈을 떴다. 그리고 이 땅에 정의와 인권의 실현을 위해 헌신했다. '영남 정서'가 강한 부산에서 척박했던 민주화운동의 텃밭을 직접 일구고 가꿨다. 한국 현대사의 큰 분수령이었던 부마민주항쟁은 김 변호사 등이 쌓아올린 민주화운동의 금자탑이었다. 이때 죽을 고초도 겪었지만 연장된 군사정권과 싸우기 위해 아예 거리로 뛰쳐나오기도 했다. 아무나 흉내 낼 수 없는 진정한 용기를 보여 주는 일이었다.

그의 정치 인생은 우여곡절의 연속이었다. 그는 애초에 정치와 일부러 거리를 두었다. '정치도 민주화운동의 일환'이란 말에 어렵게 결심해 뛰어든 정치에서 1인 보스정치의 폐해를 절감하며 잇따라 좌절한다. '3당 합당' 때 YS, '꼬마민주당'을 흡수한 DJ, 통일국민당 시절의 정주영, 한나라당의 이회창이 그 주인공들이었다. 그는 그때마다 정도(正道)를 걸었고, 대의(大義)를 좇았다. 그리고 마지막으로 희망을 걸었던 민국당 실험이 끝난 뒤 정치판을 떠났다. 노욕(老慾)을 부리는 뭇 정치인들과는 대조적인 그 모습은 참으로 그다운 선택이었다.

공직자로서 보여 준 그의 모습은 빼고 더할 것이 없는 좋은 모범이었다. 그는 인생의 정점에서 국민고충처리위원장, 대통령 비서실장, 정치

담당 특보와 같은 요직을 맡았다. 청와대에 근무할 때 대통령을 모시는 일 외에 권력을 남용하거나 사사로운 욕심을 부린 흔적이 없다. 권부에 있을 때보다 국민들의 소원수리를 주로 했던 국민고충처리위원장 시절이 그의 인생에서 가장 보람이 있었다고 말하는 대목에서 더 큰 감동이 느껴졌다. 나라를 위하고 국민을 위하는 일을 어떤 자세로, 어떻게 해야 하는지 본보기가 될 만하다는 생각이 들었다.

이 책을 쓰면서 마치 시간여행을 하는 기분이었다. 삶의 갈피마다 다양한 얘기가 넘쳐났다. 그의 중년기와 내 청년기가 시기적으로 얼마간은 겹치기 때문이었을 것이다. 가끔은 내가 주인공인 듯한 착각에 빠지기도 했다. 이입된 감정이 주인공 이상으로 고조되는 바람에 격한 표현이 때때로 튀어나와 다시 고쳐 쓰는 수고를 감수해야 했다. 그 순간에 그가 남긴 여러 기록들을 살피고 나면 이상하게도 차분해졌다.

그는 많이 아팠던 우리 시대의 투철한 기록자이되 늘 냉철한 태도를 잃지 않았다. 두툼한 일기, 꼼꼼한 업무 수첩, 각종 기고문과 연설문까지 단순히 개인의 담화(談話)가 아니라 우리 현대사의 기록으로 손색이 없었다. 이런 요긴한 기초 자료가 충실한 덕분에 더디지만 진도가 나갈 수 있었다. 다만 그는 이미 5년 전에 소천(召天)했기에 육성을 직접 들을 수 없다는 것이 무척이나 아쉬웠다.

이 책이 나오기까지 새로운 사실을 증언해 준 많은 그의 지인들께 깊이 감사드린다. 그리고 이 책을 만드는 데는 노경규 선생과 박격민, 정두환, 이봉건, 김영준, 김영택 등이 함께 참여했다.

이제 이 책이 세상 속으로 나아간다. 혹여 김광일 변호사의 삶에 누를 끼치는 것이 아닌가 두렵다.

윤 석 진 대표집필, 전 월간중앙 기자

김광일 연보

1939
2010

1939년   9월 11일 일본 도쿄 근교에서 김우길 님과 김순복 님의

만아들로 태어나다.

1945년   가족 모두 귀국하여 선대의 향리인 경남 합천에 정착하다.

1952년   합천초등학교를 졸업하다.

1955년   경남중학교를 졸업하다.

1958년   경남고등학교를 졸업하다.

서울대학교 법과대학에 입학하다.

1960년   4·19혁명에 주도적으로 가담하여 부상을 입다.

서울대 민족통일연맹에 가입해 활동하다.

1961년   향우들과 합천에 야학 한벗학원을 개설하다.

한벗학원은 1985년 12월 폐교할 때까지 25회에 걸쳐

졸업생 8백여 명을 배출하다.

5·16군사쿠테타가 일어난 뒤 민족통일연맹에 가입한 이유로

체포되어 마포경찰서에 41일간 구금되다.

1962년   서울대학교 법과대학을 졸업하다.

제15회 고등고시 사법과에 합격하다.

1964년	12월 21일 홍익대 공예과를 졸업한 초등학교 동창생 문수미와 혼인하다.
1966년	큰아들 성완이 태어나다.
1967년	육군 법무관에서 전역하다.
	대구지방법원 판사에 임용되다.
1969년	둘째아들 성우가 태어나다.
1970년	대구지방법원 영덕지원장에 부임하다.
1973년	대구지방법원 판사로 재직하면서 반공법위반으로 기소된 영남대생 박준성에게 무죄를 선고하다.
	무죄를 선고했다는 이유로 사직 당국의 특별 조사를 받다.
1974년	박준성 사건 항소심에서 일부 유죄 판결이 선고되다.
	이에 전주지방법원으로 전보되다.
	전보 인사를 보복 인사로 판단, 9월 1일 법관직을 사임하다.
	9월 14일 부산에서 변호사 개업을 하다.
1975년	부산 지역 변호사 최초로 「동아일보」 광고 탄압사태에 격려 광고를 내다.
	이 광고를 매개로 하여 요산 김정한 교수와 조우하다.
	국제사면위원회(엠네스티) 회원으로 가입하다.
	민주회복국민회의에 가담하다.
	반공법위반으로 기소된 한승헌 변호사를 변론하다.
1976년	명동선언사건으로 기소된 윤보선, 김대중, 함석헌, 문익환 등을 변론하다.
	부산 지역에서는 긴급조치 위반사건 첫 구속자가 된 중부교회 조태원 등을 변론하다.
	엠네스티 한국위원회 이사로 선임되다.

1977년	전주교도소에 수감중인 김대중 씨를 변호하고 월 2회 이상 접견하여 그의 근황을 외부에 알리다.
1978년	엠네스티 부산지부를 설립하고 지부장에 선임되다.
	김대중 씨 변호를 그만두지 않는다고 변호사법위반 사건이 조작되어 구속영장이 신청되다.
1979년	부마민주항쟁의 최고지령자로 지목돼 보안사령부에 구속되어 7일간 고문당하다.
1980년	김대중 내란음모사건 연루자로 지목돼 조사받다.
1981년	부림사건으로 민주 인사 다수가 구속되다.
	공범 혐의로 관련되었다는 이유로 변론을 맡지 못하다.
	부림사건을 계기로 민주화실천가족협의회 결성을 뒷받침하다.
1982년	미문화원 방화사건을 변론하다.
1985년	민주헌정연구회 이사로 선임되다.
	민주화추진협의회 상임이사로 선임되다.
1987년	박종철 군 추모대회를 주도한 혐의로 불구속 입건되다.
	부산 지역 6월시민항쟁을 주도하다.
1988년	13대 총선에 통일민주당 후보로 부산 중구에서 당선되다.
	국회 정치관련법개정특별위원회 위원에 선임되다.
	국회 악법개폐특별위원회 위원에 선임되다.
	국회 광주민주화운동 진상조사특별위원회 위원에 선임되다.
	통일민주당 정책위원회 부의장에 선임되다.
1989년	통일민주당 기획조정실장에 선임되다.
1990년	민자·민주·공화 3당 통합을 반대하다.
	민주당 창당에 참여, 민주당 정책위원회 의장에 선임되다.
	『수서사건 백서』를 발간하다.

1991년   평양에서 열린 국제의원연맹 총회에 한국 대표로 참석하다.

　　　　민주당과 신민당의 통합에 반대하다.

1992년   통일국민당 창당에 참여하여 최고위원에 선임되다.

　　　　통일국민당을 탈당하다.

1994년   국민고충처리위원회 초대 위원장에 취임하다.

1995년   신한국당 서울 송파갑구 위원장에 선임되다.

　　　　12월, 대통령 비서실장에 취임하다.

1997년   6월, 대통령 정치담당 특별보좌역에 취임하다.

1998년   환란 책임사건에 대한 김영삼 전 대통령의 검찰 답변서를

　　　　작성하다.

1999년   법무법인 충정 부산사무소 대표 변호사를 맡다.

2000년   16대 국회의원 선거 한나라당 해운대 · 기장 을 지역구 후보

　　　　공천을 반납하고 한나라당을 탈당하다.

　　　　부산 서구에서 민국당 후보로 출마하여 낙선하고 정계를 은퇴하다.

2002년   신장암 수술을 하다.

2005년   부산중앙교회 시무장로를 은퇴하고 원로장로로 추대되다.

2007년   「국제신문」에 회고록 '김광일 변호사의 민주화와 문민정부'를

　　　　연재하다.

2008년   양산 늘밭에서 전원생활을 시작하다.

2010년   하나님의 부르심을 받다.